ENDSTATION INNVIERTEL

Doris Fürk-Hochradl wurde 1981 in Braunau am Inn geboren und lebt heute mit ihrer Familie im beschaulichen Feldkirchen. Neben ihrer Haupttätigkeit als Lehrerin schreibt sie Krimis mit dem besonderen Schmunzelfaktor.

Dieses Buch ist ein Roman. Handlungen und Personen sind frei erfunden. Ähnlichkeiten mit lebenden oder toten Personen sind nicht gewollt und rein zufällig.

DORIS FÜRK-HOCHRADL

ENDSTATION INNVIERTEL

Kriminalroman

emons:

Lust auf mehr? Laden Sie sich die »LChoice«-App runter, scannen Sie den QR-Code und bestellen Sie weitere Bücher direkt in Ihrer Buchhandlung.

Bibliografische Information der Deutschen Nationalbibliothek
Die Deutsche Nationalbibliothek verzeichnet diese Publikation in der Deutschen Nationalbibliografie; detaillierte bibliografische Daten sind im Internet über http://dnb.d-nb.de abrufbar.

MIX
Papier aus verantwortungsvollen Quellen
FSC® C083411

Umschlagmotiv: age fotostock/Lookphotos
Umschlaggestaltung: Nina Schäfer, nach einem Konzept von Leonardo Magrelli und Nina Schäfer
Gestaltung Innenteil: César Satz & Grafik GmbH, Köln
Lektorat: Christine Derrer
Druck und Bindung: CPI – Clausen & Bosse, Leck
Printed in Germany 2019
ISBN 978-3-7408-0623-1
Originalausgabe

Für meine Eltern Erni und Walter. Danke für alles.
Hab euch lieb.

Prolog

Himmelherrgott. Das wollte ich nie sehen. Der Wimmer liegt keuchend und schwitzend wie ein rosarotes Mastferkel vor mir. Aber diesmal ist er nicht wegen irgendwelcher abstrusen Sexpraktiken so außer Atem, sondern aus purer Verzweiflung. Er breitet sich auf der Couch aus und jammert dabei, als wär ich sein Seelenklempner.

»Hubert, was soll ich machen? Wie kann ich dir schon helfen?«

Vor Seelenschmerz beginnt er wieder zu weinen. Ach, hätt ich doch meinen Mund gehalten. Schon schluchzt und heult er wieder, dass ihm die Puste ausgeht. »Ich war's aber nicht, Rosi. Ich war's nicht! Du kennst mich doch!«

Ich trau mich nicht, eine Antwort zu geben, denn ich weiß nicht, wie sie ausfallen würde.

Hubert setzt sich auf. Schweiß und Tränen glänzen in seinem Gesicht. »Ich könnte doch niemals so etwas Abscheuliches tun. Rosi!« Er fleht.

Ich schüttle den Kopf. Unser Wimmer ein Verbrecher? Ein Perversling? Meine Nase juckt. Ich muss die Wahrheit herausfinden, die ganze Wahrheit.

Wasser und Liebe

Rosis Wassertipps, Teil 1
Bei verstopfter Nase, Schnupfen und Atemproblemen helfen Inhalationen mit Salzwasser. Einfach 2 l Wasser, gemischt mit 2–3 EL Salz, in einem Topf zum Kochen bringen, Handtuch über den Topf, Kopf darunter, einatmen. Achtung, dass es nicht zu heiß wird!

Ich schwebe. Beinahe zumindest. Angenehm warm umschmeichelt mich das Salzwasser. Leise erklingt Entspannungsmusik unter der Wasseroberfläche. Ich tauche meinen Nacken und die Ohren etwas tiefer hinab. Gitarren- und Klavierklänge vermischen sich mit den dumpfen Stimmen der Badenden und den leichten Wellen. Seltsam, wie ungewohnt eine Melodie sich anhört, wenn der Schall nicht von Luft, sondern von Wasser übertragen wird. Es ist beinahe so, als würde der Klang intensiver sein und durch die Zellen dringen wie eine sanfte Massage.

Ich halte die Augen geschlossen, obwohl ich weiß, dass Sepp mich begierig mustert. Nicht nur das wohltuende Nass prickelt auf meiner Haut, auch Sepps neu erweckte Leidenschaft. Wir haben zu unserer Höchstform zurückgefunden. Es liegt wohl mehr als nur ein Funken Wahrheit in der Redewendung, dass nach einem ordentlichen Gewitter neue, frische Klarheit herrscht. Sepp und ich lieben uns. Intensiv. Wild. Beinahe unbeherrscht. Für die Außenwelt hat sich freilich nichts zwischen Sepp und mir verändert. Wir sind noch immer das unorthodoxe ältere Pärchen, das sich im Herbst des Lebens kennen- und lieben gelernt hat.

Wenn ich daran zurückdenke, wie Sepp vor gut zwei Jahren in meine Stube geschlurft ist und verschämt nach Rat gefragt hat, wie er seinem kleinen Seppel wieder zu altem Standvermögen verhelfen kann, muss ich schmunzeln. Dass ich, die Kräuterrosi, Ortsheilkundige und alteingesessene Beindlrichterin, die wirksamste Medizin für sein müdes Stehaufmännchen sein würde, hatte ich zum damaligen Zeitpunkt nicht geahnt. Seither sind Monate vergangen. Sepp hat sein florierendes Bordell »Das Herzkastl« meinem Sohn Raphael und meiner Schwiegertochter vermacht. Dann hat er sich nicht nur in meinem kleinen

Bauernhäuschen eingenistet, sondern auch in meinem Herz. Gemeinsam leben wir im beschaulichen Dorf Ibm. Das Ibmer Moor umgibt uns und formt Land und Leute. Sepp hat zu mir gefunden. Er ist nicht mehr länger der Bumshütten-Sepp, sondern mein Sepp, Kräuterrosis Sepp.

Ich seufze leise in mich hinein, froh darüber, dass Sepp und ich uns näher sind als je zuvor. Die letzten Monate waren eine Herausforderung für unsere junge Beziehung und unsere alten Köpfe. Wer schon viel mehr als ein halbes Jahrhundert auf dem Buckel hat, der kämpft gegen und mit seinen eigenen Wertvorstellungen. Ein langes Leben bedeutet auch, dass man viel Erfahrung gesammelt und in einigen Dingen festgefahrene Glaubenssätze entwickelt hat.

Sepp war davon überzeugt, dass ich mich unnötig in Gefahr begebe, nur weil ich anderen Menschen helfen will. Ich kann aber nicht anders und muss meine Schnüffelnase einfach in fremde Angelegenheiten stecken, wenn ich dieses Kribbeln spüre. Sobald ich fühle, dass ich auf der richtigen Fährte bin, halten mich weder Sepp noch Kurt, mein Schwiegersohn in spe und Inspektor bei der Mordkommission, auf. Nur so konnte ich der Familie des Mordopfers vom Kopfinger Baumkronenweg helfen. Sepp ist durch meinen Einsatz tausend kleine Tode gestorben – vor Sorge um mich. Dadurch haben sich die Gewitterwolken über uns verdichtet, bis wir ordentlichen Streit hatten. Ja, der Mordfall rund um den Baumkronenweg-Mörder hätte unserer Liebe beinahe das Genick gebrochen. Aber nun sind wir hier. In der Therme Geinberg. Nur Sepp und ich. All die Sorgen und Ängste gehören der Vergangenheit an. Ich lausche noch einen Moment der sanften Unterwassermusik in der Salzlagune. Dann setze ich mich langsam wieder gerade hin und öffne die Augen. Stimmengewirr statt lieblicher Musik. Sofort läuft mir ein kühler Schauer den Rücken hinab. Die winterliche Luft auf meinen nassen Haaren lässt mich zittern.

Sepp mustert mich und streicht sanft über meine feuchte Haut. »Ich glaube, wir gehen besser hinein. Nicht dass du dich im Außenbecken erkältest.«

Ich lege meinen Kopf schief und lächle. »Du bist ziemlich überfürsorglich, mein lieber Sepp«, antworte ich.

Er zieht die Stirn kraus. »Ich denke nur an die möglichen unangenehmen Nachwirkungen, wenn du dir die Schulter verkühlst und heute Abend nicht für das bereit bist, was ich mit dir vorhabe.«

Seine Stimme klingt fast wie ein Schnurren, und ich kann von seinem Gesicht ablesen, in welche Richtung seine Pläne gehen. »Typisch Mann«, scherze ich, »denkt immer nur an das Eine.«

»Stimmt nicht, mir geistert da das eine oder andere im Kopf herum«, erwidert Sepp lachend.

Wie könnte ich ihm da böse sein?

»Na dann, nichts wie rein ins Warme, du Tiger!«, gebe ich mich geschlagen.

Sepp nickt zufrieden. Gemächlich und darum bemüht, fast bis zu den Ohren im Wasser zu bleiben, schleichen wir zum Beckenausgang, der bereits im Inneren des Gebäudes liegt.

Das Salzwasserbecken ist meiner Meinung nach das schönste der Therme. In der wärmeren Jahreszeit kann man es sich auf einer der Liegen oder einer Sonneninsel bequem machen, den aufgeschütteten Sandstrand genießen und sich bräunen lassen. Oder man schlürft umgeben von Palmen einen süßen Cocktail von der Poolbar. Im Winter ist es dafür leider zu kalt. Dennoch mag ich das Prickeln auf der Haut von der warmen Sole.

Ich steige aus dem Wasser. Am Ständer hängen unsere Hotelbademäntel, und auch die Badeschlappen stehen bereit. Schnell wickle ich das weiche Frottee um meinen Körper, bevor mir wirklich kalt wird. Sepp tut es mir gleich. Dann hake ich mich bei ihm unter, und wir schlendern los in Richtung der Ruheliegen für die Hotelgäste.

»Wie geht's deinem Bein?«, will ich wissen.

Sepp zuckt die Schultern. Im Frühjahr hat er sich das Knie und den Fuß bei einem Sturz verletzt, und bis heute sind seine Bewegungen nicht mehr richtig geschmeidig. »Mal sehen, ob es nach der Massage am Nachmittag besser wird«, sagt er.

Ich verziehe den Mund. Warum nur hat Sepp das Romantikpaket inklusive Ganzkörpermassage, Aroma-Liebesbad und Partner-Hamam gebucht? Er hat wohl gedacht, lieber mehr als weniger. Mir hätten drei Nächte im Hotel mit kulinarischen Genüssen und vielleicht noch dem Aroma-Bad vollends gereicht. Der Gedanke, dass irgendein junges Mädchen meine Falten hin- und herknetet, als wäre ich ein reifer Brotteig, missfällt mir. Wenn hier jemand knetet, ruckt oder zieht, dann bin ich es. Ich richte die Menschen gerade, nicht umgekehrt.

Sepp löst sich aus meinem Griff und klappt die Liege für mich hoch. »Bitte, Madame«, sagt er, und ich muss grinsen. Wir lassen uns auf den gemütlichen Liegen nieder. Sepp lächelt mich an. Wahrscheinlich hat er es nur gut gemeint mit dem Total-Verwöhn-Package. Er wollte alles richtig machen und konnte nicht ahnen, dass es mir unangenehm ist, wenn mich jemand anderer berührt als er.

Schon bei unserem Rückflug von Georgien hat er mir versprochen, mich mit ein paar netten Ideen zu verwöhnen, um wieder Schwung in unsere Liebe hineinzubekommen. Und ja, ich muss gestehen, mein Sepp ist ein ausgekochter Romantiker. Nachdem sich meine Tochter Daniela von der Eizellenentnahme erholt hatte und klar war, dass es mit einer Leihmutterschaft in Georgien klappt, war auch diese Sorge von meinen Schultern gefallen. Das Leben ordnete sich nach all den Turbulenzen langsam wieder.

Ich hatte zwar Todesängste ausgestanden, als mich meine Dani per Flugzeug nach Georgien verschleppt hat, aber der Erfolg war jede Schweißperle wert. Fliegen und ich, das geht in etwa so zusammen wie eine Flasche Schnaps und danach eine große Tasse Kakao mit Marshmallows – man kann es machen, besonders klug ist es aber nicht. Doch die Liebe zu meiner Daniela hat mich sogar meine immense Flugangst beiseiteschieben lassen, und ich musste mich nur zwei- oder dreimal übergeben.

Dass Daniela auf diese wahnwitzige Idee gekommen ist, durch eine bei uns illegale Art und Weise ein Kind zu bekommen, war eine ziemliche Herausforderung für mich. Die Ärzte hatten ihr nach der Fehlgeburt und der Schwangerschaftsvergiftung alle

Hoffnung auf ein eigenes Baby zunichtegemacht. Doch Daniela wollte ihren Traum nicht aufgeben. Sie hat eine Lösung gefunden. Eine risikoreiche Lösung, der ich niemals zugestimmt hätte. Doch ich wurde nicht gefragt, sondern ins Flugzeug und vor vollendete Tatsachen gesetzt. Wie die Mutter, so die Tochter, hat Sepp nur lapidar gemeint und damit direkt ins Schwarze getroffen.

Auf jeden Fall hat die Zeit in Georgien Sepp und mich zusammengeschweißt. Unsere Beziehung ist auf einer neuen Ebene gelandet. Wir haben uns herrlich wild zusammengestritten, und während meine Tochter Daniela ihren unkonventionellen Babyplänen nachgegangen ist, haben Sepp und ich uns die Wartezeit ganz konventionell in den Hotelbetten verkürzt.

Danach war alles anders. Sepp ist mit meinem Hang zu Mord und Totschlag versöhnt, und ich nehme es ihm nicht mehr übel, wenn er zur männlichen Überglucke mutiert und mich vor der bösen Welt oder eben einer erkälteten Schulter beschützen will.

Sepp hat auch sein Versprechen gehalten und für wunderbare verlängerte Wochenenden gesorgt. Zuerst hat er mich in eine einsame Almhütte entführt. Wir haben die Kühe beobachtet, während das Alpenglühen sich langsam in den neuen Tag verwandelt hat, und die frische Bergluft genossen. Danach waren wir in Venedig, wo wir in der Gondel die Kanäle entlanggefahren sind und mir Sepp die Frage aller Fragen gestellt hat. Bis heute bin ich ihm eine Antwort schuldig geblieben, habe um Bedenkzeit gebeten, da das zweite Mal wohlüberlegt sein will. Als mir damals Horst den Heiratsantrag gemacht hat, habe ich noch in derselben Sekunde »Ja« geschrien. Und das, obwohl es auch da schon Gründe gab, Nein zu sagen.

Doch heute bin ich überlegter, nachdenklicher und bestimmt auch schon zu sehr an meine Lebenssituation gewöhnt. Eine so große Veränderung hatte ich nicht mehr geplant. Sepp hingegen schon. Ich bin, so versichert er mir immer, seine erste richtige Liebe und die erste Frau, mit der er sich eine Ehe überhaupt vorstellen kann. Ich habe mich dennoch nicht drängen lassen. Seither ist das kleine Schmuckschächtelchen Sepps steter Begleiter. Ich sehe es, wie es sich in seiner Jacken- oder Hosentasche abzeichnet. Sogar seine Badehose hat ein kleines Geldfach eingenäht, in dem er den Ring spazieren trägt. Auch jetzt drücken sich die verräterischen Kanten der Schachtel durchs weiße Frottee des Bademantels. Sepp will bereit sein, egal, wann, egal, wo. Es ist herzerwärmend, wie zuverlässig er den Ring mitschleppt. Schon allein deswegen sollte ich mir einen Ruck geben, aber ich kann es noch nicht.

Ich luge zu Sepp hinüber. Er döst. Selbst im Halbschlaf schnarcht er leise. Wie lange kann ich ihn noch warten lassen? Oder ist es gerade die Ungewissheit, die ihn dazu treibt, mich zu umschmeicheln und zu umwerben? Wenn ja, warum sollte ich mich vorschnell entscheiden? Wahrscheinlich ist es die letzte Gelegenheit in meinem Leben, mich begehrenswert und von der Männerwelt umschwirrt zu fühlen. Ich lasse mir wohl besser noch etwas Zeit. Zufrieden lehne ich mich zurück und will gerade ebenfalls die Augen schließen, als mich eine nur zu gut bekannte Stimme aus meiner verdienten Ruhe reißt.

Auch Sepp fährt wie von einer Hornisse gestochen hoch. »Ich hör jetzt aber nicht echt das liebestolle Geplänkel vom …«

»Wimmer«, sagen wir aus einem Munde und drehen uns gleichzeitig um. Und tatsächlich, da steht er in voller Pracht und Größe, einen Arm um seine Ehefrau Herta geschlungen und den anderen um eine unscheinbare, vielleicht fünfundzwanzigjährige Frau mit schulterlangen, dünnen aschblonden Haaren. Alle drei tragen den gleichen purpurroten Bademantel mit einem mir unbekannten Schriftzeichen darauf.

»Komm, wir tun so, als hätten wir sie nicht gesehen«, zische ich.

Der alte Schuldirektor und ehemalige Vorgesetzte meiner Tochter Daniela hat sie erst auf den Gedanken mit der Leihmutterschaft gebracht. Seit Wimmer in Pension ist, gehen die Pferde endgültig mit ihm durch. Schon vorher war er ein liebestoller Gockel, der jedem Mädel nachgestiegen ist, das einen Rock anhatte. Durch die viele Freizeit und seine offene Ehe mit Herta ist es nur noch schlimmer geworden. Am meisten stört mich aber das Wissen, dass er mit meiner Daniela ebenfalls eine Affäre pflegte, zu einer Zeit, als er und Herta noch nicht die Vorteile einer offenen Liebesbeziehung erarbeitet hatten. Außerdem ist Wimmer so alt wie ich, und als junges Mädchen kam auch ich in den Genuss seiner feuchten Küsse.

»Ich befürchte, es ist zu spät, dass wir uns ducken und blind stellen«, reißt mich Sepp aus meinem Gedankenstrudel.

Ich spähe nur aus den Augenwinkeln in Richtung Wimmer. Er winkt und legt mit einem breiten Lächeln seine neu gemachten Zähne frei. Die Reise nach Ungarn war offensichtlich ein voller Erfolg.

»Rosi«, plärrt nun auch Herta sichtlich erfreut.

Nur die junge Frau guckt wenig begeistert in unsere Richtung. Ich winke in Richtung der drei. Ein Fehler. Anscheinend ist meine Handzuckung Einladung genug. Das Geschwader macht sich auf den Weg.

»Wir haben doch eine Hotelstorno-Versicherung, oder?«, wispere ich Sepp zu. Er verschluckt sich bei dem Versuch, ein Lachen zu verhindern, und hustet, bis er lila im Gesicht ist. Es dauert keine dreißig Sekunden, schon stehen Herta, Hubert und Fräulein Blass-im-Gesicht vor mir. Hubert Wimmer lässt sich mit einem zufriedenen Grunzen auf den freien Liegestuhl vor uns nieder. Beim Sitzen drückt es ihm den Bauch noch stärker nach vorn als sonst. Anscheinend erleichtern ihm die neuen Balkanbeißer die Kalorienaufnahme beträchtlich.

»So ein Zufall aber auch«, meint er sichtlich entspannt.

»Ja, wirklich«, antworte ich und versuche mir meine wahren Gefühle nicht anmerken zu lassen. Da flieht unsereiner ins Karibikparadies des Innviertels, und schlussendlich holen einen die Ibmer-Moor-Gestalten doch wieder ein.

»Was macht ihr hier? Auch ein verlängertes Wochenende genießen?«, fragt Sepp.

Herta schüttelt den Kopf. »Aber nein, nein. So ein Vier-Sterne-Hotel-Urlaub wär nicht das Richtige für uns. Wir kommen nur in den Seminarpausen her, um unsere heißen Körper abzukühlen und für die nächsten Übungen in Schuss zu bringen.«

»Im warmen Thermalwasser?«, entfährt es mir.

Nun nickt Herta. Ihre Augen leuchten vor Begeisterung. »Ja, Krishna Mike entfacht unser inneres Feuer. Da ist selbst das Geinbergerwasser nur lauwarm, wenn erst der Ofen der Leidenschaft angeheizt ist.« Sie wiegt während der Erklärung ihr Becken hin und her und streichelt sich den Unterbauch.

Vielleicht glaubt Herta tatsächlich, dass ihr seltsamer Tanz betörend wirkt. Auf jeden Fall redet sie sich vor Enthusiasmus in Rage und plappert irgendetwas über Tantra, Yoga und die vermeintliche Glut im Inneren ihres Lendenbereiches. Sepp nimmt meine Hand und drückt sie vielsagend. Er ringt genauso um Fassung, wie ich es tue. Herta und Hubert haben anscheinend auch die nächste Ebene ihrer Liebesbeziehung erreicht.

Während ich mich amüsiere, errötet die junge Frau neben Herta zunehmend. Sie räuspert sich verlegen.

»Das ist übrigens die Beate. Sie ist auch mit uns im Tantraseminar und schon eine Meisterin«, unterbricht Hubert Herta und gibt dem armen Geschöpf neben ihnen endlich einen Namen.

»Sehr erfreut«, presst Sepp hervor.

Beate nickt nur. »Ich geh einen Tee trinken«, sagt sie leise.

»Schon gut, wir kommen gleich nach«, verspricht Hubert. Als Beate um die Ecke gebogen ist, nimmt er das Gespräch wieder auf. »Beate ist etwas schüchtern, aber nur unter Fremden. Im Seminar ist sie nach Krishna Mike die am weitesten erleuchtete Person. Dass sie mit mir und Herta übt, ist ein echter Glücksfall.«

»Aha«, sage ich nur und warte, was Hubert noch gern erzählen möchte. Aber er schweigt und guckt verträumt ins Leere.

Sepp hält die Stille nicht länger aus. »Sag mal, Hubert, mich interessiert schon seit Langem, was bei solchen Seminaren so gelernt wird. Ist das für jedermann geeignet?«, fragt er.

Ich boxe ihn in die Seite. Möchte Sepp etwa auch bei solchen Praktiken mitmachen? Ohne mich! Ich bin froh, dass wir beide uns wieder nahe sind. Da habe ich keine Lust auf Übungsstunden mit einer Möchtegern-Beate-Uhse oder einem dahergelaufenen Sex-Guru, der glaubt, mit ein wenig Beckenboden-Gymnastik und leisem OHM-Gesang das Sexualleben der Normalbevölkerung erleuchten zu müssen.

Sepp hebt unschuldig die Hände. »Rein berufliches Interesse, versteht sich«, sagt er spitzbübisch.

»Du bist Rentner«, antworte ich streng.

Hubert lacht. »Ihr zwei seid mir schon ein kauziges Paar. Aber im Ernst jetzt, es geht nicht nur um Sex. Da müssten wir schon das Kamasutra rauf und runter üben. Wir meditieren viel, machen Yoga, massieren uns, sammeln Energie und leben diese dann eben schlussendlich beim Akt aus. Ganz unspektakulär. Eigentlich.«

»Na ja, so unspektakulär, wie du jetzt sagst, kann es auch wieder nicht sein. Die Menschen hier in der Gegend sind doch recht prüde. Krishna Mike hatte einige Probleme, einen geeigneten Seminarraum und eine Unterkunft für uns zu finden«, bemerkt Herta trocken.

»Dann wäre ein Vier-Sterne-Wochenende schon dein Fall gewesen?«, hake ich nach.

»Anders ist es besser, sagt Krishna Mike. Wir haben uns in dem kleinen Apartment-Hof am Ende des Orts eingemietet. Da können wir tun und lassen, was wir wollen, sind an keine Zeiten für Seminarräume gebunden, und günstiger als hier ist es auch. Außerdem können wir ayurvedisch kochen und damit zusätzlich unsere Liebeszentren aktivieren.« Obwohl Herta während ihrer Antwort die Schultern zuckt, vernehme ich ganz deutlich in ihrer Stimme, dass sie die Selbstversorger-Einöde gern gegen etwas Hotel-Luxus eingetauscht hätte.

»Außerdem kommt man sich persönlich näher, wenn die ganze Gruppe gemeinsam in einem Haus wohnt. Und ein wenig in die Therme und in die Sauna können wir dennoch«, fügt Hubert hinzu und tätschelt dabei Hertas Po, als ob er damit seinen Worten mehr Glaubwürdigkeit verleihen könnte. Herta brummt ihm genervt zu. Ganz so harmonisch, wie die beiden ihre Beziehung gern darstellen, läuft es wohl doch nicht. Hubert seufzt. Dann steht er auf und fordert seine Frau mit einer Handbewegung dazu auf, sich ihm anzuschließen. »Komm, Herta, wir wollen Beate nicht zu lange allein warten lassen. Wir sollen uns doch noch für die nächste Übung vorbereiten.«

Mit einem Mal hat sich Hertas Stimmung verbessert. »Aber diesmal bin ich es, die sich vierhändig massieren lässt«, sagt sie und klingt wie ein verliebter Teenager.

»Alles, was du willst, Liebling«, verspricht Hubert. Und so schnell, wie sie aufgetaucht sind, so schnell sind sie auch wieder weg.

Goldkehlchen

Rosis Wassertipps, Teil 2
Wenn Husten und Schnupfen sehr schlimm sind, kann man dem Salzwasser 1 EL gehacktes Basilikum beigeben. Diese Inhalation befreit die Atemwege besonders intensiv.

Sepp und ich tauchen erneut ab. Diesmal im Innenbecken. Über uns leuchten die zig kleinen Lämpchen in der Decke. Ich gucke auf die Uhr. Mein Massagetermin rückt unaufhörlich näher, und im Gegensatz zu Herta und Hubert freue ich mich kein bisschen darauf. »Muss ich mich wirklich heut durchkneten lassen?«, frage ich Sepp.

Er hört die Verzweiflung in meiner Stimme. »Deine Freundin Gitti schwört auf die Masseurin hier in der Therme. Ich habe einen Termin bei Tatjana für dich gebucht. Ich wollte dir wirklich nur etwas Gutes tun. Wenn du aber so eine Abneigung dagegen verspürst, dann sag ich den Termin ab. Oder ich lass mich länger massieren.«

»Es ist nur –«, setze ich zu einer Erklärung an, werde aber harsch unterbrochen.

Hubert, nun ganz und gar nicht mehr entspannt, sondern mit hochrotem Kopf und Schweißperlen auf der Stirn, plärrt vom Beckenrand: »Habts ihr die Beate gesehen?« Sepp und ich heben gleichzeitig die Schultern. »Sie ist weg. Verschwunden«, schreit er hysterisch.

Ich schüttle ahnungslos den Kopf. »Beruhig dich erst einmal. Ich komm zu dir raus. Wahrscheinlich ist sie nur auf der Toilette oder unter der Dusche«, sage ich beschwichtigend und mache mich gleichzeitig auf den Weg zum Beckenausgang. Sepp folgt mir. Hubert hetzt auch zur Treppe und rutscht in seiner Hektik beinahe aus. In letzter Sekunde berappelt er sich wieder und knallt doch nicht der Länge nach auf den feuchten Fliesenboden. Schwer atmend hält er sich am Beckengeländer fest.

Obwohl Hubert nicht zu meinen Lieblingsmenschen auf diesem Planeten gehört, tut er mir nun doch leid. Genau in dem

Moment, als ich aus dem Becken steige, tauchen auch Herta und ein langhaariger, hagerer Kerl auf. Auch er trägt einen dunkelroten Bademantel. Doch ein kleiner Unterschied sticht mir sofort ins Auge. Über dem gestickten Schriftzeichen, das bei genauerer Betrachtung aussieht wie ein schräg liegendes Herz mit einer Welle, aus dem ein Männchen springt, prangt in großen goldenen Lettern »KRISHNA MIKE«. Das ist also der ominöse Liebes-Guru. Eigentlich wirkt er auf mich eher wie ein ausgemergelter Rockstar mit einem Hang zu Räucherstäbchen. Selbst auf eineinhalb Meter Entfernung dringt der süßliche Duft von Rosenholz und Moschus in meine Nase. Ich muss glatt niesen.

»Habt ihr sie gefunden?«, fragt Hubert besorgt.

»Keine Spur von ihr. Auch nicht am Klo«, keucht Herta atemlos. Auch ihr steht der Schweiß auf der Stirn. Entweder sind die Wimmers zigmal quer durch die ganze Therme gehetzt, oder sie sind von ihren Übungen derart ausgelaugt, dass es ihnen an Kondition mangelt.

»Ich erreiche sie auch nicht auf dem Handy«, klagt Krishna Mike und zieht zum Beweis ein Mobiltelefon aus der Bademanteltasche. Auf der Schutzhülle des Geräts prangen bunte Mandalas und Glitzersteinchen. In Gedanken korrigiere ich meine erste Einschätzung: schwuler Rockstar mit Räucherstäbchen-Faible. Mike drückt die Wahlwiederholung. Nur ein lautes Keine-Verbindung-Pfeifen tönt aus dem Lautsprecher.

»Eure Bekannte ist doch eine erwachsene Frau. Vielleicht musste sie unverhofft weg?«, wirft Sepp ein und trifft meiner Meinung nach damit ins Schwarze.

»Beate geht nicht gern allein unter Menschen«, antwortet Mike und fügt nuschelnd »aus gutem Grund« hinzu.

Ich werde hellhörig und mustere den Guru mit strengem Blick. »Weshalb, wenn ich fragen darf?«, hake ich nach.

»Wieso wollen Sie das wissen? Wer sind Sie überhaupt?«

Bevor ich mich selbst vorstellen kann, plappert Herta los. »Aber Mike, das ist die Rosi. Du weißt schon, die mit den Kräutern, dem Polizisten-Schwiegersohn und den Mordsgeschichten.«

Krishna Mike hebt wissend den Blick. »Ach so. Und das ist wohl der Bumshütten-Sepp«, sagt er und zuckt dabei mit dem Kinn leicht in Sepps Richtung.

Sepp murrt wenig begeistert. Es ist ihm ebenso unangenehm wie mir, dass offensichtlich die ganze Seminartruppe über uns Bescheid weiß. Zu einem besseren Zeitpunkt werde ich mir den Wimmer zur Brust nehmen und fragen, ob er gern ohne sein Beisein Gesprächsthema wäre. Immerhin sind die Weibergeschichten aus seiner Vergangenheit derart delikat, dass sie einem Kabarett gleichkommen. Wenn ich nur an die Geschichte mit der Putzfrau im Putzkämmerlein denke, dann muss ich grinsen. Boris Becker ist ein Heiliger im Gegensatz zu Hubert.

»Entschuldigen Sie, liebe Rosi, dass ich so unhöflich war. Wie Sie bestimmt schon erkannt haben, bin ich der Seminarleiter. Michael Bogenhofer mein Name, aber alle nennen mich nur Mike«, sagt er und zieht dabei grunzend Luft durch seine zu groß geratene Nase. Wegen der langen Haare und der solariumgebräunten Haut fällt mir jetzt erst auf, dass ein ziemlicher Zinken inmitten seines Gesichts prangt.

»Schon gut«, sage ich versöhnt und reiche ihm die Hand.

Er drückt sie fest und sieht mir direkt in die Augen. Wie ein Blitz trifft mich sein Blick. Eisblau und stechend ist er, als würde er auf den Grund meiner Seele schauen. Doch ich fasse mich schnell und nicke nur. Im Laufe meines Lebens sind mir etliche Menschen begegnet, die diese Ausstrahlung anhaften hatten. Einige davon haben ihr gottgegebenes Geschenk, die Menschen mit nur einem Wimpernschlag in Bann zu ziehen, für wirklich gute Dinge genutzt, sind herausragende Lehrer, Ärzte oder auch Priester geworden, andere haben die Gabe jedoch für ihren eigenen Profit missbraucht. Es ist leichter, den Menschen das Geld aus den Taschen zu ziehen, wenn man sie mit seinem Charisma für sich gewinnt. In welche Kategorie Mike fällt, kann ich noch nicht sagen. Auf jeden Fall werde ich ihm mit Vorsicht begegnen. Im Moment sieht er aber eher verzweifelt als gefährlich aus.

Mit einem tiefen Seufzen lässt er meine Hand los. »Vielleicht«, sagt er mit leiser Stimme, »könnten Sie ja Ihren Schwiegersohn bitten, herzukommen. Er ist doch Polizist und könnte sie suchen lassen. Ich bin wirklich in Sorge wegen Beate.«

»Meinen Sie nicht, dass es etwas voreilig ist, die Polizei einzuschalten?«, mischt sich Sepp ein.

Mike wendet das Gesicht ab. Ich sehe, dass er innerlich mit sich ringt. Er ballt die Hände zu Fäusten und entspannt sich dann wieder. Mit festem Tonfall antwortet er: »Unter den gegebenen Umständen ist es notwendig. Beate hat ein Geheimnis. Und irgendjemand hat es aufgedeckt und bedroht sie seit geraumer Zeit.«

»Unsre Bea?«, fragt Hubert ungläubig. »Sie war doch wie ein offenes Buch. Schüchtern zwar, aber im Seminar eine Granate.«

»Hubert!«, zischt Herta streng.

»Nun gut. Ich ruf den Kurt mal an. Aber versprechen kann ich nichts«, sage ich.

»Danke«, antwortet Mike, und er klingt ehrlich dabei.

»Ich hol schnell mein Telefon«, sage ich und will mich auf den Weg zu den Garderobenkästchen machen.

Doch wie aus einem Mund rufen alle vier: »Wir kommen mit!«

Ich drehe mich verwundert um. »Wenn ihr meint.« Und so führe ich einen Zug von Menschen an. Ich ganz vorn, hinter mir Sepp, und dann die rotbemantelte Tantra-Gefolgschaft.

Beim Hinausgehen werfe ich noch einen Blick auf die Uhr und stelle erleichtert fest, dass die unverhoffte Unterbrechung meines Wellness-Wochenendes dafür sorgt, dass die Masseurin vergeblich auf mich wartet. Und auf mich wartet ein Geheimnis, das gelüftet werden will. Schon als Krishna Mike angedeutet hat, dass mehr hinter Beates Verschwinden stecken könnte und dass die junge Frau ein Geheimnis für sich behält, das niemand aufdecken soll, hatte er mein Interesse geweckt. Und nun will ich mehr wissen, am besten alles.

In der Garderobe angekommen suche ich das richtige Spindkästchen. Sepp steht direkt hinter mir. Ich kann seinen Atem in meinem Nacken spüren. Zu allem Überfluss legt er auch noch sanft seine Hand auf meine Schulter. Er streichelt mich. Ich entwinde mich seinem Handgriff und drehe mich noch einmal kurz um. Ein wissendes Lächeln huscht über sein Gesicht. Ich stoße ein leises Zischen aus, das besagen soll, wie hilflos ich doch meinem Schnüffeldrang ausgeliefert bin. Sepp grinst und nickt. Ich habe die Lunte gerochen und bin nur allzu begierig darauf, Kurt mit ins Spiel zu bringen. Schnell öffne ich den Spind mit meinem Thermenarmband und hole das Handy heraus. Dann setze ich mich auf die schmale Bank davor und wähle Kurts Nummer.

Es läutet.

Kurt nimmt ab. »Rosi«, sagt er im immer gleichen, leicht angespannten Tonfall. Ich stelle mir vor, wie er gerade an seinem Schreibtisch hockt und zusammenzuckt, weil er meinen Namen auf seinem Handydisplay liest. Immer wenn ich anrufe, hat es einen Grund, und meistens ist es kein schöner. »Was gibt's?«, fragt Kurt ohne Umschweife. In knappen Worten erkläre ich ihm, was vorgefallen ist. Er brummt. »Na, wenigstens keine Leiche. Aber ohne genauere Infos werde ich nicht den Polizeiapparat in Gang setzen.«

Ich halte den Hörer zu und schüttle den Kopf. »Er kommt nicht, zu wenig Gründe dafür«, flüstere ich Mike zu.

Dieser streckt bittend die Hand aus. »Darf ich kurz allein mit Ihrem Schwiegersohn sprechen, bitte?«

Ich nehme die Hand vom Mikro. »Mike, der Trainer, will etwas sagen«, erklär ich Kurt und gebe mein Telefon weiter.

Mike nimmt es an sich und bittet um einen Moment, während er sich nach einem Rückzugsort umsieht. Schnellen Schrittes geht er ans andere Ende des Gangs und huscht in eine Umkleidekabine. Ich möchte ihm folgen, doch Sepp hält mich am Ärmel zurück. Ich lasse mich wieder auf die kleine Bank sinken. Nun setzen sich auch die anderen zu mir.

Obwohl reger Betrieb in der Therme herrscht, ist es unwirklich still in meinen Ohren. Die Neugierde betäubt wohl meinen Gehörsinn. Ich lehne mich an Sepps Schulter und begutachte Hubert, der mit gespreizten Beinen und mit dem Oberkörper nach vorn gebeugt dahockt. Den Kopf hat er schwer in die Hände gestützt.

»Hubert«, sage ich. Er richtet sich müde auf. »Hast du eine Idee, welches Geheimnis Beate verbirgt? Wusstest du etwas von Drohungen?«

Er schüttelt den Kopf und will gerade etwas sagen, als Mike wieder zu uns stößt. »Ihr Schwiegersohn ist in einer halben Stunde hier, samt Mannschaft.« Mit diesen Worten reicht er mir mein Telefon wieder. Ich stecke es in die Bademanteltasche.

»Und?«, frage ich.

Mike verschränkt die Arme vor der Brust. »Ich darf nichts sagen, bis die Polizei da ist. Sonst verfälsche ich nur die Reaktionen. Wir sollen uns alle unauffällig verhalten.«

»Aha«, antworte ich.

Da heizt dieser Mike meine Neugierde an und lässt mich nun einfach so im Ungewissen sitzen. Wenn er beim Tantraseminar ähnlich vorgeht, ist dieser Kurs wohl eher etwas für Masochisten als für leidenschaftliche Liebhaber.

»Was machen wir in der Zwischenzeit? Einfach so abwarten ertrage ich nicht«, meint Herta und spricht mir damit aus der Seele.

»Drehen wir doch eine Runde und suchen weiter nach Beate. Vielleicht ist die ganze Aufregung umsonst«, schlägt Sepp vor. Er bewahrt einen kühlen Kopf. Sepp ist bei den richtigen Belangen das pure Gegenteil von mir, und das liebe ich.

In mir wühlt leider die Unruhe. Am liebsten würde ich diesem Krishna Mike die Antworten auf meine Fragen herauspressen. Doch das würde wahrscheinlich nichts bringen. Menschen wie er können sich gedanklich so in die Leere katapultieren, dass ich ohne einen Anhaltspunkt auf seine schwache Stelle keine Chance habe. Auch jetzt wirkt er vollkommen entspannt. Anscheinend beruhigt ihn der Gedanke, dass Kurt mit seinen Leuten gleich auftauchen wird. Auf jeden Fall stimmt er Sepps Vorschlag zu und fordert die Wimmers auf, mitzuhelfen. Ich muss mich fürs Erste geschlagen geben und abwarten. Wir teilen uns bei der Suchaktion auf. Krishna Mike und Herta gehen nach rechts. Hubert inspiziert den Außenbereich, und Sepp und ich marschieren nach links zu den Kaskaden-Becken.

»Was es wohl mit dieser Beate auf sich hat?«, will ich von Sepp wissen.

Doch dieser zuckt nur die Schultern und meint gelassen: »Wir werden es noch früh genug erfahren.«

Kurt taucht keine Sekunde zu früh auf. Weder Sepp und ich noch die anderen haben eine Spur von Beate ausmachen können. Es ist, als wäre die Frau vom Erdboden verschluckt. Und so stehen wir alle vor Beates verschlossenem Garderobenkästchen, als Kurt und seine Kollegin Andrea lässig hereinschlendern. Kurt schiebt sich im Gehen die Sonnenbrille hoch. In seiner Uniform sieht er unerhört attraktiv aus. Seit letztem Frühjahr hat er sich erholt und strahlt eine neue Selbstsicherheit aus, die gewiss auch mit seinem wachsenden Familienglück zusammenhängt.

Ich kenne Kurt ja schon, seit er – noch Windeln tragend – mit meinem Sohn Raphael in der Sandkiste gespielt hat. Schon damals war er ein kräftiges Kerlchen, das gern seinen Argumenten mit purem Muskelschmalz Nachdruck verliehen hat. So musste mein Raphael regelmäßig und mehr oder weniger freiwillig seine Sandspielsachen mit Kurt teilen. Dennoch waren die beiden stets beste Freunde. In Anbetracht der Situation, dass Kurt in Kindertagen Dauergast bei uns zu Hause war, ist es verwunderlich, dass sich Daniela Jahre später in ihn verliebt hat. Nicht dass Kurt kein fescher und auch ehrlicher Kerl wäre … Aber wenn man wie Geschwister miteinander aufwächst, sehnt man sich oft nach dem Unbekannten. Ich bin auf jeden Fall sehr froh, dass meine Tochter und Kurt ein Paar geworden sind. Er und seine teils abstrusen Ideen haben Dani über den Verlust ihrer Zwillinge hinweggeholfen.

Kurt bleibt vor uns stehen und nickt uns zu. Auch Andrea begrüßt uns freundlich. Im Moment trägt Kurts langjährige Polizeipartnerin ihre Haare raspelkurz mit langen türkisen Strähnen. Der Aufstieg ins Morddezernat ermöglichte es Andrea, ihrer wilden Seite freien Lauf zu lassen. Als sie noch Landpolizistin im Ortsposten war, konnte sie sich weder zu ihrer Homosexualität noch zu ihrem Faible für ausgefallene Frisuren offen bekennen.

»So schnell sehen wir uns wieder, Rosi«, sagt sie und zwinkert mir zu. Ich antworte nicht, sondern spitze lieber die Ohren. Vielleicht bringe ich ja ein paar Informationen in Erfahrung.

Doch Kurt lässt sich nicht in die Karten schauen. »Ich vernehme Herrn Bogenhofer. Andrea, hol du doch bitte den Chef dieses Ladens und sorg dafür, dass Cindys Spind geöffnet wird. Auch die anderen Tantraseminar-Teilnehmer sollen kommen. Ich möchte auch einen Blick in deren Kästchen werfen. Sie werden ihre Spinde bestimmt freiwillig öffnen, zumindest die Wimmersleute.«

Andrea nickt. Ich schrecke hoch. »Cindy?«, wiederhole ich flüsternd.

Keiner sonst scheint Kurts vermeintlichen Versprecher bemerkt zu haben. Es ist gerade so, als wäre dieser Hinweis nur an mich adressiert. Ich klappe den Mund auf und zu. Kurt presst die Lippen aufeinander. Aber seine Augen verraten mir, dass ich meine Frage Andrea stellen soll. »Rosi, du hältst dich zurück und beobachtest nur. Und das so lange, bis feststeht, ob wir deine Hilfe als Beraterin benötigen.«

Ich nicke. Seit dem letzten Fall darf ich gelegentlich Kurt mit Rat und Tat zur Seite stehen. Manchmal kann die Sichtweise einer alten Frau neues Licht ins Dunkel bringen. Und nicht so selten benötigt Kurt mich als vertrauenserweckende Omafigur. Einem Polizisten verheimlicht man gern etwas, doch eine nette, fürsorgliche Großmutter zu belügen ist selbst für ausgekochte Kriminelle eine Herausforderung.

Kurt nimmt Mike am Ellenbogen, und die beiden verschwinden nach hinten. Andrea spricht ins Funkgerät. »Ja, riegelt vorsorglich die ganze Anlage ab. Keiner darf rein oder raus. Und schafft mir diesen Herrn Pfeiffer samt Spindschlüssel her.« Zufrieden steckt sie das Funkgerät zurück in ihren Gürtel.

»Welcher Spind gehörte der Vermissten?«, fragt sie dann Hubert. Dieser zeigt auf das Kästchen mit der Nummer achtundsechzig.

»In Ordnung. Ihr könnt dann ruhig wieder zu den Becken

gehen. Rosi darf bleiben.« Andreas Worte sind weder eine Bitte, noch lassen sie einen Widerspruch zu.

»Aber wir bekommen Bescheid, wenn Beate auftaucht oder ihr etwas in Erfahrung bringt, ja?«, fragt Hubert aufgelöst.

»Natürlich«, antworte ich an Andreas Stelle. Hubert tut mir leid. Augenscheinlich macht er sich wirklich große Sorgen um seine Seminarpartnerin.

Sepp nimmt die Zügel in die Hand und schnappt die beiden Wimmersleute, um mit ihnen in Richtung Becken abzurauschen. Als Andrea und ich allein sind, stelle ich endlich die Frage, die mir seit Kurts Tipp auf der Zunge brennt. »Was hat es mit Beate auf sich?«

»Guckst du hin und wieder Schlagersendungen?« Andrea zieht die Augenbrauen hoch, als wäre ihr zusammenhangloses Geplapper eine Antwort.

»Nein. Wie kommst du jetzt darauf?«, blaffe ich zurück.

Andrea grinst. »Schade. Dann sagt dir der Name Cindy Glimmer wohl nichts, oder?«

Ich stemme empört die Hände in die Hüften. »Also bitte. Man müsste schon taub, blind und blöd gleichzeitig sein, um nicht zu wissen, wer das ist. Cindy Glimmer ist *der* Musikstar überhaupt. Die österreichische Helene Fischer. Auf jedem zweiten Magazinblatt grinst mir dieses aufgedonnerte Schlagersternchen entgegen. Und das Radio braucht man erst gar nicht anzuschalten. ›Tausend Frösche hab ich geküsst, doch mein Prinz bleibt vermisst …‹«, äffe ich die säuselnde Stimme der Sängerin nach.

Andrea lacht. »Und trotzdem hast du sie nicht erkannt, als sie direkt vor dir stand«, reimt sie in der gleichen Stimmlage.

Wie Schuppen fällt es mir von den Augen. Ich möchte etwas sagen, doch es verschlägt mir die Stimme, und ich bekomme nur ein schwaches »Du willst, du willst …« heraus.

»Ich will damit sagen, dass Wimmers Liebessumsi Beate Sommerfeld niemand anderer ist als die Chartstürmerin Cindy Glimmer. Aber pst!« Andrea drückt den Zeigefinger an die Lippen.

Gerade noch rechtzeitig unterbinde ich den Drang, noch weitere Fragen zu stellen. Schon biegen zwei Beamte mit einem sichtlich nervösen und ungewöhnlich kurz geratenen Anzugträger ums Eck. »Herr Pfeiffer, Stefan, nehme ich an«, begrüßt Andrea ihn.

»Was soll das! So eine Unverschämtheit. Sie können doch nicht einfach so meine Therme abriegeln. Was sollen die Leute denken? Das ist ein Ort der Entspannung und keine Schauspielbühne für ein James-Bond-Stück. Ich will Ihren Vorgesetzten sprechen, aber dalli!«, wettert Pfeiffer los. Sein Gesicht verfärbt sich dabei bis zur Unkenntlichkeit.

Rot und lila werden Menschen schnell, wenn sie erregt und zornig sind. Doch Herr Pfeiffer wird richtig schwarz rund um die Nase. So also sieht jemand aus, der Gift und Galle spuckt. Na, hoffentlich hat der gute Mann im Normalbetrieb ein stärkeres Nervengerüst. Nach Luft schnappend greift er sich plötzlich ans Herz. Seine Augen quellen hervor. Noch bevor den anderen klar wird, was gleich geschieht, rufe ich Andrea zu: »Einen Krankenwagen! Wir brauchen einen Notarzt!« Andrea sieht mich verständnislos an. Dann verdreht Pfeiffer auch schon die Augen, und nur noch das rotgeäderte Weiß blinkt uns entgegen. Keuchend bricht er zusammen. »Ruf die Rettung. Er hat einen Herzanfall«, wiederhole ich nur.

Endlich wird auch Andrea der Ernst der Lage klar. Sie alarmiert das Rote Kreuz. Die beiden Polizisten beginnen mit den Erste-Hilfe-Maßnahmen. Blut rauscht in meinen Ohren. Ich spüre, wie auch mein Blutdruck in die Höhe schnellt. Ich balle die Hände zu Fäusten, um sie gleich darauf mit den inneren Worten »Ruhig bleiben, Rosi, ruhig bleiben!« wieder zu entspannen. Wenn ich unter Druck stehe, klingt meine innere Stimme immer wie die meines verstorbenen Mannes Horst. Horsts tiefer Klang ist mein steter Begleiter, mein Fels in der Brandung. Auch jetzt hilft er mir. In mir kehrt Ruhe ein. Das Gewühl um uns wird im Gegenzug immer lauter und hysterischer. Das Schauspiel bleibt nicht länger vor den Badegästen verborgen. Mehr Leute strömen herbei und umringen uns, während die Beamten um das Leben des Thermendirektors kämpfen.

»So ein Mist«, beschwert sich Andrea genervt. »Dieser Notfall hält uns alle von den Ermittlungen ab. Die ersten Stunden nach dem Verschwinden einer Person sind die wichtigsten.« Sie hält nach Kurt Ausschau.

»Es wird alles gut«, verspreche ich und bin mir nicht sicher, ob ich diese Worte an mich oder an Andrea gerichtet habe.

Rosi darf schnüffeln

Rosis Wassertipps, Teil 3
Schnell nachfettendem Haaransatz wirkt man am besten entgegen, wenn man nach der Haarwäsche die Kopfhaut mit leicht kühlem Wasser (28–30°C) nachspült.

Es gibt Momente im Leben, da verfliegt die Zeit rasend schnell. Genau so einer spielt sich gerade vor meinen Augen ab. Während Sanitäter sich durch die Menschenmenge drängen und die Wiederbelebungsmaßnahmen fortsetzen, kommen endlich Kurt und Krishna Mike wieder zu uns. Kurt erfasst mit einem Blick, was vorgefallen ist. Er flucht. Andrea legt ihm die Hand auf die Schulter. »Herr Pfeiffer«, sagt sie. Kurt nickt.

Dann unterhalten sie sich abgehackt im Flüsterton. Ich schnappe nur Bruchstücke auf. Es geht um den Fall, nicht um Pfeiffers Herzinfarkt. Die Wörter »Erpressung«, »Sex« und »Karriere« fallen mehrmals. Trotz der spärlichen Informationen reimt sich mein kriminalistisch aktives Gehirn eine Story zusammen. Ich schlucke. Rau und trocken fühlt sich meine Kehle an, obwohl die Luftfeuchtigkeit auch in den Garderobenräumlichkeiten schier unerträglich hoch ist. Ich spüre, wie meine Schleimhäute im Nasen-Rachen-Raum anschwellen. Schwer atme ich ein. Dann konzentriere ich mich wieder auf die Rettungsleute.

»Noch einen!«, schreit einer der Sanitäter. »Alle zurück!«, plärrt er dann. Herr Pfeiffer zuckt unter den Stromstößen des Defibrillators. Schweiß steht den Rettungskräften auf der Stirn. Auch mir fließt ein dünnes Rinnsal den Rücken hinab. Ich schlucke wieder. Als Kurt vorhin meinte, ich solle nur zusehen und nicht handeln, war mir nicht bewusst, auf welch grausame Art und Weise ich das gegebene Versprechen nun einhalten muss. Ich möchte gern helfen, doch ich kann nicht.

»Mein Bruder!«, schreit plötzlich jemand, und schon stürzt ein etwas dünneres Exemplar von Herrn Pfeiffer in die Mitte des Geschehens.

Ich sehe doppelt. Doch nicht nur ich. Auch Andrea verengt eine Sekunde lang die Augen zu Schlitzen.

»Zurückbleiben!«, ruft der Sanitäter wieder.

Gleichzeitig reißen Andrea und ich Pfeiffers Doppelgänger nach hinten.

»Mein Bruder. Sein schwaches Herz. Er soll sich nicht aufregen«, keucht dieser verstört.

»Schon gut. Wir tun alles für ihn«, sage ich und tätschle seine Schulter.

»Wir haben einen Rhythmus!«, schreit der erste Sani.

»Stabilisieren und dann nichts wie ab nach draußen. Der Hubschrauber wartet!«, antwortet der zweite.

Auf der Anzeige des Defibrillators schwingt eine regelmäßige Sinuskurve auf und ab – ein gutes Zeichen. Erleichterung ist greifbar und doch in der feuchtschweren Luft der Therme nicht wirklich zu fassen. »Ihr Bruder wird wieder gesund«, sage ich bestimmt zu dem schlankeren Direktor-Doppelgänger.

»Hoffentlich«, erwidert dieser heiser. Noch immer lehnt er seinen Körper nach vorn, als würde er absprungbereit darauf warten, seinem Bruder zu Hilfe zu eilen.

»Sind Sie Herr Phillip Pfeiffer, der stellvertretende Direktor?«, fragt Andrea.

»Ja. Er ist mein älterer Zwilling.« Phillip Pfeiffer zeigt aufgelöst auf seinen Bruder, der gerade auf eine Trage gehievt wird. »Ich war auf einem Geschäftstreffen, bin vor wenigen Minuten zurückgekehrt und dann … dann …« Er schluchzt. Die Worte sind ihm verloren gegangen. Stattdessen sammeln sich Tränen in seinen Augenwinkeln.

»… und dann purzeln Sie in ein schreckliches Chaos«, beende ich den Satz für ihn. Er brummt zustimmend.

»Wir brauchen dennoch Ihre Hilfe und Mitarbeit, Herr Pfeiffer. Eine junge Frau wird vermisst. Vermutlich wurde sie entführt«, ergreift Andrea das Wort.

»Hier aus der Therme?«, fragt Pfeiffer ungläubig nach. Andrea nickt. Dann schweigen wir alle und beobachten, wie der Thermendirektor abtransportiert wird.

»Mein Bruder«, stöhnt Pfeiffer abermals. Ich merke, wie er mit sich kämpft. Am liebsten möchte er die Sanitäter begleiten, aber wir sind ihm im Weg.

»Ich verspreche Ihnen, dass Sie ihm gleich ins Krankenhaus folgen können. Sie müssen uns nur Beates Spind öffnen und Zutritt zur Videoüberwachung verschaffen«, sagt Andrea.

Verdattert blickt er sie an. »Ich verstehe nicht.«

»Dann kommen Sie mal mit. Gehen wir in Ihr Büro, da können wir in Ruhe sprechen«, mischt sich Kurt ein.

»In Ordnung.« Pfeiffer gibt sich geschlagen, bleibt aber wie ein nasser Sack Kartoffeln am Boden hocken. Ich greife ihm unter die Arme und helfe ihm hoch. Dann gehen Kurt, Andrea, ich und Pfeiffer in Richtung Glasaufzug, während die Beamten alle Hände voll zu tun haben, die Badegäste von den Thermenspinden zurückzuhalten. So ein Chaos hatte wohl niemand der hier Anwesenden im Sinn, als er heute Morgen in Richtung Therme und Entspannung aufgebrochen ist. Ich für meinen Teil säße nun lieber am warmen Kachelofen, als hier inmitten eines verworrenen Kriminalfalles zu stecken.

Im Büro angekommen lässt sich der Vizedirektor schwer in seinen großen Lederdrehsessel fallen. Müde streift er sich die wenigen Haare aus der Stirn. Ich schätze ihn auf Mitte fünfzig. Aber sowohl die Kilos zu viel auf den Rippen als auch die beginnende Glatze lassen ihn wesentlich älter aussehen. Ich blicke mich um. Es gibt außer einem einzigen Stuhl auf der anderen Seite des breiten Schreibtisches keine anderen Sitzmöbel im Raum. Das Büro ist generell sehr spärlich eingerichtet. Ich würde es sogar als karg beschreiben. Eine Topfpalme steht in der Ecke, und natürlich ist der Schreibtisch mit den üblichen Geräten wie Bildschirm, Computer, Drucker und Telefon bestückt. Von persönlichen Gegenständen fehlt jede Spur. Normalerweise schmücken sich die Menschen ihren Arbeitsplatz mit Familienfotos, Souvenirs oder zumindest irgendwelchen Diplomen oder Urkunden. Doch außer einer Fotoaufnahme der gesamten Thermenanlage suche ich vergeblich nach einem Bild an der Wand.

Andrea nimmt auf dem freien Stuhl Platz und beugt sich nach vorn. Kurt steht hinter ihr und hält die Lehne fest. In ruhigen Worten erklärt er, was vorgefallen ist. »Wir wissen nicht viel, Herr Pfeiffer. Nur, dass Cindy Glimmer im Rahmen ihres Seminars Gast in der Therme war. Leider wurde die junge Frau von einem Unbekannten erpresst. Es liegen schon diverse Anzeigen vor. Wir hegen nun die Befürchtung, dass der Erpresser Ernst gemacht hat und Cindy aus der Anlage entführt wurde. Um genauere Ermittlungen anstellen zu können, brauchen wir Zugang zu ihrem Spind, den Überwachungsbändern und ihren Aufzeichnungen. Der Gerichtsbeschluss für die Durchsuchung ist unterwegs. Wir verlieren nur Zeit!«

Pfeiffer starrt ins Leere wie ein Kind, das ins Narrenkasterl schaut. Nur seine Hände streichen wie in Trance über die Schreibtischschublade. Es sieht für mich so aus, als würde er sich unablässig versichern wollen, dass die Schublade geschlossen ist. Ich schlucke nervös. Meine Nackenhaare stellen sich auf. Anscheinend fällt Pfeiffers Streichelwahn sonst niemandem auf. Am liebsten würde ich auf die andere Seite des Schreibtischs hechten und nachsehen, aber ich darf nicht. Geduld, mahne ich mich selbst und atme tief durch.

Kurt beugt sich über Andrea und haut mit der Hand auf den Tisch. Vor Schreck fällt Pfeiffer fast von Sessel. »Haben Sie mich verstanden?«

»Ja, ja … ist gut. Machen Sie ruhig. Es ist nur, dass …« Wieder gleitet sein Blick in die Ferne ab.

»Was?«, frage ich nach.

»Die Videoüberwachung. Sie ist in einigen Bereichen defekt. Bei den Becken und im Ausgangsbereich funktioniert sie, aber das Restaurant und der Eingangsbereich sind im Moment nicht überwacht. Es gab gestern einen Kurzschluss.«

Kurts Gesicht verfinstert sich. »Mist!«, flucht er. »Geben Sie uns einfach, was Sie haben.«

Pfeiffer nickt eifrig. Er ist das glatte Gegenteil seines um nur wenige Minuten älteren Bruders. Ohne langes Reden erteilt er jede Erlaubnis. Mit seinen Gedanken scheint er ohnehin ganz woanders zu sein. Kurz zweifle ich sogar daran, ob er weiß, worum es überhaupt geht, oder ob er nur seinen Bruder im Kopf hat.

Dann aber sagt er unverhofft: »Ich finde diese Cindy wunderbar. So eine tolle Stimme. Hoffentlich ist ihr nichts zugestoßen.« Nervös pult er an seinen Fingernägeln herum. Blut sammelt sich bereits rund um seinen Daumennagel. Er wischt es in die dunkle Hose. »Ich lasse das Garderobenkästchen gleich öffnen.« Endlich ruft er einen seiner Mitarbeiter an. »Erledigt«, sagt er dann und berührt abermals die Schublade. Dann sieht er auf die Uhr.

Kurt spürt wie ich, dass Pfeiffer keine große Hilfe mehr ist. Der Mann will einfach nur zu seinem Bruder. »Gut, Sie können in Begleitung eines Kollegen ins Krankenhaus. Ich bitte aber um Geheimhaltung. Bislang weiß noch niemand, ob es sich tatsächlich um eine Entführung handelt, oder ob Frau Glimmer bald wieder auftaucht«, mahnt Kurt.

Pfeiffer nickt dankbar. Dann verlässt er fluchtartig mit einem Beamten das Büro.

Kurt kräuselt einen Moment die Stirn. »Ein seltsamer Mensch. Los geht's!«, kommandiert er uns runter in die Garderobe.

Ich folge ihm, aber nur ein paar Schritte. Unbemerkt streife ich die Spinduhr ab und lasse sie in die Bademanteltasche gleiten. Dann bleib ich stehen. »Ich muss noch mal zurück ins Büro, mein Thermenarmband muss heruntergefallen sein!«, sage ich und hebe demonstrativ die Hand. Kurt nickt. Ich laufe zurück. Hastig ziehe ich die Tür hinter mir ins Schloss. In Windeseile bin ich bei der Schublade und ziehe daran. Verschlossen. So ein Mist aber auch. Wo könnte Pfeiffer den Schlüssel versteckt haben? Ein derart aufgeräumtes Büro ist nicht nur unheimlich, sondern auch rar an guten Geheimplätzen. Wenn er den Schlüssel nicht permanent mit sich herumschleppt, dann muss er irgendwo sein. Ich rüttle an den restlichen Schubladen, die sich alle problemlos öffnen lassen. Doch ich werde nicht fündig.

Die Uhr an der Wand tickt unablässig. Ich werde nervös. Wenn ich zu lange wegbleibe, schickt Kurt noch jemanden, um mich zu holen. Mein Blick fällt auf den nagelneu blitzenden

Drucker. Der Deckel des integrierten Scanners ist leicht schief. Das würde ein pedantischer Mensch wie dieser Pfeiffer nicht dulden. Ich öffne ihn. Klein und silbern liegt der Schlüssel auf der Glasplatte. Jetzt aber schnell. Ich nehme ihn und schließe auf.

Die Schublade ist ähnlich aufgeräumt wie das ganze Büro. Nur Papierkram, fein säuberlich geordnet, befindet sich darin und ein kleines braunes Album. »Fotos«, prangt in goldener Prägung auf dem Lederumschlag. Ich kenne diese Alben. Man schiebt die Bilder einfach zwischen die durchsichtigen Folien und den Karton. Einfach, praktisch und sauber. Mein Herz rast. Mit feuchten Fingern greife ich danach und blättere es durch. Kindheitsfotos. Fotos mit seinem Bruder. Ein Bild von einem fetten Schäferhund und den beiden Pfeiffer-Brüdern und – mir stockt der Atem – Cindy Glimmer in vollem Bühnenoutfit. Sie hat den Arm um Pfeiffer gelegt und die Lippen zu einem Kussmund gespitzt. Ich ziehe das Foto aus der Folie und drehe es um. »Anlässlich der Vereinsgründung: Als ›Cindy Glimmer forever‹-Fanclub-Vorstand darf ich hinter die Bühne.«

Ich runzle die Stirn. Pfeiffer ist ein echter Cindy-Glimmer-Fan und nicht nur ein normaler Hörer. Ich will gerade das Album zurücklegen, als mir auffällt, dass die Seite zu dick ist. Abermals ziehe ich an dem Foto, greife aber gleichzeitig nach dem Karton. Tatsächlich! Mein Tastsinn hat mich nicht getäuscht. Pfeiffer hat hinter das Fanclub-Foto ein Kartonblatt geschoben, das sich nun gleichzeitig mit dem Bild löst. Und dahinter steckt ein weiteres Bild. Es ist schrecklich unscharf, und ich muss blinzeln. Ist sie es oder nicht? Die Haare sind anders. Wellig und nicht so schnurgerade wie vorhin. Und dennoch … Ich ziehe die Luft scharf in meine Lungen. Sie ist es. Wahrscheinlich …? Sicher …! Cindy beziehungsweise Beate, ungeschminkt und aus ganzem Herzen lachend. Diese gravierende Ähnlichkeit ist vorhanden, aber das Bild ist einfach zu verschwommen. Ich verenge die Augen zu Schlitzen und betrachte den Schnappschuss. Beate hält die Hand vors Gesicht, als würde sie sagen wollen: Keine Knipserei, bitte! Und gleichzeitig sieht sie aus, als würde sie gerade immensen Spaß haben. Ob Pfeiffer auch privat mit Beate Kontakt hatte? Oder hat er das Bild aus dem Internet heruntergeladen und ausgedruckt? In der heutigen Zeit ist niemand davor gefeit, unfreiwillig im Netz zu landen. Da sieht man James-Bond-Darsteller Daniel Craig untrainiert und mit Speckwamperl am Strand joggen oder Angelina Jolie ungeschminkt und mit Pickeln im Gesicht. Ein Sternchen wie Cindy Glimmer ist gewiss auch ein gefundenes Fressen für Amateurfotografen und Internetfuzzis.

Meine Gedanken rasen. Am liebsten möchte ich das Bild mitnehmen, aber Pfeiffer würde es bestimmt bemerken. Daher nehm ich mein Handy und danke Gott dafür, dass mein Sohn Raphael mich dazu genötigt hat, ein Smartphone zu kaufen. Ich wische über das Display und fotografiere das Bild. Dann schiebe ich den Karton und die Fotos wieder an ihren Platz und lege das Album fein säuberlich zurück. Auch den Schlüssel platziere ich auf dem Scanner. Jetzt aber schnell, denke ich mir und mache mich auf den Weg zurück zu Kurt.

Während ich nach unten laufe, mach ich mir das Armband wieder ums Handgelenk. Soll ich Kurt von meiner Entdeckung berichten?, frage ich mich, als ich die letzten Stufen erreicht habe. Doch noch während ich den Gedanken habe, schüttle ich den Kopf. Wenn Kurt bemerkt, dass ich bereits wieder auf eigene Faust herumschnüffle, schließt er mich vom Fall aus, bevor dieser erst richtig begonnen hat. Alles zu seiner Zeit, sage ich mir.

Die Beamten haben ganze Arbeit geleistet. Alle Besucher und Mitarbeiter wurden ins Restaurant gebracht. Nur der Mann, der Beates Spind aufgeschlossen hat, und ein junger Polizist erwarten uns in der Garderobe. Ansonsten ist die ganze Anlage menschenleer. Auch Sepp und die Wimmers sind nicht aufzufinden. Ich hätte Sepp gern bei mir, aber das würde wohl für zu viel Aufruhr sorgen. Deshalb behalte ich meinen Wunsch für mich. Der Thermenmensch stellt sich mit dem Namen Klaus vor und macht eine auffordernde Bewegung. »Das Garderobenkästchen ist offen«, sagt er kurz.

»Nummer achtundsechzig«, rufe ich Kurt Beates Schranknummer in Erinnerung. Kurt dreht sich zu mir um. Ich hebe meine Hand und schwenke das Armband. Er nickt zufrieden. Dann zieht er sich Handschuhe über und öffnet die Tür. Kleidung hängt am Haken, und ein Handtäschchen steht darin. Kurt durchsucht es. Ausweispapiere, Geldbörse, ein Mobiltelefon und Tampons. Eine ganz gewöhnliche Handtasche.

Wie vom Schicksal bestellt, klingelt das Handy. Kurt geht ran und schaltet auf Lautsprecher. Eine hysterische Frauenstimme quiekt heraus. »Bea, Schätzchen, bin ich froh, dass du abnimmst. Dieser Verrückte hat wieder angerufen und behauptet, er hätte dich in seiner Gewalt und will jetzt eine halbe Mille. Ach, Bea, mein Mäuschen. Ich –«

»Tut mir leid, dass ich Sie unterbreche, aber hier spricht die Polizei. Wir ermitteln gerade in einem Vermisstenfall. Darf ich erfahren, wer Sie sind?«, sagt Kurt.

Auf der anderen Seite – ein Schrei. Dann Geheule und Schluchzen. »Bea, meine Bea. Mein Sternchen«, wimmert die Anruferin.

»Wer sind Sie?«, fragt Kurt erneut. Noch immer keine Antwort. »Jetzt reißen Sie sich zusammen und sagen Sie etwas!«, ruft Kurt in den Hörer.

Die Frau keucht wie ein Pferd, aber Kurts Ermahnung wirkt. Die nächsten Worte kann man trotz der zitternden Stimme verstehen. »Ich ... ich ... ich ... bin Valerie Sommerfeld, Beas Mutter und Managerin.«

»In Ordnung. Hören Sie gut zu, Frau Sommerfeld. Es geht um das Leben Ihrer Tochter. Sie ist verschwunden, und wir suchen gerade nach Spuren. Was wissen Sie darüber?«

»Dieser ... dieser Wahnsinnige. Er stalkt Bea. Er erpresst sie. Andauernd ruft er am Geschäftshandy an, schreibt Briefe ... Er ... er ... er ...« Sie schluchzt wieder.

»Atmen Sie durch, Frau Sommerfeld. Gehen Sie auf keinen Fall mehr ans Telefon, verstanden?«

Keine Antwort am anderen Ende. Kurt rollt die Augen. Er bemüht sich, weiter gelassen mit Frau Sommerfeld zu reden.

Doch es fällt ihm sichtlich schwer. Er reibt sich das stoppelige Kinn. Im tiefen Bariton fragt er weiter: »Wo sind Sie momentan, Frau Sommerfeld? Wir müssen in aller Ruhe miteinander reden, wenn wir Bea helfen wollen.«

»Ich … ich bin unten in Geinberg, im Ap… Apartment. Ich hab Bea frisch gewaschene Kleidung gebracht und … und …«, presst Frau Sommerfeld hervor. Dann wimmert sie nur noch.

Ich höre, wie das Handy zu Boden fällt und ihre Stimme im Rauschen der Leitung verschwindet.

»Wissen wir, wo dieses Apartment ist?«, fragt Andrea.

Ich nicke. »Die Wimmers und der Mike wissen es. Sie sind auch dort einquartiert.«

Kurt dreht sich um und fischt das Funkgerät hervor. Er gibt Anweisungen, die Frau holen zu lassen.

»Na, hoffentlich ist sie nicht auch kollabiert«, wünscht sich Andrea laut.

Ich zucke die Schultern. Solch ereignisreiche Stunden habe ich noch nie erlebt, und ich bin harte Brocken vom Schicksal gewöhnt.

Starke Menschen erhalten starke Aufgaben im Leben, höre ich Horst in mir. Ein Frösteln kribbelt mir im Nacken. Na, hoffentlich überschätzt mich der liebe Herrgott nicht und mutet mir zu viel zu.

Als wäre es ein weiteres Zeichen von oben, wendet sich Kurt mir zu und sagt bestimmt: »Diese Frau Sommerfeld musst du beruhigen, Rosi. Bis die Psychotante da ist, vergeht zu viel Zeit. Du arbeitest wieder offiziell mit, in Ordnung? Wir brauchen eine vertrauenswürdige Gehilfin mit dem richtigen Gespür für die seelischen Nöte.«

Das Kribbeln wird intensiver. Zum Glück hab ich Kurt nichts von meiner kleinen Schnüffelei im Büro erzählt. Rosi ist dabei. Rosi darf schnüffeln. Und ja, obwohl die Umstände wieder einmal schrecklich sind, freue ich mich darauf.

Der Stalker

Rosis Wassertipps, Teil 4
Bei Stress mindestens 2–3 l Wasser trinken, das senkt den Blutdruck. Kneipp'sche Wechselgüsse mindern ebenfalls Stresssymptome.

Kurt in Hochform zu beobachten, ist eine wahre Freude. In Windeseile hat er seine Leute neu eingeteilt. Ein Trupp bewacht weiterhin die Gäste und Angestellten im Restaurant. Kurt hat dafür gesorgt, dass die Polizei Kuchen und Kaffee für alle organisiert. Andrea und ein weiterer Kollege namens Alex durchsuchen die Spinde der Seminarteilnehmer, die sowohl Hubert und Herta als auch Mike bereitwillig geöffnet haben. Zwei weitere Polizistinnen, die aussehen wie achtzehnjährige Schulmädchen, holen Frau Sommerfeld aus dem Apartmenthaus. Mich hat er in einen abgeschiedenen Mitarbeiterraum gebracht, in dem nicht mehr steht als eine Eckbank, ein Tisch, einige Stühle und zum Glück eine Kaffeemaschine. Unaufgefordert drückt Kurt eine Kapsel in die Maschine und stellt mir eine Tasse hin. Er kennt mich genauso gut wie ich ihn, und er weiß um meine Leidenschaft für das dunkle Gebräu.

»Setz dich«, fordert er mich auf. Ich lasse mich auf einem Stuhl nieder. »Gut, wir müssen ganz behutsam vorgehen, Rosi. Aber das hast du ja im Blut. Frau Sommerfeld ist anscheinend mit den Nerven am Ende.«

»Ja«, sage ich nur und nippe am Kaffee.

»Meine Kolleginnen bringen sie gerade hoch, aber sie zweifeln daran, dass sie überhaupt vernehmungsfähig ist.«

»Ich bekomm das hin«, versichere ich ihm.

Kurt nickt. »Sie ist die einzig ernst zu nehmende Spur im Augenblick. Und in Anbetracht der Sachlage schwebt Cindy höchstwahrscheinlich in ernst zu nehmender Gefahr.«

»Erzähl mir, was du weißt«, fordere ich Kurt auf. Er setzt sich endlich hin. »Es gibt schon seit Längerem einen Fall Beate Sommerfeld alias Cindy Glimmer bei uns auf der Wache.«

»Tatsächlich«, stelle ich fest.

Kurt brummt tief und energisch. »In den letzten vier Monaten hat Cindy siebenundzwanzig Anzeigen wegen Erpressung, Stalking und Sachbeschädigung gemacht. Das kleine Sternchen wird von einem wahnsinnigen Fan fertiggemacht und verfolgt. Zu Beginn haben wir es gar nicht ernst genommen. Er hat ihr Internetausdrucke und Magazinausschnitte geschickt, auf denen Cindy in männlicher Begleitung war. Du weißt schon ... diese angebliche Liebesstory vor einem halben Jahr? Zwischen ihr und diesem Schleimer-Schlager-Tenor.«

»Du meinst Moritz Magento.«

»Auf jeden Fall hat dieser vermeintliche Fan jede Hemmung verloren, als Cindy mit dem Moritz am Strand abgelichtet worden war. Angeblich schwer verliebt.« Kurt bläst theatralisch Luft zwischen seinen Lippen durch. »Es war alles nur für die Presse fingiert, aber das konnte der Fan ja nicht wissen. Er hat ihr gedroht, dass sie kein anderer Mann anrührt außer ihm. Sie seien füreinander bestimmt und so weiter. Man kennt das ja.« Kurt greift gedankenverloren nach meiner Tasse und nimmt einen Schluck, um gleich darauf angewidert das Gesicht zu verziehen. Im Gegensatz zu mir trinkt Kurt seinen Kaffee mit mehr Milch und Zucker, als unsereins in eine Süßspeise schütten würde. Schwarz, kurz und stark, wie ich ihn genieße, ist eine wahre Strafe für seine an Zucker gewöhnten Geschmacksknospen.

»Und weiter?«, hake ich nach.

»Sein Ton hat sich geändert. Er hat nicht länger nur Liebesbekundungen geschickt, sondern Drohungen. Wir vermuten, dass er sogar ihre Katze vergiftet hat.«

»Wie hat er das geschafft? Beate wohnt doch sicher nicht für jedermann zugänglich wie Otto-Normal-Frau, oder?«

»Sie wohnt ziemlich gewöhnlich, geht aber so gut wie nie aus dem Haus. Beate bestellt sogar das Katzenfutter per Internet, und die Zusteller wechseln. Der Täter könnte unter Umständen also die Packungen mit Gift versehen haben. Aber hör zu ...« Kurt macht eine unheilschwangere Pause und lehnt sich etwas vor. »Richtig schlimm wurde es erst, als der Stalker erfahren hat, dass Beate nicht die Sauberfrau ist, wie sie die Medien gern präsentieren. Sie wird ja im Fernsehen als reiner Engel dargestellt, der auf die wahre Liebe wartet und deshalb sogar Moritz Magento abserviert hat. Der Stalker hat irgendwie herausgefunden, dass Beate in diversen Sex-Foren unterwegs ist und mit diesem Kamasutra-Heini eine Beziehung hat.«

»Er hat sie also tatsächlich verfolgt. Im Privatleben genauso wie im Starrummel«, sinniere ich, und diese Informationen rücken Pfeiffers Foto in ein ganz anderes Licht. Einen Moment lang will ich Kurt von meiner Entdeckung erzählen, aber dann spricht er schon weiter.

»Ja. Und mit der Erkenntnis, dass seine reine Madonna schmutzig und sexbesessen –«

»Kurt!«, zische ich.

Er verzieht entschuldigend das Gesicht. »Na ja, eben nicht keusch und lieb ist, hat er seine Methode nochmals geändert. Seither erpresst er sie. Er will zweihundertfünfzigtausend Euro, oder alle Welt erfährt, wie sexbe... ähm, leidenschaftlich Beate als Privatmensch unterwegs ist. Der letzte polizeibekannte Brief war eine Morddrohung, gespickt mit dem Kopf von Beates getöteter Schildkröte Morla.«

»Er hat also nicht nur die Katze am Gewissen?«, frage ich entrüstet.

Kurt hebt die Schultern. »Wie es aussieht, hat er das Tier direkt aus dem Winterschlaf geholt und ihm den Kopf abgeschnitten. Die Schildkröte war im Keller von Beates Haus eingewintert. Es ist also ernst, sehr ernst.« Kurt verschränkt die Arme vor der Brust und lehnt sich zurück.

Ich atme schwer aus. Meine Gedanken fahren Karussell. Der Stalker war Beate also mehr als nur nahegerückt. Könnte es der Pfeiffer gewesen sein? Aber mit der Entführung kann er doch eigentlich nichts zu tun haben, oder? Er war die ganze Zeit unter unserer Beobachtung, und jetzt ist er im Krankenhaus bei seinem Bruder. Gestalkt könnte er Beate aber trotzdem haben.

Verbissen kaue ich auf meiner Unterlippe. Ich bin da auf eine Spur gestoßen. Die Frage ist nur, ob sie mit dem Vermisstenfall zu tun hat oder nicht. Auf alle Fälle muss ich herausfinden, woher Pfeiffer das verschwommene Foto hat. Wie eine Reflexion blitzt das Gesicht der jungen Frau vor meinem geistigen Auge auf. Nur kurz habe ich Beate zu Gesicht bekommen, aber dass sie privat ein ganz anderer Mensch sein muss als auf der Bühne, war mehr als offensichtlich. Nicht einmal wenn mich jemand darauf aufmerksam gemacht hätte, dass ein Star unter den Badegästen weilt, hätte ich sie erkannt. Sie war so normal, unscheinbar und geradezu durchsichtig, dass dieser Fan ihr wahrlich Tag und Nacht auf den Fersen gewesen sein muss. Anders kann ich mir nicht erklären, dass er über ihr Tantra-Hobby Bescheid wusste. Oder war er gar ein Mitglied der Tantra-Gruppe und deshalb so nah an ihr dran? Ein fest verschnürter Knoten in der Kehle macht mir das Schlucken schwer. Kurz schließe ich die Augen.

Dann fixiere ich Kurt. »Das arme Mädchen.«

»Ja. Hoffen wir, dass sie schnell wieder auftaucht oder wir zumindest eine heiße Spur finden. Sonst können wir nur für das arme Ding beten.«

Die Tür fliegt auf. Die Polizistinnen sind da und mit ihnen Beates Mutter und Managerin.

Valerie Sommerfeld sieht aus wie ein Gespenst. Wie ein aschfahles, gruseliges, aufgedonnertes Gespenst mit weinroten Lippen, hochtoupierter blonder Achtziger-Jahre-Mähne und blutunterlaufenen Augen. Sie ist modisch irgendwo in der Zeit der Spider Murphy Gang, Nicole und Bonnie Tyler hängen geblieben. Ganz im Stil dieser Jahre trägt sie knallbunte Leggins, eine Lederjacke mit Nieten und schrecklich alberne Cowgirl-Stiefeletten. Es fehlen nur die Schulterpolster, und schon könnte man sie direkt mit der Zeitmaschine zurückschicken. Sie torkelt beim Gehen. Die größere der Polizistinnen reagiert geistesgegenwärtig. Obwohl die beiden Beamtinnen noch reichlich jung sind, haben sie anscheinend schon ausreichend Schulung in Körpersprache erhalten. Gerade rechtzeitig greift die Polizistin Frau Sommerfeld unter die Arme, bevor diese zusammenbricht.

Schnell verfrachten die Beamtinnen die aufgelöste Frau auf einen Stuhl. Sie sackt zusammen und lässt den Kopf auf die Tischplatte fallen, dann verschränkt sie die Arme über dem

Haupt und wimmert immerzu leise den Namen ihrer Tochter. »Bea, Bea, Bea …« Die beiden Polizistinnen heben hilflos die Schultern, als wollten sie damit andeuten, welch sinnloses Unterfangen eine Befragung von Sommerfeld ist.

Kurt bittet die beiden Polizistinnen mit einer entschiedenen Kopfbewegung darum, still zu sein und Platz zu nehmen. Die beiden setzen sich und bemühen sich darum, nicht allzu ernst zu schauen. Es misslingt ihnen aber. Mehr als einen angestrengt verzogenen Mundwinkel bringen die brünetten Frauen nicht zustande.

Kurt brummt und beugt sich dann nach vorn. Mit gedämpfter Stimme spricht er auf Frau Sommerfeld ein. »Frau Sommerfeld, hören Sie mich? Frau Sommerfeld.«

»Lass mich mal«, sage ich. Kurt nickt.

Ich stehe auf und rücke mir einen Stuhl direkt neben die schluchzende Frau. Dann lege ich meine Hand auf ihre. »Frau Sommerfeld. Valerie«, sage ich sanft. Ich spüre, wie sie beim Klang ihres Vornamens zusammenzuckt. Die Menschen fühlen sich meistens mit ihrem Vornamen viel stärker verbunden als mit dem Nachnamen. Letzterer bedient den Verstand, ersterer das Herz. Schon als Babys hören wir unsere Mütter und Väter, all unsere Angehörigen ihn zart flüstern, lustig oder auch erbost rufen. Den Nachnamen brauchen wir erst, wenn wir offiziell in der Gesellschaft ankommen, sei es im Kindergarten, beim Arzt oder in der Schule. Auf dem Land sind wir alle per Du. Der Nachname schafft Distanz. Eigentlich müsste ich der Höflichkeit wegen dabei bleiben, aber eine heulende Frau braucht alles, nur keinen Abstand. Sie benötigt Wärme, Trost und zumindest eine Spur Vertrautes.

»Valerie«, sage ich erneut mit ernstem Ton in der Stimme, »auch wenn es schwer ist, Sie müssen sich nun zusammenreißen und mit uns reden. Wir alle wollen Ihre Tochter so schnell wie möglich wohlbehalten zurückbringen. Also atmen Sie tief durch und dann setzen Sie sich aufrecht hin. Ja?«

Ich merke, dass sie unter ihren Armen nickt. Ein lautes Keuchen erklingt, dann richtet sie sich auf. Schon halte ich ihr mein frisch gewaschenes und gebügeltes Stofftaschentuch hin. Sie wischt sich über das ganze Gesicht und schnäuzt undamenhaft heftig hinein. Mit zitternden Händen reicht sie es mir zurück. Ich lächle, und obwohl es voller Make-up, Kajal, Lippenstift und Rotz ist, lasse ich es wortlos in meine Handtasche gleiten.

»So ist es gut«, bestärke ich sie. Sie atmet bebend ein. »Ich bin die Beingruber Rosi, und ich helfe der Polizei bei der Suche nach Ihrer Tochter.« Bewusst mache ich eine kleine Pause, um sicherzugehen, dass Frau Sommerfeld mir auch folgen kann. »Wir wissen, dass Beate gestalkt und bedroht wurde. Der Verdacht liegt nah, dass es einen Zusammenhang zwischen dem Stalker und dem Verschwinden von Beate gibt.«

Valerie Sommerfeld nickt eifrig. Doch schon beginnt ihr Mundwinkel wieder verdächtig zu beben, und ihre Augen füllen sich erneut mit Tränen. Schnell nehme ich wieder ihre Hand und drücke sanft zu. Sie beruhigt sich etwas. »Sie haben am Telefon gesagt, dass sich der Stalker gemeldet hat. Wann war das? Was genau hat er gesagt?«, erkundige ich mich nach exakt den Dingen, die Kurt mir vorhin eingebläut hat.

»Ich … ich weiß es nicht genau«, stottert Frau Sommerfeld. »Vor einer Stunde? Das Handy müsste es doch gespeichert haben.«

»Bestimmt sogar. Haben Sie es dabei?«

Frau Sommerfeld nickt zuerst und schüttelt im nächsten Moment den Kopf.

»Ich habe es bereits von Frau Sommerfeld bekommen«, meldet sich die kleinere der beiden Polizistinnen zu Wort. Knallrot wird sie im Gesicht, wodurch ihre Sommersprossen beinahe im Dunkel der Haut verschwinden. »Hab's vergessen. Tut mir leid, Chef«, nuschelt sie heiser vor Scham.

Kurt hält auffordernd die Hand hin. Sie reicht ihm eine versiegelte durchsichtige Plastiktüte. Im Inneren befindet sich ein quietschrosa Smartphone. »Wenigstens ordentlich verpackt«, bemerkt Kurt, worauf die junge Beamtin erleichtert die bisher hochangespannten Schultern sinken lässt.

Kurt legt die Tüte auf den Tisch und fischt Handschuhe aus

seiner Hosentasche. Er will sie gerade überstreifen und sich wieder dem Telefon widmen, als Andrea zur Tür hereinstürmt. »Kurt!«, sagt sie ernst und bedeutet ihm, ihr zu folgen. Ihre zu dünnen Strichen zusammengepressten Lippen verheißen nichts Gutes. Ich kenne sie lange genug, um ihren Gesichtsausdruck deuten zu können, und eines ist gewiss: Egal, welche Neuigkeit Andrea hat – sie muss sehr gewichtig sein.

Kurt eilt hinaus. Ich richte mich auf. Wie gern würde ich nun Mäuschen spielen und die beiden belauschen, aber ich wurde nicht eingeladen. Stattdessen sitze ich in dem kleinen Raum einer nervlich aufgelösten Mutter gegenüber und frage mich ehrlich, ob ich ein Gespräch mit ihr beginnen soll. So bebend vor Angst und Anspannung, wie Frau Sommerfeld es im Moment ist, habe ich bisher nur selten jemanden gesehen.

»Bekomme ich meine Bea heil wieder?«, ergreift sie überraschenderweise das Wort.

Ich versuche sie hoffnungsvoll anzulächeln. »Eines kann ich Ihnen versprechen, Frau Sommerfeld. Kurt ist der Beste weit und breit. Wenn ein Polizist Ihre Tochter schnell zu Ihnen zurückbringen kann, dann er.«

»Wirklich?«, krächzt sie heiser.

Ich nicke bekräftigend. »Kurt ist sehr erfahren. Er hat bereits drei knifflige Mordfälle gelöst, etliche Verbrechen aufgeklärt und kennt sich auch mit Erpressung bestens aus. Er ist ein guter Mann.«

»Den Worten von Frau Beingruber kann man nichts hinzufügen«, bekräftigt die größere Polizistin meine Aussage. Die kleinere nickt begeistert. So wie ihre Augen strahlen, hegt sie echte Bewunderung für meinen Schwiegersohn in spe. Deshalb hat sie seine Kritik vorhin auch so getroffen. Zum Glück hat meine Tochter Daniela nicht den blassesten Schimmer, welch Frauenschwarm Kurt geworden ist.

»Hoffentlich haben Sie recht«, sagt da Frau Sommerfeld.

Ich möchte gerade mehr von Kurts Leistungen erzählen, als er wieder hereinkommt. »Wir haben einen Verdächtigen«, informiert er mit tiefer Stimme.

Frau Sommerfeld springt auf. Der Stuhl kippt nach hinten und fällt polternd zu Boden. Sie strauchelt und kann sich nur mit knapper Not und meiner Hilfe auf den Beinen halten. »Sie haben das Schwein geschnappt?«, fragt sie aufgeregt.

Kurt runzelt die Stirn. »Wir haben Beweismaterial gefunden, das auf einen Verdächtigen hindeutet. Und deshalb haben wir ihn zur Befragung mitgenommen. Er wird umgehend verhört –«

»Und mein Mäuschen? Meine Bea? Geht's ihr gut?«, fällt sie Kurt ins Wort.

»Das wissen wir noch nicht. Ich werde mich aber sogleich auf den Weg in die Inspektion machen und mein Möglichstes tun«, verspricht er.

»Soll ich mich weiter um Frau Sommerfeld kümmern?«, frage ich, bevor Kurt sich wieder ganz umdreht.

»Nein, du kommst mit mir. Wührer, Moser, ihr beiden bleibt bei Frau Sommerfeld. Und …« Mit zwei Riesenschritten eilt er zum Tisch und schnappt sich das Handy. »Andrea, mach du das!«, befiehlt er weiter. Andrea nickt und hastet davon.

Ich habe Müh und Not, seinem Tempo zu folgen. Schon schnappt er mich beim Ärmel und zieht mich richtiggehend mit sich nach draußen. So hektisch ist er normalerweise nicht, und mich quält daher nur eine Frage: Was ist passiert?

Der Hubert war's

Bei Magenbeschwerden und Übelkeit hilft es, ein kleines Stück Ingwer zu kauen oder einen Teeaufguss (500 ml kochendes Wasser und eine dünne Scheibe frischen Ingwer 5 Minuten ziehen lassen) zu trinken.

Ich möchte so viel tun. Sepp informieren, mich ordentlicher anziehen und zurechtmachen zum Beispiel. Aber Kurt drückt mir nur wortlos meine Badetasche mit den Kleidern und meinen Mantel in die Hand. Dann schiebt er mich in eine Umkleidekabine. »Kurt?«, rufe ich.

»Zieh dich schnell an«, brummt er und fügt gepresst ein »Bitte« hinzu.

Ich beeile mich. Vor der Kabine herrscht Tumult. Ich höre verschiedene Stimmen und immer wieder Kurt, der kurze, knappe Befehle erteilt, etwas ablehnt oder zustimmt. Der Stress schlägt auf meinen Magen. Während ich mir die warme Jogginghose hochziehe, rumort es in meinem Inneren, als hätte ich gerade fetten Schweinebraten mit Knödel und Kraut verschlungen. Nur dass beim Schweinebraten ein ordentlicher Schnaps Abhilfe schaffen würde. Jetzt aber bräuchte ich wohl eher einen frisch zubereiteten Ingwertee und eine leichte Mahlzeit. Doch davon kann ich nur träumen.

Schon klopft Kurt wieder an die Wand der Kabine. »Gleich«, zische ich und schließe die letzten Knöpfe meiner Weste. Ich werfe mir den Mantel über. Dann öffne ich die Verriegelung und Kurt ungeduldig die Tür. Wortlos packt er mich wieder an der Hand. »Um Himmels willen, jetzt stress mich nicht so!«

Einen Atemzug lang blitzt schlechtes Gewissen in seinen Augen auf. »Tut mir leid, wir müssen schnell sein, bevor jemand anderer sich dazwischendrängt und mir vielleicht gar den Fall abluchst.« Kurt zerrt mich den Gang entlang.

»Ich verstehe nicht, was los ist.«

Kurt drängt sich zwischen seinen Kollegen durch und bahnt uns den Weg nach draußen. Kalte Luft schlägt mir entgegen und schneidet wie Rasiermesserspitzen in meine Wangen.

Kurts Wagen parkt direkt vor der Tür, da wo eigentlich kein Parkplatz, sondern nur ein schön gestalteter Innenhof samt Wasserbecken und kleiner Läden ist. Die Lichter seines Autos blinken. Er öffnet die Beifahrertür und eilt auf die andere Seite. Gleichzeitig knallen die Türen zu. Er startet, legt den Gang ein und rast los, noch bevor ich mich anschnallen kann. Ich klammere mich an den Bügel über mir. Kurt braust aus der Einfahrt hinaus. Ich klipse endlich den Gurt fest.

Als wir auf der Straße sind, atmet er tief durch. Dann wirft er mir einen schnellen Blick von der Seite zu. »Der Wimmer«, sagt er heiser. »Hubert ist der Verdächtige.«

Jetzt verschlägt es mir beinahe die Sprache. Unmengen Spucke sammeln sich in meinem Mund, und ich schlucke ein ums andre Mal, bis ich endlich etwas sagen kann. »Niemals«, bringe ich hervor.

»Sag ich auch. Aber wenn ich nicht schnell in der Inspektion bin, bemängelt meine Chefin, die Kaspar, vielleicht noch mein vermeintliches Naheverhältnis zu ihm. Meine Chefin ist diesbezüglich übergenau und lässt mich schlimmstenfalls das Verhör nicht durchführen. Befangenheit und so weiter«, sagt Kurt.

Ich hänge mit meinen Gedanken noch mindestens einen Absatz hinterher. »Der Hubert ist ein alter Lüstling mit teils abenteuerlichen Vorschlägen und Ideen, aber doch kein Erpresser«, sinniere ich laut.

»Eben. Aber meine Kollegen wissen alle, dass die Idee mit der Leihmutterschaft von ihm stammt. Wenn die Kaspar mitbekommt, dass Hubert *der Wimmer* ist, dann bin ich zack, zack weg von dem Fall. Und dann verhört irgendjemand den Wimmer, und …«

»Und der macht entweder auf Trottel oder auf dicht«, beende ich Kurts Gedanken. Dieser nickt. »Welche Beweise liegen denn überhaupt gegen ihn vor?«

»In seinem Spind waren mehrere Zeitungsblätter, bei denen genau die Buchstaben fehlen, die der Erpresser in seinem letzten Brief verwendet hat.«

»Eine Zeitung? Macht man das heute nicht am Computer?«, frage ich.

»Bis auf die letzten drei Drohbriefe waren alle elektronisch hergestellt. Das ist uns auf der Wache auch seltsam vorgekommen. Warum ändert der Erpresser plötzlich seine Methode?«

»Da will jemand den Hubert an den Galgen hängen«, stelle ich laut fest. Kurt zuckt die Schultern. Hinter seinen Stirnfalten rumort es gehörig. Nun verstehe ich endlich, weshalb er mich so schnell aus der Therme haben wollte. Wir beide müssen uns den Hubert vornehmen, bevor ihn ein anderer Ermittler in der Luft zerlegt wie eine Möwe ein Fischstäbchen. Der Hubert ist leider dämlich genug, sich mit chauvinistisch-sexistischen Sprüchen, großspurigem Gehabe und dummem Gerede einen Strick aus den wenigen Fäden des Falls zu drehen, der ihm die Gurgel zudrückt.

»Wir werden sehen. Hoffentlich ist das nur eine falsche Fährte, die der wahre Täter gelegt hat, um von sich abzulenken«, sagt Kurt dann und drückt das Gaspedal durch. Der Dienstwagen ist weder so leise wie Kurts Lexus noch so bequem. Aber er ist wenigstens besser als Kurts neu erstandener Zweitwagen.

Ich stöhne. Jedes Schlagloch und jede Fahrbahnunebenheit schlägt mir ins Kreuz. Dafür braust Kurt mit dem Gefährt derart waghalsig um die Kurven, dass wir in Windeseile bei der Inspektion ankommen. Ich habe Mühe, meine durchgeschüttelten Knochen aus dem Auto und ins Gebäude zu bekommen. Bei jeder Bewegung sticht mich die Hüfte. Nun sehne ich mich doch ein klein wenig ins warme Wasser und meinetwegen auch unter die Hände einer Masseurin zurück. Die kalte Zugluft tut ihr Übriges. Außerdem hat sich der Himmel verdunkelt. Statt Schneeflocken regnet es kübelweise eiskaltes Wasser aus den Wolken. Das bisschen Schnee wird innerhalb einer Stunde nur noch Matsch sein, um schließlich als dreckige Pfützen auf dem Asphalt zu enden. Kurt spannt einen Regenschirm über uns auf.

Besorgt blickt er mich an, weil ich mich so hochquäle. »Kannst du laufen?«

»Nach dieser Höllenfahrt würde es einem Wunder gleichen. Aber langsam gehen klappt bestimmt.« Ich halte mich an Kurts

Arm fest und eile los. Erstaunlicherweise tut es meiner Hüfte gut, dass ich sie bewege.

Im Gebäude ruft Kurt den Lift. Schweigen so schwer wie Blei breitet sich in der stickigen Kabine über uns aus. Die Anspannung ist schier greifbar, und es drängt mich im Inneren, etwas zu sagen, aber mir fehlen die Worte. Als sich die Türen endlich öffnen, pusten Kurt und ich gleichzeitig die angestaute Luft aus unseren Lungen. Draußen vor den Büros wartet schon Andrea. Wenn wir schon gerast sind wie Michael Schumacher in seinen besten Zeiten, dann muss Andrea geflogen sein.

»Das Handy liegt bei den Kollegen und wird gerade durchforstet. Die Zeitung aus Wimmers Spind ebenfalls, und der Wimmer sitzt im Verhörzimmer. Du hast Glück, die Kaspar ist mit dem Bürgermeister und dem Staatsanwalt im Sacher. Irgendeine Sitzung oder so. Du hast mindestens noch eine Stunde, bis sie spitzbekommt, was bei uns grad läuft«, sagt Andrea und schiebt sich eine türkise Strähne hinters Ohr.

»Danke. Gut gemacht«, lobt Kurt.

Andrea grinst selbstbewusst. »Los geht's!«, sagt sie und marschiert voran. Ich hechte ihr und Kurt hinterher.

Im Verhörraum sitzen der Hubert und ein Polizist. Hubert auf der einen Seite des Tisches, der Polizist auf der anderen. Während Hubert total entspannt wirkt und uns zuwinkt, sieht der Beamte aus, als würde er am liebsten im Boden versinken.

»Rosi, Kurt, Andrea!«, ruft Hubert erfreut, obwohl wir keine fünf Meter voneinander entfernt sind. »Ich hab dem Sebastian gerade erklärt, wie er durch Atmung seinen Orgasmus hinauszögern kann. Die Beate ist darin Meisterin. Hoffentlich geht's ihr gut. Habt ihr sie schon?« Einen Moment lang wartet Hubert, ob einer von uns antwortet. Als er aber merkt, dass wir alle schweigen, fährt er schnell mit seiner Erzählung fort. »Auf jeden Fall hat Bea es mir an der Nasenspitze angesehen, wenn ich kurz davor war und hat mir genau gesagt, wie ich Luft holen muss. So in etwa …« Er zieht die Luft zwischen den Zähnen durch und keucht sie wieder heraus. Bei dem beängstigenden Gebrodel aus seinen Lungen ist es ein Wunder, dass er und Herta überhaupt jemals einen Orgasmus haben. Mir würde jede Lust vergehen, wenn ein Kerl derart röchelnd über mir liegt. Hubert holt erneut Luft.

Ich muss lachen. »Rosi«, mahnt Kurt. Ich zucke die Achseln. Dann wendet sich Kurt dem jungen Polizisten zu, der Hubert bewachen musste. »Sie können gehen, Sebastian. Wir übernehmen.«

»Danke«, zischt der und flieht geradezu aus dem Raum. Er hat sichtlich unter Huberts Geschichten gelitten.

Ich befürchte, dass er in nächster Zeit keine allzu große Lust auf Liebe haben wird. Huberts offene Art kann ziemlich abschreckend sein. Die Tür fällt mit einem Rums ins Schloss und holt dadurch Hubert zurück in die Wirklichkeit. Verdattert blickt er uns an. Seine spezielle Atemtechnik wirkt anscheinend berauschend.

»Wir haben Beweismaterial gefunden«, beginnt Kurt das Gespräch. Während er und ich mich auf die Stühle setzen, lehnt sich Andrea an die Wand.

»Beweismaterial?«, wiederholt Hubert.

Ich nicke. Kurt wird ernst. Er legt ein Aufnahmegerät auf den Tisch. »Ich muss dieses Gespräch aufzeichnen, Hubert. Verstanden?«

Wimmer hebt nur ahnungslos die Schultern und lässt sie wieder sinken. Schuldbewusst sieht anders aus.

Kurt drückt auf die Taste des Diktiergeräts. »Herr Wimmer, Hubert, wohnhaft in Ibm, Eggelsberg. Pensionierter Volksschuldirektor. Mein Kollege hat Sie ja in der Therme Geinberg schon belehrt, aber ich wiederhole es zur Sicherheit: Sie haben das Recht, die Aussage zu verweigern, wenn Sie sich selbst oder einen nahen Angehörigen belasten würden. Außerdem dürfen Sie einen Anwalt hinzuziehen. Verstanden?«

»Bin ich verhaftet oder was?« Jetzt fängt Hubert an zu lachen. »Das ist jetzt ein Scherz, oder? Ist das etwa die Retourkutsche von Mike und der Beate? Sie ist gar nicht in echt verschwunden, hab ich recht? Das ist jetzt nur wegen der Wasserbett-Geschichte«, plappert Hubert und hat Mühe, nicht vor lauter Lachen in Tränen auszubrechen.

»Hubert, beruhig dich. Du drehst ja vollkommen durch«, versuche ich, zu ihm durchzudringen. Aber zwecklos. Wimmer krümmt sich und haut unter brüllendem Gelächter mit der Hand auf den Tisch. Ich stehe auf und tu es ihm gleich. Mit aller Kraft schlage ich auf die Tischplatte. »Jetzt reicht es! Reiß dich zusammen!«, schreie ich. Hubert verstummt. Sein eben noch knallrotes Gesicht verliert schneller an Farbe als Zaubertinte auf Papier.

»Kein Scherz?«, fragt er schließlich heiser.

Ich schüttle den Kopf. »Hubert, es gibt Beweise gegen dich.«

Nach Luft schnappend deutet er nun auf seine Brust. »Aber ich dachte wirklich, dass der Mike und die Bea mir vielleicht eins auswischen wollten. Wegen meines dummen Scherzes.«

Ich schüttle erneut traurig den Kopf. Hubert wird die Tragweite seines Irrtums richtig bewusst, und er glotzt uns plötzlich alle an wie ein Huhn auf der Schlachtbank. Ich lasse mich wieder auf den Stuhl sinken und tippe Kurt an, weiterzumachen.

»Gut«, sagt dieser mit tiefer Stimme. »Ihre Rechte sind Ihnen klar, Herr Wimmer?«

»Ja«, brummt dieser.

»Ich muss kurz nachfragen, warum Sie denken, die Verhaftung sei ein Witz, Herr Wimmer?«

»Na ja, ich hab im Apartment diesen Scherz von der versteckten Kamera nachgebaut. Es war wirklich lustig. Ich habe extra diese Wasserbett-Matratze besorgt. Sie sieht echt aus, besteht aber nur aus einem Planschbecken, das mit einem Stofflaken bespannt ist. Da hab ich die Beate und den Mike reinplumpsen lassen. Wir haben alle sehr darüber gelacht, als die beiden patschnass und zitternd rausgekrochen sind.« Hubert lächelt leicht. »Nun ja, die meisten haben gelacht. Dem Mike war nur kalt, und die Bea hat gesagt, dass sie es mir schon heimzahlen wird, den dummen Witz.«

Ich meine mich an diesen oder einen ähnlichen Scherzfilm erinnern zu können. Dass der Hubert keine Gelegenheit auslässt, um für Spaß zu sorgen, passt zu ihm. Aber dass er dachte, der ganze Polizeiapparat würde nur als Revanche eines dummen Jokes losarbeiten, finde ich reichlich naiv.

»Also, was ist mit Beate? Und welche Beweise habt ihr gegen mich?«, fragt Hubert.

Kurt seufzt und wechselt ganz unprofessionell während des Verhörs ins Du. »Man hat eine Zeitung in deinem Spind gefunden.«

»Ja, und? Darf man jetzt keine Krone mehr lesen?«, fragt Hubert.

»Du gibst also zu, dass du eine Ausgabe dabeihattest?«

»Ja, sicher«, sagt Hubert.

»Gut und woher hattest du die Zeitung?«, mische ich mich ein.

»Aus dem Ständer im Apartment. Ich nehm sie mir jedes Mal mit in die Therme. Das wissen die anderen. Bisher hat sich niemand drüber beschwert.«

»Heißt das, die Zeitung gehört dir nicht wirklich?«, hake ich nach.

Hubert richtet sich empört auf. »Ich hab sie nicht gestohlen. Es war auch die alte von gestern. Sie ist herumgelegen.« Er verschränkt die Arme vor der Brust und lehnt sich zurück.

»Die Zeitung wurde zum Verfassen eines Erpresserbriefes verwendet, der uns schon seit gestern vorliegt«, fährt Kurt fort.

»Wie bitte?«, fragt Hubert.

»Ein Drohbrief mit einer Geldforderung wurde mit den Buchstaben deiner Kronenzeitung gemacht«, wiederhole ich.

Hubert lacht gekünstelt. »Also Geld kann ich natürlich immer brauchen, aber jetzt erklärt mir mal, wen ich bitte mit welchen Umständen erpresst haben soll? Das ist doch lächerlich.«

»Die Beate«, sage ich ernst.

»Pffft«, macht Hubert und verdreht die Augen. »Das Mädel hatte doch nichts außer Spaß am Sex und großes Wissen über die verschiedenen Techniken. Und das alles hat sie absolut freiwillig mit mir und meiner Herta geteilt. Also jetzt mal im Klartext: Was wird mir konkret vorgeworfen?«

Kurt nimmt einen tiefen Atemzug und erklärt dann ganz sachlich: »Herr Wimmer, Ihnen wird vorgeworfen, die Ihnen bekannte Beate Sommerfeld alias Schlagerstar Cindy Glimmer auf zweihundertfünfzigtausend Euro erpresst zu haben. Sie haben gedroht, ihr offenes Sexualleben ans Tageslicht zu zerren, sollte sie nicht zahlen.«

Hubert hebt einen Moment lang empört die Hände, lässt sie aber dann schlaff sinken. Sein Mund steht offen wie bei einer Puppe, doch kein Ton dringt daraus. Kurt wartet einige Sekunden, ob Wimmer nicht doch etwas zu den Vorwürfen zu sagen hat, gibt dann aber auf und redet weiter. »Weil Cindy Glimmer nicht zahlen wollte, haben Sie sie entführt und halten sie nun irgendwo versteckt, in der Hoffnung, dass jemand anders bereit ist, die Kohle zu zahlen. Und natürlich hat sich nun auch Ihr Preis erhöht, auf eine halbe Mille. So ist es, nicht wahr?«, brüllt Kurt und stützt sich auf den Tisch auf. Halb stehend und nur wenige Zentimeter vor Huberts Gesicht lauert er auf eine Antwort.

So also sieht Kurt aus, wenn er richtig wütend ist und den bösen Bullen mimt. Hubert nimmt sein bedrohliches Gegenüber aber gar nicht wahr. Gedankenverloren streicht er sich durchs lichte Haar. Sein Mund zuckt zwischen idiotischem Grinsen und weinerlichem Erstaunen hin und her wie der Schwanz eines Dackels. Dann plötzlich und so herzerwärmend naiv, dass es selbst Kurt zurück in den Stuhl sinken lässt, sagt Hubert strahlend: »Heißt das etwa, ich … ich … der nichtsbedeutende Hubert hat tatsächlich einen echten Star gevö… ähm, im Bett gehabt?«

Ich klatsche mir die Hand an die Stirn. »Hubert, hast du zugehört, was Kurt gesagt hat?«, frage ich ihn.

Hubert aber springt auf und läuft aufgeregt in dem kleinen Raum hin und her. »Ich hab sie tatsächlich nicht erkannt. Meine Beate. Die Cindy!« Freudentränen glitzern in seinen Augenwinkeln. »Kaum zu glauben. Davon träumt die halbe Männerwelt, und ich Glückspilz … Ach, weiß meine Herta schon davon? Sie wird sich auch wie verrückt freuen. Ist das nicht absolut unglaublich?« Nun stützt Hubert sich auf den Tisch und strahlt uns an wie eine Supernova.

»Unglaublich«, wiederhole ich nur und denke mir dabei, wie unglaublich dämlich der Wimmer sein kann.

Hinter uns fliegt die Tür auf, und eine kleine, gedrungene und schrecklich zornige Frau Kaspar stürmt herein. Hinter ihr, klein und geduckt, steht der arme Sebastian von vorhin. »Raus mit Ihnen! Aber schnell!«, brüllt die Kaspar. »Und Sie, Klügler, bewachen diesen Wimmer, bis ich einen ordentlichen Beamten für das Verhör gefunden hab«, zischt sie Sebastian an. Dieser wird noch zehn Zentimeter kleiner.

Der arme Kerl weiß noch nichts von seinem Glück. Vorhin waren es nur normale Sex-Anekdoten, die Hubert zum Besten gegeben hat. Aber jetzt darf Sebastian dem Wimmer dabei zuhören, wie dieser sich in seinen wahr gewordenen Träumen mit der Cindy suhlt. Hubert wird bestimmt nicht anstandshalber die Klappe halten. Er wird sein Glück mit dem Nächstbesten teilen, den er trifft. Armer Sebastian, denke ich mir, und armer Kurt. Ich für meinen Teil würde ja lieber noch ein paar Minuten mit dem Wimmer reden, als nun dem schlechtgelaunten Feldwebel von einer Polizeidirektorin folgen zu müssen. Es fehlt nicht viel, und die kleine Frau hätte Kurt an den Ohren geschnappt und in ihr Büro gezerrt wie einen ungezogenen Schulbengel. Fräulein Rottenmaier lässt grüßen. Aber auch ohne direkt Gewalt anzuwenden, hat sie Kurt an der kurzen Leine. Wie ein eben kastriertes Hündchen schlurft er hinter ihr her und erduldet die Schimpftiraden, die selbst beim Marsch durch die Gänge nicht enden wollen. Ihr Büro liegt am anderen Ende des Stockwerks, und so bekommen es alle anwesenden Beamten mit, dass Frau Kaspar gerade ziemlich unzufrieden mit ihrem Angestellten ist.

Endlich erreichen wir ihr Büro. Glücklicherweise dürfen aber Andrea und ich am Gang warten, während die Kaspar hinter verschlossener Tür Kurt in voller Lautstärke zur Schnecke macht. »Weit über Ihre Kompetenzen!«, schallt es heraus.

»Er tut mir schon leid«, sage ich leise zu Andrea.

»Kurt packt das schon. Die Kaspar kann zwar laut und giftig sein wie ein Gnom, aber im Grunde weiß sie, dass Kurt seinen Job ordentlich erledigt.«

»Sah nicht so aus«, bemerke ich und denke an das erbärmliche Bild von vorhin.

»Doch, doch. Insgeheim tuscheln wir alle schon darüber, dass die Kaspar den Kurt als ihren Nachfolger handelt. Sie hat nur noch zwei oder drei Jahre bis zur Rente, und Kurt ist ihr persönlicher Protegé.«

Wieder dringt lautstarke Schimpferei aus dem Büro. »… nicht noch einmal vorkommt! Verstanden!«, höre ich nur allzu deutlich.

»Nette Gönnerin«, sage ich trocken, woraufhin Andrea herzhaft lacht.

Schon kommt Kurt heraus und sieht dabei nicht halb so zerknirscht aus, wie ich es mir ausgemalt habe. Leise zieht er die Tür hinter sich zu. »Und?«, frage ich schnell.

Er presst die Lippen aufeinander, aber seine Augen lächeln dabei. »Alles nur halb so schlimm. Ich leite weiter das Team, darf mich nur nicht mehr in Wimmers Nähe begeben, sondern muss Andrea an den Mann ranlassen.«

»Prima«, sagt Andrea und klopft Kurt erfreut auf die Schulter.

Dieser nickt erleichtert. »Sogar die Kaspar musste einsehen, dass wir zwar Beweise gegen den Wimmer in der Hand haben … er aber als Täter nicht wirklich in Frage kommt. So dämlich, wie er sich verhalten hat, und so erstaunt, wie er über die Offenbarung von Beates zweiter Identität war, müsste er entweder ein verdammt guter Schauspieler sein, oder er hatte tatsächlich keinen Schimmer, mit wem er da das Kamasutra geübt hat.«

»Ehrlich? Und das sieht sogar die Direktorin? Kommt Hubert jetzt frei?«, sage ich erstaunt.

»Nein, er wird dennoch festgehalten und weiter verhört. Man kann diese Zeitung nicht wegleugnen. Intern müssen wir aber schleunigst damit beginnen, den wahren Besitzer der Zeitung zu finden. Vielleicht hat ja sogar Hubert eine Idee, wer sie ihm untergejubelt hat.«

»Und das Mädchen! Wer weiß, wie es Beate geht«, gebe ich zu bedenken.

»Unbedingt«, gibt mir Kurt recht.

Wir machen uns auf den Weg in sein Büro. Gerade rechtzeitig, wie ich feststellen muss. Kurt wird schon erwartet.

Eine halbe Mille ist sein Wille

Rosis Erkältungswunder
1 l Wasser zum Kochen bringen. Eine dünne Scheibe Ingwer, ½ TL getrockneten Spitzwegerich, ½ TL getrockneten Thymian und 1–2 Salbeiblätter hineingeben. 5 Minuten ziehen lassen. Der Tee kann mit Honig, Zitrone und/oder Zucker getrunken werden.

»Er hat sich also wieder gemeldet. Was will er?«, stellt Kurt die wirklich interessante Frage.

»Ja, aber das Telefon hatte vorübergehend keinen Empfang. Wir haben eine Sprachnachricht erhalten. Fünfhunderttausend Euro. Geldübergabe an einem neutralen Ort von der Mutter. Keine Polizei.«

»Lebt Beate noch?«, will ich wissen.

Die Ereignisse haben sich in den letzten Minuten überschlagen. Während die Polizeidirektorin Kurt die Leviten gelesen hat, hat sich der Entführer am Telefon gemeldet und die ganze Inspektion in Aufruhr versetzt. Nun haben sich alle um das Mobiltelefon versammelt und starren Herrn Specht, das Technik-Genie im Team, an. Er war es, der unglücklicherweise ans klingelnde Telefon ging. Und obwohl er schon zahlreiche Schulungen bezüglich Kommunikationsthemen hatte, liegt sein Talent klar auf der technischen Seite.

»Ich spiel die Aufzeichnung ab«, sagt er knapp und drückt ein paar Knöpfe auf seinem Pult.

»Frau Sommerfeld. Wir haben Ihre Tochter. Eine halbe Mille in nicht markierten Scheinen, keine Bullen, oder Ihr Goldkehlchen ist tot …« Es knistert in der Leitung. »Hallo«, ruft er erbost. »Verstehen Sie, Sie dumme Gans? Entweder Sie zahlen, oder Ihre Cindy gehört der Vergangenheit an.« Wieder rauscht es. »Und wenn du blöde Schlampe zur Polizei läufst, hack ich deiner Tochter einen Finger ab. Kapiert? Also hör zu! Es läuft hier nach meinen Regeln. Ort und Zeit der Übergabe sage ich dir noch. Und ich will keine Bullenschweine dabeihaben, sonst knallt es und es gibt ein Singvögelchen weniger. Kapiert? Besorg schon mal die Kohle, Mami! Zur Belohnung und als kleine

Motivation schick ich dir auch ein Lebenszeichen von deiner goldenen Gans.«

»Die Stimme hat sich seltsam angehört, nicht wahr?«, sage ich.

»Das war ein real-time Voice Changer«, antwortet Specht in Fachchinesisch.

»Ein Echtzeit-Sprachverzerrer«, übersetzt Andrea für mich.

»So was gibt's?«, will ich wissen.

»Jedes Handy kann das mit der richtigen App«, klärt Specht mich auf und fährt dann fort: »Es ist leider keines der gängigen Programme, die ich schnell bereinigen und die Ursprungsstimme herausfiltern könnte.«

»Wie lange dauert es?«, will Kurt wissen. Specht kräuselt die Nase. »Gib wenigstens eine Schätzung ab. Ein Menschenleben steht auf dem Spiel«, spornt Kurt ihn an.

Specht seufzt. »Kommt drauf an, wie ich mich in den Fall hineinhänge. Ich muss da manuell dran rumspielen, Wahrscheinlichkeiten berechnen, welche Frequenzen ich wie verändere, und dann wird es nur eine hoffentlich recht gute Annäherung an den Sprecher. Zwei, drei Tage wird das schon dauern.« Specht macht eine kurze Pause und redet dann in bittendem Tonfall weiter. »Außerdem, Kurt, du weißt doch, dass ich dieses Wochenende eigentlich auf die Technikmesse sollte. Ich hätte doch die Polizei am Stand vertreten sollen. Darauf habe ich mich drei Monate lang vorbereitet.«

»Also das ist jetzt nicht dein Ernst, hoffe ich? Wenn deine Vorbereitung so toll ist, können den Job locker die Steffi oder der Robert übernehmen. Du bleibst an dem Cindy-Entführer dran. Das hat oberste Priorität.«

Specht schrumpft mindestens zehn Zentimeter. Er hatte sich wohl sehr auf die Messe gefreut. Ergeben nuschelt er: »Okay.«

Kurt brummt zufrieden.

Pling, pling. Das Handy vibriert. Kurt sieht nach. »Ein WhatsApp-Video«, sagt er und drückt auf Abspielen.

Eine weiße Wand. Ein laufender Fernseher im Hintergrund montiert. Davor kauert eine Frau. Erst auf den zweiten Blick erkenne ich Beate wieder. Sie sieht noch grauer und blasser aus als vor einigen Stunden in der Therme. »Mir geht es gut. Bitte, Mama, rette mich«, sagt sie leise. Der Filmer zoomt auf den Fernseher. Man kann nur noch das halbe Gesicht von Beate erkennen, dafür aber genau den Nachrichtensprecher, das heutige Datum und die Uhrzeit.

Dann eine verzerrte Computerstimme, die sagt: »Ich melde mich um Punkt achtzehn Uhr. Beschafft die Kohle, oder sie ist tot.« Beate wimmert verängstigt. Das Letzte, was man sieht, sind ihre angstgeweiteten Augen und der Mund, den sie zu einem stummen Schrei aufreißt. Dunkelheit. Das Video ist zu Ende.

Ich höre das Ticken der Uhr im Raum, den stockenden Atem der Belegschaft, das leise Quietschen des Fußbodens unter dem nervösen Scharren eines Beamten. Die Stille ist so erdrückend, dass ich das Gefühl habe, daran zu ersticken. Ich lasse endlich die Luft aus meinen Lungen weichen. Auch ich habe sie angehalten, um die Spannung zu ertragen.

»Sie lebt«, stellt Kurt fest. Wie Hammerschläge durchbricht seine Stimme die Stille. Alle Augen sind auf ihn gerichtet. »Horcht und schaut auf die Details.« Er spielt den Film erneut ab.

Ich spitze die Ohren und schärfe meinen Blick. Doch außer der Wand, Beate und dem Nachrichtensprecher nehme ich nichts Neues wahr. Wieder meldet sich niemand zu Wort. Nur dass jetzt Unruhe im Raum liegt.

»Was fällt euch auf?«, fragt Kurt endlich ins bedrückende Schweigen.

»War das im Hintergrund das Warnsignal der Eisenbahn?«, fragt Andrea schließlich.

»Gut, das merken wir uns! Was noch?«, ermutigt Kurt uns zum Weitergrübeln.

»Er hat sie umgezogen!«, fällt mir auf. Kurt sieht mich fragend an. »Sie hat keinen Bademantel mehr an. Er hat ihr offensichtlich einen Jogginganzug gegeben. Was darauf schließen lässt, dass er ihre Größe kennt.«

»Sehr gut, das deutet wieder auf jemanden hin, der direkt in Beates Umfeld war. Lasst uns das im Hinterkopf behalten. Vielleicht ist der Stalker in ihrem Freundes- oder Seminarkreis zu finden. War noch etwas auffällig im Video?«

»Das Licht. Es wirkt rein künstlich. Ein Keller vielleicht?«, meint Specht. »Ich werde mir das auf jeden Fall auch gleich genauer ansehen. Das geht relativ schnell.«

»Sehr gut. Wir müssen außerdem eine Umleitung der Gespräche auf mein Diensthandy schalten. Sommerfelds Smartphone gehört noch ordentlich durchforstet, trotzdem müssen wir für den Entführer erreichbar sein«, sagt Kurt. Specht nickt.

»Sollen wir unser Team im Wachzimmer der Kollegen in Geinberg einrichten und dorthin die Anrufe umleiten?«, erkundigt sich Andrea.

Während sie es ausspricht, habe ich eine Idee. »Wie wäre es, wenn wir ins Apartment gehen? Da sind wir auch vor Ort und können vielleicht den Besitzer der Zeitung ausfindig machen.«

Kurt nickt. »Guter Vorschlag. Wir verwenden die Unterkunft als Einsatzzentrale. So können wir zumindest den übrigen Seminarteilnehmern genauer auf den Zahn fühlen. Ich hab wirklich das Gefühl, dass sich unser Entführer in den Reihen der Tantrafuzzis befindet«, sagt er bestimmt.

Eigentlich würde ich ihn jetzt daran erinnern, dass er sich sprachlich am Riemen reißen soll, aber im Moment beschäftigen uns ganz andere Probleme.

Alles ist geplant und wird organisiert. Um mich herum herrscht das Gewirre eines ganzen Bienenstaates, und ich sitze inmitten der eifrigen Arbeiter. Ich bin mit dabei, als wäre ich eine von ihnen. Das erste Mal bekomme ich mit, wie die Polizei wirklich arbeitet. Meine Gedanken und Vorschläge werden gehört und mit einbezogen. Ein seltsames Gefühl breitet sich in meiner Brust aus. Es ist eine Mischung aus Stolz und Angst. Was, wenn ich etwas falsch mache oder sage? Bin ich dann wieder nur Rosi, die Kräuterfrau, die alte Oma?

»In fünf Minuten Abfahrt nach Geinberg! Haben wir das Okay von oben wegen dem Geld?«, brüllt Kurt.

»Wir arbeiten dran!«, schallt es von einem der Schreibtische zurück.

Ich kann nicht genau sagen, wer im Moment welche Aufgabe erledigt, nur dass viel zu tun ist. Durchsuchungsbefehle für das Apartment werden besorgt, wegen dem Lösegeld diskutiert und Strategien besprochen. Kurts Priorität aber liegt darin, schnell wieder vor Ort zu sein. Er will dabei sein, wenn Beates Mutter den erwarteten Anruf entgegennimmt. Schon aus diesem Grund hat Kurt es eilig, die Inspektion zu verlassen.

»Kann ich Sepp schnell anrufen?«, frage ich Kurt.

Dieser nickt. »Aber kein Wort wegen dem Wimmer und den Beweisen. Klar?«

»Natürlich. Die Gefahr ist zu groß, dass der wahre Entführer das dann mitbekommt und wir ihn vorwarnen«, gebe ich Kurt recht.

Er drückt mir den Hörer seines Standapparates in die Hand und wählt auswendig Sepps Nummer. Bisher hatte ich keine Ahnung, wie gut Kurts Zahlengedächtnis ist. Sepp hebt ab. Besorgt klingt er. Besorgt und aufgeregt. Er hat Wimmers Festnahme unmittelbar mitbekommen und sich zusammengereimt, dass ich mit aufs Revier gefahren bin. Dennoch hatte er Angst um mich.

»Ich komm mit Kurt zurück nach Geinberg. Alles klar bei dir?«

»Ja, es werden gerade alle Namen und Adressen aufgenommen, und einige Leute durften die Therme auch schon verlassen. Ich, die Herta, der Mike und noch drei weitere dieser Sexseminaristen werden separat festgehalten. Weil wir die Beate beziehungsweise den Wimmer näher kennen.« Sepp seufzt. Er klingt müde. Dann aber bemüht er sich hörbar, gute Laune zu verbreiten. »Aber mir geht's eh gut. Ich sitz hier mit Benni und trink Kaffee. Die Warterei ist langweilig.«

»Da bin ich froh. Ich beeile mich«, verspreche ich und bin tatsächlich erleichtert, dass Sepp in Bennis Gesellschaft und nicht von irgendeinem Polizisten streng bewacht ist. Voriges Jahr hat Benni maßgeblich zur Aufklärung des Baumkronen-Falles beigetragen, und ich weiß, dass er Sepp und mich mag. Wer einmal gemeinsam an einem Mord gearbeitet hat, der ist durch ein unsichtbares Band miteinander verbunden. Solch eine gemeinsame Vergangenheit schafft Vertrauen, und ich kann mir nicht vorstellen, dass Benni Sepp durch ein strenges Verhör zusetzt.

Dann endlich brechen wir auf. Die Dämmerung hat bereits das Land fest in ihrem Griff. Noch immer gießt es draußen wie aus Eimern. Wie vorausgesehen gehört die Winterlandschaft der Vergangenheit an. Sosehr ich glitzerkalte Abende mag, sosehr sind mir matschnasse kühle ein Gräuel. Ich renne fast zu Kurts Wagen und bin dankbar, als mich sein trockenes Inneres aufnimmt und vor dem nächsten Guss aus den Wolken schützt. Ein Frösteln läuft mir den Rücken hinab. Wie froh bin ich, wenn ich mir endlich etwas Passenderes anziehen kann. Aber das wird wohl noch dauern.

Im Auto läutet mein Telefon. Daniela ist dran und ziemlich verärgert, dass sie Kurt nicht erreicht. »Ich hab sogar bei der Kaspar angerufen und muss von ihr erfahren, dass ihr beide schon wieder an irgendeinem Fall arbeitet. Ehrlich gesagt, nervt es mich schon langsam, dass der Kurt durch dich dauernd Morde aufzulösen hat«, meckert meine sonst so freundliche Tochter durchs Telefon.

Wahrscheinlich die Hormone. Obwohl Daniela nicht selbst schwanger ist, sondern Dalia, die georgische Leihmutter, schwappen die Gefühle meiner Tochter regelmäßig über. Nach ihrer Fehlgeburt und der schrecklichen Diagnose der Ärzte, dass sie selbst nicht mehr schwanger werden kann, ist ihre Reaktion verständlich. Doch egal, wie oft ich ihr auch gut zurede, dass es diesmal klappen wird, sie zweifelt daran.

Daniela hat ihre Zwillinge kurz vor Geburtstermin wegen einer besonders drastischen Form der Schwangerschaftsvergiftung, genannt Hellp-Syndrom, verloren. Ihr eigenes Leben stand dabei auf der Kippe, und sie musste notoperiert werden. Doch da man die Eierstöcke erhalten konnte, war es möglich, mit Hilfe der Medizin Eizellen zu gewinnen. Diese wurden dann mit Kurts Spermien befruchtet und Dalia eingesetzt. Der zweite

Versuch war erfolgreich, und Dalia ist nun schon im achten Monat und kurz vor der Niederkunft. Bei Daniela brennen seit einigen Wochen regelmäßig die Sicherungen durch. Es gibt aber auch so viel zu beachten und zu regeln. Eine Leihmutterschaft ist in Österreich nicht erlaubt, und Kurt und sie brauchen einerseits ziemlich viel Geld und andererseits gute Anwälte, dass alles reibungslos über die Bühne läuft. Zwischen freudiger Erwartung und hysterischen Anwandlungen sind bei Dani alle Emotionen dabei, die man sonst nur in einer schlechten Seifenoper miterleben kann. Augenblicklich hat wohl die dunkle Seite der Macht die Vorherrschaft ergriffen und Daniela in eine Suderliesel verwandelt. Schon beim angespannten Klang ihrer Stimme schalte ich schnell in den fürsorglichen Oma-Modus um und rede ihr gut zu. »Beruhige dich erst einmal, mein Schätzchen. Erstens ist es kein Mord, sondern eine Entführung, und zweitens hast du mich jetzt ja erreicht. Ich schalte auf den Lautsprecher, dann hört dich auch der Kurt. Was gibt's denn, das so wichtig ist?«

Ich höre wie Daniela tief durchatmet. Meine einlullende Stimme hat gewirkt. »Dalia hat angerufen und gesagt, dass sie schon in Bukarest ist. Hoffentlich schadet die lange Bahnfahrt dem Kleinen nicht. Fliegen ginge so viel schneller.«

»Sie darf nicht mehr ins Flugzeug steigen, Daniela. Das hat auch der Arzt gesagt. Beruhig dich. Dalia hat eine ganz normale Schwangerschaft. Also atme durch. Alles wird gut«, rede ich sanft auf sie ein.

»Du hast bestimmt recht, Mama. Aber es ist bald so weit. Ich wollt den Kurt dran erinnern, dass er die restlichen Bahntickets überweist. Kurt, hörst du auch zu? Dalia kommt doch schon übermorgen.«

Ich bemerke, dass Kurt genervt den Mund verzieht, und remple ihn gerade noch rechtzeitig an, bevor er so muffig antwortet, wie sein Gesicht gerade aussieht. Er versteht.

»Klar doch, mein Liebling. Ist bereits geschehen. Urlaub ist auch eingetragen. Alles läuft nach Plan. Ich freu mich auf die Fotos«, säuselt er nun, zum Glück nicht so übertrieben, dass Daniela es durchs Telefon mitbekommt.

»Dann ist es ja gut. Weißt du, ich bin so nervös, dass auch alles klappt. Ich kann an nichts anderes mehr denken. Wenn ich die Augen schließe, schwirrt mein Kopf wegen all der Details, die wir beachten müssen. Die Vaterschaftsanerkennung, das Sorgerecht, dann die Adoption ... Was, wenn etwas schiefgeht?«

»Keine Sorge, mein Herz. Es wird nichts schiefgehen. In spätestens sechs Wochen bist du Mama. Okay?«

»Okay«, antwortet Daniela leise.

»Ich muss weiterarbeiten und mach jetzt Schluss, ja?«

»Wenn es sein muss«, gibt Dani bedrückt zur Antwort. »Was ist das denn schon wieder für ein wichtiger Fall?«

Kurt verdreht die Augen. Er hat sich für seine Verhältnisse tapfer bei dem Telefonat geschlagen und nicht einmal patzig geantwortet.

Ich nehme seine Mimik als Zeichen, dass ich Daniela besser aufkläre. »Ein wirklich spannender Fall, Schätzchen. Du kennst doch Cindy Glimmer, oder?«

»Selbstverständlich«, antwortet Daniela.

»Sie war mit uns in der Therme und wurde von dort entführt.«

»Nicht wahr?«, fragt Daniela.

»Doch, aber kein Wort zu niemandem. Ich leg jetzt auf.«

»Das ist wirklich aufregend. Hältst du mich auf dem Laufenden?«

»Mach ich. Tschüss, Schätzchen«, sage ich.

Schon fahren wir am Ortsschild von Geinberg vorbei. Kurt lässt sich von seinem Navi zum Apartment leiten. Die Lichter der Einfahrt gehen an, als wir auf den Parkplatz fahren. Die kleine Anlage befindet sich tatsächlich hinter dem Ort, etwas abgelegen, ohne direkte Nachbarn, hinter einem beachtlichen Teich. Unter anderen Umständen würde ich die Lage als idyllisch oder romantisch bezeichnen, wie der kleine Hof von einem Wäldchen umrandet inmitten unverbauter Natur liegt. Jetzt aber drängt sich etwas anderes ins Zentrum meiner Aufmerksamkeit. In diesem Apartmenthaus ist das Geheimnis um den wahren Täter vergraben, da bin ich mir sicher.

»Wir müssen herausfinden, wer Cindy erpresst und entführt hat«, sage ich mehr zu mir selbst als zu Kurt.

Dieser fühlt sich dennoch angesprochen. »Das werden wir«, sagt er so überzeugend, dass auch ich es nicht wage, auch nur eine Sekunde lang daran zu zweifeln.

Die Rosi wird's schon richten

Rosis Tipps gegen Falten
· *Aloe Vera: Einfach ein Blatt der (Bio-)Pflanze abschneiden und das Gel auftragen. 10–20 Minuten einwirken lassen, abspülen.*
· *Topfenmasken: Quark im Gesicht auftragen und trocknen lassen. Dann abspülen (1x wöchentlich).*

Das Apartmenthaus ist im offenen Stil gebaut. Man betritt als Erstes den großen Aufenthaltsraum, der gleichzeitig als Garderobe, Stiegenhaus und Wohnzimmer dient. Die kleine Küche und ein winziges Bad sind die einzigen beiden Räume im Erdgeschoss. Dann gibt es noch den riesigen Seminarraum, den man durch eine Verbindungstür erreicht. Er befindet sich im ehemaligen Stallgebäude. Alle Gästezimmer sind im ersten Stock und durch einen Rundbalkon miteinander verbunden. Ich blicke nach oben. Unfassbar hoch und frei wirkt das ehemalige Bauernhaus durch diesen Umbau. Es ist schon erstaunlich, was man alles aus alten Häusern machen kann. Es scheint so, als hätte der Eigentümer der Anlage das gesamte Gebäude ausgehöhlt und das Innengerippe neu gebaut. Bestimmt könnte auch mein kleines Häuschen ähnlich verändert werden, und die dunklen, niedrigen Zimmer wären mit einem Male lichtdurchflutet und offen. Doch wahrscheinlich würde mich genau diese Offenheit auf Dauer stören. Irgendwie sind es Menschen in meinem Alter gewohnt, hinter sich die Tür zuzumachen und ein klein wenig Abgeschiedenheit zu genießen. Hier ist das schier unmöglich. Ich kann durch die offene Schiebetür der Küche sehen, dass Kurt seine improvisierte Zentrale bereits eingerichtet hat. Specht fuchtelt an einigen blinkenden Geräten herum, während im Rest des Hauses reger Betrieb herrscht. Uniformierte huschen herum, ebenso die Gäste. Ich brauche einen Moment, bis ich die ganze Situation erfassen kann. Dann geht alles ganz schnell.

Nun bin ich gefragt. Die Ereignisse überschlagen sich, und es ist meine Aufgabe, die aufgelöste Valerie zu beruhigen und gleichzeitig die Wimmerin davon abzuhalten, Kurt wie ein wild gewordener Terrier anzufallen.

»Wo ist mein Hubert?«, fährt sie ihn an. Kurt schweigt. Herta kocht über. »Ich hab dich was gefragt, Kurt. Nur weil du jetzt in der Stadt arbeitest und glaubst, was Besseres zu sein, brauchst du mich noch lang nicht ignorieren. Wer hat dich unterrichtet und dir die Leviten gelesen, als du noch ein verzogener Schulbub warst? Das war mein Hubert.« Sie hebt die Faust.

Ich gehe dazwischen. »Beruhig dich, Herta. Es klärt sich alles ganz schnell auf. Bestimmt. Dem Hubert geht's gut.«

Herta zieht die Augenbrauen zusammen, lässt aber die Faust sinken. Ich werfe Kurt einen Blick zu. Die Situation droht jeden Moment zu eskalieren. Ich sehe Kurt an, dass er seine Entscheidung, alle Seminarteilnehmer inklusive Sepp und Beates Mutter ins Apartment bringen zu lassen, bitter bereut. Er hat gehofft, dass die Seminarteilnehmer irgendeine Reaktion zeigen würden, wenn sie dabei zusehen, wie die Beamten ihre Zimmer durchwühlen. Doch außer einer Rotz und Wasser heulenden Valerie und einer erbosten Herta gibt's nichts zu sehen. Mike und auch das zweite Tantrakurs-Pärchen – die Bollmeiers –, beide etwa vierzig, in Öko-Pullis und Schlabberhosen gehüllt und offensichtlich dem alternativen Lebensstil zugeneigt, verhielten sich bisher absolut cool. Mike ist es zwar etwas unangenehm, dass die Beamten in seinen Unterlagen schnüffeln, aber er hat sich auch nicht wirklich dagegen gewehrt. Nur eines scheint ihm wichtig zu sein: »Meine Holzdildos und die Kugeln sind hygienisch einwandfrei! Bitte passt drauf auf, sonst muss ich sie alle neu desinfizieren!«, sagt er ein ums andere Mal.

Wenn die Umstände andere wären, würde ich es wahrscheinlich witzig finden, wie seltsame Holzpenisse umhergereicht werden, als würden sie vielleicht preisgeben, wo Beate gerade festgehalten wird. Nun gut, fünfzig Zentimeter lange und zucchinidicke Holzprügel können schon beängstigend sein, aber bei einer Entführung sind sie nutzlos. Ich werfe einen Blick zu meinem Sepp rüber. Wie gern würde ich mit ihm reden und mich beraten, aber die Situation erlaubt keinerlei Gedankenaustausch. Nicht mal fünf Wörter haben wir, seit er unter Polizeigeleit hier angekommen ist, miteinander gesprochen. Als stiller Beobachter steht er im Eck des großen Aufenthaltsraums und hebt entschuldigend die Hände. Ich lächle ihm zu. Bald, verspreche ich ihm in meinem Herzen, bald können wir reden. Dann widme ich meine Aufmerksamkeit wieder Kurt.

Kurt fährt sich genervt durchs Haar. Es ist kurz vor sechs. Der Anrufer könnte sich jeden Moment melden, und Valerie ist bei Weitem noch nicht in der Lage, das Telefonat entgegenzunehmen. »Hab ich nicht gesagt, jeder geht auf sein Zimmer, während die Beamten diese durchsuchen? Benni, schaff mir Herta vom Hals.«

Benni will gerade Herta beim Arm packen und sie wegbringen, als Valerie unerwartet vom Stuhl aufspringt und ihr an die Gurgel geht. »Ihr … Ihr perverser Kerl hat mein Mäuschen entführt«, plärrt sie und schlägt mit den Fäusten auf Hertas Brust.

Diese verpasst Valerie unbeeindruckt eine schallende Ohrfeige. Verdutzt glotzt Valerie sie an. »Mein Hubert ist ein anständiger Mann und würde niemals einer Frau ein Leid zufügen. Er schenkt nur Lust und Liebe!«, antwortet Herta schnippisch und verschränkt die Arme vor der Brust. Dann macht sie am Stand kehrt und stapft beleidigt in Richtung ihres Zimmers. Benni folgt ihr achselzuckend.

Ich lege meinen Arm um die sich noch immer in Schockstarre befindliche Valerie. »Alles in Ordnung«, beruhige ich sie und führe sie mit sanftem Druck zurück an den Küchentisch. Dort hat Kurt bereits die gesamte Technik aufbauen lassen. Sein Diensthandy, auf das der Anruf umgeleitet wird, liegt bedrohlich in der Mitte. »Nehmen Sie wieder Platz, Valerie«, fordere ich sie auf und verleihe meinen Worten mit einem Handwink Nachdruck.

Sie setzt sich und atmet zitternd ein. Manchmal, wenn die Tränen bereits versiegt sind, weinen Menschen mit trockenen Augen, und Valerie Sommerfeld ist im Moment genau in dieser unglücklichen Situation. Ihr ganzes Gesicht bebt und zuckt, ebenso der Brustkorb. Ich befürchte, die arme Frau wird demnächst einen Nervenzusammenbruch erleiden.

Kurt bemerkt es nicht und fängt stattdessen an, auf sie einzureden. »Wenn sich der Erpresser meldet, dann gehen Sie an den Apparat und hören sich zuerst einmal an, welche Forderungen er für die Übergabe des Geldes macht. Halten Sie ihn so lange es geht in der Leitung, ohne seinen Verdacht zu wecken. Unser Vorteil ist, dass der Kerl bislang keine Ahnung von uns hat. Wir haben eine Fangschaltung eingerichtet und versuchen das Gespräch zu orten. Verlangen Sie, mit Ihrer Tochter zu sprechen oder zumindest einen erneuten Lebensbeweis, wenn er darauf nicht eingeht.«

Valerie starrt ins Leere. Sie hat Kurt nicht zugehört. Alle Mühe ist vergebens. »Aber … aber … dieser Wimmer ist noch auf der Direktion. Wer … wer hat denn jetzt mein Mäuschen? Wo ist meine Bea?«, schluchzt sie und vergräbt das Gesicht in den Händen.

»Frau Sommerfeld, Sie müssen uns helfen. Vielleicht verrät sich der Entführer leichter, wenn er Sie und keinen Beamten am Telefon hat. Reißen Sie sich am Riemen!«, schimpft Kurt.

Zu spät. Valerie erliegt der Anspannung. Ihr ganzer Körper wird vom Schüttelfrost durchgebeutelt. Sepp, der uns still und leise in die Küche gefolgt ist, stellt sich dicht neben Valerie. Vorsichtig, beinahe sachte, streicht er ihr über die einst hochtoupierten, aber nun mehr nur verfilzten Haare. Dann geht er in die Hocke.

Ich stelle mich auf die andere Seite. »Sie kann nicht mehr, Kurt«, sage ich mit ruhiger Stimme. »Das siehst du doch. Es wäre besser, wenn sie ein Arzt behandelt und jemand sie abholt, dem sie vertraut.«

Kurt beißt die Zähne aufeinander, dass sie knirschen. »Es ist gleich sechs, verdammt noch mal. Sie soll sich ein letztes Mal zusammennehmen. Für ihre Tochter.« Während er es sagt, bäumt sich Valerie auf. Einen kurzen Moment sieht es so aus, als würde sie Kurt über den Tisch anspringen und ihm die Augen auskratzen, aber dann sackt sie einfach nur schlaff in sich zusammen und beginnt monoton hin- und herzuschaukeln. »Gottverdammte Scheiße«, flucht Kurt.

»Schimpf nicht auf den Herrgott in meiner Nähe«, mahne ich streng.

Kurt blickt auf die Uhr. Drei Minuten vor sechs. »Andrea! Andrea!«, brüllt er dann. Andrea, die gerade damit beschäftigt war, das Zimmer des Öko-Tantra-Pärchens zu durchsuchen, kommt herein. »Bring sie raus auf die Couch und hol einen Arzt.« Andrea nickt.

»Ich helfe dabei«, sagt Sepp schnell, und die beiden schleppen Valerie nach draußen. Ich stehe auf und schließe die Schiebetür hinter ihnen.

Nur Kurt, Specht und ich sind noch im Raum. »Rosi, glaubst du, dass du in der Lage bist, das Telefonat zu führen?«, fragt Kurt ernst.

Ich gehe in mich und spüre nach, ob ich das schaffen kann. »Ja, aber wie erkläre ich, wer ich bin? Ich bin doch weder eine Verwandte noch Freundin von Beate. Wenn der Anrufer mich fragt, was sage ich dann?«

Kurt zieht die Augenbrauen zusammen. Tiefe Falten bilden sich über seiner Nasenwurzel. Er reibt sie angestrengt. »Lass dir etwas einfallen, irgendwie.«

Ich balle die Hände zu Fäusten. »Gut.« Es ist bereits kurz nach sechs. Ich spüre, wie meine Nervosität hochschwillt wie Suppe in einem Druckkochtopf. Das Blut rauscht in meinen Ohren im immer schneller werdenden Rhythmus meines Herzschlages. Mir wird schlecht. Es ist einer jener seltenen Momente, wo das ganze Universum mit all seinen Problemen und Sorgen auf die Größe eines Stecknadelkopfes zusammenschrumpft und man das Gefühl hat, genau diesen Stecknadelkopf verschluckt zu haben. Unendlich schwer liegt es einem im Magen.

Dann endlich, vier Minuten nach sechs, läutet das Telefon.

»Warte«, beschwichtigt Kurt, als ich gleich beim ersten Läuten abnehmen will. »Durchatmen. Konzentration«, schwört er mich auf meine Aufgabe ein.

Ich schaffe es gar nicht, die Lunge ganz mit Luft zu füllen, so angespannt bin ich. Dennoch hilft der Atemzug, und das Rauschen in meinen Ohren verklingt zu einem leisen Rascheln.

Ein zweiter Atemzug. Ich gehe ran. »Hallo«, sage ich nur.

Der Anrufer schert sich nicht um eine Begrüßung. »Wer sind Sie? Eine Bullentussi?«, blafft er mich an.

»Nein, eine Freundin von Valerie und Tantra-Teilnehmerin. Ich bin die Rosi.« Pause. Die Leitung rauscht.

»Wo ist die Mutter des Singvögelchens?«

»Ihre Nerven spielen nicht mit«, gebe ich wahrheitsgetreu zu.

Der Anrufer scheint damit zufrieden zu sein. Auf jeden Fall fragt er nicht länger nach, sondern kommt direkt zur Sache. »Übergabe des Geldes ist heute um zweiundzwanzig Uhr auf der alten Innbrücke in Braunau.«

»Braunau? Zweiundzwanzig Uhr? Das ist viel zu früh. Woher sollen wir so schnell das Geld herkriegen?«, frage ich nach.

Hundert Fragen wirbeln in meinem Kopf durcheinander. Wie um Himmels willen kommt der Kerl jetzt auf Braunau? Hat er Beate dorthin verschleppt? Wohnt oder arbeitet er in Braunau? Der Erpresser liest anscheinend meine Gedanken.

Tiefes, verzerrtes Gelächter. »Du brauchst gar nicht lange nachfragen, wieso und weshalb. Hier mache ich die Regeln. Die Kleine schwimmt im Geld, also beschafft gefälligst die Kohle und macht euch auf den Weg. Die Uhr tickt. Vier Stunden.«

Ich blicke verzweifelt zu Kurt und dann zu dem Techniker. Dieser macht eine rollende Handbewegung. Ich verstehe. Ich soll das Gespräch am Laufen halten, dass er den Anrufer orten kann. »Das ist schier unmöglich in der kurzen Zeit«, versuche ich erneut einen Einwand.

»Ticktack, ticktack! Du schaffst das schon, Schätzchen«, hämt der Erpresser. Ich schlucke schwer. »Und untersteh dich, mit der Polizei dort aufzutauchen. Ich beobachte alles. Ihr könnt mich nicht an der Nase rumführen. Also keine Tricks, sonst …« Er bricht ab, und ich höre ein unangenehmes Knistern, bevor sich eine andere Stimme meldet.

Schon bei erstem Pieps weiß ich, wer es ist. Beate. »Bitte, bitte, ich hab solche Angst!«

»Beate, wie geht es dir? Wo bist du?«, rufe ich.

Sie schluchzt. »Ich will nicht sterben, nicht hinter einer B–«

Ein Knall. Hat er sie geschlagen? Ist sie umgefallen?

»Halt's Maul, du Schlampe!«, brüllt die verzerrte Stimme. Dann spricht er wieder seelenruhig, als wäre nichts gewesen. »Also, sie lebt – noch, jedenfalls. Nun liegt es bei Ihnen, ob das so bleibt. Zweiundzwanzig Uhr!«

»Warten Sie, bleiben Sie dran«, bitte ich, doch es ist zwecklos. Mit einem Klicken bricht die Verbindung ab. Ratlos starre ich auf das stumme Handy in meiner Hand. Ich habe das Gefühl, alles falsch gemacht zu haben. Viel zu kurz war das Gespräch.

Specht schüttelt den Kopf. »Keine Ortung möglich.«

Versagerin, ruft meine innere Kritikerin mit gemeiner Stimme.

»Du hast es gut gemacht«, sagt Kurt und legt mir den Arm um die Schultern.

»Ich hätte ihn länger in der Leitung halten müssen.«

»Das konntest du nicht, aber das Gespräch hat uns dennoch etwas verraten. Beate will nicht hinter irgendetwas sterben. B... B...«

»Bahnhof? Bahnschranken? War in der Aufzeichnung nicht das Signal eines Zugs zu hören?«, frage ich aufgeregt.

Kurt nickt. »Wir überprüfen das. Außerdem müssen wir alles für die Übergabe vorbereiten. Der Täter darf uns nicht sehen, aber wir müssen ihn ausfindig machen.«

»Du willst das Geld verwanzen? Oder mich?« Kurt zuckt die Schultern, aber er verzieht dabei seine Lippen zu einem wissenden Grinsen. Mir wird mulmig zumute. Ich sehe auf die Uhr. Nur noch knappe vier Stunden bis zur Übergabe.

Vorbereitung

Bei Angst und Furcht hilft es, die Hände zu Fäusten zu ballen und 5 Sekunden ganz fest anzuspannen. Dabei sagt man sich im Inneren: »Ich bin in Sicherheit.« Dann die Anspannung der Hände lösen. Gleichzeitig mit der Welle der Entspannung wird auch die Angst leichter.

Sepp. Endlich kann ich in seinen Armen versinken. Unsere gemeinsame Zeit ist nur kurz, aber ich sauge seinen herben Geruch ein wie ein Kind den Duft seiner Mutter. Geborgenheit, Sicherheit, das leise Versprechen »Alles wird gut«. Ich schließe die Augen. In den wenigen Minuten, die wir miteinander hatten, habe ich Sepp von dem Foto in Pfeiffers Schreibtisch erzählt. Mit ungewohnter Gelassenheit hat er meine Schnüffelei zur Kenntnis genommen und mich nur noch fester umarmt. »Du wirst wie immer das Rätsel lösen«, flüstert er. Ich nicke langsam. Das Hotelzimmer ist wie ein Schutzraum, der die grausame Außenwelt wegsperrt. Ich möchte mich hier verbarrikadieren, eingraben unter zig warmen Decken und einfach alles vergessen. Doch die Uhr tickt.

»Ich habe keinen blassen Schimmer, wer der Entführer sein könnte. Das beunruhigt mich. Hubert scheidet aus, und Pfeiffer sitzt wahrscheinlich noch an der Bettkante seines Bruders.« Mein Hirn will einfach nicht zur Ruhe kommen.

»Rosi, du schaffst das. Du hast schon ganz andere Dinge gemeistert«, flüstert Sepp mir ins Ohr. Seine Stimme ist nur ein Hauch.

Aber ich will nicht hören, egal, wie sanft und leise Sepp spricht. Jedes einzelne Wort holt mich unbarmherzig ins Hier und Jetzt zurück. Ich entwinde mich seiner Umarmung und schaue ihm fest in die Augen.

»Bisher war es anders«, gestehe ich. »Was auch immer passiert ist … die Geschehnisse haben mich überrumpelt. Ich hatte nie Zeit, Angst zu haben oder gar Bedenken.«

»Ich verstehe«, sagt Sepp und nimmt meine Hände.

Ich presse die Lippen aufeinander und atme tief durch die

Nase ein. »Ich werde einem Verbrecher gegenüberstehen und weiß es im Vorhinein. Was, wenn er nicht ehrlich ist, das Geld schnappt und Beate oder mich dann tötet?«

»Verbrecher sind nie ehrlich. Aber du hast Kurt. Und er wird auf dich aufpassen. Schon allein wegen Daniela kann er es gar nicht zulassen, dass dir etwas zustößt. Also mach jetzt, was er dir aufgetragen hat, und zieh dich um.«

Ich nicke. Zwanzig Minuten habe ich Zeit, um mich schnell heiß zu duschen und sowohl den Schweiß als auch die Kälte, die im Laufe des Tages in meine Knochen gekrochen ist wie eine windige Schlange, abzuwaschen. Außerdem muss ich es in dieser Zeitspanne schaffen, mich gänzlich umzuziehen. Die Stimme des Erpressers mahnt mit einem niederträchtigen »Ticktack« zur Eile. Ich husche unter die Dusche. So heiß, dass jeder einzelne Tropfen auf meiner Haut brennt wie ein Nadelstich, lasse ich das Wasser aus der Brause auf mich herabtrommeln.

Du bist stärker, als du glaubst. Du hast zwei Kindern das Leben geschenkt, seit deiner Jugend hart gearbeitet und Hunderten Menschen geholfen. Nicht mal im Angesicht eines Mörders ziehst du dich aus der Affäre, sondern trittst für das Recht ein. Das heute ist ein Klacks für eine Frau wie dich, höre ich nun Horst in mir, und sogleich fühle ich mich etwas energievoller. Ich atme den heißen Wasserdampf in meine Lungen. Die Wärme tut gut, auch wenn die Dusche viel zu kurz ausfällt.

Schnell trockne ich mich ab und föhne meine feuchten Haare. Mein eigenes Gesicht im Spiegel wirkt fremd auf mich. Streng und auf seltsame Art und Weise abgeklärt. Wann bin ich so alt geworden?, frage ich mich still. Mir sind meine Jahre am Buckel sehr wohl bewusst, und ich bin froh, keine zwanzig mehr zu sein und noch um meinen Platz im Leben kämpfen zu müssen. Aber die Frau im Spiegel sieht eher einer Urgroßmutter als einer Oma gleich. Es müssen die Müdigkeit und die Anspannung sein, die meine Haut grau und meine Falten wie Schluchten aussehen lassen. Ich reibe mir fest mit dem Handtuch über die Wangen. Wärme breitet sich aus, die feinen Äderchen füllen sich mit Blut, und schon bin ich eine verjüngte Version meines

Selbst. Sepp klopft an die Badezimmertür. Ich beeile mich und schlüpfe in mein warmes Höschen und die dunklen Jeans. Gedeckte Farben, warme, wasserabweisende Kleidung hat Kurt mir aufgetragen anzuziehen. Das plötzliche Tauwetter hat die Gegend in eine Landschaft aus Matsch und Wasser verwandelt, und auch der Himmel verspricht keinerlei Wetterumschwung. Es hat sich draußen eingeregnet. Ich greife zum BH und zum Thermounterhemd. Nun bin ich Sepp dankbar für seinen Vorschlag, die neue Skiunterwäsche mitzunehmen, obwohl man in Geinberg weder den Hang hinunterwedeln noch ordentlich rodeln kann. Dafür ist die Gegend zu flach. Aber wenige Kilometer weiter im Kobernaußerwald betreiben die Gemeinden wie Saiga Hans oder Maria Schmolln kleine Skilifte. Nun dient die warme Wäsche anderen Zwecken.

Der bordeauxrote Rollkragenpulli liegt ziemlich knapp an, aber ich zwänge mich hinein. Für einen Wochenendtrip in die Therme habe ich nicht allzu viel Kleidung eingepackt, und Kurt hat Glück, dass ich überhaupt etwas Passendes dabeihabe. Ich mache mir noch schnell die Haare hoch und lege etwas Lippenstift und Puder auf. Obwohl ich sonst meistens auf jegliches Make-up verzichte, habe ich das Gefühl, heute eine Art Maske zu brauchen. Es ist seltsam, hinter welchen Dingen wir Menschen uns verstecken. Bei mir ist es oft die Schminke, die ich mir nur ungern ins Gesicht klatsche. Wenn ich sie aber trage, dann gibt sie mir Sicherheit. Mit gefestigtem Blick schaue ich erneut in den Spiegel und nicke zufrieden. Die Urgroßmutter ist verschwunden. Eine kämpferische Rosi starrt mir entgegen. Nicht mehr die Jüngste, aber ein ordentliches Kaliber.

Sepp hält mir bereits den dunkelblauen Steppmantel hin. »Danke, Gentleman«, sage ich. Sepp lächelt. Auch er macht sich Sorgen. Ich erkenne es in seinen Augen. Aber wir haben eine Abmachung, und diesmal hält er sich strikt daran. Er lässt mich meiner Leidenschaft nachgehen und behält seine Bedenken für sich, so lange, bis ich mich danach erkundige.

»Ich hoffe, der Job als Geldbotin ist besser bezahlt als der einer Mordermittlerin«, scherzt er. Ich muss lachen.

Kurt pocht gegen die Tür und öffnet sie so schwungvoll, dass er beinahe zum Zimmer hereinfällt. Kritisch mustert er mich. »Hat die kugelsichere Weste noch unter deinem Mantel Platz?«, will er wissen und drückt sie mir gleichzeitig in die Hände.

Sepp verschränkt die Arme vor der Brust und schimpft mit tiefer Stimme: »Geht ihr etwa davon aus, dass Rosi dieses Ding braucht?«

»Nein, aber wir gehen davon aus, dass Sicherheit vorgeht und man lieber für den unwahrscheinlichen Fall der Fälle gewappnet sein soll. Oder willst du mir im Nachhinein Vorwürfe machen?«

»Keine Diskussion, bitte! Ich zieh sie an«, unterbreche ich und schäle mich erneut aus dem Mantel. Sepp nimmt ihn mir murrend ab. Die Schutzweste wiegt schwerer als gedacht. Meine Schultern ächzen unter dem Gewicht. Schon nach den ersten Atemzügen wird mir bewusst, dass ich spätestens nach diesem Abend wirklich eine Massage brauchen werde. Ich beginne zu schwitzen, noch während ich mich wieder gänzlich ankleide.

»Dann habe ich da noch etwas für dich«, sagt Kurt, und ich weiß beim Klang seiner Stimme, dass es mir nicht gefallen wird. Mit nach unten gezogenen Mundwinkeln holt er ein kleines Kästchen aus seiner Jackentasche hervor. Er klappt es auf.

Ich weiche einen Schritt zurück. »Das ist jetzt aber nicht euer Ernst, oder?«, frage ich.

Kurt zuckt die Schultern. »Sie sind unauffällig bei jemandem wie dir. Du bist eine ältere Frau und könntest rein theoretisch im Alltag darauf angewiesen sein.«

»Bin ich aber nicht. Mein Gehör ist ausgezeichnet, mein Lieber. Besser, als ich es mir manchmal wünsche!«

»Trotzdem. Trag die Hörgeräte bitte. Es sind handelsübliche Modelle, wie sie tausendfach benutzt werden – mit einem kleinen Unterschied. Wir können mithören, und«, Kurt macht eine kleine Pause, »sie haben einen Peilsender versteckt, dass wir dich orten können, falls …«

Sepp richtet sich angespannt auf und will etwas entgegnen.

Ich halte meinen Liebsten zurück und winke ab. Kurt braucht nicht weiterzusprechen. Ohne weiteres Zögern nehme ich die

Hörgeräte und setze sie ein. Es pfeift schrill in meinen Ohren. Spätestens jetzt habe ich wirklich ein Hörproblem. Mein Schädel brummt von dem Piepsen. Außerdem drücken die kleinen Geräte unangenehm im Gehörgang. Das Pfeifen verstummt, aber jetzt habe ich stattdessen das Gefühl, gar nichts mehr zu hören. Dumpf, als wäre Wasser in mein Ohr gelaufen, ist die Umgebung.

»Hältst du sie aus?«, fragt Sepp.

Ich drücke seine Hand. »Jetzt verstehe ich, weshalb so viele Leute sagen, blind werden wäre immer noch besser als taub. Diese Dinger in meinen Ohren würden mich langfristig gesehen verrückt machen.«

Sepp drückt sanft zurück. »Ja, das stimmt. Mit den Augen hält man den Kontakt zu den Dingen der Erde, mit den Ohren aber zu den Menschen und Gefühlen. Nichts sehen ist auf jeden Fall noch das kleinere Übel. Aber du, mein Röschen, bist die Hörgeräte schnell wieder los, und dann ist alles so wie vorher«, verspricht er.

Kurt stemmt währenddessen die Hände in die Hüften und wippt nervös mit dem Fuß auf und ab. »Wir müssen, Leute!«, sagt er streng.

Ich drehe mich ein letztes Mal um und werfe einen Blick in das stilvolle Hotelzimmer. Einladend und riesengroß im Vergleich zu daheim wirkt das Kingsize-Bett auf mich. Die Decke mit den zarten schwarzen Blätterranken ist abgestimmt auf die Vorhänge und die restliche Einrichtung. Bisher habe ich die Schönheit des Zimmers gar nicht richtig zu schätzen gewusst. Jetzt aber, wo ich drauf und dran bin, einem Entführer und Erpresser entgegenzutreten, fällt es mir wie Schuppen von den Augen. Mein Leben ist schön. Sepp macht jeden Tag zu etwas Besonderem, und ich bin mir sicher, dass sein Bemühen auch kein Ende nehmen wird, wenn ich seinen Antrag annehme. Er wird weiterhin Reisen und Ausflüge mit mir machen und bei der Auswahl der Unterkünfte auf Stil Wert legen.

Ich schlucke bei dem Gedanken, dass ich mich gleich in Gefahr begeben werde und vielleicht niemals Sepp und meiner Liebe das letzte i-Tüpfelchen verpassen kann. Er wünscht sich so sehr, mich zu heiraten, und ich es im tiefsten Inneren doch auch. In meinem Herzen hoffe ich, schnell wieder hier zu sein und Sepps Versprechen, hier noch einige romantische und leidenschaftliche Stunden zu verbringen, einlösen zu können. Liebevoll nimmt Sepp meine Hand. Warm ist sie, warm und rau. Der sanfte Druck reißt mich zurück auf den Boden der Tatsachen.

Genug lamentiert, denke ich und straffe trotz des Gewichtes die Schultern. Gemeinsam verlassen wir das Zimmer und schließlich auch das Hotel. »Es ist bereits alles vorbereitet«, sagt Kurt, und ich höre mich dumpf selbst seufzen.

Warum macht mich der Gedanke, gleich auf der Innbrücke die Botin zu mimen, so nervös? Reiß dich zusammen, ermahne ich mich erneut.

Andrea wartet mit dem Wagen vor dem Hotel. Sie wird fahren. Bei der Erinnerung an Andreas Fahrkünste zieht sich mein Magen zusammen. Kurt fährt wie ein Rennfahrer, wenn es drauf ankommt. Andrea aber quält den Motor des Wagens wie eine lebensmüde Raserin. Manchmal denke ich, die Erfindung des Bremspedals ist bei dieser Frau überflüssig. Sie muss schon in einer tiefenentspannten Stimmung sein, um normal zügig zu fahren.

»Nach hinten, wir müssen noch reden. Außerdem hat Andrea netterweise was zu mampfen für dich besorgt«, kommandiert mich Kurt auf die Rückbank.

Gleich wird es ernst, denke ich mir und dreh mich ein letztes Mal um, um zurück zum Hotel zu schauen. Es ist nur ein Augenblick, ein Wimpernschlag lang, aber mir stockt der Atem. Vor dem Hoteleingang steht plötzlich der Pfeiffer. Aber er ist nicht allein. Eine Frau steht bei ihm. Der flauschige Kragen des dicken Pelzmantels ist hochgeschlagen und verdeckt das Gesicht. Sie beugt sich nach vorn und drückt Pfeiffer einen flüchtigen Kuss auf die Lippen. Dann huscht sie davon, und das auf elendshohen Stöckeln. Es ist bloß eine Ahnung, ein Hauch des Wissens, aber er durchfährt mich. Vielleicht ist es die Art, wie die Frau sich bewegt, vielleicht ihre Figur … aber mir schießt nur ein Gedanke durch den Kopf. »Beate!«, sage ich und deute zum Hotel. Doch die Frau ist schon ums Eck gebogen.

Kurt dreht sich um und sieht nur noch, wie Pfeiffer ins Hotel hetzt. »Da ist nur der Pfeiffer. Er will bloß ein paar Sachen für seinen Bruder zusammenpacken und ihm ins Spital bringen.«

»Woher willst du das wissen?«, frage ich Kurt.

»Von meinen Kollegen.«

»Aber da war eine Frau und –«, wende ich ein und will Kurt von meiner Privatermittlung erzählen. Doch ich komme nicht dazu.

Kurt ist genervt und lässt keine weitere Diskussion zu. »Los, dafür ist jetzt keine Zeit. Steig ein. Meine Kollegen kümmern sich darum. Du hast eine wichtigere Aufgabe!«, mault er.

Ich gebe mich geschlagen und steige in den Wagen.

Es kommt noch schlimmer als befürchtet. Andrea hat sich bedauerlicherweise an meine Vorliebe für Bergkäse erinnert. Der Gestank reifen Käses schlägt mir entgegen. Kurt grinst mich aufmunternd an. »Danke«, würge ich heiser und bin in dem Moment, in dem ich Platz nehme, sicher, keinen Bissen des Salzweckerls mit Käse und Essigurkerl essen zu können. Und das, obwohl ich seit dem Spätaufsteher-Schlemmerfrühstück nichts mehr in den Magen bekommen habe.

Meine Oma fährt im Hühner... ähm, in Braunau ...

Kalte Füße behandelt man mit einem Fußbad. Dazu den Saft von 2 Zitronen, 2 EL Meersalz, 20 g Senfmehl, 3 Tropfen Zimtöl in etwa 39 Grad warmes Wasser geben (Fußbadewanne). Gut vermischen. Füße 15 Minuten darin baden.

Ich starre auf das nackte Hinterteil der Bronzestatue. Es ist kurz vor zehn, und da warte ich nun am Ende der Innbrücke, vor jenem Platz, wo früher die Grenzkontrollen stattgefunden hatten. Nun steht aber eine riesige Bronzeplastik vor mir, die mir keck den Po entgegenstreckt. Die Brücke an sich blickt ja auf eine lange Geschichte zurück. Von der Wehrmacht aus strategischen Gründen zerstört, wurde sie schnell wieder aufgebaut. Untertags herrscht seither reger Verkehr zwischen den beiden Städten Braunau und Simbach. Immer schon standen sich die Bayern und die Innviertler nahe, und alle Grenzstädte, egal, ob Braunau, Schärding oder Obernberg, haben die natürliche Trennung durch den Fluss durch Brücken überwunden.

Bis vor etwas mehr als zweihundert Jahren war das Innviertel noch ein Teil von Bayern, und bis heute spürt man die Freundschaft. Früher, als meine Kinder noch klein waren, sind wir zumindest immer vor Weihnachten und den Geburtstagen zum in der Gegend größten Spielwarengeschäft Schlattl hinübergepilgert und haben die günstigeren Preise in Deutschland genutzt. Und auch heute, wo es dank EU keine Möglichkeit mehr gibt, die Mehrwertsteuer an der Grenzstation zurückerstattet zu bekommen, fahre ich regelmäßig nach Simbach. Den Schlattl gibt's noch immer, und meine kleine Enkelin Mariella freut sich genauso über Spielsachen wie damals ihr Vater.

Heute aber stehe ich mit mulmigem Gefühl auf der Grenzbrücke und starre den bronzenen Fisch an. Eigentlich hätte diese Statue ein Zeichen der bayrisch-österreichischen Freundschaft werden sollen, aber manchmal geht eben auch etwas Gutgemeintes ein klein wenig in die Hose. Ich kann mich noch zu gut an die lautstarken und sehr witzigen Diskussionen bei uns daheim am

Stammtisch erinnern. Das Kunstwerk soll den Flussgott Aenus darstellen, der auf einem riesigen Huchen reitet. Als 2008 die Statue errichtet wurde und wir die ersten Bilder des Nackten auf dem Rotfisch gesehen haben, war meiner Daniela sofort klar, dass man von der österreichischen Seite aus gesehen das E im Aenus ruhig hätte weglassen können. Den Bayern reitet der Wassergott muskulös und selbstsicher entgegen, den Braunauern auf der anderen Seite des Inns zeigt er ebenso selbstbewusst die Arschkarte. Sogar die Zeitungen haben darüber berichtet. Mich hat das Thema kaltgelassen. Außerdem ist ein knackiger Po immer noch sehenswerter als ein nichtssagendes Gesicht. Um diese fortgeschrittene Stunde glänzt der Hintern sogar besonders eindrucksvoll, was an der vorteilhaften Beleuchtung liegen muss. Ich muss lächeln, und irgendwie bin ich dem Künstler der Statue dankbar, dass er mich trotz meiner schwierigen Aufgabe zum Schmunzeln bringt.

Ich schaue in beide Richtungen. Doch keines der wenigen vorbeifahrenden Autos macht Anstalten, anzuhalten. Die Nervosität kehrt mit dem Glockenschlag des Kirchturms in voller Härte zurück. Konnte ich mich auch kurzzeitig ablenken, so greift nun die Angst zu und schnürt ein festes Band um mein wild pochendes Herz. Ich wandere ein kleines Stückchen die Brücke hinab und werfe einen Blick in die dunklen Fluten des Inns. Dann drehe ich mich wieder um.

Da, ein dunkler Wagen, der Richtung Braunau fährt, wird langsamer. Ich erstarre. Hoffentlich geht Kurts Plan auf, und der Entführer bemerkt nicht, dass sowohl die bayerischen als auch die österreichischen Polizisten die Brücke im Visier haben. Der Posten der Bayern ist glücklicherweise gleich hinter der Brücke, und so sind die Beamten nicht weit. Auch Kurt und seine Leute haben sich auf der Braunauer Seite positioniert. Die Eisenbahnbrücke nach Braunau konnte sogar gesperrt werden, und ich weiß, dass Kurts Kollegen dort mit Fernrohren, Nachtsichtgeräten und sogar Scharfschützen auf mich aufpassen. Die Kenntnis, dass genau in diesem Moment Präzisionswaffen in meine Richtung zeigen, lässt meine Knie zusätzlich erweichen.

Wie Pudding sind sie, und ich halte mich am Brückengeländer fest. An sich muss ich ja dankbar und froh sein, dass Kurt die Situation so im Griff hat. Die Polizisten überwachen alles. Wenn auch aus einiger Entfernung. Die Innbrücke selbst wollten sie nicht absperren, um den Täter in Sicherheit zu wiegen.

Und so braust hin und wieder ein Auto vorbei. Ich fixiere den Wagen vor mir. Der Entführer, schießt es mir durch den Kopf. Das Auto wird noch langsamer. Direkt vor mir hält es an. Ich merke, wie meine Beine zittern. Ich lasse das Geländer los. Mit fester Hand halte ich die schwarze Reisetasche. Das Geld aufzutreiben war die größte Herausforderung, die Kurt in der kurzen Zeit gemeistert hat. Und obwohl fünfhunderttausend Euro eine Menge Geld sind, so hat mich der Anblick der gebündelten Hunderter- und Zweihunderter-Scheine ernüchtert. Gute drei Kilo wiegen die Scheine, nicht mehr. Und für dieses bisschen Papier riskiert der Wahnsinnige das Leben einer jungen Frau.

Das Fenster wird heruntergelassen. Zwei junge Männer, nicht älter als zwanzig, sehen heraus. »Ois guat bei dir, Oma?«, fragt der eine im tiefsten Dialekt.

Das sind sie nicht, wird mir klar. Mein Blutdruck fällt augenblicklich ab. »Ja, ja. Alles in Ordnung«, sage ich ruhig.

»Donn passt's eh. I hob scho glaubt, du wüllst obispringa«, sagt der Junge und verzieht den Mund zu einem unsicheren Grinsen.

Ich bekomme vor Schreck einen Schluckauf. »Niemals. Ich warte hier nur auf meinen Sohn. Er wollte mich abholen.«

»Ach so«, antwortet der Jugendliche, »dann is jo guat. Hoffentlich kimmt er bald. Es rengt gonz sche. Pfiat di.« Schon lässt er das Fenster wieder hochfahren, und sein Kumpel drückt aufs Gaspedal.

Unter normalen Umständen hätte ich mich darüber gefreut, dass die Jugend noch so viel Mitgefühl und Verantwortung zeigt und um eine alte Frau auf einer Brücke besorgt ist. Doch im Moment habe ich andere Probleme. Ich sehe dem Auto nach. Mit quietschenden Reifen braust es davon. Hoffentlich hat dieses

Geschehnis den Entführer nicht abgeschreckt. Was, wenn er denkt, dass ich ein falsches Spiel mit ihm treibe, und er nicht die richtigen Schlüsse zieht? Das Bild der verängstigten Beate taucht vor meinem Inneren auf. Ein Frösteln schüttelt mich durch.

»Wo bleibst du nur?«, frage ich in die dunkle, nasse Nacht hinein. Stille. Kein Auto weit und breit. Ob er das Weite gesucht hat?

Dann plötzlich ... Sssssst...ssssssst. Ich will schon die Hörgeräte herausnehmen und nachsehen, ob die Dinger wieder eine Rückkopplung haben, als direkt vor meinen Augen ein Ufo fliegt. Ich schreie im ersten Moment. Was ist das für ein Monster? Sssssssstt, wummern die Rotoren laut. Es sind vier an der Zahl, und sie halten die Drohne in der Luft. Ein winziges Säckchen ist an dem Ungetüm befestigt. Es kommt näher. Will mir der Entführer direkt ins Gesicht fliegen? Ich weiche zurück. Sssssssst... Ring, ring. Erst jetzt wird mir bewusst, dass nicht nur das Fluggerät Lärm macht. In dem Beutel klingelt es.

Ich widerstehe dem Drang, hilfesuchend in Richtung der Eisenbahnbrücke zu blicken. Niemand kann mir helfen. Ich muss die Entscheidung selbst treffen. Die Drohne wackelt im Wind. Ich gehe in mich, dann stelle ich die Reisetasche ab und greife nach dem Beutel. Fest hängt er an der Drohne, und ich kann ihn nicht abmachen, ohne das ganze Teil zu Boden zu reißen. Das Säckchen vibriert unter meinen Fingern. Ich taste es ab und entdecke einen Klettverschluss. Ganz einfach lässt er sich öffnen. Meine Finger gleiten in das Stoffsäckchen. Doch sie zittern. Sie zittern wie mein ganzer Körper vor Aufregung und Angst. Ich ertaste einen glatten, kühlen Gegenstand und will ihn herausfischen. Doch es gestaltet sich schwieriger, als ich vermutet habe. Immer wieder ruckelt das Fluggerät an dem Beutel. Dann aber kann ich den Inhalt greifen. Ich ziehe ihn heraus. Ein Handy mit winzigen Kopfhörern daran, die man sich direkt ins Ohr stecken muss. Die Drohne flitzt nach oben, taumelt und stürzt in den Fluss.

Erneute Stille umgibt mich. Doch sie währt nicht lange. Das Mobiltelefon in meiner Hand läutet erneut. »Eins, zwei, drei«, zähle ich leise, um die Nerven zu bewahren. Ich ziehe den Kopfhörer aus der kleinen Buchse des Telefons und gehe ran.

»Ich lass mich nicht verarschen. Weder von dir noch von den Bullen. Ihr glaubt wohl, ich bin blöd oder blind und checke nicht, dass ihr die Brücke überwacht!«, brüllt die verzerrte Stimme.

»Ich … ich hab das Geld«, stottere ich.

»Braves Mädchen. Ich hoffe, du kannst Moped fahren.«

Ich atme schwer. Furcht kriecht in meine Gelenke. Das letzte Mal auf einem Mofa bin ich geradewegs in den Hühnerstall gerast. Danach hat Horst mir dringend geraten, nie wieder eine Spritztour auf einem motorisierten zweirädrigen Gefährt zu unternehmen. Nur zu gern bin ich seiner Bitte gefolgt und habe einen weiten Bogen um jede Art von Moped gemacht. Auch als es vor einigen Jahren Mode wurde, Elektrofahrräder zu benutzen, habe ich mich geweigert. Lieber quäle ich mich auf meinem alten Drahtesel die Hügel in meinem Dorf hoch, als erneut einen Unfall zu bauen. Und jetzt erfüllen sich auf solch grausame Weise meine Befürchtungen, doch noch einmal in meinem Leben ein Moped besteigen zu müssen. Unwillkürlich spanne ich jeden Muskel an, den ich besitze.

»Ich hab ein schönes Mofa für dich unten am Inn beim Griechen geparkt. In Simbach. Das holst du jetzt. Ich sag dir, welche Straßen du nimmst.«

»Aber wie soll ich fahren und gleichzeitig telefonieren?«, japse ich panisch.

»Dafür hast du die Ohrstöpsel. Das geht. Und jetzt marsch! Runter zum Inn.«

Ich marschiere los. Makabererweise führt mein Weg beinahe direkt an der Polizeistation vorbei. Doch ich gehe einfach weiter. Kurt hat ohnehin das Gespräch mitangehört und trifft bestimmt gerade die nötigen Vorkehrungen. Langsam taste ich mich voran. Es ist trotz Laternen stockdunkel. Der Regen schluckt das Licht wie ein Feuerschlucker im Zirkus die Fackel. Voller Konzentration sehe ich mich um. Ich kenne das Lokal unten am Fluss. Ein paarmal habe ich dort mit meinem Sohn Raphael und seiner Familie gegessen. Er liebt die griechischen Vorspeisen, und Kalina, seine Frau, mag den Wein. Ich halte die Reisetasche mit einer Hand fest umklammert, mit der anderen presse ich das Handy ans Ohr. Der Regen prasselt weiter auf mich herab und erschwert mir die Sicht.

»Wo steht es? Wie erkenne ich es?«, frage ich, als ich unten am Parkplatz stehe.

»Auf der rechten Seite, gegen einen Busch gelehnt. Roter Helm am Sitz. Der Schlüssel steckt.« Kalt und unnahbar klingt die Computerstimme jetzt. Endlich entdecke ich das Mofa. Es ist ein altes Modell, ähnlich dem, das mein Horst hatte. Ich stelle die Tasche einen Moment ab und inspiziere das Gefährt.

»Mit Nummerntafel. Ob die gestohlen ist?«, frage ich mich selbst halblaut, dass Kurt es hören kann, und lese auch die Nummer vor.

»Halt dein Maul und fahr endlich los!«, schreit der Anrufer.

»Ja, ja, ich bin ewig nicht mehr –«

»Keine Tricks. Beeil dich, oder ich schneid dem Goldkehlchen einen Finger ab.«

Diese Drohung wirkt, und ich fummle so schnell ich kann eins der Hörgeräte aus dem Ohr. Ich lasse es in meiner Manteltasche verschwinden. Dann setze ich einen Kopfhörer ein. Jetzt kann Kurt nicht mehr mithören, wenn ich telefoniere, aber ich hoffe, dass die Ortung weiter funktioniert. Schließlich stülpe ich mir den patschnassen Helm über den Kopf. Eiskalt rinnt mir die Brühe in den Nacken. Da hilft weder warme Skiunterwäsche noch der wasserabweisende Steppmantel. Der Helm stinkt nach altem Schweiß, Atem und Motoröl. Mir wird wieder schlecht, aber ich habe keine Wahl. Ich packe die Tasche auf den Gepäckträger und versuche die Maschine zum Laufen zu bringen. Ein Elektrostarter wäre in meinem Fall ein Segen, aber bei der alten Karre muss ich mit Muskelkraft arbeiten. Erst der dritte Anlauf gelingt. Der Motor läuft. Ich sende ein Stoßgebet gen Himmel und hoffe nur, dass es mich nicht gleich aus der ersten Kurve schleudert. Die Natur hat aber für solche Notfälle vorgesorgt, und das Adrenalin verleiht mir ungeahnte Kräfte. Ich fahre los.

Die Straßen sind dank des miesen Wetters menschenleer, und auch der Verkehr scheint zu ruhen.

»Rechts, Richtung Stadt«, lautet der erste Befehl des Erpressers. Ich folge ihm. »Weiter durch die Stadt, jetzt abbiegen!« Ich komme gar nicht dazu, mir Gedanken zu machen, wohin der Anrufer mich führt, so sehr muss ich mich auf die Fahrt und seine Befehle konzentrieren. Ein paarmal komm ich ins Schlingern und habe Angst, dass ich die Reisetasche auf offener Straße verliere. Aber zum Glück klemmt der Gepäckträger sie ordentlich fest. Wenn ich diese Höllenfahrt tatsächlich überleben sollte, dann werde ich mich nie wieder beschweren, wenn ich hinters Steuer meines Autos muss.

Der Bahnhof! Ich bin gerade am Bahnhof vorbeigesaust, erkenne ich plötzlich, und ich ärgere mich, dass ich Kurt keinen Tipp geben kann. Meine Fahrt geht weiter. Immer die Straße entlang.

Dann plärrt der Erpresser plötzlich: »Links, das große Lokal. Halte an. Geh rein.«

Ich stelle den Motor ab. Schwindlig ist mir. Alles dreht sich, und nicht nur die wirre Fahrt ist daran schuld, sondern auch der Anblick des Lokals vor mir. Ich habe schon mehrmals davon gehört, wie toll die Ü30-Partys hier sein sollen und dass der Laden nicht nur am Abend, sondern auch beim Brunch brummen soll. Außerdem finden immer wieder Vorträge und Konzerte statt. Selbst Sepp wollte schon hierherkommen und mit mir das Tanzbein schwingen. Bisher konnte ich mich vor einem Besuch drücken, aber anscheinend kommt für alles im Leben seine Zeit. Und anscheinend meint es das Schicksal nicht besonders gut mit mir, denn ausgerechnet am heutigen Abend steigt eine dieser berüchtigten Ü30-Feiern. Ich nehme den Helm ab und streife mir die schlimmste Nässe aus dem Haar. Den Kopfhörer lasse ich im Ohr und schlage nur den Schal über das Kabel, dass man es nicht sofort sieht. Das Handy lasse ich in meine Hosentasche gleiten.

An der Eingangstür herrscht reger Betrieb. Während die meisten noch auf Einlass hoffen, torkeln die ersten Gäste schon wieder sturzbetrunken zur Tür heraus. Manchen beschert das Alter einen alkoholerprobten Magen, und manchen nimmt es die wenige Substanz, die sie in jungen Jahren noch hatten. Gerade wird ein älterer Herr vom Türsteher unsanft nach draußen befördert. Ich schlucke. Hoffentlich lassen mich die Aufpass-Gorillas hinein. Meine Kleidung ist ja unter dem Mantel und der Schutzweste in Ordnung, aber meine Frisur gleicht gewiss einem Vogelnest. Wenigstens ist der Lippenstift, den ich ausnahmsweise trage, wasserfest. Ich schnappe mir die Tasche und stapfe so selbstsicher wie ich vermag los. Doch anstatt mich lange in der Schlange anstellen zu müssen, deutet mich der eine Türsteher gleich zu sich.

»Na endlich, da bist du ja«, sagt er und mustert mich von oben bis unten.

»Habt ihr auf mich gewartet?«, frage ich unsicher.

»Na klar. Du bist doch die Haupttänzerin der Truppe, oder?«, antwortet er und deutet auf das Plakat an der Wand hinter ihm.

Ich muss schlucken. Auf dem Bild sind drei Damen und zwei Herren abgelichtet, alle in Dessous und Strapsen und in weit fortgeschrittenem Alter. Die Frau in der Mitte hat auch tatsächlich Ähnlichkeit mit mir. Über sechzig, mit roten Spitzenhöschen, Strumpfbändern und Leder-BH räkelt sie sich genüsslich an einer Tanzstange. Ihre Figur ist besser trainiert, als ich es bin, aber das kann der Gorilla vor mir natürlich nicht wissen. Mit großen Buchstaben steht auch der Name der Tanztruppe auf dem Plakat: »Die Gammelfleisch-Go-Gos«. Das erste »G« ist durchgestrichen und durch ein vermeintlich handschriftliches »R« ersetzt worden. Darunter kann ich noch »Je oller, desto doller« lesen.

»Ähm, ja, das bin wohl ich«, erkläre ich dem Türsteher und nicke in Richtung des Plakates.

»Klasse. Bin schon gespannt auf dich, Go-Go-Gerti«, lacht dieser. »Der Boss hat mir zugesagt, dass ich ein wenig zusehen darf. Aber jetzt ab mit dir in die Garderobe!« Augenzwinkernd deutet er auf meine Reisetasche, und mir wird ganz flau im Magen, wenn ich mir vorstelle, was sich der junge Kerl gerade beim

Anblick dieser denkt. Wenn er wüsste, dass statt Latex, Spitze, und Leder drei Kilo sortierte Scheine in der Tasche stecken, dann würde er mich nicht so einfach durchwinken.

So aber betrete ich das Innere des Lokals. Musik schlägt mir entgegen. Achtziger Jahre. Kylie Minogue plärrt »I should be so lucky …«, und ja, ich darf mich glücklich schätzen, dass ich so problemlos hineingekommen bin. Der Go-Go-Gerti sei Dank.

Die Bretter, die die Welt bedeuten

Bei Ohrensausen hilft:
- *Baumwollsäckchen mit getrockneten Lavendelblüten. Warm aufs Ohr legen. Der Duft beruhigt, und die Wärme entspannt.*
- *Magnesium*

Unübersichtlich, laut, grell. Die Musik dröhnt. Ich verstehe den Anrufer so schlecht, dass ich auch das zweite Hörgerät entferne und stattdessen den Kopfhörer nehmen muss. Ich stopfe die Hörhilfe in die Vordertasche meiner Jeans. »Damenklo, dritte Kabine. Der Spülkasten ist defekt. Gib die Tasche hinein. Du hast zwei Minuten, bevor die Hölle ausbricht.« Dann legt er auf. Einfach so.

Ich starre auf das Telefon in meiner Hand. Es schweigt. Unschlüssig schiebe ich das nutzlose Teil in meine Hosentasche. Auch die Kopfhörer nehme ich raus und verstaue sie. Zwei Minuten, hat er gesagt. Nur zwei Minuten, und ich habe keine Ahnung, was ich jetzt machen soll. Kein Kurt, der mir sagt, was richtig ist, und auch kein Sepp, der mir beruhigend zur Seite steht. Niemand.

Hat die Polizei überhaupt eine Ahnung, wo ich gerade stecke? Das letzte Telefonat schallt wie ein Echo in meinem Inneren wider. Panik überflutet mich wie eine gigantische Welle. Tausend Gedanken strömen mit ihr auf mich ein. Was hat dieser Verrückte mit Hölle gemeint? Wo um Himmels willen sind diese Toiletten? Wo ist Beate? Meine Kehle ist trocken. Ich remple gegen eine Kellnerin. Der Longdrink, den sie eigentlich serviert, hält dem Zusammenstoß nicht stand. Süß riechend ergießt sich das Gebräu über meinen Mantel.

»Scheiße«, flucht die Kellnerin und funkelt mich wütend an.

»Wo sind die Toiletten?«, krächze ich heiser.

Sie deutet zu einer Stiege, die in den Keller führt. Ich laufe los. »Und pass gefälligst besser auf!«, schreit sie mir hintennach. Es ist mir egal. Keine Zeit für Entschuldigungen oder Rechtfertigungen. Ich renne, stolpere, hetze. Die einzelnen Stufen sind eine Herausforderung. Meine Nerven liegen blank.

Endlich, die Damentoiletten. Ich haste hinein und überlege einen Moment, welche Kabine der Erpresser gemeint haben könnte. Es will mir einfach nicht mehr einfallen, also stoße ich die Türen nacheinander auf. Die erste Kabine ist besetzt, die zweite frei, in der dritten werde ich schließlich fündig. Ein großer weißer Zettel ist mit Tesafilm am Spülkasten angeklebt. »Kaputt«, steht darauf in krakeliger Handschrift. Dennoch war anscheinend ein Gast nicht des Lesens mächtig. Es stinkt erbärmlich in der kleinen Kabine, dank der unschönen braunen Hinterlassenschaft in der Schüssel. Dummerweise muss ich aber genau hier die Tasche verbergen. Der Spülkasten ist zu allem Überfluss auch kein moderner wie in der vorigen Kabine, sondern so ein altes Teil, das gefühlte zwei Meter über meinem Kopf an der Wand hängt und mit einer Schnur zu bedienen ist. Wie verflucht noch einmal soll ich diese doofe Tasche in den Spülkasten packen? Wenigstens fehlt der Deckel oben, und ich kann sie mit etwas Glück und Schwung einfach hineinwerfen, wenn ich hoch genug stehe. Dann sehe ich verzweifelt auf das verschmutzte Klo. Leider fehlt auch hier der Schutzdeckel, auf den ich mich stellen könnte. Als Nächstes fällt mein Blick auf meine Winterstiefel. Warum nur habe ich die schwarzen mit Absatz angezogen und nicht die braunen flachen? Aber es nützt nichts. Eine Frau muss tun, was zu tun ist.

Also hänge ich mir die Reisetasche um den Hals und greife nach dem Wasserrohr, das die Kloschüssel mit dem Spülkasten verbindet. Hoffentlich sind die Wandhalterungen nicht so marode, wie sie aussehen. Alte Wände sind tückisch, und Haken darin können entweder einem Bombenangriff standhalten oder gemeinsam mit dem halben Wandputz herausrieseln, wenn man sie nur schief ansieht.

Ich klammere mich fest. Schweiß rinnt mir den Rücken hinab, und obwohl ich mich redlich bemühe, kann ich nicht gleichzeitig die Balance halten und die Tasche positionieren. Ich keuche. Der Mantel muss weg. Ohne einen weiteren Versuch zu wagen und damit noch mehr Zeit zu verlieren, steige ich wieder vom Klo und ziehe den Mantel aus. Natürlich ist kein Haken in der kaputten Kabine zu sehen. Wenn schon etwas mies läuft, dann aber richtig. Ich schmeiße den Mantel auf den Boden. Es wird sowieso Zeit für einen neuen. Jedes Ding hat seine natürliche Lebenszeit, und mein Mantel hat diese seit gut fünf Jahren überschritten. Ich hole trotz des Gestanks tief Luft, richte die Reisetasche zurecht und klettere erneut hoch. Die Wandhalterung hält. Nur ganz leichter Staub löst sich und rieselt wie Puderzucker auf die dreckige Klobrille.

Ohne den Mantel drückt zwar immer noch die dumme Schutzweste, aber ich kann mich wesentlich freier bewegen. Mit einer Hand klammere ich mich am Spülkasten fest, und mit der anderen befördere ich mit Schwung die Tasche nach oben. Hoffentlich ist der Kasten tatsächlich leer. Ich presse die Augen zu, um keinen Spritzer abzubekommen. Aber statt eines saftigen Platsch höre ich nur ein dumpfes Bumm. Ich atme so erleichtert aus, dass ich das Gleichgewicht verliere. In letzter Sekunde greife ich nach dem Rohr und klammere mich fest. Geschafft, denke ich mir. Doch die Entspannung währt nicht lange.

Schrill. Laut. Unerträglich. Ich stolpere vor Schreck von der Kloschüssel und rutsche auf meinem Mantel aus. Mit voller Wucht krache ich rücklings gegen die Kabinentür, die klarerweise aufspringt. Ein erneuter Rums – diesmal ist es mein Schädel, der auf den Fliesenboden aufschlägt. Alles dreht sich. Ich blinzle. Meine Ohren sausen und pfeifen. Über mir Danis Gesicht. Oder nein, es ist nur jemand, der im ersten Augenblick aussieht wie sie. Mit einem erneuten Blinzeln verschwindet die Ähnlichkeit wie Wasserdampf auf einem beschlagenen Spiegel.

»Oma, auf mit dir. Feueralarm. Du musst raus!«

Ich höre die Worte, verstehe sie aber nicht. Erst als die fremde Frau mich bei den Händen schnappt und aufzieht, wird mir klar, was vor sich geht. Sie zerrt mich ohne zu fragen aus den Toiletten. Ich kann nicht einmal mehr meinen Mantel greifen. Schon befinde ich mich wieder in dem feucht-kühlen Kellergang. Ich will zurück, aber der Griff der Frau ist unnachgiebig wie Stahl. Sie schleift mich die Treppen hoch. Erst als wir schon fast ganz oben angekommen sind und das Gedränge überhandnimmt, kann ich mich losreißen. Sie will wieder zuschnappen, aber der Strom der angsterfüllten Menschen schiebt sie weiter nach vorn.

Ich kralle mich stattdessen am Geländer der Treppe fest und halte der drängelnden Masse entgegen. Ich muss hierbleiben! Was, wenn Beate irgendwo ist? Vielleicht kann ich sie retten.

Pffft. Die Wassersprinkleranlage. Ich blicke nach oben. Dichte Wasserstrahlen vernebeln den Raum. Ich muss husten. Die Menschen werden weniger. Einige kreischen über mir. Dann plötzlich Rauch. Er kommt von unten, von den Kellerräumen. Das Geld. Der Erpresser! Soll ich nochmals hinunter und nachsehen, ob sich jemand im Klo aufhält und die Tasche holt? Der Rauch wird dichter. Er riecht komisch. Ich weiß nicht, an was er mich erinnert, aber da ist etwas seltsam an dem Geruch. Ich muss stärker husten. So laut und heftig, dass ich dadurch und durch das Gewirr um mich herum fast überhört hätte, wie das Handy wieder läutet. Auf einmal bin ich ganz allein am oberen Rand der Treppe. Nur ich, der Rauch und das Vibrieren und Klingeln des Telefons. Alles wirkt surreal wie in einem Film voller schlechter Effekte. Die seltsame Stille, die nur durch das Zischen der Löschanlage unterbrochen wird, der Rauch und Nebel rund um mich und die Lichter.

Ich hole das Handy hervor. Eine Mitteilung. Ich öffne sie. Ein Foto. Beate. Gefesselt. Geknebelt. Bewusstlos. Inmitten einer Blutlache. Doch diesmal befindet sie sich nicht vor einer blanken Wand, nein, dicke Metallstangen, Bretter und Kabel umgeben sie wie Getier aus einer anderen Welt.

»Schnell, sonst verblutet das Singvögelchen!«, steht in der Mitteilung.

Ich halte die Luft an. »Wo bist du nur, Kind?«, murmle ich in mich hinein. Dann sehe ich das Plakat. Die Go-Go-Gerti. Und plötzlich fällt es mir wie Schuppen von den Augen. Wo die Gerti ist, muss eine Bühne sein. Ich sehe mich um und laufe los, so schnell ich kann. Noch während ich die ersten Schritte haste, verändern sich die Geräusche rund um mich. Ich bekomme es nur noch aus den Augenwinkeln mit – aber die Polizei ist da und mit ihr auch die Feuerwehr. Doch ich habe keine Zeit. Ich renne weiter. Kurt wird mich dann schon finden, aber zuerst muss ich zu Beate.

»Die Bühne! Beate!«, rufe ich, so laut ich es beim Laufen kann, und hoffe, dass Kurt meine Botschaft irgendwie durch das Hörgerät empfangen kann. Ich aber sprinte weiter. Unglaublich, welche Kraft und Geschwindigkeit doch in uns Menschen steckt, wenn wir keine andere Wahl haben. Ich stürme in den großen Saal, und ja, da ist eine Bühne. Eine große, aus Metallträgern aufgebaute Tanzfläche, die sich gut einen Meter über dem normalen Bodenniveau erhebt.

Dichter Rauch schwebt im Raum. Mein Hals kratzt, und die Augen brennen, aber ich zwinge mich dazu, weiterzuatmen. Süß und brennend ist der Nebel, genau wie unten im Keller, und plötzlich wird mir klar, woher ich den Geruch kenne. Vielleicht ist es die Bühne vor mir, oder die Scheinwerfer sind schuld, aber die Erinnerung an wild durchtanzte Nächte, laute Konzerte und eine jüngere Rosi flackert in mir auf. Nebelmaschinen, die ihren gummibärartigen Dunst verströmen. Gleichzeitig mit dieser Erkenntnis schwindet meine Angst. Auch wenn es vielleicht tatsächlich irgendwo brennt, hier in diesem Saal sorgen die Vernebler für den Gestank und den Rauch.

Mit neuer Kraft schreite ich voran. In meinen Gedanken suche ich nach Hinweisen, wo Beate ist. Die Gestänge, die Kabel, all das verläuft normalerweise hinter den Brettern, die die Welt bedeuten. Meine Muskeln brennen, aber ich gebe nicht auf und suche weiter.

Und da sehe ich sie! Genau wie auf dem Bild, nur in etwas anderer Position. Auch die Blutlache ist größer. Ich lasse mich vor ihr auf die Knie fallen und ziehe ihr den Knebel aus dem Mund. Die Kabelbinder an ihren gefesselten Handgelenken bekomme ich ohne Hilfsmittel nicht auf. Ich schaue mich um. Kein Messer, kein spitzer Gegenstand, keine Zange. Behutsam schiebe ich einen Finger zwischen das Kunststoffband und ihre Hand.

Ich versuche ihn über Beates Hände zu streifen, bleibe aber bei ihrem Daumengelenk hängen.

Mist. Ich muss sie wohl oder übel gefesselt lassen, da ich durch mein Zerren die Kabelbinder nur noch straffer ziehen würde. Bestimmt tun ihr die am Rücken zusammengebundenen Hände schon weh. Beates Lider flackern. Sie lebt. Eilig suche ich nach der Wunde, aus der sie so arg blutet, dass der Boden derart blutverschmiert aussieht. Nichts zu finden. Ich taste sie erneut ab, schaue nach den wichtigen Adern, entdecke aber nichts. Dann aber fühle ich das klebrige Haar. Ich drehe vorsichtig ihren Kopf. Hinten sind die Haare wie schleimiger Matsch. Ich gehe näher, sehe genau hin und erkenne eine große Platzwunde am Hinterkopf. Daher rührt das Blut also.

Welch ein Glück. Kopfwunden sehen immer erschreckend aus und wirken bedrohlich, doch verbluten wird Beate dadurch nicht. Es blutet auch nicht mehr so stark, wie es augenscheinlich noch vor Kurzem der Fall war. Trotzdem presse ich meine Hände auf die Wunde. Ich lege ihren Kopf auf meinen Schoß. Sie atmet bebend ein und öffnet die Augen ein wenig. Ihr Blick flackert und fixiert mich dann. Ich bin mir sicher, dass sie mich wahrnimmt und vielleicht auch erkennt.

»Alles in Ordnung, Beate. Ich bin bei dir. Du bist in Sicherheit. Gleich kommt die Polizei, und dann wird alles wieder gut.« Sie möchte etwas sagen, aber nur ein pfeifendes Keuchen verlässt ihre Lippen. Dann verdreht sie die Augen, und ihr Kopf sinkt schwer zurück. Die Dunkelheit hat sie erneut im Griff. Ich halte sie fest und widerstehe dem innerlichen Drang, mich mit ihr am Schoß hin- und herzuwiegen. Wer weiß, welche nicht sichtbaren Verletzungen Beate hat? Ich will ihren Zustand auf keinen Fall verschlechtern.

Patschnass von der Sprinkleranlage hocke ich am Boden. Dann endlich vernehme ich Schritte und Stimmen. »Hier!«, rufe ich laut. »Hierher!« Sie kommen, und ich war noch nie zuvor im Leben so froh, eine ganze Truppe uniformierter Polizisten zu sehen.

Die Zeit verlangsamt sich. Ich kann alles messerscharf erkennen. Es ist beinahe so, als hätte ich mich aufgeteilt und wäre an verschiedenen Orten des Saals gleichzeitig. Ich war einfach schon zu oft in solchen Situationen, und vielleicht rührt der seltsame Zustand daher. Die Polizei ist als Erstes vor Ort, die bayerische und die österreichische. Kurt läuft an vorderster Front. Er weist seine Leute an, redet irgendwas von einer Bombe und winkt die Sanitäter durch.

Bombe, denke ich nur und bin mir zeitgleich sicher, dass der Entführer alle ihm bekannten Register gezogen hat, um für größtmögliches Chaos zu sorgen. Der Kerl arbeitet mit Tricks und mit den Ängsten der Menschen. Er schlägt Kopfwunden, die schlimm aussehen, und wirft Nebelmaschinen an statt echtem Rauch. Die Polizisten schwärmen aus, durchkämmen den Raum.

Kurt geht vor mir in die Hocke. »Wie geht es ihr? Kannst du was dazu sagen?«

»Sie hat das Bewusstsein verloren, war aber kurz bei Sinnen. Das Blut stammt, soweit ich es beurteilen kann, nur aus einer Platzwunde am Kopf. Sie ist noch immer gefesselt. Den Knebel hab ich rausbekommen, die Kabelbinder aber nicht.«

Kurt zieht eine Kamera aus seiner Tasche. »Du hast sie hier, genau so gefunden?«, fragt er und knipst die ersten Bilder.

Ich nicke, und auch wenn ich verstehe, dass er möglichst authentisches Material vom Ort braucht, kocht Zorn in mir hoch und frisst sich wie Essigsäure durch meine Eingeweide. Dann endlich nimmt Kurt sein Messer und schneidet die Kunststoffbänder durch. Die Sanitäter stürzen herbei. Sie übernehmen, und ich kann Beate in ihre fachkundigen Hände geben. Kurt hilft mir auf die Beine. Und nun übermannt mich die Kälte, die durch das Wasser bis auf meine Knochen dringen kann. Ich zittere. Kurt nickt mir zu. Im ganzen Saal herrscht eine Art ineinandergreifende Ordnung. Kurt ist die Schnittstelle, und ich an seiner Seite bekomme auch alles mit. Die Polizisten haben keine Bombe gefunden. Kurt befiehlt trotzdem, den ganzen Club nochmals mit Spürhunden durchzusuchen.

Es ist also wirklich so, wie ich es mir gedacht habe, und der Entführer sorgt mit seinem Vorgehen für Chaos und Unruhe.

Bestimmt ist er im Tumult untergetaucht und mit dem Geld längst über alle Berge. Ich richte meine Aufmerksamkeit wieder auf Beate. Blass und unglaublich zart liegt sie auf einer Isodecke und wird untersucht. Die Sanis und der Notarzt reden so laut, dass ich mithören kann. »Bewusstlos, unterkühlt, Kopfverletzung, stabil«, lautet das Urteil über Beates Befinden. Sie legen ihr einen Zugang und verabreichen ihr eine Infusion. Dann wird sie auf eine Trage geschnallt.

Zeitgleich kommt ein Feuerwehrmann auf Kurt zu. »Unten im Keller war ein Brandherd. Ein altes Sofa. Diese Polstermöbel sorgen für Unmengen Qualm und haben wahrscheinlich den Feueralarm und die Löschanlage ausgelöst. Der meiste Rauch kommt aber von Nebelmaschinen. Von unserer Seite haben wir alles unter Kontrolle.«

»Der Mistkerl wusste genau, was er tat«, fasst Kurt zusammen und ballt die Hände zu Fäusten.

»Wir sind abfahrbereit, bringen sie jetzt nach Braunau ins Krankenhaus«, sagt ein Sanitäter.

»In Ordnung. Wir begleiten Sie mit hinaus, und ich schicke einen Mann mit«, antwortet Kurt und fischt sein Funkgerät hervor. »Andrea, kommen!«, plärrt er ins Gerät, während wir hinter den Rettungskräften hergehen.

»Hier Andrea, keine Spur vom Erpresser. Am Parkplatz befinden sich noch etliche verstörte Gäste, und wir haben abgeriegelt. Aber vom Täter nichts zu sehen.«

»Verstanden. Ich übernehme draußen und du drinnen.«

»Okay, Chef.«

Meine Sinne sind noch immer so geschärft, dass ich trotz des Lärms um mich herum das Knistern und Rauschen des Funkgerätes höre, als wäre ich direkt unter einem Wasserfall. Dann spüre ich, wie Kurt mich unerwartet am Arm nimmt.

»Du siehst aus, als würdest du gleich umkippen, Rosi.« Ich blicke an mir herab. Meine Knie schlackern. Der Boden dreht sich. »Du bist bestimmt auch unterkühlt. Draußen stehen noch die Rettungswagen. Sie werden sich gleich um dich kümmern. Nur noch ein paar Meter.«

Ich klammere mich an Kurt und lasse mich von ihm hinausführen. »Eine Decke«, brüllt er laut, als wir aus dem Gebäude kommen. Jetzt verschwimmt mein Blick, wo er doch vorhin noch so präzise war. Ein Teil der Zeit wird herausgerissen und verschwindet im Nichts. In dem einen Moment stehe ich noch pitschnass, aufrecht gehalten von Kurts starken Armen vor der Eingangstür und starre der Trage nach, auf der Beate liegt … und im nächsten Moment sitze ich in dicke Decken gehüllt im warmen Inneren eines Rettungsautos.

Sepp ist neben mir, und vor mir kniet ein junger Arzt. »Gut, Sie haben einen Schreck erlitten und sind leicht unterkühlt. Aber Sie konnten alle Fragen richtig beantworten. Also keine Bewusstseinsstörung. Ich würde Sie dennoch gern ins Spital bringen lassen und kurz durchchecken.«

»Ich möchte nicht ins Krankenhaus«, sage ich bestimmt.

Der Arzt nickt und spricht dann in ein Diktiergerät. Sepp rempelt mich an. »Beate ist dort«, zischt er.

Ich weiß zwar nicht, woher das Gefühl plötzlich kommt, aber ich muss auch dort sein, wo Beate ist. »Ich will nicht ins Simbacher Krankenhaus, sondern nach Braunau«, unterbreche ich das Selbstgespräch des Arztes.

Dieser sieht mich verwundert an. »Die Patientin wünscht ins Spital nach Braunau gebracht zu werden«, diktiert er.

Dann verlässt er den Wagen, und ein langhaariger Sanitäter nimmt an seiner Stelle auf dem Sitz Platz. »Und Sie kommen auch mit?«, fragt er in Sepps Richtung.

»Selbstverständlich, ich bin ihr Mann«, antwortet dieser, und angesichts seiner Überzeugung bleibt mir nichts anderes übrig, als stumm zu nicken. Sepp setzt sich neben mich auf die breite Bank im Wagen. Dann schlingt er seinen Arm um mich. Ich schweige und denke nach, doch die Erinnerung an die letzten Minuten will einfach nicht zurückkehren.

Als der Wagen die Fahrt aufnimmt, wage ich Sepp die Frage zu stellen, die mich momentan ganz und gar beschäftigt. »Wie lange hab ich mit dem Arzt gesprochen?«, flüstere ich.

»Bestimmt zehn Minuten oder so. Du bist am Diskoeingang

kurz zusammengeklappt, und wir haben dich zum Krankenwagen geschleppt, aber dann warst du gleich wieder voll bei Sinnen.«

»Ich kann mich an kein einziges Wort erinnern«, gestehe ich leise.

Sepp verzieht leicht den Mundwinkel. »Ich glaube, das kommt öfter vor. Es ist bestimmt nicht schlimm.«

Ich wende den Kopf zur Seite und starre aus dem Fenster. »Na, offenbar hab ich dich während meines Blackouts geheiratet und kann mich nicht erinnern, mein *Mann*!«, antworte ich.

Sepp lacht. So laut, dass sich sogar der Fahrer des Krankenwagens besorgt umdreht und sich versichert, dass alles in Ordnung ist. Doch wahnsinnig geworden ist zum Glück niemand von uns, nur unsagbar erleichtert.

Sepp drückt mir einen feuchten, warmen Kuss auf die Wange. »So ein Glück. Du bist wieder ganz die Alte. Kein bleibender Schaden«, stellt er sachlich fest.

Da muss auch ich lächeln, und ich schmiege mich an seine Seite. Er strahlt Wärme aus. Eine Wärme, die durch die Decken, meine nasse Kleidung und selbst die ungemütliche Schutzweste dringt. Ich atme aus und merke, wie die Anspannung ein klein wenig zu bröckeln beginnt und teilweise von meinen Schultern rieselt.

Wieder mal Krankenhaus

Rosis Kaffeetipp
Gemahlener Kaffee mit Olivenöl vermengt ergibt ein erfrischendes Gesichtspeeling, ohne Öl entzieht feuchtes Kaffeepulver der Haut Fett und eignet sich für fettige Haut. Es regt die Durchblutung an.

Es hat sich nichts geändert. Ich hasse Krankenhäuser. Der Geruch, das Licht, die Ansammlung kranker und verletzter Menschen, die unmittelbare Nähe von Tod und neuem Leben. All das und meine Erfahrungen, die ich innerhalb dieser Mauern schon sammeln musste, machen das Spital zu dem Ort, um den ich am liebsten einen großen Bogen mache. Und dennoch bin ich dankbar, dass es Menschen gibt, die ihre Zeit dafür verwenden, anderen zu helfen, wo sie können. In meinem Fall ist das keine komplizierte Angelegenheit. Ich bin quasi gesund und unverletzt. Außerdem habe ich Glück. Die Ärztin, die mich behandelt, ist nur unwesentlich jünger als ich, rundlich und mit einem freundlichen Lachen gesegnet. Ich bin an eine Medizinerin geraten, die ihren Beruf liebt und genau wie ich nur die Dinge ernst nimmt, die auch ernst sind.

»Na, Frau Rosi. Sie sehen ja schon wieder recht fit aus. Blutdruck ist wieder im unteren Normalbereich, Körpertemperatur ebenfalls, nur Ihr Blutzuckerspiegel gefällt mir nicht. Wann haben Sie das letzte Mal etwas gegessen?«

Ich muss an Andreas stinkendes Käseweckerl denken, das noch immer unangetastet auf der Rückbank des Polizeiautos vor sich hingammelt. Mir wird auf Anhieb übel.

»Dachte ich mir schon. Wissen Sie, was das Wichtigste in unserem Alter ist, Frau Rosi?«, fährt die Ärztin fort, weil ich die Antwort auf ihre Frage schuldig geblieben bin. Auch jetzt schweige ich, und sie grinst verschmitzt »Gutes Essen, genug Schlaf und ein Mann im Bett, dem man die kalten Füße hinstrecken kann.« Ihr Lachen ist ansteckend. Sie schnappt japsend nach Luft und meint dann mit fester Stimme: »In Ihrem Fall sehe ich nur zwei Therapiemöglichkeiten.« Sie zeigt auf den freien Infusionsständer in ihrem Behandlungsraum. »Entweder ich lege Ihnen einen Zugang und verabreiche eine schöne Glukoselösung –«

»Ach Gott, nein!«, stoße ich aus.

Sie lacht erneut und steht mit unvermutetem Schwung auf und geht zu ihrem Schreibtisch. »Oder Sie trinken das hier.« Schmunzelnd hält sie mir eine Flasche Cola entgegen.

Ich nehme sie. »Die ganze Flasche?«

»Wenn Sie zu meiner Tür rausmarschieren und, wie ich annehme, nach der zweiten Patientin, die im Zimmer nebenan liegt, sehen wollen, dann ja.«

»Woher wissen Sie, dass …«, frage ich überrascht und öffne nebenbei die Flasche.

Sie kratzt sich hinterm Ohr. Verlegenheit blitzt in ihren Augen auf. »Na ja. Sie sind schon ziemlich bekannt in der Gegend. Ist ja nicht das erste Mal, dass Sie bei uns zu Gast sind. Und nachdem die andere Patientin mit Polizeibegleitung angekommen ist, habe ich eben eins und eins zusammengezählt.«

Während sie redet, trinke ich ein paar ordentliche Schlucke Cola. Ekelig süß schmeckt das Zeug auf meiner Zunge. Im Alltagsbetrieb gewöhnt man die Geschmacksnerven vom Morgengrauen an verschiedene Geschmäcker, und wenn man dann zu Mittag oder am Abend eine Cola trinkt, sind die kleinen Nerven schon so abgestumpft, dass es gut schmeckt. Jetzt aber, da ich über Stunden fast nichts zu mir genommen habe, gleicht die Cola einer echten Reizüberflutung für meine Zungenknospen. Dennoch würge ich Schluck für Schluck hinunter. Die Ärztin hat ja recht. Ich brauche Zucker, um keinen Kollaps zu erleiden. Außerdem wird auch das Koffein dazu beitragen, dass ich mich umgehend frischer fühlen werde. Ob ich dadurch aber auch frischer aussehe, wage ich zu bezweifeln. Der letzte Blick in den Spiegel hat mir verraten, dass meine Haut grau und meine Wangen eingefallen sind. Ich brauche etwas Ordentliches zu essen, eine Mütze Schlaf und eine Kaffee-Gesichtsbehandlung. Doch all das liegt in weiter Ferne. Und so folge ich den Anweisungen der Ärztin und trinke stattdessen die Flasche bis auf den letzten Tropfen leer.

Die Ärztin öffnet gerade die Verpackung einer Milka-Tafel. Zufrieden brummt sie mir zu und hält mir die Schokolade entgegen. Ich verziehe angewidert das Gesicht und deute auf die nunmehr leere Flasche. Sie nickt. »Sehr gut. Da hatten wir ja Glück, dass dieses Wochenende Blutspendenaktion war und sie die Kiste Cola hiergelassen haben. Den Schokoriegel erspare ich Ihnen, wenn Sie mir versprechen, bald etwas Festes zu sich zu nehmen.«

Erleichtert atme ich auf und halte ihr die Flasche entgegen. Sie nimmt sie und stellt sie wieder am Boden hinter ihrem Schreibtisch ab, wo ich die Getränkekiste vermute. Dann beißt sie selbst genussvoll in die Schokolade. Ein leises Seufzen entweicht ihren Lippen. Mit einer lässigen Handbewegung schnappt sie sich einen Zettel aus dem Drucker neben sich. Sie gibt ihn mir und beißt erneut von ihrer Tafel ab. »Der Entlassungsbrief. Sie dürfen gehen. Bitte melden Sie sich vorn an der Pforte ab, wenn Sie fertig sind.«

»Danke«, sage ich und schiebe den Zettel in meine Hosentasche. Die Hose ist, wie auch der Rest der Kleidung, beinahe wieder ganz trocken. Dem warmen Krankenhausklima sei Dank, fühlt sich der Stoff nur noch etwas klamm an. Ich schlurfe zur Tür. Als ich mich zum Abschied noch einmal umdrehe, trinkt die Ärztin gerade selbst eine Flasche Cola.

Sie zwinkert und meint gelassen: »Das ist eben meine Art des Feierabendbierchens.«

Ich winke ihr zu und gehe nach draußen. Die Tür fällt hinter mir ins Schloss und Sepp mir zeitgleich freudestrahlend entgegen. Er nimmt mich in den Arm. »Schön, dass du da bist. Die Cindy-Beate liegt gleich dort drüben. Ich hab schon mit Benni gesprochen. Er sagt, dass sie spätestens morgen wieder aus dem Spital darf. Sie ist, bis auf den Schock, die Platzwunde und die Unterkühlung, seltsamerweise unverletzt und auch schon wieder voll ansprechbar.«

»Puh«, stoße ich aus und drücke Sepp ein klein wenig von mir weg. Es zeugt von Seltenheitswert, dass Sepp einen so langen, zusammengehörigen Wortschwall von sich gibt. Skeptisch betrachte ich ihn. Er sieht zufrieden aus. »Du willst mir wohl Konkurrenz machen und auch noch in der Polizeihierarchie aufsteigen. Ich bin mir aber nicht sicher, ob Kurt sich einen zweiten nicht bezahlten privaten Berater leisten kann«, scherze ich.

Sepp pfeift und verdreht gekünstelt die Augen. »Du hast recht, mein Röslein. Aber vielleicht kann ich ja bei dir einen klitzekleinen Job ergattern. Als Berater der Beraterin sozusagen.«

Ich kraule vermeintlich nachdenklich mein Kinn und versuche meiner Stimme einen seriösen Klang zu verleihen. »Sagen wir mal, du bist Beratergehilfe. Maximal. Oder vielleicht lieber nur Berater-Gehilfen-Praktikant.«

»Abgemacht«, stimmt Sepp zu.

»Fein«, sage ich und deute in Richtung Benni, der vor Beates Zimmertür Wache hält.

Gemeinsam schlendern wir auf den jungen Polizisten zu. Er hört Musik, aber nur mit einem Ohr, so wie ich es vorhin auch mit den Kopfhörern getan habe. Als er uns sieht, zieht er schnell den Stöpsel heraus und presst ertappt die Lippen aufeinander. »Verratet es Kurt nicht, bitte. Mein kleiner Bruder arbeitet neuerdings beim Radio, und heute ist seine erste Live-Sendung, ›Klassik mit Karl‹.«

Sepp und ich murmeln verständnisvoll. Benni sieht zwar aus wie ein typischer junger Mann, der gerade dabei ist, erwachsen zu werden – Dreitagebart, strubbeliges Haar und zerknitterte Uniform –, aber er hat eine außerordentlich konservative Erziehung durchlebt. Als Junge sang er bei den Florianer Sängerknaben und träumte stets von einer Karriere als Opernsänger. Doch dann kam der Stimmbruch und mit ihm der Zusammenbruch seiner Pläne. Doch er gab nicht auf und verwirklichte sich stattdessen den zweiten Kleine-Jungs-Traum und wurde Polizist. Wie es aussieht, ist die ganze Familie der Musik zugetan. Sepp und ich wissen davon und finden es gut. Kurt hätte aber gewiss wenig Verständnis für Bennis Verhalten. Im Dienst ist im Dienst, sagt er immer.

»Richte deinem Bruder alles Gute für seine Sendung aus«, beruhigt Sepp Benni.

Dieser lässt die angespannten Schultern sinken. »Ich hab Anweisung von Kurt, dich nicht reinzulassen, bevor er nicht da ist, Rosi. Aber er müsste gleich hier auftauchen.«

»Erzähl Rosi das, was du mir vorhin gesagt hast. Ich kann das nicht so gut wiedergeben«, fordert Sepp ihn auf.

Benni blickt den Gang entlang. Als er sichergestellt hat, dass Kurt noch nicht in der Nähe ist, flüstert er: »Der behandelnde Arzt sagte, dass der Entführer großen Wert auf die Gesundheit von Beate gelegt hat.«

»Wie das?«, hake ich nach, weil die Erinnerung an das blutende Mädchen im rauchigen, nassen Konzertsaal nicht mit der Aussage übereinstimmen will.

»Die Kabelbinder waren nicht extrafest zugeschnürt, wie es Entführer meistens machen. Sie hat kaum Hautabschürfungen. Ich würde sogar behaupten, dass sie sich unter Umständen daraus hätte befreien können. Aber Beate war wohl zu geschwächt. Sie wurde mit Beruhigungsmitteln behandelt und war wohl die meiste Zeit da oben ziemlich benebelt.« Benni kreist mit dem Finger vor seiner Stirn.

»Aha«, sage ich leise.

Er nickt. »Sie hatte also keine übermäßige Angst, weil sie ruhiggestellt wurde. Überdies trug sie spezielle Funktionsunterwäsche, die vor Nässe schützt und warm hält. Sie hat auch anständig zu essen bekommen. Kein Unterzucker oder so.«

Schritte sind zu hören, die so eindeutig zu Kurt gehören wie Kugeln an einem Christbaum. Schon aus einiger Entfernung kann man seine Mischung aus Schlurfen und Stampfen vernehmen. Ein lässiger Cowboygang ist Kurts Begleiter seit Kindheitstagen. Bei manch einem Mann mag dieser Schritt aufgesetzt und lächerlich wirken, aber Kurt ist damit auf die Welt gekommen. Kaum auf den Beinen, ist er mit Windeln am Po lässig durch die Gegend gestapft. Das Sheriff-Gen, haben mein verstorbener Mann und ich immer gescherzt. Und ich muss zugeben, dass Kurt ohne seine Gangart nicht Kurt wäre. Kurt ist groß und stark wie ein Bär und, seit er besser in Form ist, auch auf eine wilde Art und Weise attraktiv.

Benni wirft einen Blick über die Schulter und beeilt sich. »Es scheint, als wollte der Entführer so gut es ging verhindern, dass Beate bleibende Schäden davonträgt«, reißt er mich aus meinen Gedanken.

»Kann es sein, dass der Kerl noch immer in sie verliebt ist? Vielleicht doch nur ein enttäuschter liebestoller Fan?«, frage ich und muss an Pfeiffer denken. Lange darf ich mein Geheimnis nicht mehr für mich behalten. Kurt muss von dem Foto erfahren, auch wenn ich vielleicht deswegen nicht länger mitmischen darf – offiziell zumindest. Die private Rosi hat sich noch nie aufhalten lassen.

»Schon möglich«, beantwortet Benni meine Frage und richtet sich gerade noch rechtzeitig auf, bevor Kurt ums Eck biegt.

Er kommt mit Andrea an seiner Seite. Anscheinend werden weder sie noch er am Tatort weiter benötigt. Ich spüre, wie die Spannung an mir hochkriecht, einer Horde hungriger Ameisen gleich. Was wisst ihr? Was habt ihr schon herausgefunden?, will ich rufen. Doch ich halte mich zurück, obwohl es Überwindung kostet.

Kurt und Andrea bleiben vor uns stehen. »Niemand hat mit Beate gesprochen?«, versichert sich Kurt in strengem Tonfall.

Benni schluckt. Sein Adamsapfel hüpft hin und her. »Keiner außer den Ärzten«, sagt er.

Kurts Mundwinkel zucken nur leicht. Doch wer ihn kennt, weiß, dass er zufrieden ist. »Sie können eine halbe Stunde Pause machen.«

Benni stutzt einen Moment lang, ergibt sich aber dann seinem Schicksal und trottet davon. Noch im Gehen stopft er sich einen Kopfhörerknopf ins Ohr.

Als Benni außer Hörweite ist, halte ich die Anspannung nicht länger aus. »Was gibt es Neues?«, falle ich über Kurt her.

Kurt wirft Sepp einen skeptischen Blick zu. Doch Sepp bleibt seelenruhig stehen und gibt keinen Mucks von sich. Kurt seufzt. Dann antwortet Andrea so leise, dass ich Mühe habe, sie zu verstehen. »Der oder die Entführer haben jede Menge Schaden angerichtet, ohne jemanden ernsthaft in Gefahr zu bringen. Sie haben sämtliche Nebelmaschinen zum Laufen gebracht und in einem alten Kühlraum ein Sofa in Brand gesetzt. Der Kühlraum war aber drei Zentimeter mit Wasser geflutet. Es wäre demnach schwierig gewesen, dass der Brand sich weiter ausbreitet, hat der Feuerwehrkommandant erklärt. Dafür hat der alte Schaumstoff ordentlich geraucht. Bombe war übrigens keine zu finden.«

»Woher kam überhaupt die Bombendrohung?«, frage ich interessiert.

Nun antwortet Kurt. »Das war auch eine so dubiose Sache. Angeblich hat eine Frau im Club angerufen, sofern sich der Kellner richtig erinnert. Sie hat behauptet, dass eine Bombe hochgehen würde. Daraufhin hat der Clubbesitzer vorsorglich den Feueralarm betätigt. Aber geraucht und gebrannt hat es erst danach.«

Ich nicke. Auch in meiner Erinnerung habe ich es so abgespeichert, dass der laute Alarm einige Zeit vor dem Rauch und der Sprinkleranlage stattgefunden hat. In meinem Kopf fügt sich langsam eine Geschichte zusammen. »Kann es also sein, dass der Täter –«

»Oder die Täter. Es sind vielleicht mehrere. Oder eben ein sehr gut organisierter«, unterbricht mich Andrea.

Ich nicke, und Hubert fällt mir ein. »Glaubt ihr etwa, dass der Wimmer doch irgendwie mit drinsteckt?«, frage ich.

Andrea stößt ein heiseres Lachen aus. »Meiner Meinung nach ist er dazu nicht in der Lage. Ich denke da eher an einen ausführenden Mann und an ein Superhirn, das alles geplant hat. Und die Begriffe ›super‹ und ›Hirn‹ passen nicht zum Wimmer.«

Ich bin erleichtert. Auch wenn Hubert nicht mein bester Freund ist, hat er doch seine guten Seiten. Er war zwar eine Zeit lang die Affäre meiner Daniela und hat sie bei der Trennung in eine depressive Phase geworfen, aber er war auch ihre Rettung. Nur ihm und seinen abstrusen Ideen ist es zu verdanken, dass Dani und Kurt sich zur Leihmutterschaft durchgerungen haben. Und damit hat er Daniela aus dem dunkelsten Loch ihres Lebens gezogen, ihr neue Zuversicht geschenkt und eine Perspektive. Ich blicke zu Kurt. Auch er scheint Hubert nicht länger auf der Liste der ernst zu nehmenden Tatverdächtigen zu haben.

Dennoch mahnt er Andrea: »Keine voreiligen Schlüsse ziehen, Kollegin. Wir müssen in alle Richtungen offen sein und uns vor allem sputen. Wenn die Presse erst Wind davon bekommt, dass Cindy Glimmer Opfer eines Verbrechens war, dann haben wir so gut wie verloren. Aber wir behalten die Idee einer Komplizenschaft im Kopf.«

»Wenn Hubert quasi aus dem Spiel ist, dann könntet ihr ja vielleicht mal den Phillip Pfeiffer genauer unter die Lupe nehmen«, werfe ich ein und ernte erstaunte Blicke.

»Was du nur mit diesem Pfeiffer am Hut hast«, sagt Kurt.

Ich lasse die Schultern sinken und blicke verschämt zu Boden. »Nun ja, er scheint mir ein glühender Cindy-Glimmer-Anhänger zu sein, ist sogar Obmann des Fanclubs und besitzt private Schnappschüsse von ihr.«

»Was?«, blafft Kurt.

Ich blinzle ihn unschuldig an und beschließe, die Wahrheit etwas zu dehnen. »Als ich mein Thermenarmband in seinem Büro gesucht habe, ist mir rein zufällig ein Fotoalbum in die Hände gefallen.«

»Zufällig?«, fragt Andrea und stützt dabei die Hände in die Hüften.

»Mhm«, murmle ich. »Das hab ich durchgeblättert und dabei die Fotos gesehen.«

»Rosi!«, schimpft Kurt.

Andrea lenkt ein und tätschelt beschwichtigend Kurts Schulter. »Wir können ja mal einfach so einen Blick auf den Pfeiffer werfen. Zugegebenermaßen ist es seltsam, dass ausgerechnet an dem Tag, an dem Beate entführt wird, die Videoüberwachung in bestimmten Bereichen defekt ist. Da müssen wir gar keine Hinweise aus dubioser Quelle erwähnen.«

»Genau, Andrea hat recht. Und in dem Zusammenhang kann man ja auch überprüfen, wo Pfeiffer an den Tagen war, an denen Morla geköpft wurde oder die Katze vergiftet. Vielleicht ist er ja unser Stalker und Teil der Entführungsmannschaft«, bekräftige ich schnell.

Kurt zieht die Augenbrauen zusammen und stößt ein verärgertes Knurren aus. Aber ich kenne ihn nur zu gut. Er hat sich angesichts der weiblichen Übermacht geschlagen gegeben. »Wenn es denn sein muss«, brummt er und erhebt mahnend den Zeigefinger. »Aber das ist das letzte Mal, dass du auf eigene Faust schnüffelst. Ich muss dich sonst vom Fall abziehen.«

Ich nicke brav und bin innerlich erleichtert, dass Pfeiffer in den Fokus der Polizei gerückt ist.

»Lasst uns jetzt lieber den heutigen Abend weiter durchgehen«, schlägt Andrea vor.

»Wir waren gerade bei dem Moment, als die Sprinkleranlage losgespritzt hat. Es ist also möglich, dass der oder die Entführer vom Lokal aus angerufen und die Bombendrohung rausgegeben haben und dann den Tumult nutzten, um wirklich für Rauch und Schwefel zu sorgen?«, überlege ich laut.

Kurt nickt zustimmend. Andrea wiegelt ab. »Wir untersuchen das. Die Feuerwehr begutachtet gerade alle Brandspuren, und die Spusi kümmert sich um den Bereich hinter der Bühne und den Rest. Auf jeden Fall müssen wir jetzt mit Beate reden. Vielleicht hat sie erkannt, wer sie entführt hat. Oder sie kann uns sagen, um wie viele Personen es sich handelte.«

Kurt stimmt Andrea zu. Dann sieht er mich so streng an, dass ich eine Gänsehaut bekomme. »Ich stell die Fragen, Rosi. Du rückst nur auf den Plan, falls Beate nicht reden will oder kann. Es ist wichtig, dass sie möglichst unvoreingenommen aussagt. Das heißt, ohne beeinflusst zu werden, klar?«, stellt Kurt fest. Ich verspreche, mich zurückzuhalten. Zufrieden nickt Kurt. Dann klopft er an. Er und Andrea gehen vor, ich folge ihnen, während Sepp draußen bleibt.

Das Erste, was ich sehe, ist der einbandagierte Kopf von Beate. Man hat anscheinend ihre Platzwunde versorgt und ein paar Runden Wundverband um ihren Schädel gewickelt. Sie liegt halb aufrecht und guckt sofort neugierig in unsere Richtung. Neben ihr stellt gerade ein Arzt die Durchlaufgeschwindigkeit der Infusion ein. Ich blicke auf sein Namensschild. »Dr. Brankovic« steht darauf.

Auch er blickt zu uns, und sein Gesichtsausdruck wirkt wenig erfreut. »Nur kurz. Frau Sommerfeld darf sich nicht aufregen«, sagt er. Seine Stimme klingt eine ganze Oktave zu hoch für sein Aussehen.

Normalerweise haben breitschultrige, dunkelhaarige und südländisch wirkende Männer eine tiefe Stimme. Dr. Brankovic aber spricht, als hätte ihn gerade jemand in seine Privatzone getreten.

»Wir werden Frau Sommerfeld keinem unnötigen Stress aussetzen«, sagt Kurt ihm zu.

Dr. Brankovic murmelt ein halb zufriedenes »Mhm« und säuselt Beate ins Ohr: »Wenn die Herrschaften von der Polizei unangenehm werden, einfach klingeln. In Ordnung?«

»Mach ich«, sagt Beate, deren Stimme wiederum ungewöhnlich tief und heiser klingt, als hätte sie die halbe Nacht johlend an einem Glühweinstand verbracht.

Manchmal wäre es für alle Beteiligten ein Segen, wenn man tauschen könnte. Doch der Herrgott hat jeden mit seinen speziellen Merkmalen ausgestattet, und so muss der schöne junge Arzt wohl weiter mit seiner Mädchenstimme leben. Auf jeden Fall tänzelt er nun an uns vorbei und verlässt mit einem leisen, hohen »Tschüss« das Zimmer. Manch einer könnte ihn für schwul halten, aber ich bin eher der Meinung, dass sich der Doktor einem neuen Männerbild zugeschrieben fühlt. Einem androgynen, geschlechtslosen Männerbild, das nicht davor zurückschreckt, mit Kajal die Augen zu umranden und die Wangen zu pudern. Bedauerlicherweise war der junge Arzt nämlich besser geschminkt, als ich es nach dieser Horrornacht noch bin.

Kurt schnaubt leise. Ihm sind solche Männer unangenehm. Wahrscheinlich, weil sie so jeder Vorstellung widersprechen, die Kurt von echten Mannsbildern hat. Er gehört eben zur Kategorie liebenswerter Macho. Ich klopfe ihm auf die Schultern, und er konzentriert sich endlich wieder darauf, zu seiner wirklichen Aufgabe zurückzukehren. Mit ordentlicher Kraft schleift er zwei

Stühle ans Krankenbett, und mit einem kurzen Zucken bedeutet er mir, neben ihm Platz zu nehmen. Andrea postiert sich auf der anderen Seite des Bettes. Kurt stellt uns schnell vor und weist Beate darauf hin, dass das Gespräch aufgezeichnet wird. Dann legt er das Aufnahmegerät auf den kleinen Beistelltisch und sagt: »Na dann, wollen wir loslegen. Frau Sommerfeld, erzählen Sie doch mal, woran Sie sich erinnern.«

Beate spricht

Rosis Goldkehlchentees
- *1 EL Eibischwurzel mit 300 ml lauwarmem Wasser übergießen, 30 Minuten ziehen lassen, abseihen und erwärmen.*
- *Alternativ 2 EL Holunderblüten mit 300 ml kochendem Wasser übergießen, 10 Minuten ziehen lassen, abseihen und mit 1 TL Honig schluckweise trinken.*

Vernehmungen sind immer mühsam, egal, ob man jemandem jedes Wort aus der Nase ziehen oder, wie bei Beate, alle Aussagen erst filtern und ordnen muss. Beate ist durcheinander und heillos überdreht. Das merkt man deutlich an den Erinnerungsfetzen, die sie Kurt und mir entgegenballert. Einmal spricht sie von seltsam schmeckendem Kaffee, dann wieder vom Entführer, der sie angeschrien und geschlagen hat, und im nächsten Augenblick hat derselbe Entführer ihre Lieblingssuppe gebracht und sie gefüttert. Außerdem plappert sie übers Fernsehen, ihre Haare und Linzertorte mit Schlagobers. Kurt schüttelt den Kopf. Es bräuchte nicht viel, und er würde Beate glatt einen Vogel zeigen. Auch ich muss mich zusammennehmen. Um ein Haar hätte ich wegen Beates nicht enden wollenden Wortschwalls die Augen nach oben verdreht.

Dann hält Kurt es nicht mehr aus. Zeugenbeeinflussung hin oder her, ihm platzt der Kragen. »Frau Sommerfeld, konzentrieren Sie sich doch bitte und beantworten Sie mir eine ganz einfache Frage.« Beate legt den Kopf schief wie ein kleines Mädchen. Sie schweigt. Kurt sackt erleichtert etwas zusammen. »Wie sah der Täter aus? War er allein, oder gab es Mitstreiter?«

»Weiß ich nicht. Ich kann nicht sagen, ob es einer war oder mehrere. Er sah auf jeden Fall immer gleich aus. Er hat eine schwarze Skimütze getragen, ganz schwarze Kleidung und eine Brille. Eine mit blauen Gläsern. Sein Pulli war kuschelig, auch schwarz … Sie wissen schon, dieses flauschige Garn, aus dem die Kuschelsocken gemacht werden, wo die feinen Haare so wegstehen. Der war so weich, da hätte ich auch gern einen«, gerät Beate erneut ins Träumen.

»Frau Sommerfeld«, mahnt Kurt. Sie blinzelt verwirrt.

Ich neige mich nach vorn. »Wie war denn seine Stimme, sein Geruch?«, mische ich mich ein.

Mit einem Mal setzt Beate sich auf. »Er hatte keine normale Stimme, sondern so ein Gerät, das man sich an den Kehlkopf hält.«

»Wie jemand, der wegen Kehlkopfkrebs operiert wurde und nicht mehr richtig sprechen kann?«, schlussfolgere ich.

»Ja, genau. Gerochen habe ich nichts ... Außer das Waschpulver, das ich so mag. Frühlingsfrische mit Magnolien. Meine Decke und meine Kleidung haben danach geduftet.«

»Gut. Sie sagten vorhin, der Kaffee hat komisch geschmeckt. Haben Sie oft Kaffee vom Entführer bekommen?«, frage ich weiter.

Beate lacht. »Ach, nein. Dort doch nicht. In der Therme hat er seltsam geschmeckt. Ich war doch oben im Restaurant, während Sie sich weiter mit dem Brummbärli und seiner Frau unterhalten haben.«

»Bärli?«, erkundige ich mich.

»Ich nenn den Hubert immer so, weil er einen Waschbärbauch hat und den nutzen kann, dass die Frauen genüsslich brummen.«

Schnell winke ich ab, bevor Beate zu sehr ins Detail geht. Wie der Wimmer seinen Bauch dreht und wendet, während er irgendwelche Tantraübungen vollzieht, will ich mir lieber nicht ausmalen.

Beate verstummt. »Der Kaffee schmeckte also seltsam«, hilft Andrea ihr wieder auf die Sprünge.

»Ja, genau. So eigenartig bitter. Aber Kaffee kann bitter sein, hab ich recht?« Ich nicke bekräftigend. »Eben. Deshalb hab ich ihn auch ganz schnell ausgetrunken. Ich war doch so müde wegen der letzten Nacht. Der Mike und ich haben nicht geschlafen und nur diskutiert, wie es mit dem Ashram weitergehen soll. Ich will nämlich nicht mehr singen. Ich will mit Mike gemeinsam das Liebeszentrum leiten. Einen Ort der Besinnung, der Meditation und der Lusteroberung. Meine Berufung liegt hier, auch wenn ich vielleicht mehr Talent fürs Singen habe, wie meine Mum immer meint.«

Beate streckt keuchend den Arm in Richtung des Beistelltischchens aus. Ihre Hand zittert. Auch wenn sie fit wirkt und reden kann wie ein Wasserfall, ist sie augenscheinlich geschwächt. Ich gebe ihr das Glas mit dem rosa Himbeersaft. Egal, was sich ändert, der Himbeersaft im Krankenhaus bleibt eine fixe Institution. Beate trinkt gierig. Sie verschluckt sich und muss husten. Ich nehme ihr schnell das Glas ab, bevor sie sich den Rest übers Hemd schüttet.

Die Tür hinter uns geht auf. Der junge Arzt streckt seinen Kopf herein. »Alles in Ordnung?«, fragt er.

»Alles gut«, beruhigt Beate.

»Noch fünf Minuten«, sagt der Arzt und schließt die Tür wieder.

Es würde mich aber nicht wundern, wenn er wie ein kleiner Wachhund vor dem Zimmer auf- und abläuft, stets dazu bereit, einzuschreiten, wenn seine Patientin nach Hilfe ruft oder hustet.

»Wollen wir fortfahren«, sagt Kurt streng.

»Sie waren müde und haben den Kaffee ausgetrunken«, fasse ich Beates letzte Worte zusammen.

»Genau. Und dann wollte ich nach unten gehen, aber mir ist so schwummerig und übel geworden, deshalb bin ich dann doch lieber aufs Klo. Dann Filmriss.« Sie blickt verzweifelt in die Runde, als würde sie darauf warten, dass sie jemand tröstet.

Ich tätschle ihre Hand. »Ist nicht schlimm. Vielleicht kommen die Erinnerungen zurück. Haben Sie vielleicht gesehen, wie jemand etwas in den Kaffee gegeben hat? Haben Sie ihn unbeobachtet gelassen?«

Beate schüttelt den Kopf. In meiner Phantasie sehe ich vor mir, wie Pfeiffer Beates Cappuccino vergiftet. Aber ich darf Beates Erinnerung nicht beeinflussen. Also ringe ich im Inneren um die nächste Frage.

»Ist Ihnen in der Therme ein Bekannter oder ein glühender Fan begegnet, der es auf Sie abgesehen hat?«

Beate überlegt. »Der Phillip ist stellvertretender Direktor, aber er ist harmlos. Ich kenn ihn schon lange. Er ist der Fanclub-Obmann und ein ganz lieber.«

»Wusste er, dass Sie in der Therme Gast waren?«, fragt Kurt nun. Beate zuckt die Schultern.

»Ich hätte den Kaffee nicht trinken sollen«, schluchzt sie plötzlich. Doch es ist nur ein kurzes Heulen, ein Überschwang der Gefühle, der mit ein paar Tränen und Schluchzern aus Beate weichen musste.

Es ist sinnlos, sie weiter nach Pfeiffer zu befragen. Ich streichle ihr sanft die Wange. Sie lächelt. »Was ist die nächste Erinnerung nach dem Blackout?«

»Der Duft. Ich hab kurz gedacht, ich lieg in meinem frisch bezogenen Bett und Mama bringt mir gleich meinen Tee für die Stimme herein. Den bekomm ich nämlich immer, wenn ich singen muss.«

»Das hört sich doch schön an«, sage ich sanft, obwohl Beate eher klingt, als wäre das Singen eine Strafe für sie.

»Ja, aber dann habe ich gemerkt, dass etwas nicht stimmt. Es war stockdunkel, und der Boden war hart. Keine frisch duftende Bettwäsche, sondern nur mein Gewand und die Decke, die nach Frühling gerochen haben. Und ich konnte mich nicht richtig bewegen. Ich habe mich gefühlt, als wäre ein Nebel im Kopf. Keinen klaren Gedanken konnte ich fassen. Ich habe erst nach einiger Zeit erkannt, dass ich gefesselt war.« Beate hört auf zu reden. Bedrückt starrt sie auf ihre Hände, dann verfinstert sich ihr Gesicht, und sie fährt wütend fort: »Wie einen Hund hat mich der Typ an ein Rohr gekettet. Ich bin am Boden auf Decken gelegen, nur einen blöden Fernseher vor mir, auf dem bloß der blöde Privatsender gelaufen ist. Wenigstens hat es einmal einen Bollywoodschinken gegeben.«

»Also war es doch nicht stockdunkel?«, überlegt Kurt laut.

Beate zuckt zusammen. Es ist, als müsse sie selbst nachdenken. »Doch, es war zuerst stockdunkel. Aber meine Augen haben sich an die Düsternis gewöhnt. Als ich aufgewacht bin, da hab ich versucht, aufzustehen, und als das nicht ging wegen der Fesseln, hab ich um Hilfe gerufen. Da hat der Entführer erkannt, dass ich wach bin. Er hat die Flimmerkiste eingeschaltet. Gegen die Langeweile, hat er gemeint.«

»Wie sah der Raum aus, in dem Sie sich befanden?«, frage ich.

Beate schluckt. »Nicht schön. Alles war gefliest. Nicht nur der Boden, sondern auch die Wände. In der Mitte war so eine Art Gulli. Als ich den gesehen habe, hab ich Angst bekommen, in einem Schlachthaus gelandet zu sein und dass mich der Irre aufschlitzt.« Beate stockt. Furcht kehrt in ihre Augen zurück, und sie kämpft mit den Tränen.

Ich tätschle wieder ihre Hand. Anscheinend hat sie zu viele Horrorfilme gesehen und denkt, dass jeder Entführer gleichzeitig an einem Kettensägen-Massaker interessiert ist.

»An einer Seite stand eine alte Couch, und an der Wand hing der Fernseher«, fährt Beate leise fort.

Die Erkenntnis trifft mich wie ein Blitz. Ich wende mich Andrea zu, um zu fragen, ob die Beschreibung auf den Ort des Brandherdes zutrifft, aber Kurt kommt mir zuvor. Anscheinend hat er die gleiche Schlussfolgerung gezogen. »Dann war sie, wie wir vermutet haben, immer im selben Gebäude?«, fragt er Andrea, die bestätigend nickt.

»Es muss irgendeinen Zusammenhang zwischen dem Ort und dem Täter geben«, bemerke ich, aber weder Kurt noch Andrea gehen darauf ein.

»Was ist dann passiert?«, fragt Kurt Beate.

Doch so gesprächig, wie sie zu Beginn der Einvernahme war, so zäh kommen nun die Antworten. Sie starrt ins Leere. »Ich … ich … weiß es nicht genau. Alles ist so verschwommen. Einmal, da hat er mich vor dem Fernseher positioniert, und einmal hab ich telefonieren müssen. Und er hat mir gedroht, immer wieder gedroht …« Sie schüttelt den Kopf.

Ich merke, dass sie die Kraft verlässt. Ihr Gesicht verliert wieder die Farbe, und sie sackt im Bett zusammen.

»Ich bin sooo müde, und ich möchte nach Hause«, murmelt sie.

»Alles wird gut. Morgen dürfen Sie wieder heim«, verspreche ich ihr.

Sie lächelt. Ihre Lider fallen zu. Einmal schlägt sie noch die Augen auf und krächzt: »Ist Mike da?«

»Er wird noch im Apartment festgehalten und befragt«, antwortet Kurt.

»Ich möchte, dass er bei mir ist«, seufzt sie.

»Wir werden sehen, was sich machen lässt, Schätzchen«, sage ich ihr zu. Dann schläft sie wirklich ein.

Wir verlassen das Krankenzimmer. Vor der Tür stehen Sepp, Benni und der überbesorgte Arzt. Wie ein Terrier richtet er sich sogleich auf und fixiert mich mit skeptischem Blick.

»Sie war erschöpft und möchte jetzt schlafen«, sage ich zu ihm.

»Ja, sie hat einiges mitgemacht«, erwidert der Arzt. »Der miese Kerl hat sie mit Sedativa abgefüllt, das hat Nachwirkungen. Sie braucht Ruhe, dann ist sie bald wieder fit und kann auf der Bühne stehen.« So wie der Doktor den Satz betont, wird mir klar, dass er nicht einfach nur in Sorge ist und das Beste für seine Patientin will – nein, er ist ebenfalls ein Fan. Ganz eindeutig. Die Schwärmerei in der Stimme hört ein Tauber.

»Wir werden ihr die nötige Pause lassen und unsere Befragung später fortsetzen«, sagt Kurt.

Dr. Brankovic nickt zufrieden und schleicht sich mit den Worten »Ich seh nach ihr« ins Zimmer.

»Benni, du bist dafür verantwortlich, dass weiterhin niemand zu ihr vordringt. Auch keine Verwandtschaft, Liebschaft, Freund oder dergleichen.« Wenn Kurt in seinen strengen Tonfall verfällt, widerspricht niemand. Benni stimmt wortlos zu und geht in Position.

Wir schlendern gemeinsam an der Pforte vorbei. Draußen am Parkplatz herrscht Totenstille. Bis auf ein paar vereinzelte Autos ist er leer. Alles wirkt auf merkwürdige Art und Weise friedlich, so als hätte sich das Unheil in Rauch aufgelöst. Selbst der Regen hat aufgehört. Ich möchte schon die beiden Polizeiautos gegenüber ansteuern, aber dann bleibt Kurt stehen, und wir alle folgen seinem Beispiel. Schweigend starrt er in die dunkle Nacht hinein. Mir wird wieder kalt, und ich schlinge die Arme um mich selbst. Atem steigt als kleine Dampfwolke auf. Ich bibbere. »Was machen wir jetzt?«, frage ich schließlich.

»Wir werden fürs Erste nach Hause fahren. Alles ist organisiert, und die Ermittlungen laufen. Morgen um Punkt acht treffen wir uns beim Apartment«, sagt Kurt.

»Du fährst also heim zu Dani?«, hake ich nach.

Kurt steigt von einem Bein aufs andere. Er ist, wie ich vermutet habe, hin- und hergerissen. Einerseits möchte er bei meiner Tochter sein, und andererseits ist die erste Phase einer Ermittlung die wichtigste.

»Fahr heim, Kurt. Ich übernehme.« Andrea blickt auf ihre Armbanduhr. »Dir bleiben nur knappe sechs Stunden. Also hau dich kurz aufs Ohr, und ich fahr dann am Morgen nach Hause.«

Kurt strafft die Schultern. »Gut. Wir sehen uns.«

Damit geht er, und wir drei bleiben zurück. Andrea fischt eine Zigarette heraus und zündet sie an. »Was für ein Abend«, resümiert sie und saugt gedankenverloren am Glimmstängel.

Ich weiß, dass sie nur in Ausnahmesituationen zur rauchenden Beruhigung greift. Die vergangenen Stunden rechtfertigen den Griff dazu hundertmal. »Du hast deine Sache wirklich gut gemacht«, sagt sie dann in meine Richtung.

Ich nicke zitternd, denn die Kälte bohrt sich in meine Eingeweide wie ein tödlicher Parasit. Sepp legt seinen Arm um mich. »Fährst du uns ins Hotel, bevor mein Herz doch noch zusammenbricht und den Rest der Nacht hier verbringen muss?«, fragt er Andrea. Sie zieht den letzten Zentimeter ihrer Marlboro mit einem tiefen Zug in die Lungen. Ich würde mir ja die Seele aus dem Leib husten, aber Andrea hält einfach die Luft an, bläst dann Kringel in die eiskalte Dunkelheit und schnippt den Filter weg. Er landet im Matsch.

»Fahren wir!«, sagt sie, und endlich steigen wir ins Auto.

Eine von Andreas besten Seiten ist ihre Offenheit. Sie mag es, zu plaudern, aber noch mehr liebt sie regen Gedankenaustausch, wenn es um wirklich wichtige Dinge geht. Anstrengend ist nur, dass sie zeitgleich den Wagen lenkt. Durch die immer wieder aufwallende Angst, den lieben Herrgott gleich persönlich kennenzulernen, tue ich mich schwer, mich auf ihre Worte zu konzentrieren. Andererseits wäre es schon eine Ironie des Schicksals, wenn ich ohne grobe Zwischenfälle eine Geldübergabe und Entführungsgeschichte überleben und dann bei einem Verkehrsunfall sterben würde. Ich kralle mich an Sepps Arm fest.

»Wollen wir ein Brainstorming machen?«, fragt Andrea auf Neudeutsch.

Der Wagen schlittert um die Kurve. Mein Magen kämpft gegen die Fliehkräfte. »Ja, gern«, keuche ich.

»Der Kerl oder, wie ich es vermute, die Kerle sind ziemlich gefinkelt. Schon allein die Sache mit der Drohne und dem Moped war gut ausgedacht. Aber es gibt dennoch Hinweise, die uns zu ihnen führen können. Hubert ist ein Verdächtiger, dann dieser Pfeiffer, die Leute aus dem Seminar …«, denkt Andrea laut nach.

»Wenn Beate sich die ganze Zeit über im Lokal befunden hat, dann muss man die Angestellten und den Besitzer unter die Lupe nehmen«, sage ich.

»Wird bereits gemacht und ist bislang ergebnislos«, antwortet Andrea. Sie nimmt eine Hand vom Lenkrad und sucht in ihrer Brusttasche nach den Zigaretten. Äste vom Gebüsch schleifen am Lack des Autos. Sie ist zu weit am Rand, aber anscheinend beunruhigt das Andrea kein bisschen. Seelenruhig zündet sie ihre Tschik an. Ich sende ein Stoßgebet gen Himmel. Es wirkt. Andrea raucht. Der Wagen findet zurück in die Spur. Ich atme tief ein. Der Qualm kitzelt mich in der Lunge, und ich muss husten.

»Der Entführer kannte sich mit Feuer aus. Vielleicht ist er selbst bei der Feuerwehr?«

Andrea horcht auf. »Du hast recht, Rosi. *Er* hat das Feuer gelegt, aber drauf geachtet, dass es nicht aufs Gebäude übergreift.«

»Das heißt, er wollte, dass niemand verletzt wird, oder hatte ein Interesse daran, dass der Club nicht verwüstet wird«, sage ich.

»Und die Nebelmaschinen konnte er auch bedienen«, wirft Sepp ein.

»Wir suchen also einen Kerl, der vielleicht eine Verbindung zur Feuerwehr hat, sich mit Technik auskennt und eventuell mit dem Lokal zu tun hat«, fasse ich zusammen. »Und er hat sich auch um Beates Wohlergehen gesorgt. Das dürfen wir nicht vergessen.«

»Stimmt«, gibt mir Andrea recht. Sie zischt wieder um eine Kurve, und entweder es sind die Nerven, die verrücktspielen, oder es ist die Anstrengung. Auf jeden Fall muss ich laut lachen. So laut, dass Sepp mir besorgt über den Rücken streicht. Das Gelächter mündet in einen Hustenanfall. »Alles okay?«, fragt Andrea. »Soll ich anhalten?«

»Nein, nein«, pruste ich und sammle mich, so gut ich kann. Dann, als ich wieder genug Luft zum Atmen habe, sage ich: »Mir ist nur gerade eine lustige Geschichte eingefallen.«

»Aha. Lass uns mitlachen«, meint Sepp.

»Als der Wimmer noch Schuldirektor war, musste immer der Pfarrer in der Weihnachtszeit rüberkommen und die Weihnachtsbeleuchtung am Gebäude festmachen. Auch beim alljährlichen Krippenspiel war Pater Miroslavs Hilfe dringend vonnöten. Die Beleuchtung, die Musik, einfach alles lag in der Hand des Geistlichen. Und einmal, da hatte der gute Pater eine Grippe und konnte nicht helfen. Da hat der Hubert doch glatt die alte Elektrik im Schulgebäude zum Schmelzen gebracht. Nichts ging mehr außer Kerzenschein.« Ich schüttle den Kopf.

»Und?«, fragt Andrea unsicher.

»Tja, das beweist, dass der Hubert eindeutig unschuldig ist. Er und Technik, das verträgt sich so gut wie eine Katze und Wasser.«

»Ach so«, meint Andrea, »Aber ehrlich, das war schon vorher klar. Ich hab doch gesagt, dass es sich beim Erpresser um einen wiffen Kerl handelt. Und der Wimmer ist alles, nur nicht besonders klug. Trotzdem dürfen wir auch die Zeitung aus dem Apartment nicht vergessen. Es gibt wahrscheinlich eine Person in dem ganzen Umfeld, die alle Parameter erfüllt.«

»Ein um Beate besorgter Tantra-Technik-Tanzclub-Feuerwehr-Entführer«, fasse ich zusammen. Sepp nickt mir zu.

Wir passieren das Ortsschild. Nur noch wenige Meter den Hügel hoch und wir sind endlich da. Das Hotel liegt ruhig und prachtvoll beleuchtet vor uns. Nicht der kleinste Hinweis deutet noch darauf hin, dass vor wenigen Stunden die Hölle in der Therme los war. Ich gähne. Das Kingsize-Bett ruft so laut nach mir, dass ich nichts anderes mehr vernehmen kann. Ich will nur noch schlafen. Umso glücklicher bin ich, dass Sepp bei mir ist und mir bis zum Zimmer stützend unter die Arme greift.

Da Wimmer is koa Schlimmer, oda?

Rosis Tipp zum schnellen (Wieder-)Einschlafen
Hildegard von Bingen: Gelöschter Wein erhellt die Gemütsfassung und beruhigt die Nerven. ⅛ l Rotwein, 1 Schnapsglas Wasser: Wein aufkochen, mit kaltem Wasser ablöschen. Warm vor dem Zubettgehen trinken.

Wenn man aus dem Tiefschlaf herausgerissen wird wie bei einem Flugzeugeinschlag, dann schüttet der Körper alle möglichen Hormone aus. Ich sitze senkrecht im Bett. Mein Herz pocht wie verrückt. Ich kann vor lauter Stress weder reden noch schlucken. Viel zu viel Speichel sammelt sich in meinem Mund. Sepp reißt die Decke beiseite. Eisig fühlt sich die Luft an, obwohl das Hotelzimmer gewiss gut beheizt ist. Wieder pocht und rumpelt es an der Tür, als würde gleich die Welt untergehen.

»Ich komm ja schon. Welcher Verrückte weckt hart arbeitende Menschen um kurz vor sechs auf!«, brüllt Sepp.

Ich kann seinen Zorn verstehen. Obwohl ich hundemüde gewesen bin, als Andrea uns beim Hotel abgeliefert hat, konnte ich nicht gleich einschlafen. Auch die warme Dusche hatte nicht die erhoffte Wirkung erzielt, gelöschter Wein war keiner verfügbar, und so bin ich zitternd und mit kalten Füßen in Sepps Arm gelegen. Er hat meine Eiszehen ertragen, ebenso wie mein Kuschelbedürfnis. Erst vor einer gefühlten knappen Stunde bin ich ins Land der Träume hinübergeglitten. Doch der Schlaf war nur ein kurzes Vergnügen, denn nun schlägt jemand wie durchgedreht an die Zimmertür.

Sepp schlurft hinüber und öffnet sie. Er wird zur Seite gedrängt. Ich fasse schnell nach der Decke und ziehe sie mir wieder über die nackten Beine. Der ungebetene Gast hat wahrscheinlich die halbe Damenschaft schon im Nachthemd gesehen, aber mich braucht der Hubert nicht angaffen. Egal, was die Menschen so behaupten, es macht für mich einen gehörigen Unterschied, ob mich jemand in Schwimmbekleidung oder in Dessous sieht. Auch wenn dieselben Körperteile unbedeckt sind, ist es etwas anderes. Nicht wegen der nackten Haut, sondern wegen der

Phantasie und der im Kopf entstehenden Bilder. Das rote Spitzen-Negligé habe ich nur für Sepp gekauft, und er soll auch der Einzige sein, der mich darin sieht. Sepp schließt die Tür, während sich der Wimmer und seine Herta ungebeten aufs Bett plumpsen lassen.

Die beiden wirken genauso fix und fertig, wie ich mich fühle. Erschöpfung hat viele Gesichter, doch Hertas geschwollene Augen und die dunklen Ringe darunter sprechen für sich. Herta und Hubert haben ebenso wenig geschlafen wie wir.

»Tut mir leid, Rosi. Ich weiß, ihr hättet euch eine Stunde mehr im Bett verdient, aber ich kann nicht mehr warten. Die blöden Bullen haben mich zwar freigelassen, erzählen mir aber rein gar nichts.«

Hubert drückt es doch glatt die Tränen in die Augen. Herta legt den Arm um ihn und presst ihn an sich. »Red nicht so arg über die Polizei. Die Lakaien dürfen uns wahrscheinlich nicht informieren, und der Kurt ist nicht da. Er würde uns bestimmt nicht so im Ungewissen lassen.«

Ich kuschle mich unter die Decke. Sepp kommt auch wieder zu mir und kriecht zurück ins Bett. »Und weil ihr neugierig seid, kommt ihr wie das Soko höchstpersönlich und stürmt unser Lager? Seid ihr völlig deppert geworden?«, fragt er. Zornig klingt er nicht mehr, dafür aber ziemlich grantig.

Ich schmiege mich an ihn. Warm ist er. So warm, dass ich am liebsten die Augen schließen und ausblenden würde, wer gerade an meiner Bettkante sitzt.

»Bitte, Rosi, Sepp! Sagt mir doch einfach, was mit der Beate ist, ja?«, jammert Hubert.

Ich setze mich wieder etwas aufrechter hin. »Ihr geht es ganz gut, soweit ich weiß.«

»Gott sei Dank. Hat man den richtigen Schuft jetzt gefasst oder wenigstens eine Spur von ihm?«

»Hubert«, mahne ich, »du weißt doch, dass ich dir das auch nicht sagen darf. Du bist immerhin der Hauptverdächtige.«

»Aber Rosi, ich hab nichts mit dem Ganzen zu tun. Ich wusste ja nicht mal, mit wem ich da die orgastische Tiefenatmung geübt habe. Wenn ich auch nur den Hauch einer Ahnung gehabt hätte, dass ich mit solch einer Berühmtheit das Bett teilen darf …«

Er steht auf, geht im Zimmer auf und ab und beginnt mit einem Mal, zu weinen.

Ich richte mich auf, sehe Herta verzweifelt an. Sie weiß aber anscheinend auch nicht, wie sie ihren Göttergatten beruhigen könnte. »So ist er schon die ganze Zeit. Heult unvermittelt los und verliert die Nerven. Wir sind nicht grundlos zu dir geeilt«, zischt sie leise.

Hubert lässt sich aufs Sofa plumpsen. Er hört auf zu weinen, dafür schwitzt er jetzt, und seine Haut bekommt den Farbton eines rosa Mastferkels. Himmelherrgott. So wollt ich den Wimmer nie sehen. Er legt sich hin, als wäre ich seine Therapeutin. »Ach, Rosi, hilf mir doch. Die können nicht ernsthaft glauben, dass ich etwas mit Beates Entführung zu tun habe. Ich kann nicht der Hauptverdächtige sein. Ich bin unschuldig. Tu doch was, Rosi!«, jammert er und schlägt die Hände vors Gesicht.

»Was kann ich schon tun, Hubert? Wie kann ich dir helfen?«, frage ich. Er beginnt erneut zu weinen. Schon schluchzt und heult er wieder, dass ihm die Puste ausgeht. »Ich war's aber nicht, Rosi. Ich war's nicht! Du kennst mich doch!«

Hubert setzt sich auf. Schweiß und Tränen glänzen in seinem Gesicht. »Ich könnte doch niemals so etwas Abscheuliches tun. Rosi! Ich hab doch nur das Bett mit Beate geteilt.«

»*Wir* haben es geteilt. Gleich oft, und die Beate hat immer gesagt, ich hätte so einen tiefen Zugang, dass mir bestimmt die Erleuchtung noch vor dir geschenkt wird«, brummelt Herta genervt dazwischen.

Hubert verdreht die Augen. Die zänkische Tonart seiner Frau heilt anscheinend die Heulattacken. »Aber ich war immer mit dem ganzen Herzen dabei. Das weiß die Bea auch!« Verschwunden ist er, der verzagte Hubert. Stattdessen fangen die beiden Wimmersleute doch tatsächlich zu streiten an, wer denn der bessere Sexschüler ist. Ich möchte am liebsten vor Scham im Polster versinken.

»Seid still«, murrt Sepp und trifft damit genau den Punkt.

Hubert und Herta sehen sich betroffen an. »Ich merke, dass du dir echte Sorgen machst, Hubert. Sag mir, warum.«

Hubert wird rot. »Na ja, ich bin ja gestern entlassen worden, nachdem klar war, dass ich der Beate niemals was antun würde. Dann bin ich ins Apartment gefahren, und da waren all die Polizisten, die anderen vom Seminar, Beates Mutter ... und dort hab ich von der Geldübergabe gehört.« Hubert deutet auf mich. »Auf jeden Fall hat niemand gewusst, was genau abgeht, und von den Polizisten hat man nichts erfahren. Dann auf einmal hat man uns nur noch zwei so Polizeilehrlinge zum Aufpassen dagelassen, und alle anderen sind abgerauscht. Da hab ich mir eben zusammengereimt, dass irgendetwas schiefgelaufen ist.«

»Ja, eine andere Erklärung hatten wir nicht«, fällt Herta ihm ins Wort. »Wir konnten natürlich alle kein Auge zutun. Die Valerie hat auch dauernd nach ihrem Mädel gefragt, aber keine Antwort bekommen, bis dann schließlich das Telefon geläutet hat.«

»Genau. Ich hab aber nur mitbekommen, wie die Valerie am Apparat geschluchzt und geheult hat, dass ihre Bea bloß wieder gesund werden soll. Die Arme hatte dann den nächsten Nervenzusammenbruch, worauf der Mike ausgeflippt ist und Radau geschlagen hat, dass er jetzt ins Krankenhaus fährt und sich erkundigt. Er hat vorhin die Valerie geschnappt und ist mit ihr davongebraust.«

»Und das haben die Polizisten zugelassen?«, frage ich erstaunt.

»Die beiden Bullen waren hilflos. Es gab keinen Grund, die beiden festzuhalten, nur mich wollten sie nicht gehen lassen, wegen der blöden Schnipsel in meinem Thermenkästchen. Wobei die jeder reingeschmuggelt haben könnte.«

Hubert verzieht beleidigt die Lippen, und Herta übernimmt das Gespräch wieder. »Auf jeden Fall hab ich mein Schatzi beim Ärmel geschnappt und ihm gesagt, wir schleichen uns jetzt einfach davon und fragen die Rosi. Die weiß bestimmt, wie es unserer Beate geht, und ist auch nicht so herzlos, dass sie uns alles verschweigt.«

Ich seufze. Hubert und Herta haben sicher ebenfalls einiges mitgemacht. »Nun gut. Ich habe gestern Nacht die Beate gefunden. Sie war in einem Lokal festgebunden und ist zum Glück bis auf ein paar Schrammen unverletzt. Wenn die Ärzte grünes Licht geben, kann sie heute schon wieder nach Hause. Vom Entführer fehlt jede Spur. Die Ermittlungen laufen, es gibt mehrere Hinweise und Tatverdächtige, aber soweit ich es sehe, wird man sich jetzt auf andere Dinge konzentrieren als auf die Zeitung in deiner Badetasche. Wobei du noch nicht aus dem Schneider bist, klar?« Hubert nickt. Ich denke nach. »Wo ihr schon mal hier seid und uns den Schlaf raubt … da könnt ihr mir gleich eine Frage beantworten. Wenn ihr euch so einfach aus dem Apartment schleichen konntet, dann ist das wahrscheinlich für jeden möglich, oder?«

»Sicher. Hinten im ehemaligen Stall, wo jetzt die Seminarräume sind, gibt's ein Klo, das hat eine Tür nach draußen. Da kommt man neben dem Teich und quasi direkt an der Straße raus. Ein paar Schritte, und man ist über den Hügel und außer Sichtweite. Wieso?«, fragt Hubert.

Ich grüble und grüble. »War irgendjemand von der Seminargruppe einmal weg? Verschwunden?«

Herta und Hubert heben beinahe synchron die Hände zu einer nichtwissenden Geste. »Kann sein. Fix da waren eigentlich nur wir, die Polizisten und der Öko-Jonny.«

»Öko-Jonny?«, frage ich.

Hubert murmelt zustimmend. »Wir nennen den Bollmeier Hans im Geheimen so, weil er ja diese Fetzenpullover trägt«, erklärt Herta lachend.

»Ach so. Und weshalb seid ihr euch bei denen so sicher, dass sie immer da waren?«, erkundige ich mich weiter.

Herta zischt ein leises »Tja« und grinst dabei. »Weil wir alle gemeinsam immer im Aufenthaltsraum rund um den Kamin abgehangen haben. Niemand von uns konnte schlafen, und deshalb sind wir bei Valerie geblieben und haben ihr gut zugeredet. Sie hat jeden Trost brauchen können, so voller Angst war sie um ihre Tochter. Als sie dann am Sofa eingeschlafen ist, haben wir uns in die Küche zurückgezogen und haben abgewartet, was passiert.«

»Stimmt. Von den besagten Personen war ein jeder höchstens zehn Minuten mal draußen, eine rauchen oder am Klo«, fügt Hubert hinzu.

»Und die anderen?«, hake ich nach.

»Der Mike und die Öko-Sopherl sind in ihre Zimmer gegangen und haben geschlafen.«

»Also könnten die beiden rein theoretisch einmal weggefahren sein«, sage ich.

»Könnten. Glaub ich aber nicht«, antwortet Hubert.

Ich brumme meine Zustimmung, nehme mir aber fest vor, Kurt von der Möglichkeit zu berichten. Er soll die beiden unter die Lupe nehmen.

Nun, da alles Wichtige besprochen wurde, schickt Sepp die beiden Wimmersleut nach draußen. »Wenn ihr uns schon den Schlaf raubt, dann lasst uns wenigstens eine halbe Stunde im Bad. Und frühstücken werden wir auch, bevor wir aufbrechen. Geht doch vor und fragt nach, ob ihr vielleicht gegen Rechnung mitessen könnt«, sagt er bestimmt. Herta nickt, während Hubert missmutig die Mundwinkel nach unten zieht. Sepp schiebt die beiden regelrecht zur Tür hinaus und schließt nach ihnen schnell ab. »Puh. Endlich herrscht Ruhe im Hotelzimmer«, sagt er und lässt sich noch einmal ins Bett fallen. Er küsst mich. »Guten Morgen, mein Röschen. Es tut mir leid, dass unser Kurzurlaub sich zum Desaster auswächst.«

Ich muss kichern. »Wo du recht hast, hast du recht. Eine Entführung, eine Geldübergabe und einen Brand kann ich ja wegstecken, aber auf nüchternen Magen Wimmers Gesicht, das ist selbst mir zu viel. Ich brauch eine Dusche und dann einen doppelten Espresso. Kommst du mit?«

Sepp nickt. Gemeinsam schlüpfen wir unter die heiße Dusche. In Anbetracht des Genusses, den so eine Regendusche bringt, überlege ich es mir vielleicht doch noch anders und lasse Sepp seinen Traum vom Wellnessbad in meinem kleinen Sacherl umsetzen. Seit er bei mir eingezogen ist, beschwert er sich regelmäßig über meine alte braungrüne Badewanne, die Blumenfliesen und die Minidusche. Manchmal nimmt er sogar Reißaus und fährt ins Herzkastl, um dort zu duschen oder im Whirlpool herumzuliegen. Für Außenstehende hört es sich bestimmt befremdlich an, wenn mein Sepp mit leichtem Herzen ruft: »Rosi, ich geh in den Puff. Willst du auch?«, aber ich weiß ja, was er damit meint. Und manchmal, wenn ich Lust auf einen Plausch mit Silvana, der Herzkastl-Domina habe, dann lass ich mich auch tatsächlich dazu überreden. Ich genieße ausgiebige Duschen oder Bäder genauso sehr wie Sepp, bloß der Zeitmangel steht mir im Weg. So auch heute.

Leider tickt die Uhr unaufhörlich weiter, während Sepp mir den Rücken einseift. Und so beeilen wir uns. Dennoch sieht mir nach der Dusche eine ganz andere Rosi aus dem Spiegel entgegen. Ich greife zur dunkelblauen Hose und der geblümten Bluse. Dann noch die Locken frisiert und geföhnt, und ich bin ein anderer Mensch.

Auch Sepp hat seine alte Frische wieder, nur eben schneller als ich. Föhnen ist bei seiner spärlichen Haarpracht überflüssig, und so steht er schon fünf Minuten vor mir fertig zum Abmarsch bereit. Ich schlinge mir noch schnell den roten Seidenschal um den Hals und schnappe meine Handtasche. Dann bin auch ich so weit. Ab zum Frühstück.

Schlamm und Matsch. Pfützen über Pfützen. Ich weiß gar nicht, wohin ich meinen Fuß setzen soll, so zertreten und aufgewühlt ist das Erdreich vor dem Apartmenthaus. Der Regen und die vielen Menschen haben dem Schotterparkplatz so schlimm zugesetzt, dass er einer Motocross-Rennbahn gleicht. Sepp schnappt sich meinen rechten Ellenbogen, Hubert hakt sich beim linken ein, Herta bei ihrem Mann. Es ist derart glitschig, dass wir alle gemeinsam herumstaken und –trippeln. Frei nach dem Motto, wenn einer auf den Hintern fällt, dann reißt er alle mit, bahnen wir uns die paar Meter zum Eingang. Es ist fast neun Uhr. Normalerweise bin ich überpünktlich, aber ich musste mich einfach wieder einmal so richtig satt essen. Und da sich Geschwindigkeit und Magenfreundlichkeit widersprechen, konnte ich nach der letzten Nacht das Essen nicht hinunterschlingen.

Wir treten ein. Andrea steht mit dem Rücken zu uns vor dem Kamin. Sie dreht sich um und murmelt einen leisen Gruß. Dann starrt sie wieder auf etwas in ihren Händen. Von Kurt fehlt jede Spur. Es ist auch sonst niemand im Aufenthaltsraum.

»Fertig«, sagt Andrea und dreht sich um. Sie hält ihr Handy fest, als wäre es ein Schatz, und grinst. »Der Techniker hat die Stimme entschlüsselt. Hört mal.« Sie drückt auf das Display.

»Eine halbe Mille in nicht markierten Scheinen, keine Bullen, oder Ihr Goldkehlchen ist tot …«, tönt es aus dem Lautsprecher.

»Eine heisere Frau!«, sage ich.

»Oder ein Mann mit einer hellen Stimme«, fügt Sepp hinzu.

Andrea zuckt die Schultern. »Kurt ist auf dem Weg ins Krankenhaus, Beate abholen. Er wird es ihr vorspielen. Ich hab niemanden hier mit dieser Stimme gehört, aber vielleicht kommt sie ja Beate bekannt vor.«

»Für mich klingt das wie eine Telefonsex-Stimme«, fügt Hubert überflüssigerweise hinzu.

Andrea blinzelt. Ihr Blick verfinstert sich. »Wo waren Sie eigentlich, Wimmer? Hab ich das richtig gesehen, dass Sie und Herta gemeinsam mit Sepp und Rosi gekommen sind?«

Hubert errötet und beginnt zu schwitzen, als hätte er zwei Bier zu viel getrunken. »Nun, ähm …«, stottert er.

»Sie müssen schon den Aufforderungen der Polizei Folge leisten, wenn Sie nicht ein paar Urlaubstage hinter Schwedischen Gardinen verbringen wollen«, sagt Andrea streng.

»Es ist nur, weil ich wissen musste, was mit Beate los ist. Da haben wir uns auf den Weg zur Rosi gemacht. Von euch sagt ja keiner ein Sterbenswörtchen«, kontert Hubert.

Andrea zieht eine Augenbraue hoch. »Ein Glück, dass ich Sie für absolut unfähig halte, Wimmer. So ein Verbrechen wie dieses könnten Sie nicht einmal mit Hilfe durchziehen.«

Andreas Telefon klingelt. Sie geht ran. Ich erkenne Kurts Stimme durch den Hörer. Er klingt sehr genervt. Andrea hört zuerst nur zu, dann meint sie ruhig: »War klar, dass die beiden

Probleme machen. Anscheinend haben alle in diesem Tantrakurs ein Rad ab. Wahrscheinlich hast du recht. Ich bring sie dir in die Direktion.« Sie legt auf und schüttelt den Kopf.

»Was ist los?«, frage ich.

»Ist alles mit Beate in Ordnung?«, sorgt sich Hubert.

Andrea seufzt. »Ihr geht es gut. Aber mir nicht. Ich lege eine weitere Überstundenrunde ein. Der Mike und die Valerie haben es irgendwie ins Krankenzimmer von Beate geschafft und dort Radau geschlagen. Kurt lässt nun alle auf die Wache bringen. Wir sollen dorthin.«

»Wir alle?«, fragt Hubert nervös.

»Du nicht!«, klingt es aus meinem, Sepps und Andreas Mund gleichzeitig. Erleichterung zeichnet sich auf Huberts Stirn ab. »Aber ihr bleibt im Haus, verstanden? Keine heimlichen Ausflüge mehr, sonst muss ich Kurt davon berichten. Ich sag Benni, er soll ein Extraauge auf euch werfen.«

Unschuldig wie zwei junge Lämmer versprechen die beiden, im Haus zu bleiben.

Der Mike

Galgant ist eine Gewürzpflanze aus dem Mittelalter und wurde statt Pfeffer verwendet. Laut Hildegard von Bingen wirkt er krampflösend, entzündungshemmend und unterstützt Herz, Magen und Leber.

Ich spüre einfach, wenn etwas nicht den Lauf nimmt, den es soll, und diese Ermittlung läuft gar nicht rund. Schon als ich Kurt vor der Tür des Vernehmungszimmers stehen sehe, ist mir klar, dass er mit seinen Befragungen nicht weiterkommt. Mit gebeugtem Rücken und in Gedanken versunken lehnt er an der Wand und kaut auf einem Bleistift herum. Dieses Verhalten kenne ich noch aus Kindheitstagen von ihm. Immer wenn er konzentriert an einer für ihn unlösbaren Hausaufgabe arbeitete, hat er sämtliche Stifte weichgekaut. Erst in dem Moment, wenn ich oder mein Sohn Raphael ihm einen Tipp gegeben hatten, konnte er damit aufhören und war für einen neuen Ansatz offen.

Kurt blickt auf. Schnell steckt er den Stift in die Brusttasche. Mit einem Deut winkt er uns in sein Büro. Als Einsatzleiter hat er das Glück, ein kleines, schäbiges Zimmer sein Eigen zu nennen. Unordentlich wie eh und je liegen stapelweise Zettel und Akten auf seinem Tisch. Doch das kreative Chaos hat auch sämtliche Sitzmöbel in Beschlag genommen. Einzig Kurts Drehstuhl ist noch frei. Kurt schließt die Tür hinter uns und schiebt kurzerhand einen Stapel Schreibkram zur Seite.

Dann setzt er sich halb auf den Tisch. »Ich sag euch was. Es ist zum Haareraufen. Wusstet ihr, dass dieser verdammte Mike Anwalt ist?« Kurt starrt finster ins Leere. »Er hat sich nicht nur Zutritt zu Beates Krankenzimmer verschafft, sondern sie ordentlich bearbeitet, wie es aussieht.«

»Aber weswegen, um Himmels willen? Es muss doch auch in seinem Interesse sein, dass man den Täter schnell ergreift, oder?«, frage ich.

Kurt wischt sich den nicht vorhandenen Schweiß von der Stirn. »Der Fehlmeinung bin ich auch aufgesessen, aber der Typ ist genauso erpicht darauf, dass weder die Erpressung noch die

Entführung ans Tageslicht kommen, wie Valerie. Einzig Beate scheint es schnuppe zu sein, wenn ihre Fans wissen, was passiert ist und dass sie eigentlich lieber Tantrakurse gibt als singt.«

»Und wo ist dann das Problem?«, nimmt Sepp mir die Frage aus dem Mund.

»Die Mutter will verständlicherweise, dass ihre Kleine weiter auf der Bühne steht und nicht mit ihrem Liebesleben in die Schlagzeilen kommt. Und Mike will anscheinend das Gleiche. Der Typ hat doch glatt Angst um den Ruf seines Seminarhauses und dass die Fans von Beate austicken könnten, weil er sie ihnen quasi weggenommen hat«, meint Kurt.

»Bitte?«, frage ich verdutzt.

»Ja. Er meinte, wenn es einen Verrückten gibt, der Beate mit ihrer Tantra-Leidenschaft erpresst, dann gibt es wahrscheinlich mehrere davon. Der Aufbau seines Lehrzentrums käme dadurch in Gefahr. Wir sollen das Gerede klein halten. Beate ihrerseits soll mit der geplanten Europatournee und der neuen Schallplatte noch ein paar Millionen einsingen und sich dann still und heimlich zurückziehen. Mit dem Geld könne sie den Ashram mitbegründen.«

»Spinnt der total? Und die halbe Million, die der Entführer jetzt hat?«, wirft Andrea ein.

»Die hätte sie gleich wieder verdient, behauptet Beate selbst. Auf jeden Fall schweigt sie jetzt wie ein Grab. Sie will das alles nur bald vergessen, ihre Arbeit machen und dann aussteigen aus dem Showbusiness.«

»Unglaublich«, murmle ich und nehme mir vor, ein ernstes Wort mit Mike zu wechseln. Und auch Beate muss jemand ins Gewissen reden. Anscheinend hat Kurt den gleichen Plan wie ich gefasst. Ohne Umschweife bittet er mich, meinen großmütterlichen Charme wirken zu lassen, und Mike zu befragen. Sepp muss leider draußen bleiben.

Doch Andrea bietet ihm an, noch einen Kaffee gemeinsam zu trinken. »Auf die halbe Stunde mehr ohne Schlaf kommt es auch nicht an«, meint sie grinsend.

Ich drücke Sepp noch einen schnellen Kuss auf die Wange.

Dann folge ich Kurt zum Verhörraum und hänge während des kurzen Wegs meinen Gedanken nach. Wie komme ich an Mike heran, ohne dass er gleich in die Verteidigung geht? Wenn er so auf das Image seines Seminars bedacht ist, dann stellt sich die Frage, wie viel ihm überhaupt an Beate liegt. Das Gefühl macht sich in mir breit, dass die junge Sängerin für ihn nur eine lukrative Geldquelle ist. Und Beate? Fühlt sie mehr für ihn als umgekehrt? Immerhin hatte er Gelegenheit, das Apartment zu verlassen. Vielleicht hat Andrea mit ihrer Mehr-Täter-Theorie recht, und Mike hängt in der Sache tiefer drin als vermutet. In meinem Kopf rotiert es. Doch dann sind wir schon vor der Tür. Noch bevor Kurt eintritt, halte ich ihn am Ärmel zurück.

»Was ist?«, fragt er.

Ich schlucke und überlege. »Ich muss dir noch etwas erzählen, Kurt. Du solltest dich auf Mike als Täter konzentrieren. Er hatte die Gelegenheit, das Apartment unbemerkt zu verlassen.«

Rot schießt in Kurts Wangen wie bei einem Vulkanausbruch. Er drängt mich drei Schritte zurück an die Wand. »Wie das? Warum erfahre ich so etwas Wichtiges nicht?«

»Ich hab es Andrea erzählt. Die Wimmers haben sich nämlich auch rausgeschlichen. Aber erst heute früh«, füge ich schnell hinzu. Kurt ballt die Fäuste. »Es gibt einen Ausgang hinten im ehemaligen Stall. Da sind sie durch. Es ist also im Bereich des Möglichen, dass Mike oder diese Bollmeier Sophie sich unbeobachtet vom Gelände entfernt haben.«

In Kurts Gesicht arbeitet es. »Und die anderen?«, fragt er.

»Laut Huberts Aussage waren die zusammen im Haus.«

»Gut.« Kurt dreht sich um. Dann öffnet er die Tür so schwungvoll, dass die Wache haltende Beamtin einen Satz nach vorn macht. »Nicht erschrecken, Eva«, sagt Kurt überflüssigerweise. Die Polizistin fasst sich ans Herz und deutet dann in Richtung Schreibtisch.

Ich traue meinen Augen kaum. Andere sitzen mit verschränkten Armen und finsterem Blick im Verhörzimmer, Mike nicht. Wie Buddha höchstpersönlich hockt er im Lotussitz mit geschlossenen Augen auf dem Stuhl. Das Gesicht wirkt mit einem

Male glatt wie ein frisch gepuderter Babypo. Ich kenne dieses Phänomen von der Kirche. Wenn alte Frauen im Rosenkranzgebet vertieft wie in Trance Kugel um Kugel zwischen den Fingern durchwandern lassen und gebetsmühlenartig das Ave Maria murmeln, dann sehen selbst Neunzigjährige unfassbar jung aus. Es ist, als würde die Versenkung in sich selbst die Zeichen der Zeit aus den Gesichtern löschen. Auch Mike schwebt offensichtlich im Moment in anderen Sphären.

Kurt und ich treten ein paar Schritte näher. Keine Reaktion. Still und starr hockt Mike vor uns und lässt sich nicht stören. Die langen Haare trägt er hinterm Ohr, und so sehe ich das erste Mal, welch beträchtliche Segelohren Mike hat. Amüsanterweise wirkt er dadurch noch jünger, und das Bild einer meditierenden Micky Maus drängt sich mir auf. Ich schlucke das Kichern hinunter und sehe stattdessen erwartungsvoll zur jungen Polizistin.

»In der Position verharrt er nun schon seit fünfundvierzig Minuten«, wispert Eva.

Kurt schickt sie mit einer Kopfbewegung nach draußen. Dann rückt er die beiden Stühle auf der anderen Seite des Schreibtisches lautstark zurecht und bedeutet mir, Platz zu nehmen. Ich setze mich schweigend und beobachte weiterhin Mike. Das winzige Zucken seiner Augenbraue wäre anderen vielleicht entgangen, mir aber nicht. So tief, wie er seine Trance nach außen darstellen möchte, ist sie nicht mehr. Langsam kehren auch die Falten auf seiner Stirn zurück.

»Ich bin so erleichtert, dass ich Beate wohlbehalten gefunden habe«, sage ich. Mike schweigt, aber seine Augenbraue bebt erneut. Diesmal sogar stärker. »Wissen Sie, ich bin eine alte Frau, und eigentlich sollte ich meinen Lebensabend in aller Ruhe auf meinem kleinen Hof verbringen. Wenn mein Eingreifen eine junge Frau rettet, dann ist es die Strapazen wert. Ich, eine Geldbotin!«, rufe ich und stoße ein übertriebenes Lachen aus, als könnte ich selbst nicht glauben, was geschehen ist.

Mike öffnet die Lider und löst seine Hände. Langsam entknotet er auch seine Beine und stellt sie ab. Kurt brummt zufrieden.

Dann lächelt Mike. »Ich bin Ihnen sehr dankbar, dass Sie diese Aufgabe erfüllt haben und Beate wieder bei uns ist.«

»Ihnen liegt viel an ihr, nicht wahr?«, frage ich vorsichtig.

»Mehr als mir sollte. Doch ehrlich gesagt geht es weder Sie noch die Öffentlichkeit etwas an, welche Art von Beziehung Beate und ich hegen. Ich werde mich auch nicht länger dazu äußern.«

Mist. Eine Einbahnstraße. Ich hatte gehofft, Mike über den Umweg seiner Gefühle etwas mehr Information zu entlocken und herauszufinden, ob nicht sogar er einer der Erpresser sein könnte. Aber die Zeit ist noch nicht reif dafür.

»Beate ist meine eifrigste Schülerin, und wenn der richtige Augenblick gekommen ist, dann wird sie an meiner Seite den Ashram der Liebe leiten.«

Mike hat mir das Schlagwort regelrecht in den Mund gegeben. »Aber noch ist es zu riskant, hat Kurt mir erzählt. Sie fürchten um den Ruf ihres geplanten Ashrams.«

»Das allein ist nicht der Grund, der zur Geduld mahnt. Wir haben noch nicht die notwendigen Ressourcen, um das Projekt in der Größe aufzubauen, wie es sein soll.«

Ich merke, wie die Wut in mir hochkocht, aber ich darf sie nicht zeigen. Also dränge ich sie in die Tiefen meines Bauches zurück und sage mit ruhiger Stimme: »Schade, ich habe bei Beate die ehrliche Sehnsucht gespürt, dem Starrummel zu entfliehen und stattdessen gleich ihrer wahren Berufung zu folgen. Doch anscheinend ist es wichtiger, dass sie genug Geld einsingt. Und aus diesem Grund wollen Sie auch die ganze Erpresser-Sache verschleiern.«

»Sie missverstehen mich, Frau Rosi. Ich bin um die Menschen besorgt. Um mich, die Wimmers, die Bollmeiers und in erster Linie um Beate.«

Ich runzle die Stirn. Jemand, der sich an erster Stelle nennt, kann meiner Meinung nach nicht derart in Sorge um die anderen sein. Mike merkt nicht, dass ich ihn kritisch beäuge.

»Denken Sie doch nur daran, was passiert, wenn es viele Verrückte wie dieser Erpresser auf Beate abgesehen haben. Ich möchte sie nicht nochmals in solch einer Gefahr wissen. Außerdem würde der Hass uns alle treffen. Es liegt leider in der Natur des Menschen, einen Schuldigen zu suchen. Und der Hauptschuldige wäre dann wohl ich. Weil ich der Leiter des Kurses bin. Alle würden davon ausgehen, dass ich Beate irgendwie dazu verleitet habe, dem Weg des Tantras zu folgen.«

»Ist es denn nicht so?«, wirft Kurt ein.

Mike lacht. »Natürlich nicht. Ein Mensch, der sich nicht von sich aus für Tantra oder eine andere Form der sexuellen Erleuchtung interessiert, wird wohl kaum den Begriff googeln, ein Seminar suchen und von sich aus daran teilnehmen. Beate stand vor meiner Tür und hat um Teilnahme gebeten, nicht umgekehrt.«

»Da hat er recht«, gebe ich zu. Kurt lehnt sich missmutig zurück. Die Stuhllehne quietscht erbärmlich. Mike aber freut sich über meine Aussage, und mir wird klar, wie ich ihn vielleicht doch noch dazu bringe, mehr über sich preiszugeben. Meine Nase juckt, und der dringende Verdacht verstärkt sich, dass Krishna Mike nur halb so erleuchtet ist, wie er den Menschen weismachen will. Er gehört anscheinend zur Kategorie Mensch, die man knackt, indem man ihnen nach dem Mund redet, schmeichelt und ihr Ego streichelt. Nun muss ich nur Kurt davon abhalten, mir einen Strich durch die Rechnung zu machen. Ich sehe meinem Schwiegersohn an, wie es in ihm brodelt und dass er am liebsten Mike in die Enge treiben möchte. Schon ist er dabei, in Angriffsposition zu gehen, und lehnt sich etwas vor. Behutsam und unauffällig lege ich meine Hand einen Moment lang auf seinen Schenkel. Ich spüre die Anspannung in ihm. Doch er hat sich schon viel besser unter Kontrolle als vor ein paar Jahren. Langsam lässt er sich zurücksinken, und ich beginne, Mike weichzuspülen.

»Verständlich, dass Beate auf Sie zugekommen ist. Hubert und Herta sind voll des Lobes für Sie.«

Mike grinst. »Ja, ich bin einer der wenigen, die direkt in Indien gelernt haben, bei den großen Meistern. Heutzutage kann sich ja schnell jeder dahergelaufene Möchtegernguru Tantra-Lehrer nennen. Ein oder zwei schnelle Abendkurse, und schon gibt es ein anerkanntes Zertifikat. Doch mit meiner Ausbildung und Erfahrung ist das nicht zu vergleichen. Man braucht ein Gespür für den Menschen, und wie weit man gehen kann, um ihn an seine Grenzen zu bringen. Der Weg der Erleuchtung ist kein einfacher.«

Ich nicke. »Und die Leute sind verbildet. In den Frauenzeitschriften, ja sogar in der Krone liest man im bunten Teil, wie Tantra angeblich funktioniert. Beate hatte Glück, an Sie zu geraten.«

Jetzt senkt Mike gespielt betroffen den Kopf, um ihn dann gleich wieder zu heben. Mit enthusiastisch leuchtenden Augen sieht er mich an. »Sie haben es erkannt. Und genau deshalb darf mein Ziel, den Menschen mit Tantra zu einem erfüllten Leben zu verhelfen, jetzt nicht zerstört werden. Beate versteht das. Sie weiß, wie wichtig es ist, den Ashram zu gründen und ihn nicht durch ihre Musikkarriere zu zerstören. In ein, zwei Jahren sind wir dann so weit, und sie kann aus dem Showbusiness aussteigen. Dann ist der rechte Zeitpunkt.« Mike wiederholt sich, aber er redet sich auch in Rage.

»Und das Geld, das Beate bis dahin verdient, ist bei Ihrem Projekt gut angelegt«, sage ich mit weicher Stimme.

»Nirgends ist es besser angelegt als bei mir. Ich habe schon ein Grundstück erstanden. Es fehlt nur noch am Kleingeld, dann können wir mit dem Bau beginnen. Beate unterstützt uns. Sie hat die Wichtigkeit begriffen.«

»Aber kann sie nach allem, was sie durchgemacht hat, überhaupt noch auf der Bühne stehen? Mir tut sie sehr leid, wo sie sich doch so wünscht, möglichst schnell aufzuhören«, flüstere ich.

Mike denkt nach. Ich sehe, wie er innerlich mit sich kämpft. »Ich hätte es auch gern anders. Aber so ist es am besten, auch für Beate. Nur noch eine Tournee und eine neue Platte, dann …«

»Dann haben Sie genug Kohle von der Kleinen geschröpft, und sie darf dann als Hilfslehrerin in Ihrem Schatten stehen«, stellt Kurt zynisch fest.

Ich möchte ihn am liebsten in die Seite boxen, aber es hätte keinen Sinn mehr. Es ist zu spät.

Mikes Gesicht verfinstert sich. »Sie können glauben, was Sie wollen. Es geht nicht nur ums Geld. Es geht auch um –«

»Sex«, sagt Kurt und verengt die Augen zu Schlitzen. Mike möchte etwas erwidern, aber Kurt kommt ihm zuvor. »Wo wir gerade dabei sind … Gestern Abend, wo waren Sie da?«

Mike lacht. »Im Apartmenthaus natürlich. Ihre Kollegen waren die ganze Zeit anwesend.« Kurt nickt. Mike erhebt sich und greift nach der Jacke, die hinter ihm über der Stuhllehne hängt. Gelassen meint er: »Wenn wir dann fertig sind, möchte ich jetzt gehen. Sie haben keinerlei Recht, mich länger festzuhalten, außer Sie haben etwas gegen mich in der Hand.«

»Gibt es denn etwas, das wir haben könnten?«, fragt Kurt streng.

»Ich weiß, worauf Sie hinauswollen. Sie denken, ich würde Beate nur ausnutzen. Finanziell und sexuell, nicht wahr? Und deshalb ist es in Ihrer Vorstellungswelt nur allzu offensichtlich, dass ich der böse Bube sein muss und sie erpresst und entführt habe. Aber das können Sie mir nicht anhängen. Machen Sie Ihren Job und suchen Sie den Schweinehund. Ich bin es nicht.«

Kurt steht auf. »Sie bleiben im Land und melden sich täglich bei der Wache. Ich beobachte Sie, Michael Bogenhofer. So ein Unschuldslamm, wie Sie es uns vorgaukeln, sind Sie gewiss nicht.«

Mike zuckt die Schultern. »Auf Wiedersehen«, sagt er freundlich in meine Richtung und geht.

Kurt und ich bleiben zurück. »Der ist niemals sauber.«

»Ich stimme dir zu. Aber der Beweis fehlt«, antworte ich.

Und jetzt?

Hausmittel gegen Vergesslichkeit
· *Ginkgo, egal, in welcher Form, wirkt Wunder.*
· *Rosmarin wirkt konzentrationssteigernd.*
· *Kurkuma fördert die Gedächtnisleistung.*
· *Salbei hemmt ein Enzym und verlangsamt dadurch Alzheimer.*

Valerie tätschelt Beate, als wäre ihre Tochter ein Schoßhündchen. Eng an eng sitzen die beiden Frauen im zweiten Verhörraum und halten sich gegenseitig im Arm. Nachdem Mike das Präsidium verlassen hatte, sind Kurt und ich zur nächsten Befragung gewandert. Doch auch hier herrscht einheitlich der Konsens, die Ermittlungen so leise wie möglich vonstattengehen zu lassen.

Beate blickt zu mir auf. »Ich bin einfach nur froh, dass es vorbei ist, und hoffe, dass ich niemals wieder so etwas Schreckliches erleben muss.«

»Aber Sie wollen doch auch, dass der Täter geschnappt wird, oder? Also konzentrieren Sie sich und denken Sie nach, ob Ihnen etwas über den Erpresser einfällt«, redet Kurt ihr ins Gewissen.

Beate seufzt. »Nein. Sie wissen doch, dass ich unter Medikamenten und Stress stand. Ich erinnere mich an nichts mehr. Ich hab alles gesagt. Ich möchte nach Hause. Ich möchte zu Mike.«

Ich, ich, ich. Beate spricht wie ein kleines, trotziges Mädchen, das seinen Willen durchsetzen will. Tränen schimmern in ihren Augen, und sie legt den Kopf an die Schulter ihrer Mutter. Sanft streicht diese über den Verband. »Die schönen Haare«, seufzt sie.

»Ach, Mama, sie wachsen wieder nach. Die Kopfwunde musste genäht werden.«

»Hauptsache, du bist wieder hier.« Valerie atmet tief ein. Dann starrt sie in unsere Richtung. »Können wir nun nach Hause? Meine Tochter muss sich erholen. Nächste Woche steht ein TV-Auftritt vor der Tür.« Kurt nickt resigniert. Valerie funkelt ihn an. »Ich verlasse mich darauf, dass Sie die Presse so gut es geht aus dem Fall raushalten. Bis jetzt ist anscheinend noch keine Info durchgedrungen. Es wird nur vom Brand im Lokal und von einem Großeinsatz mit Verletzten berichtet. Dass Beate vor Ort war, weiß niemand.«

»Ihnen ist aber klar, dass es nicht so bleiben wird«, gebe ich zu bedenken.

»Warten wir es ab. Manchmal hat man Glück. Hab ich also Ihr Wort, Herr Kommissar?«, meint Valerie.

Kurt brummt. »Aber nur insoweit es nicht die Ermittlungen beeinträchtigt. Auch wenn Sie beide die Angelegenheit am liebsten vergessen würden, arbeiten wir weiter an der Lösung des Falles. Es gab ein Verbrechen, und der Täter muss gefasst werden.«

»Sie schaffen das bestimmt«, säuselt Beate. Damit sind die beiden Frauen ebenfalls entlassen.

Kurt und ich treffen uns mit Andrea und Sepp in der Cafeteria. In kurzen Worten geben wir den beiden Bescheid, wie es steht.

»Und jetzt?«, fragt Sepp schließlich.

»Wir verfolgen die Spuren, die wir haben, befragen weiter die Seminarteilnehmer und die Angestellten des Lokals und warten die Untersuchungsberichte der Feuerwehr und der Spusi ab. Außerdem nehmen wir den Pfeiffer und den Mike unter die Lupe. Manchmal ergibt sich aus dem scheinbaren Nichts noch eine brauchbare Spur. Und es ist schon vorgekommen, dass ein Unbeteiligter etwas beobachtet hat, das zur Aufklärung eines Falles beiträgt.«

»Wir können demnach nichts tun?«, frage ich und spüre die Resignation und die Traurigkeit in mir hochkommen.

»Tut mir leid. Du warst eine große Hilfe, Rosi. Aber du hast es selbst miterlebt, dass im Moment weder bei Mike noch bei Beate mehr Info zu holen ist.«

»Dann müssen wir eben andere Wege beschreiten«, murmelt Sepp.

»Und welche?«, frage ich, doch Sepp grinst mich nur geheimnisvoll an.

»Ich muss ins Bett«, meint Andrea. Kurt brummt sein Verständnis.

»Wenn wir nirgends helfen können, fahren wir fürs Erste nach Hause, oder, Sepp? Ins Hotel können wir später noch.«

Sepp nickt. »Nach Geinberg will ich nicht schon wieder, und das Zimmer ist gezahlt, egal, ob wir vor Ort sind. Außerdem muss ich meine Idee mit dir besprechen, Rosi.«

Ich schlucke. Das dumpfe Gefühl beschleicht mich, dass mir Sepps Vorschlag genauso wenig zusagt wie seine Idee, mich mit Massagen zu verwöhnen. Aber ich schweige.

Stattdessen beobachte ich Kurt. Für gefühlte Minuten kaut er auf der Innenseite seiner Backe. Dann streicht er sich mit der Hand durchs Haar und meint: »In Ordnung. Gebt Daniela einen Kuss von mir und sagt ihr, ich bin zuverlässig heute Nachmittag am Bahnhof. Ich vergess es trotz der ganzen Arbeit hier nicht.«

Die Leihmutter, schießt es mir durch den Kopf. Heute ist der Tag, an dem Dalia ankommt. Wie eine Lawine trifft mich diese Erkenntnis. Die letzten Stunden haben alle Pläne durcheinandergewirbelt, und daher ist es auch kein Wunder, dass ich die Ankunft von Dalia kurzzeitig verdrängt habe. Aber jetzt bin ich umso neugieriger. Daniela wollte mir auch noch genau erklären, wie die Geburt und die Übergabe des Kleinen funktionieren. Das alles ist eine schwierige Sache, aber sie haben gemeinsam eine Lösung gefunden.

Es ist wohl an der Zeit, Cindy Glimmer, Tantra-Mike und die Entführung gedanklich beiseitezuschieben. Ich bin immerhin auch noch Mutter und Oma und nicht nur Hobby-Polizeigehilfin.

Trautes Heim

Rosis Liebeskräuter, Teil 1
Die Natur bietet einige Lebensmittel und Gewürze, die nachweislich libidosteigernd wirken:
· Fenchel: enthält Estragol, eine östrogenähnliche Substanz
· Wilder Hafer: imitiert Sexualhormone
· Petersilie: wirkt bei Frauen
· Ginseng: wirkt bei Männern

»Das ist nicht dein Ernst, oder?« Fassungslos starre ich Sepp an. Seelenruhig lenkt er weiter Kurts Wagen. Da unser Auto noch immer in der Tiefgarage des Hotels steht, blieb uns nichts anderes übrig, als Kurts alten VW zu nehmen. Kurt braust ohnehin mit dem Polizeiwagen zum Einsatz. Das nächste Schlagloch lässt mich aufstöhnen. Ich fasse mir an die Lendenwirbelsäule. Wieso hat Kurt sein Faible für alte Karren wiederentdeckt? Nicht einmal besonders schön ist der Jetta, geschweige denn gemütlich. Der Mief der frühen Achtziger ist aus der Originalpolsterung nicht rauszubekommen, und auch das kleine Tannenbäumchen vor den Lüftungsschlitzen riecht eher nach Kloputzmittel als nach Zederduft, wie auf der Verpackung steht. Vor einem Monat hat Kurt sich die Karre als Zweitwagen angeschafft und lässt Daniela den neuen Audi in der Garage stehen, während er stolz wie Oskar mit dem eckigen Ungetüm fährt.

Zu meinem Trost holt er nun wenigstens Dalia mit dem Dienstwagen vom Bahnhof ab. Ich stelle mir den Schock vor, den die arme schwangere Frau sonst erleiden müsste, wenn Kurt mit dem Jetta auf sie warten würde. Da kommt sie von Georgien hierher und landet im vorigen Auto-Jahrtausend. Dann noch mein kleines, altes Bauernhäuschen – und sie macht vielleicht gleich noch kehrt, weil sie denkt, dass wir arme Leute sind. Es ist mir klar, dass Dalias Beweggründe nicht nur humanistischer Natur sind. Für sie spielt der finanzielle Aspekt eine große Rolle, auch wenn sie es anders darstellt. Sie hat mehrmals betont, kinderlosen Paaren helfen zu wollen, das gleiche Glück zu erleben, das sie mit ihren beiden Kindern hat. Ihre ganze Familie unterstützt sie dabei. Als wir Dalia in Georgien kennengelernt haben, ist schnell klar gewesen, dass sie die richtige Frau ist, um meiner Tochter den sehnlichsten Wunsch zu erfüllen. Hoffentlich geht alles gut. Einen weiteren Verlust erträgt Daniela bestimmt nicht. Ich schüttle gedankenverloren den Kopf.

Sepp hustet. »Rosi?«, fragt er. Ich blicke auf. Irgendwie bin ich in eine andere Welt abgedriftet und habe die Umgebung völlig ausgeblendet. Sepp grinst mich schief an. »Findest du meinen Vorschlag tatsächlich so abstrus? Du bist doch eigentlich diejenige, die gern aufs Ganze geht und alles Mögliche versucht, um einem Täter auf die Schliche zu kommen!«, holt er mich endgültig ins Hier und Jetzt zurück.

»Schon«, gebe ich zu. »Aber gleich beim Seminar mitmachen? Ich dachte eher daran, nachzuforschen, woher Pfeiffer dieses Foto hat. Vielleicht stammt es ja aus dem Internet?«

»Das kannst du doch jetzt während der Fahrt übers Handy machen«, schlägt Sepp vor.

Er hat recht. So geschickt ich auch im Umgang mit Menschen bin, so tollpatschig stelle ich mich manchmal mit den Errungenschaften der neuen Technik an. Ich habe partout nicht dran gedacht, dass ich andauernd einen kleinen Computer in der Tasche bei mir trage. Schnell ziehe ich mein Smartphone heraus und tippe den Namen »Cindy Glimmer« in die Suchmaschine. Hunderte Bilder erscheinen, und ich wische nach unten. Auf allen ist Cindy top gestylt. Also gebe ich als Nächstes »ungeschminkt« ein, dann »Schnappschuss«, und schließlich »privat«, aber meine Suche bleibt ergebnislos. »Nichts«, sage ich. »Es führt kein Weg dran vorbei. Ich muss Pfeiffer zur Rede stellen, wenn ich ihn das nächste Mal sehe.«

»Das ist meine Rosi. Und genauso musst du auch den Mike befragen, bei dem Seminar«, kehrt Sepp zu seinem Vorschlag zurück.

»Ich weiß nicht. Das ist mir zu heftig. Ich habe keine Lust, den Wimmer oder auch den Mike nackt zu sehen. Dafür bin ich zu alt.«

»Ach was. Es ist sicher nur von Vorteil für mich ... ähm ... uns.«

»Wie bitte?«, frage ich erstaunt.

Sepp lacht. »Wenn du die Herren beim Seminar erst nackt gesehen hast, dann gefalle ich dir umso besser. Mit einem Hubert kann ich zigmal mithalten.« Sepp richtet sich hinter dem Lenkrad auf wie ein Gockel. Mit vorgestreckter Brust und eingezogenem Bauch sitzt er da und hat Mühe, Gas zu geben. Ein neuer Wagen würde vielleicht seine Sitzhaltung tolerieren, der Jetta aber bockt wie ein junger Esel.

»Du bist doof und baust gleich einen Unfall. Dann bringt Kurt dich um, und vorbei ist es mit deinem männlichen Vergleichsgehabe«, sage ich.

Sepp lässt sich wieder sinken. Sogleich fährt der Wagen geschmeidiger. Ich sehe aus dem Fenster. Trüb ist es. Das Wettertief hat Österreich fest im Griff und taucht das ganze Land in eine undurchsichtige Düsternis. Ich hege manchmal den Verdacht, dass die Wolken am Himmel meine Lebensphasen wie schlechte Filmmusik untermalen. Nun, da der Fall im Nebel liegt und ich zusätzlich beklemmende Gefühle wegen Daniela hege, will die Sonne am Himmel ebenfalls nicht scheinen. Gerade so, als würde das Wetter darauf warten, dass ich etwas Licht ins Dunkel bringe, und erst dann wird die Wolkendecke Risse bekommen und der Sonnenschein wieder zu uns durchdringen.

»Du hast mich überzeugt. Die Wahrscheinlichkeit, dass der Täter in den Reihen der Kursteilnehmer zu finden ist, ist hoch. Aber ich habe zwei Bitten, die vorher erfüllt werden müssen.«

»Ja?«, fragt Sepp.

»Erstens will ich zumindest den heutigen Tag mit meinen Kindern und Dalia verbringen. Zweitens muss Raphael zuerst diesen Tantrakurs samt Mike per Mausklick unter die Lupe nehmen. Irgendwelche perversen Spielchen treib ich in meinem Alter nämlich nicht«, sage ich und halte bekräftigend zwei Finger in die Luft. »Ach, und noch etwas: Keine Partnertauschaktionen. Ich bin nicht die Herta. Du gehörst mir«, füge ich hinzu.

Sepp nickt. Dann konzentriert er sich wieder auf die Fahrt.

Ich beäuge ihn von der Seite. Gut sieht er aus und irgendwie zufrieden. Kann es sein, dass es ihm nicht nur des Falles wegen gefällt, undercover beim Kurs teilzunehmen?

Wir biegen ums Eck und fahren über den Hügel. Idyllisch liegt mein kleines Häuschen in der freien Natur. Nur der Bagger auf der rechten Seite stört. Mein Sohn Raphael hat es im Sommer endlich geschafft, die Baupläne in die Tat umzusetzen. Der Rohbau ist gerade noch rechtzeitig vor dem ersten Schneefall fertig geworden. Nun soll das Haus über den Winter austrocknen. Ende nächsten Sommers wollen die drei dann einziehen, und ich stehe nicht mehr allein mit meinem Haus in der Einöde. Ich freue mich schon, wenn die kleine Mirella meinen Hühnern hinterherjagt und Äpfel und Zwetschgen von meinen Bäumen stibitzt.

Doch auch jetzt ist mein Daheim schon belebter als vor drei, vier Jahren. Sepp und ich wohnen gemeinsam hier, und auch Daniela ist immer wieder über Nacht in ihrem alten Zimmer. Sie wohnt zwar eigentlich noch immer in dem kleinen Haus unten im Ort, doch wenn Kurt lange im Dienst ist, kommt sie regelmäßig zu mir. Das wird sich aber bald ändern. Denn in einem Monat lebt sie nicht nur mit Kurt und ihrem inkontinenten Karnickel Mr. Pinkel zusammen, sondern auch mit dem kleinen Jungen, der bald in ihr Leben treten wird. Bis dahin kann ich aber auf Danielas Hilfe als Haussitterin zählen. Auch an diesem verlängerten Wochenende hat sie Haus und Hof versorgt.

Wir parken in der Einfahrt. Sepp stellt gerade den Motor ab, da stürmt Daniela schon heraus. Der erfreute Gesichtsausdruck verschwindet jedoch genauso schnell, wie er aufgeflackert ist. Sie stemmt die Hände in die Hüften. Ich steige aus.

»Ach, ihr seid es bloß«, sagt sie statt einer freundlichen Begrüßung. »Als ich den Jetta gesehen habe, dachte ich, Kurt hat sich doch freigenommen. Dauernd kommt ein Fall dazwischen, wenn es wichtig wäre, dass er daheim ist. Nicht einmal heute nimmt er sich Urlaub.«

»Grias di. Auch schön, dich zu sehen, nach meiner Aufgabe als Geldbotin und dem kleinen Brand«, sage ich und presse die Lippen fest aufeinander.

Daniela senkt betroffen den Blick. »Oh, tut mir leid, Mama.« Sie tritt auf mich zu und hebt die Hände. Ich schließe sie in meine Arme. Sie zittert. »Ich bin so mit meinen Nerven am Ende, Mama. Verzeih mir bitte. Dauernd muss ich an Dalia und mein Baby denken. Sie hat sich nicht mehr gemeldet. Was, wenn sie nicht kommt … Oder Kurt, er vergisst sie vielleicht –«

Ich spüre, dass Dani weiterreden möchte, doch ich unterbreche sie. »Keine Sorge, mein Kind. Kurt lässt dir ausrichten, dass er sie unter allen Umständen abholt. Wir reden gleich ausführlich. Aber lass uns erst ins Warme gehen. Es regnet gleich wieder. Ich brauche einen heißen Kaffee und Sepp bestimmt auch.«

»Natürlich. Ich hab frisches Brot vom neuen Bäcker in Eggelsberg geholt. Der hat jeden Tag geöffnet. Auch feiertags und sonntags.« Daniela geht vor. Sepp hakt sich bei mir unter.

Der Kachelofen ist eingeheizt, und wohlige Wärme herrscht im ganzen Haus. Es ist trotz des eingeschalteten Lichts nicht richtig hell in der Stube. Ein uriges Häuschen wie das meine hat etliche Vorteile. Es ist Sommer wie Winter gemütlich, im Sommer schön kühl und im Winter schnell aufgeheizt. Außerdem ist die Luft im Inneren nicht so trocken wie bei manch modernen Häusern, und ich kann hinten im Stall problemlos meine Hühner halten. Sogar eine Kuh hätte Platz, wenn es drauf ankäme. Doch einen Nachteil gibt es dennoch. In der finsteren Jahreszeit wiegt dieser sogar besonders schwer: Die kleinen Fenster lassen kaum Tageslicht ins Innere.

Ich gähne und lasse mich auf der Eckbank nieder. Sepp verabschiedet sich ins Badezimmer. Er möchte heiß duschen. Daniela setzt Kaffee auf. Seit ich die Kapselmaschine habe, trinke ich nur noch zu besonderen Anlässen meinen frisch gebrühten Kopi-Luwak-Kaffee. Den meisten Menschen graut davor, den Schleichkatzen-Kaffee zu trinken. Mir aber nicht. Es gibt weitaus ekligere Dinge auf dieser Welt als Kaffeebohnen, die durch die Verdauung eines Tieres gewandert sind. In vielen Kosmetika stecken tierische Rohstoffe. Damit meine ich nicht Honig, Lanolin oder Milch, sondern aus Hahnenkämmen hergestellte

Hyaluronsäure und andere ganz und gar nicht appetitliche Bestandteile. Bei den Kackbohnen muss weder ein Tier sterben, noch sind sie nach der Säuberung und Röstung kotverseucht.

Schon zieht der unverkennbare Duft des Kaffees durch die Stube. Daniela lächelt. Mit ein paar Handgriffen stellt sie Butter, Marmelade und den Sack mit Semmeln und Weckerl auf den Tisch. Mein Magen knurrt. Ich greife mir gleich ein Kipferl und schneide es auseinander. Erst jetzt merke ich so richtig, dass ich unheimlich hungrig bin. Das Frühstück liegt Stunden zurück, und ein Mittagessen ist nicht in Aussicht. Ich beiße in das knackige Brot.

Daniela setzt sich und gießt Kaffee aus der Kanne. »Kurt hat mir alles erzählt. Die Cindy Glimmer wurde entführt, und du warst die Geldbotin. Unglaublich. Und dann der Brand.« Daniela nippt am Kaffee. Sie schluckt die heiße Brühe hinunter und stellt langsam die Tasse ab. »Weißt du, Mama, es ist schwer, mit einem Polizisten zusammen zu sein. Immer habe ich Angst, dass Kurt etwas zustößt. Es ist unerträglich. Gerade jetzt, wo wir ein Kind erwarten. Aber am schlimmsten ist, dass auch du bei solchen Aktionen mitmachst. Muss das denn wirklich sein? Dauernd tappst du in riskante Situationen hinein. Ich bin echt sauer auf Kurt, weil er dich nun auch noch anstiftet, aktiv bei der Polizei mitzuwirken. Ein Wahnsinn ist das! Warum hast du nur zugestimmt, das Geld zu übergeben? Muss ich um dich ebenfalls Angst haben?«

Ich fasse über den Tisch nach Danielas Hand. »Es war nicht so geplant, mein Schatz. Aber das weißt du gewiss, nicht wahr? Ich bringe mich nicht gedankenlos in Gefahr, und Kurt ist auch kein unüberlegter Kerl. Er macht seine Arbeit gut. Und mir macht die Aufgabe Spaß. Es ist eine Herausforderung jenseits von eingezwickten Wirbeln und verkrampften Muskeln. Ich bin erwachsen, und ich weiß, was ich tue.«

»Hat man den Erpresser schon geschnappt?«, fragt Daniela heiser.

Ich schüttle den Kopf. »Nein, aber die Ermittlungen laufen, und es gibt Hinweise, in welchen Kreisen sich der Täter bewegt.«

»Und du hältst dich jetzt raus, oder? Deswegen seid ihr schon wieder hier und nicht erst morgen, wie besprochen«, will Daniela wissen.

Ich lenke ab. »Ich kann der Polizei momentan sowieso nicht helfen, also bin ich bei dir. Du bist sicher sehr aufgeregt, oder? Wann kommt der Zug an?«

Daniela sieht auf die Uhr an der Wand. »In vier Stunden. Ich hoffe, sie ist auch wirklich im Waggon. Ich habe seit gestern Abend nichts mehr von ihr gehört.«

»Alles wird gut«, verspreche ich.

Daniela seufzt. »Ich kann es wahrscheinlich nicht glauben. Hab ich tatsächlich ein klein wenig Glück?«

»Du hast sehr viel Glück, mein Schatz. Wir lieben dich, Kurt liebt dich, und du hast Dalia gefunden, die dazu bereit ist, euer Kind auszutragen.«

Sepp kommt zur Tür herein. Eine feuchtwarme Duftwolke begleitet ihn und hüllt ihn in den Geruch von vermeintlicher Meeresfrische. Er nickt und lässt sich stöhnend neben mir nieder.

Ich streiche ihm sanft über den Rücken. Flauschig und warm ist das rote Frottee des Bademantels. »Fehlt nur die Stickerei, und du könntest neben Mike Kurse im Verrenken und Verlieben geben«, scherze ich.

Sepp grinst. »Hast du Daniela schon von unserem Plan erzählt?« Ich schüttle schnell den Kopf. »Und Raphael? Kommt er bald?«, fragt Sepp weiter.

»Ich ruf ihn gleich an«, verspreche ich und fische das Handy hervor. Normalerweise schalte ich das Mobiltelefon zu Hause aus und benutze den Festnetzapparat, aber heute bin ich nur ein kurzer Gast in meinen eigenen vier Wänden. Ich wähle Raphaels Nummer. Er geht nicht ran. Schnell tippe ich eine SMS, dann zucke ich mit den Schultern. »Ich hab ihm geschrieben.«

Sepp brummt. Dann berichtet er Daniela von unseren Plänen. Zuerst reagiert sie schockiert. »Also steckt ihr jetzt beide mit der Polizei unter einer Decke. Ich dachte, du machst eine Pause, Mama. Anscheinend stehen Kriminalfälle bei dir an erster Stelle«, schimpft sie.

»Glaub mir, mein Schatz. Den Wimmer nackt zu sehen ist bestimmt nicht Platz eins auf meiner Liste. Es ist doch nur ein Tantrakurs«, sage ich.

Daniela denkt einen Moment nach, dann runzelt sie amüsiert die Stirn. »Ich leide ja nicht an einer schlechten Vorstellungsgabe. Aber der Gedanke, wie ihr beide euch auf der Matte rekelt, euch massiert und irgendwelche Atemübungen zelebriert … Puh.« Sie schüttelt den Kopf.

»Heißt das, Sepp und ich dürfen kein Liebesleben haben?«, frage ich.

Daniela schluckt hektisch. »Ich glaube, eine Tochter kann sich das gar nicht ausmalen. Ich jedenfalls nicht, sonst bin ich auf ewig von jeglicher sexuellen Aktivität geheilt.« Sie verzieht angewidert das Gesicht.

»Keine Sorge, ich und deine Mama halten nur Händchen«, meint Sepp und spricht dabei so ernst, dass ich lachen muss.

»Klar doch«, meint Daniela.

Recherche und Babykram

Rosis Liebeskräuter, Teil 2
- *Chili: Das scharfe Gewürz hat den Ruf, auch anderweitig scharf zu machen.*
- *Trüffel: produziert Androsterol, einen Sexualwirkstoff.*
- *Muskat: Der Hauptwirkstoff Mysteristin stimuliert, aber Achtung: zu viel davon, und man bekommt Kopfschmerzen.*

Die Tür fliegt auf. Gitti und Raphael stehen gleichzeitig im Zimmer, und ich kann nicht entscheiden, wer von beiden stärker außer Atem ist – meine beste Freundin oder mein Sohn.

»Du und Tantra?«, will Raphael wissen. Er hat seine Computertasche auf der Schulter. Abgehetzt sieht er aus. Ich komme nicht dazu, zu antworten.

»Cindy Glimmer entführt, du die Heldin, und keiner sagt mir was!«, plärrt Gitti und fährt sich dabei durchs feuchte, grünlich schimmernde Haar.

Die letzten verzweifelten Versuche der Frisörin, sowohl Gittis alte Lockenpracht per Dauerwelle als auch das frühere Blond zurückzuzaubern, sind so kläglich gescheitert, dass Gitti einen Schlussstrich gezogen hat. Anstatt zwischen orangegelb, Blaustich und Rosateint hin- und herzuschwappen, greift meine Freundin nun selbstbewusst zur Intensivtönung. Alle Farben des Regenbogens kommen reihum dran. Und wenn eine Farbe ausgewaschen ist, darf die nächste die Springlocken zieren. Das vormals intensive Türkis ist nur noch ein leises Mintgrün, und Gitti hat bereits Violett eingekauft. Auf die Frage mancher Dorfbewohner, ob ihr Alfons seit einiger Zeit mit dem Farbkasten an ihr herumexperimentiert, hat sie leger geantwortet, dass Grau und Schwarz noch früh genug am Zug seien. Man könne sie ja im Leichenschauhaus auf alt färben. So lang Gitti lebt, würde sie nun auf die Farbkonventionen pfeifen und probieren, was der liebe Gott und die Kosmetikindustrie hergeben. Ich bewundere ihren Mut, so offen nach außen ihre Rebellion gegen die Konvention zu zeigen. Gepaart mit den gebastelten Schmuckstücken und Accessoires, die ihre Enkelin im Werkunterricht zaubert, sieht Gitti von Mal zu Mal einer alternden Dragqueen ähnlicher. Um den Hals trägt sie den selbst gestrickten Schal, an der Bluse die Kaffeekapsel-Brosche und in der Hand die Getränkepackerltasche. Alles liebevoll hergestellt von ihrer Enkeltochter. Modische Rebellion hat einen Namen in Eggelsberg: Gitti. Mein Protest ist da viel leiser. Ich löse, für die Allgemeinheit unsichtbar bleibend, knifflige Fälle und lebe in wilder Ehe mit Sepp.

Mit der Gewalt eines Panzers bahnt sich Gitti den Weg zum Tisch, rempelt Raphael zur Seite und holt ihr Tablet aus der Milchtütentasche. Ungefragt stellt sie es zwischen die Brötchen und die Kaffeekanne. Sie drückt auf das Display. Ein Nachrichtensprecher deutet auf das Lokal in Simbach. Hinter ihm Absperrband und Beamte, die durchs Bild huschen. Die Sendung muss bereits ein paar Stunden alt sein, da es noch dunkler ist als jetzt gerade.

Ernst schiebt sich der Moderator die Brille zurecht und sagt: »Bislang ist nur bekannt, dass sich die Schlagersängerin Cindy Glimmer in dem brennenden Gebäude befunden hat. Der Brand wurde laut Angaben der Feuerwehr vorsätzlich gelegt. Unseren Informanten zufolge hat eine alte Dame Cindy hinter der Bühne gefunden und gerettet.« Ein wackeliges Amateurvideo wird eingespielt. Man sieht mich, wie ich mich gerade auf Sepp stütze und dann zusammenbreche. Peinlich. »Außerdem haben wir diverse Aussagen, dass eben diese alte Dame Stunden zuvor auf der Innbrücke gesichtet wurde.«

Der Moderator dreht sich um und streckt das Mikrofon einem jungen Mann entgegen. Ich erkenne ihn sofort. »Ja, also ich bin mir sehr sicher, dass ich diese Frau auf der Brücke gesehen hab. Kurz nach zehn Uhr oder so. Sie stand im strömenden Regen, und ich hatte Angst, dass sie vielleicht springt«, sagt der Bursche in gekünsteltem Hochdeutsch. Dann verfällt er augenblicklich in den Dialekt. »Man woaß jo net, wos in die Leit vorgeht. I hob sie dann gfrogt, ob eh ois passt. Jo, hot s' gsagt. Dann bin i weitergfahrn.«

»Sie wissen also nicht, ob die Frau zu diesem Zeitpunkt schon vorhatte, zur Ü30-Party zu gehen, oder ob sie vielleicht sogar den Brand gelegt hat? Vielleicht aber handelt es sich bei der Frau um niemand Geringeren als um die Go-Go-Oma Gerti?«, fragt der Reporter weiter. Ahnungslos wie ein Karpfen an Land starrt der junge Mann in die Kamera. Sein Mund klappt auf und zu, dann entschließt er sich offensichtlich zu schweigen. Die Kamera schwenkt.

»Vielen Dank. Die Situation zeigt sich als äußerst dubios. Auf Instagram und Facebook häufen sich die abstrusesten Vermutungen. Die Wogen gehen hoch. Immerhin ist Cindy Glimmer die derzeit beliebteste Schlagersängerin Österreichs. Jede ihrer zwölf Singles landete in den Top fünf, sowohl auf Ö3 als auch in den Charts der Volkstümlichen Hitparade.«

Ein Screenshot von den Kommentaren auf Facebook wird gezeigt. »Wir können nur abwarten, bis sich die Pressevertreter von Cindy zu Wort melden. Eines aber zur Beruhigung der unzähligen Fans: Laut des behandelnden Arztes wurde Cindy bereits aus dem Krankenhaus entlassen und ist bis auf ein paar kleine Blessuren wohlauf …«

Das Bild zoomt heran, bis man nur noch die stechend blauen Augen, die gerade Nase und die geschwungenen Lippen des Reporters sieht. »Ob es sich bei Cindys Retterin um die besagte Tänzerin oder eine andere Person handelt, ist bislang ungeklärt. Bis wir nähere Informationen haben, verabschiede ich mich frei nach unserem Motto: Wo andere wegsehen, sieht UBF hin. Euer Siggi Freidenker für die UBF – unabhängiges Braunauer Fernsehen.«

Ein Knödel steckt in meinem Hals, zu groß, um ihn hinunterzuschlucken. Ich kralle meine Finger in Sepps Unterarm. Gitti lässt mir keine Zeit, mich zu fassen. Sie registriert nicht einmal, wie nahe mir die Situation gerade geht. Ohne Umschweife drängt sie Sepp ein Stück mehr zur Seite. Auch ich muss nachrücken. Sie setzt sich an die Kante der Eckbank und kippt sich mit einem Schwups Sepps Kaffee in den Mund. Wenn sie wüsste, dass sie gerade Kopi Luwak trinkt.

»Wann bitte wolltest du mir erzählen, dass du Cindy Glimmer

gerettet hast? Ciiindyyy Glimmer!«, japst sie und greift nach meinem angebissenen Marmeladekipferl.

»Ich … ich …«, stottere ich und bin gedanklich noch immer im eben gesehenen Bericht gefangen.

»Wir sind Freundinnen. Wir kennen uns seit Ewigkeiten, und du verschweigst mir, dass du Kevin Costner-mäßig dein Leben für diesen Weltstar einsetzt und sie aus den Flammen des Infernos rettest! Du bist wie Bodyguard, nur älter und weiblich!« Theatralisch wirft Gitti den Kopf zurück.

»Wir sind seit einer knappen Stunde zu Hause, und vorher konnte und durfte Rosi nichts erzählen. Sie war im Auftrag der Polizei im Einsatz. Eigentlich dürfte dieser Internetfuzzi auch nichts wissen«, verteidigt mich Sepp.

»Eine geheime Mission. Wie spannend. Rosi, rück endlich mit der Sprache heraus. Was war da los?« Gitti wimmert fast vor Neugierde. Ich hole tief Luft und raffe mich auf.

»Das würde mich übrigens auch interessieren«, sagt Raphael und rückt sich den Stuhl zurecht. Er hat diese Unart, gern verkehrt herum auf dem Sessel zu sitzen und die Arme um die Stuhllehne zu legen.

Ich räuspere mich und gebe die Kurzversion der letzten Stunden zum Besten. Gittis Augen werden mit jedem Wort größer. Vor lauter Aufregung stopft sie das Essen am Tisch in sich hinein, bis kein Kipferl mehr übrig ist. Raphael schüttelt hingegen nur ungläubig den Kopf. »… und deshalb brauch ich deine Hilfe, Raphael. Du musst diesen Mike unter die Lupe nehmen und nachsehen, wie Sepp und ich uns dort anmelden können«, schließe ich meine Ausführungen ab.

»Heilige Scheiße. Das nächste Mal komm ich mit, wenn du einen Kurzurlaub machst«, sagt Gitti.

Ich strafe sie mit einem bösen Blick. Doch sie bemerkt es nicht. Stattdessen feuchtet sie ihre Fingerkuppen mit der Zunge an und sammelt damit die letzten Brösel vom Tisch auf.

»Ich äußere mich jetzt nicht dazu«, meint Raphael trocken. Doch sein Gesichtsausdruck spricht Bände. Er weiß nicht, ob er sich wegen mir schämen oder stolz sein soll. Eine Mutter, wie ich es bin, ist für kein Kind leicht zu verkraften. Sogar Raphael hadert manchmal damit, dass ich mich von der traditionellen Frauenrolle derart weit entfernt habe. Als meine Kinder noch klein waren, habe ich hauptsächlich den Haushalt geführt und ein paar Stunden in der Woche Bier im Dorfwirtshaus ausgeschenkt. In dieser Zeit habe ich mir auch mein Wissen über die Naturheilkunde angeeignet und bin irgendwann draufgekommen, dass mit dem richtigen Zug und Druck fast jedes Beindl wieder an seinen Platz rutscht. Nachdem ich zuerst nur meine Familie und die Nachbarskinder behandelt habe, hat sich schnell weitläufige Klientel in meiner Stube eingefunden. Die Tätigkeit als Kräuterhexe und Beindlrichterin hat aber weder meinen Mann noch meine Kinder gestört. Erst durch Sepp und die Moorleiche vor mehr als drei Jahren hat mein Leben eine radikale Wendung vollzogen. Neugierig war ich freilich schon immer, und das richtige Gespür für die Wahrheit hat mich auch stets begleitet. Aber ausschlaggebend für das Erwachen meiner juckenden Schnüffelnase war dieser erste Fall. Seither kann ich gar nicht mehr anders. Ich muss nachspüren, hinsehen und hinhorchen, wenn etwas dubios ist.

Raphael lässt seinen Blick über mich gleiten und presst die Lippen fest aufeinander. Am liebsten würde er wohl sagen: Ach, Mama, kannst du nicht wenigstens mal eine Weile ein ruhiges, beschauliches Leben führen? Aber er sagt nichts dergleichen, sondern: »Gut, dann hol ich mal den Computer heraus. Ich muss nämlich umgehend zurück ins Herzkastl. Ein Wasserschaden. Der doofe Whirlpool hat ein Leck.«

»Wir können auch das Tablet nehmen«, schlägt Gitti vor. Raphael wiegelt kurz ab und fischt sein Laptop aus der Computertasche. Er klappt es auf. Leise surrt der Ventilator des Computers. Fotos von Mariella und Kalina ploppen auf der Bildschirmoberfläche auf.

Das warme Gefühl überschwänglicher Liebe überkommt mich so überraschend wie eine Lawine. Dankbar bin ich. Unendlich dankbar, dass mein Sohn eine liebe Frau gefunden und auch den Beruf gewechselt hat. Früher war Raphael Versicherungsvertreter und hat den Leuten das Geld aus der Tasche gezogen, mit dem Versprechen, es lukrativ zu veranlagen. Es ist aber niemand dadurch reich geworden außer seinen Chefs. Jetzt arbeitet Raphael als Geschäftsführer von Sepps Puff. Das Herzkastl ist zwar ein traditionelles Bordell, aber weder Sepp noch mein Sohn sind klassische Puffväter. Die Gesellschaft hat freilich ein anderes Bild im Kopf, wenn sie an Bumshütten denkt. Dass Raphael den Puff mit den gleichen wirtschaftlichen und personellen Kenntnissen führt, als wäre es eine Gärtnerei oder ein Kosmetikstudio, ist den meisten nicht bewusst. Raphael aber schon.

»Wie heißt dieser Guru nochmals?«, will er wissen.

»Krishna Mike oder Michael Bogenhofer. Schau, unter welchem Namen du etwas findest.«

Die ersten Suchergebnisse sind in dem Moment da, als Raphael die Enter-Taste drückt. Er klickt das erste Ergebnis an. Die Homepage erscheint. Ich bin erstaunt. Ehrlich gesagt habe ich etwas anderes erwartet, doch die Seite wirkt derart seriös und gewöhnlich aufgebaut, als würde sie zu einem medizinischen Masseur oder auch einem Bildungshaus gehören. Raphael öffnet einen Menüpunkt nach dem anderen. Partnerstunden, Einzelstunden und Gruppenseminare werden angeboten. Außerdem Meditationsrunden und Vorträge zu diversen Themen. Unter dem Menüpunkt »Über mich« erzählt Mike von seiner tristen Kindheit in diversen Eliteinternaten und seiner steilen, aber langweiligen Karriere als Anwalt. Schließlich kommt er zu seinem Lebenswandel und rühmt sowohl seine Ausbildung als auch seine Seminare. Natürlich finden sich auch Links zu Mikes Büchern und Broschüren. Der Mann war ziemlich fleißig und hat etliche Ratgeber geschrieben. Alle haben die Themen Selbstliebe, Partnerschaft, Sexualität und Erleuchtung gemeinsam.

»Sieht jetzt nur halb so versaut aus, wie ich erhofft habe«, sagt Gitti.

»Mich freut das. Dann können Sepp und ich bedenkenlos teilnehmen«, antworte ich.

Raphael hustet. »Nicht so schnell, Mama. Ich schau mal nach

Erfahrungen mit seinen Kursen. Oft findet man so heraus, ob jemand gefährlich ist oder nicht.«

»Gefährlich?«, frage ich.

Raphael lächelt. »Ich mach mir halt nur Sorgen. Es gefällt mir nicht, wenn du für und mit Kurt an lebensmüden Aktionen teilnimmst, aber allein unter solchen Leuten … Mir wird ganz anders bei dem Gedanken.«

»Sagt der Puffbetreiber«, entgegne ich ironisch. Raphael seufzt. Nun tut mir meine Äußerung leid. Mein Sohn meint es gut und will mich schützen. »Ich bin erwachsen und kann mich wehren, sollte es drauf ankommen«, beruhige ich ihn.

»Und ich bin auch mit dabei«, fügt Sepp hinzu.

Raphael nickt und gibt dennoch die Anfrage nach Erfahrungsberichten in die Suchleiste ein. Wir landen in einem Forum. Zu Gittis großer Freude ist es etwas versauter als die Homepage. Leute vergleichen Sexspielzeug, Stellungen und Praktiken miteinander, und einige haben sogar Bilder von ihren Spielsachen und Utensilien gepostet. Raphael scrollt nach unten. Es gibt sogar einen eigenen Thread zu Mike. Neugierig überfliege ich die Kommentare. Auch hier finde ich nichts Auffälliges. Oder doch? Eine Teilnehmerin schreibt etwas kryptisch: »Alles in allem ein nettes Seminar mit netten Leuten. Nur der Trainer sollte vielleicht mal drüber meditieren, ob es für ihn nicht einen besseren Weg der Erleuchtung gibt, den er *einschlagen* könnte … LOL, ggg, :-D Jeder nach seiner Fasson, sag ich immer. Schade nur, wenn jemand, der Selbsterkenntnis, Erleuchtung und Ehrlichkeit beim Sex predigt, nicht zu sich selbst steht.«

Ich lese die Zeilen nochmals. Mein Gefühl trügt mich nie, und bei diesen Worten schlägt es lautstark Alarm. Es steckt eine Botschaft darin, die ich nur im Ansatz verstehe.

»Da hegt wohl noch jemand den Verdacht, dass Mike nicht das ist, wofür er sich verkauft«, sagt Sepp.

»Ja, aber ich werde nicht ganz schlau daraus«, antworte ich.

Sepp legt seinen Arm um meine Schulter. »Darum müssen wir auch vor Ort recherchieren.«

Ich klatsche in die Hände. »Recht hast du. Sind noch Plätze frei?«, frage ich.

Raphael durchstöbert erneut Mikes Seite. »Maximale Teilnehmeranzahl: vier Paare« liest er laut vor.

»Raphael, melde uns an«, sage ich bestimmt.

Raphael zieht die Augenbrauen hoch. »Ehrlich?«, fragt er.

»Freilich«, sagen Sepp und ich wie aus einem Munde.

Raphael gibt sich geschlagen.

Es gibt ein Formular für schnell entschlossene Quereinsteiger. Nach wenigen Minuten sind Sepp und ich angemeldet.

»Und jetzt?«, frage ich.

»Anscheinend gibt es einen Rückruf. Wenn noch Plätze frei sind, erfahrt ihr, wo ihr genau hinmüsst und was ihr mitbringen sollt. Mehr kann ich nicht für euch tun.«

»Das wissen wir doch schon«, bemerke ich. Raphael zuckt die Schultern und wirft einen Blick auf die Uhr. Ich tue es ihm gleich, und der Schrecken fährt mir in die Glieder. Es ist kurz vor drei.

»Dalia wird bald hier sein«, bemerkt Daniela. Die Farbe weicht aus ihrem Gesicht. Ich möchte sie am liebsten an meine Brust drücken.

Doch Raphael kommt mir zuvor. »Ich muss leider los. Alles Gute, Schwesterherz«, sagt er und schmatzt Daniela einen Kuss auf die Stirn. In Windeseile stopft er seine Sachen in die Tasche und verschwindet mit ein paar großen Schritten durch die Tür.

Daniela steht auf. Nervös beginnt sie, mein Geschirr per Hand abzuspülen und in die falschen Schubladen zu räumen. Auch das Besteck landet nicht im vorgesehenen Fach unter der Tischplatte, sondern in einem Küchenschrank. Ich halte mich zurück. Gitti unterhält sich mit Sepp, in der Hoffnung, noch mehr Details zu erfahren. Doch Sepp ist mindestens so verschwiegen wie ich, wenn es drauf ankommt.

Schließlich wird es ihm zu bunt. »Ich geh hoch und packe noch ein paar frische Sachen für uns zusammen, Rosi. Die Kleidung im Hotel reicht für die Seminartage nicht aus.«

»Du bist ja ziemlich zuversichtlich, dass wir mit dabei sind«, sag ich. Sepp grinst nur und geht. Auch Gitti packt die Langeweile. Nicht einmal ihr Internet-Reporter hat Neuigkeiten für sie. Dauernd tippt sie auf dem Bildschirm ihres Tablets herum, aber es ändert sich nichts. Meine Wanduhr tickt laut.

»Hast du alles für Dalia vorbereitet?«, frage ich Daniela, die gerade dabei ist, zum dritten Mal den Brotkorb auszuklopfen.

»Ja, ich hab sie im Gasthaus eingemietet. Wir haben einen Termin bei der Hebamme und dann im Spital, zur Besichtigung der Kreißsäle.« Daniela stockt. Es fällt ihr schwer, darüber zu reden. Das letzte Mal war ich es, die sie zu den Terminen begleitet hat. Damals waren wir alle noch guter Hoffnung. Daniela schüttelt gedankenverloren den Kopf. »Im Anschluss müssen wir oder besser gesagt Kurt und Dalia aufs Jugendamt. Dalia wird Kurt als Vater angeben. Sie verzichtet anschließend aufs Sorgerecht und gibt den Kleinen später zur Adoption frei. Dann erst bin auch ich seine Mutter.«

»Und das macht sie? Ich kann mir nicht vorstellen, dass ich das könnte«, bemerkt Gitti trocken.

Daniela erstarrt. Ihre Knie zittern. Ich sehe schon meine Untertassen zu Boden fallen. Sofort stehe ich auf, nehme sie ihr ab und verräume sie. Daniela, bleich wie Butterkäse, lässt sich mit einem Plumps auf den Stuhl fallen und vergräbt das Gesicht in den Händen. Sanft streiche ich ihr über den Rücken.

»Gitti hat das nicht so gemeint, nicht wahr?«, zische ich verärgert in die Richtung meiner Freundin.

Gitti verdreht die Augen. »Natürlich nicht. Ihr habt das ja alles gut besprochen und vereinbart. Es klappt bestimmt.«

Daniela schluchzt. Sie hebt den Kopf und sieht mich an. »Ich hoffe es so. Sonst ist alles aus. Ich weiß nicht, wie es weitergehen soll, wenn Dalia es sich anders überlegt.«

»Keine Sorge, mein Schatz. Der Kleine trägt deine und Kurts Gene. Dalia hat sich in vollem Bewusstsein dafür entschieden, sich deine befruchtete Eizelle einsetzen zu lassen. Sie hat doch selbst gesagt, dass sie sich ein weiteres Kind nicht leisten könnte. Außerdem will sie dir und Kurt helfen. Ihr habt auch einen Vertrag gemacht. Alles wird gut.«

Ich lasse bewusst aus, dass der Vertrag in Österreich vor Gericht keine Gültigkeit hätte.

Sie nickt. Die Zuversicht kehrt in ihre Augen zurück. Zufrieden tätschle ich ihr die Schulter. Gitti aber strafe ich mit einem weiteren bösen Blick. Glücklicherweise versteht sie den Wink mit dem Zaunpfahl und verabschiedet sich. So gern ich meine Freundin auch mag, so belastend ist oft ihr großes Mundwerk. Immer schon hat Gitti ihr Herz auf der Zunge getragen. Sie ist die undiplomatischste Person, die ich kenne.

Aber auch die ehrlichste.

Heile Welt

Blaue Flecken kann man sehr gut mit Sonnengold (Currykraut) behandeln. Einfach den Saft der Pflanze als Soforthilfe auftragen.

Sepp poltert die Treppen hinunter. Ein lautes Wumms ertönt. Er flucht. Ich eile in den Flur. Sepp sitzt auf der letzten Stufe und reibt sich den Hintern. Vor ihm liegen die aufgeplatzte Reisetasche und ein wirres Durcheinander an Pullis, Jogginghosen, Blusen und Unterwäsche.

»Ach du meine Güte! Hast du dich schlimm verletzt?«

»Nein. Alles in Ordnung«, sagt er und steht langsam auf. Ich reiche ihm die Hand und helfe ihm hoch.

»Mike hat auf meinem Handy angerufen. Er war zuerst nicht besonders erfreut, dass wir es sind, die zu seinem bestehenden Kurs dazustoßen wollen …«

»Aber …?«, fordere ich Sepp auf, endlich weiterzusprechen.

»Aber ich konnte ihn vom Gegenteil überzeugen.«

»Womit?«, frage ich nach.

»Mit dem Argument, dass wir vom Wimmer so viel Gutes über den Kurs gehört haben und wir unserem langjährigen Freund in der schweren Zeit beistehen wollen. Immerhin hat der arme Hubert ziemlich gelitten. Er wurde verhaftet, ist ein Verdächtiger und so weiter. Auf jeden Fall sind wir ab heute Abend mit dabei beim Seminar. Lass uns aufbrechen und unsere Sachen vom Hotel holen.«

»Und Dalia? Lässt du mich mit ihr allein?«, will Daniela wissen.

Ich lächle ihr milde zu. »Du schaffst das. Außerdem ist Kurt auch bei dir. Ihr mögt vielleicht sogar die ersten Stunden unter euch sein, habt viel zu besprechen, und ich würde mit meiner Überbesorgtheit nur für Unruhe sorgen.«

Daniela legt den Kopf schief. »Du wirst wahrscheinlich recht haben. Ich geh jetzt runter ins Dorf. Mein Häuschen ist zwar tipptopp aufgeräumt, aber vielleicht mach ich noch schnell ein paar Zwetschgenpovesen. Dann haben wir was zum Naschen. Gitti hat ja leider alles aufgefuttert, was ich gekauft hab.«

»Mach das. Wir telefonieren am Abend. Dann erzählst du mir alles. Ich muss auch mit Kurt reden und ihn in Kenntnis setzen, dass Sepp und ich nun quasi intern ermitteln.«

»Er wird nicht besonders erfreut sein. Du weißt, dass er Alleingänge verabscheut«, mahnt Daniela.

Ich muss schmunzeln. Noch vor wenigen Monaten ist Daniela im Alleingang nach Georgien aufgebrochen und hat Kurt vor vollendete Tatsachen gestellt. Wahrscheinlich denkt meine Tochter, dass der Zweck die Mittel heiligt. Ihre Nachwuchspläne sind bestimmt wichtiger als meine Leidenschaft, die Wahrheit aufzudecken, aber immerhin überführen Sepp und ich mit unserer Aktion vielleicht den wahren Erpresser. Ich lasse mich nicht verunsichern und küsse Dani zum Abschied auf die Wange.

»Du machst deine Dinge, die du für richtig hältst, und ich meine«, sage ich.

Daniela widerspricht nicht. Sie nimmt bloß den Mantel von der Garderobe und winkt beim Hinausgehen. Mit einem leichten Ziehen in der Brust sehe ich ihr nach. Eigentlich wäre ich gern dabei gewesen, wenn Dalia eintrifft. Aber es ist Danis Leben und das von Kurt. Ich muss mich zum Wohle meiner Kinder zurücknehmen und meinen eigenen Lebensplan verfolgen. Und wie das Schicksal es will, zieht es mich im Moment zurück nach Geinberg. Meine Fingerspitzen kribbeln vor Aufregung. Mit einem Mal kann ich es kaum erwarten, Mike und der Öko-Sophie auf den Zahn zu fühlen. Außerdem hoffe ich, auch aus Beate noch etwas herauskitzeln zu können.

Das Auschecken im Hotel dauert eine halbe Ewigkeit. Schuld daran ist Herr Pfeiffer zwei, der stellvertretende Thermendirektor. Immer wieder versucht er aufs Neue sein Glück und fragt mich nach dem genauen Hergang.

Ich nutze die Gelegenheit. »Sie sind ja bekanntermaßen ein glühender Fan«, sage ich.

Pfeiffer wird tomatenrot im Gesicht. »Na ja«, gibt er zu, »ich verehre Fräulein Glimmer. Seit dem Anfang ihrer Karriere verfolge ich jeden Schritt, den sie tut.«

»Das kann man vom Obmann des Fanclubs auch erwarten.«

»Ach, das wissen Sie auch?«, fragt Pfeiffer.

Die Pferde gehen mit mir durch. Ich sehe Pfeiffers unschuldige Miene und muss mich mit einem Mal schrecklich ärgern. Auch wenn jemand berühmt oder bekannt ist, hat er ein Recht auf Privatsphäre. Niemand will dauernd unter Beobachtung stehen.

»Natürlich. Cindy hat Sie erwähnt, als ich sie befragt habe, ob irgendwelche Bekannten in der Therme waren, die bei der Entführung mitgewirkt haben könnten«, sage ich kühl.

»Aber … aber …« Pfeiffer schnappt nach Luft.

Ich lehne mich über den Empfangstresen und fixiere ihn mit eiskaltem Blick. »Aber was, Herr Pfeiffer? Wussten Sie, dass Frau Glimmer seit geraumer Zeit gestalkt wurde? Sie haben gerade selbst gesagt, dass Sie jeden Schritt von ihr verfolgt haben. Da liegt es doch nahe, dass Sie der Perversling sind, der sie ohne ihr Wissen fotografiert, ihr Drohbriefe geschickt und ihre Haustiere auf dem Gewissen hat. Und auch wenn Sie am Tattag bei Ihrem Bruder im Krankenhaus waren, können Sie dennoch der Kopf der Entführerbande sein, oder?«, wüte ich.

Pfeiffer klammert sich am Tresen fest. »Oh nein, oh nein. Ich war das nicht. Ich könnte ihr niemals ein Leid zufügen. Ich liebe Cindy. Die Briefe, die ich geschrieben habe, waren reine Liebesbekundungen.«

»Auch als Sie über Moritz Magento hergezogen sind?«, frage ich weiter.

Pfeiffers Augen blitzen wütend. »Er war nicht der richtige Mann für Cindy. Diese ganze Liebesgeschichte war nur Show. Er hat die arme Cindy bloß für seine eigene stagnierende Karriere ausgenutzt. Ich will nur, dass es Cindy gut geht. Und falls Sie glauben, dass das Foto in meiner Schreibtischschublade Cindy zeigt, dann täuschen Sie sich.« Einen Augenblick lang bin ich sprachlos. Pfeiffer aber nutzt die Zeit, um sich zu fassen. Ganz ruhig und gelassen sagt er: »Mein Büro ist videoüberwacht.«

Ich merke, wie die Kraft aus meinem Körper weicht, und trete einen Schritt vom Empfangstisch zurück. Pfeiffer lächelt.

»Frau Rosi, glauben Sie mir. Ich bin nicht der Mann, nach dem Sie suchen. Auf dem Foto ist meine Freundin abgebildet. Und ja, sie sieht Cindy ähnlich. Ich gebe auch gern zu, dass ihr Aussehen ein Grund für mich ist, mit ihr eine Beziehung zu führen.« Dann lächelt er und legt den Kopf dabei schief. »Mal ehrlich, Frau Rosi. Ich bin viel zu alt und unbedeutend. Cindy Glimmer wird immer nur meine unerreichbare Sehnsucht sein. Ich weiß das, und Sie wissen das im Grunde auch.«

Ich seufze, aber nicht, weil mich seine Worte vollends überzeugen, sondern weil er so verdammt ehrlich klingt.

»Ich bin übrigens sehr dankbar, dass Sie Cindy gefunden und gerettet haben. Geht es ihr tatsächlich gut? In den Medien werden die abstrusesten Geschichten verbreitet.« Erwartungsvoll beugt sich Phillip Pfeiffer nach vorn.

Ich schweige einen Moment. Es hat nur wenige Stunden gebraucht, bis die Story das Internet und die Lokalberichterstattung verlassen und den Publicity-Himmel erreicht hat. Sogar das öffentlich-rechtliche Fernsehen ist auf das Geschehen aufmerksam geworden. Vorhin, während der Fahrt im Jetta, habe ich im Radio gehört, wie Beates Maskenbildnerin von Drohbriefen erzählt hat. Die Gerüchteküche brodelt und kommt der Wahrheit schon gefährlich nahe. Auch über mich, die mysteriöse Retterin, wurde ebenfalls berichtet. Go-Go-Gerti hat medienwirksam versichert, dass sie leider nicht die Helden-Oma aus dem Amateurfilmchen ist, und der findige Internetreporter hat meine Identität ans Tageslicht gezerrt.

»Es geht ihr den Umständen entsprechend gut«, antworte ich schließlich.

Pfeiffer nickt. »Auch wenn Sie es noch nicht ganz glauben wollen, Frau Rosi. Ich bin ein echter Fan, der wirkliche Bewunderung und Liebe für seinen Star hegt, und kein perverser Stalker oder Entführer. Außerdem können Sie gern bei der Polizei nachfragen. Die Beamten haben mein Büro auf den Kopf gestellt und mich bereits mit ganz ähnlichen Fragen gelöchert wie Sie.«

Natürlich. Ich ärgere mich nun über mich selbst. Kurts Team war in der Zwischenzeit nicht untätig. Ich hätte mich, bevor ich so an die Decke gehe, bei Kurt erkundigen sollen. »Ich glaube Ihnen fürs Erste«, sage ich.

»Fein. Dann wäre das ja geklärt. Ich hoffe nur, dass Cindy bald wieder auf die Beine kommt und sich durch diese Entführung nicht unterkriegen lässt. Ach, wenn die ganze Geschichte erst mein Bruder mitbekommt. Er mag die Musik von Cindy auch sehr gern. Wir waren sogar in Passau gemeinsam auf dem Konzert, und für die Silvestergala in Linz haben wir bereits Karten. Hoffentlich ist Stefan bis dann wieder auf den Beinen.«

»Sicherlich erholt er sich schnell von seinem Herzanfall. Dann können Sie gemeinsam das Konzert genießen.«

Phillip Pfeiffer nickt. Dann, ganz unerwartet, streckt er uns ein Kuvert entgegen. »Ihr Aufenthalt hier war diesmal ja nicht besonders entspannend. Deshalb möchten wir Sie beide gern zu unserem Spezialwellness-Programm auf Kosten des Hauses einladen. Dann können Sie es sich wie ein Sultan in unserem Hamam und dem Rasul gut gehen lassen. Bitte schön.«

»Danke«, sage ich verlegen und nehme den Gutschein entgegen. Jetzt schafft dieser Pfeiffer es doch tatsächlich, mir ein schlechtes Gewissen zu machen.

»Vielleicht, und natürlich nur, wenn es den Ermittlungen nicht schadet, vielleicht mögen Sie mir ja erzählen, wie es Cindy geht, und ob ich ihr auch mit einer Auszeit hier eine Freude machen kann. Wir haben wunderbare private Spa-Bereiche. Es wäre uns allen eine Ehre, wenn sie weiterhin unser Gast wäre.«

»Auf Wiedersehen«, sage ich bestimmt, um endlich gehen zu können. Fans sind anstrengend, tatverdächtige umso mehr. Hoffentlich haben Kurts Mitarbeiter sorgfältig gearbeitet, und Pfeiffer ist tatsächlich nur ein enthusiastischer Cindy-Anhänger. Ich bin jedenfalls froh, nur die Rosi zu sein und keine Berühmtheit. Hoffentlich bleibt das auch so, und das Fernsehen lässt mich in Ruhe.

Hoffen darfst du, aber bereite dich lieber auf den Ernstfall vor, höre ich Horst in mir warnen. Ich straffe die Schultern, greife nach meiner Handtasche und marschiere gemeinsam mit Sepp hinaus. Es hat zu regnen aufgehört. Kalte, rein gewaschene

Luft schlägt mir entgegen. Ich sehe zum Himmel empor. Es klart tatsächlich auf. Ein Zeichen? Vielleicht sagt es mir, dass ich auf dem richtigen Weg bin.

Mike, wir kommen, denke ich und steure schnurgerade Kurts alte Karre an. Sepp hingegen geht zur Tiefgarage. Ich mag es zwar nicht besonders, fremde Autos zu lenken, doch bei Kurts alter Schüssel kann wenig passieren.

Rosi tappt im Dunkeln

Bei Heißhungerattacken hilft es laut Hildegard von Bingen, einen Rohdiamanten um den Hals zu tragen und ihn bei Hungergefühl in den Mund zu nehmen.

Sepp und ich kommen fast gleichzeitig beim Apartment an und warten vor der Eingangstür, dass jemand auf unser Klopfen reagiert.

Doch nicht Mike oder ein anderer aus dem Seminar öffnet, sondern Benni. Er hat gerade sein Handy am Ohr. Benni zuckt mit der Augenbraue und bedeutet uns, leise zu sein. Am Tonfall seiner Stimme erkenne ich, dass er mit Kurt spricht. Er winkt uns herein. »Bisher ist noch niemand von der Presse aufgetaucht, Chef. Ja, ich versuche sie zu überreden, fernzubleiben, aber Herr Bogenhofer meinte, dass sich Beate nicht lange davon abhalten lassen wird.«

Leise ziehe ich die Tür hinter uns ins Schloss. Sepp stellt die Koffer und Taschen ab. Dann lausche ich Bennis Telefonat. »Ja, die sind gerade angekommen. Richte ich aus, Chef. Morgen früh also? Und bis dahin ist Andrea zuständig? Geht klar. Alles Gute.« Benni legt auf. Er wischt sich mich dem Handrücken über die Stirn. »Ich soll dir von Kurt ausrichten, dass Dalia angekommen ist und alles nach Plan läuft. Du sollst dich spätabends bei ihm melden.«

Mein Herz macht vor Freude einen kleinen Hüpfer, aber ich beschließe, nicht mit Benni darüber zu reden. Ich habe keine Ahnung, wie viel Kurt dem jungen Mann von der Leihmutterschaft erzählt hat, und möchte nichts riskieren. »Ich wusste gar nicht, dass du hier bist«, sage ich stattdessen.

Benni bläst lautstark Luft aus den Lungen. »Ich bin auch gleich wieder weg, musste nur technisches Material abholen, und jetzt soll ich noch mit Beate telefonieren und sie davon abhalten, herzukommen.«

»Das wird sicher nicht einfach«, sage ich.

Sepp, der einen Schritt hinter mir steht, sagt: »Aber wahrscheinlich wäre es das Klügste, sonst wimmelt es hier innerhalb kurzer Zeit nur so vor Mediengeiern.«

Benni brummt zustimmend. »Genau darum geht es. Sie lauern schon vor ihrer Wohnung in der Stadt und verfolgen sie sicher hierher.«

Ich schlucke schwer. Die Vorstellung, wie Wimmer seine Geschichte lang und breit vor der Öffentlichkeit inszeniert, sehe ich so klar vor mir, als wäre sie schon Realität. Dann ist es auch mit meiner Ruhe vorbei. Die Presse wird mich belagern. Ich atme tief ein, da mir flau im Magen ist. Eigentlich sollte ich mir wohl eher Gedanken um Beate und die Konsequenzen für ihre Karriere machen, aber ich sorge mich um mein Leben.

»Ich geh dann mal telefonieren«, sagt Benni und dreht uns den Rücken zu.

»Wo sind denn alle?«, fragt Sepp geistesgegenwärtig.

»Hinten im Stall … ähm, Seminarraum. Die üben gerade etwas oder so.«

Diese Nachricht verschlechtert den Zustand meines Verdauungsapparates. Wenn ich gleich zu Beginn den Wimmer nackt und in Aktion sehe, dann mach ich am Stand kehrt und ergreife die Flucht.

»Komm«, sagt Sepp. Ihn quälen diese Phantasien wohl gar nicht. Locker schlendert er zum Durchgang in die Seminarräume. Ich folge ihm. Sepp reißt die Tür schwungvoll zur Seite. Die Schiebetür gleitet geräuschlos, bis sie mit einem leisen Klack ansteht. Ich mache mich auf das Schlimmste gefasst, doch es trifft nicht ein. Statt bloßer Nacktheit sehe ich in bunte Kleider und in sich vertiefte Menschen. Auch der Hubert sitzt im Schneidersitz vor dem Tisch mit den Kerzen und qualmenden Räucherstäbchen. Kreisrund hocken die Leute um das kleine Tischchen herum. Mike schaukelt seitlich hin und her und singt mit seltsamer Stimme noch seltsamere Töne. Niemand hat unser Eintreffen bemerkt. Sepp und ich stehen nun halb im Raum und wissen nicht recht, wie wir uns verhalten sollen.

Dann verstummt Mike und redet mit ganz normaler Stimme. »Wir wollen das Universum, die Götter, das Allwissende über uns darum bitten, dass Beate heil in unsere Mitte zurückkehrt und unser Ashram keinen Schaden durch ihre Entführung nimmt. Wir wollen für die armen verwirrten Seelen beten, die glauben, ihre Daseinsberechtigung und ihren Lebenssinn in einem anderen Wesen zu finden. Besonders denken wir an den bedauernswerten Entführer und Erpresser. Möge er erkennen, dass der Sinn und die Liebe in ihm wohnen und er durch sein Sein bereits wertvoll ist.«

»Bei dem Gesäusel fühl ich mich fast wie in der Kirche«, zische ich Sepp zu.

»Dann sag mal unsrem Pfarrer, dass er beim nächsten Mal auch oben ohne predigen soll«, antwortet Sepp.

Ich werfe einen weiteren Blick zu Mike, der in Tücher gehüllt und noch immer in Trance vor dem Minialtar sitzt. Doch mit einem Mal überlagert das Bild von unserem alten Pater mit Bierbauch, Glatze und ergrautem Vollbart die Realität, und mir entfährt ein kurzes, aber lautes Lachen. Vorbei ist es mit der meditativen Ruhe. Fünf Paar Augen starren mich entsetzt an. Hubert läuft die Farbe aus dem Gesicht, Herta hält sich die Hand aufs Herz, und die beiden Öko-Bollmeiers lassen synchron ihre Kinnladen nach unten aufklappen.

Nur Mike hat sich schnell wieder im Griff. Sein überraschter Gesichtsausdruck wird augenblicklich von einem breiten Grinsen überlagert. »Meine lieben Freunde. Ich habe euch doch gesagt, dass ein neues Pärchen zu uns stoßen wird. Da sind sie. Die Rosi und der Sepp. Heißt sie bei uns im Kreis der Liebe willkommen.«

»Dass es die Beingruberin mit ihrem Sepp ist, hast du aber nicht erzählt! Sie schnüffelt bestimmt nur für ihren Schwiegersohn herum, unsere Kräuterrosi, oder soll ich lieber Mörderrosi sagen?«, mault Herta.

Mir bleibt die Luft weg. Vor wenigen Stunden sind Herta und Hubert quasi auf Knien flehend zu mir gerutscht und wollten wissen, wie es um Beate steht, und jetzt fällt mir die Wimmerin einfach in den Rücken. Ich stemme die Hände in die Hüften und stoße ein lautes »Jetzt wird's aber recht« aus.

Herta zeigt sich unbeeindruckt. »Du sagst es, Rosi. Jetzt, wo man mein Schatzi endlich freigelassen hat und die Beate auch gesund zurückkehren wird, soll man die ganze Sache doch auf sich beruhen lassen. Ich will hier meinen Frieden finden, aber es herrscht nur Chaos und Gefahr. Ich möchte hier in Sicherheit sein«, jammert Herta und sieht dabei besorgt ihren Hubert an. Sie will sich bereits weiter ereifern, aber dann treten ihr Tränen in die Augen.

Ich seufze. Herta hat Angst, und ein Blick in die Runde reicht, um zu erkennen, dass sie nicht die Einzige ist. Die Frage ist bloß, ob sich alle wegen ihrer eigenen Sicherheit sorgen oder ob auch jemand dabei ist, der Angst hat, entdeckt zu werden. Doch sosehr ich auch nach einem Indiz suche, ich sehe keines.

»Du hast recht, Herta. Wenn mir etwas auffällt, dann werde ich es Kurt melden. Aber eigentlich bin ich da, um den Verdacht gegen deinen Hubert ganz zu zerschlagen. Wir sind doch Freunde.«

Herta schluckt. »Ich hab wohl überreagiert. Aber vorhin hat dieser Polizist da draußen erneut meinen Hubert befragt. Ich bin einfach nervös.«

Ich gehe auf sie zu und lasse mich neben ihr auf dem Boden nieder. Hubert zieht sich das Sitzkissen unterm Hintern hervor und bietet es mir an. Ich nehme es, obwohl die Wärme des Polsters unangenehm ist. Niemand sitzt gern auf powarmen Stühlen, Kissen oder schlimmstenfalls Toilettenbrillen.

»Ich freu mich, dass du da bist«, sagt Hubert, und mir läuft trotz des Po-Kissens ein Frösteln den Rücken hinab. »Die Rosi hat immer an meine Unschuld geglaubt, wie ihr auch. Wenn es dem Kurt hilft, dass die Rosi den Wachdackel spielt, soll's mir recht sein. Besser als der Polizist ist sie allemal. Und der Sepp sowieso. Er hat mal einen Puff besessen. Da können wir alle von seinem Wissen profitieren«, plappert Hubert und kassiert sowohl von mir als auch von Sepp einen bösen Blick ein.

Sogar Mike ist es zuwider. Mit sanfter, aber strenger Stimme mahnt er: »Hubert, wir haben schon mehrmals darüber gesprochen. Wenn du nur auf die Befriedigung deiner sexuellen Bedürfnisse aus bist, ist dieses Seminar nicht der richtige Ort für dich. Wiederholen wir unsere Botschaft. Alle gemeinsam …«

»Gott ist Liebe. Liebe ist göttlich. Erleuchtung und Sinn finden wir in der Göttlichkeit der Liebe. Wir sind die Liebe«, sagen alle im Chor.

Dann nickt Mike uns zu. »Ihr habt das Tannenwipfelzimmer im ersten Stock. Herta zeigt euch den Weg. Nehmt euch ruhig Zeit, um richtig anzukommen. Um achtzehn Uhr gibt es Abendessen. Wir kochen immer gemeinsam, aber nach den Strapazen, die auch ihr durchmachen musstet, ist es angebracht, wenn ihr heut noch pausiert. Wir machen Schluss mit unserer Meditationsrunde.«

Er faltet die Hände und hält sie an die Stirn. Dann verbeugt er sich. Alle Anwesenden tun es Mike gleich, nur Sepp und ich nicht. Ich fühle mich wie ein Fremdkörper in einer mir unbekannten Welt. Genauso muss es jemandem ergehen, der mit einem Flugzeug in einer ganz anderen Kultur abstürzt. Aber wenigstens die Sprache ist in meinem Fall die gleiche. Herta fordert mich und Sepp auf, ihr zu folgen. Die anderen bleiben noch im Saal. Draußen im Aufenthaltsraum zieht sich Benni gerade die Jacke an.

»Und, hast du bei Beate etwas erreicht?«, frage ich im Vorbeigehen. Er schüttelt nur den Kopf, dann ist er weg.

Herta drängt uns zur Eile. »Kommt, ihr zwei. Ich muss schnell runter in die Küche, sonst setzt sich der Öko-Jonny wieder durch, und es gibt ein Curry, so scharf wie ein Samuraischwert. Ich magere hier noch auf Haut und Knochen ab. Dieses würzige Essen vertrag ich einfach nicht«, jammert sie.

Sepp und ich legen einen Zahn zu. Oben führt uns Herta bis vor unsere Tür, dann hastet sie nach unten. Hoffentlich setzt sie sich durch. Auf ein feuriges Gericht hab ich auch keine Lust. Mein Magen ist empfindlich durch den Stress. Sollte aber Jonny der Sieger der Diskussion sein, werde ich auch nicht zurückschrecken, mir eine leckere Schinkenpizza kommen zu lassen. Vegetarisch hin oder her.

Das Zimmer ist klein, und vor dem Fenster stehen ein paar

alte Tannen, die den ganzen Raum zusätzlich verdunkeln. Daher rührt also der Name des Raumes. Beim Vorbeigehen an den anderen Zimmertüren konnte ich die vielsagenden Bezeichnungen wie »Teichblick«, »Feld und Wiese« und »Sonnenscheinzimmer« an den Türen lesen. Beim tristen Ausblick aus dem Fenster wundert es mich nicht, dass unser Raum noch frei war. Die Raufasertapeten sind vergilbt, und das Zimmer ist einfach eingerichtet. Ein Tisch, ein Stuhl, ein Doppelbett und ein Kasten. Alles ist sauber, aber auch irgendwie abgewohnt. Man merkt, dass hier schon viele verschiedene Menschen übernachtet haben. Der Geruch ihrer Körper hat sich mit dem Duft der zerkratzten Vollholzmöbel vermischt. Auch die Bettwäsche hat schon bessere Tage miterlebt. Vom vielen Waschen sind die Blumen darauf verblichen, während das Weiß sich farblich an das Muster angeglichen hat. Es ist, als würde man durch ein milchiges Glas schauen und alles in verschwommene Pastelltöne tauchen. Ich setze mich aufs Bett und bin so von der Festigkeit der Matratze überrascht, dass ich mich kurzerhand zurücklege und die Augen schließe. Das Bett ist kein bisschen durchgelegen.

Bleierne Erschöpfung legt sich auf meine Lider, und ich mag die Augen auch nicht öffnen, als Sepp mich anspricht. »Die Leute sind misstrauisch. Einfach so drauflosschnüffeln dürfte schwierig werden«, sagt er.

Ich murmle zustimmend. Dann spüre ich, wie er sich neben mich setzt. Die ganze Liegefläche gerät in eine leichte Schieflage, und ich muss meinen Arm in die Matratze stemmen, um Sepp nicht entgegenzutaumeln. Doch glücklicherweise geht es Sepp anscheinend genauso wie mir. Er legt sich hin, und ich kann mich entspannen.

»Hast du gemerkt, wie entsetzt die beiden Bollmeiers geguckt haben, als wir aufgetaucht sind?«, fragt Sepp.

»Ich hätte ›überrascht‹ dazu gesagt«, antworte ich leise.

»Und auch der Mike. Er hat zwar schnell auf professionell und charismatisch umgeschaltet, aber er hat die Hände zu Fäusten geballt, als die Herta erwähnt hat, dass du für den Kurt herumschnüffelst. Ich glaube, es war ihm nicht bewusst, dass du nicht bloß ausnahmsweise für die Polizei gearbeitet hast, als du zur Geldbotin wurdest.«

Nachdenklich kratze ich mir das Kinn. Sepps Überlegungen vertreiben meine Müdigkeit. Ich öffne die Augen und drehe mich bäuchlings um. Sepp tut es mir gleich, nur dass seine Hand nicht auf seiner Bettseite bleibt, sondern mich am Nacken streichelt. Er weiß genau, wie empfindlich ich unter meinen Haaren bin und dass, wenn er es nur richtig anstellt, diese Stelle einer Garantie für mehr gleichkommt.

»Lenk mich nicht ab«, seufze ich.

Sepp lacht und zieht die Hand weg. »Dir ist aber schon bewusst, in welcher Art von Kurs wir hier sind?«, fragt er scherzend.

»Natürlich. Ein Selbstfindungskurs, den ich gedenke, in einen Aufklärungskurs zu verwandeln. Ich will herausfinden, wer der Täter ist und ob er sich in der Tantra-Gruppe versteckt.«

»Da bin ich dir ganz zu Die–« Weiter kommt Sepp mit seiner Versprechung nicht, solch ein lauter Tumult dringt vom Erdgeschoss nach oben. Gleichzeitig hüpfen wir, so gut es unsere alten Knochen erlauben, aus dem Bett und eilen zur Tür.

Schon beim Hinuntergehen der Treppe weiß ich, wer für die Aufregung sorgt. Beate. Ihr Name ist im Munde aller, und sie selbst sitzt leicht vornübergebeugt mit geblümtem Kopftuch und einem Kittel am Körper, so altmodisch, dass ich ihn nur zum Badputzen verwenden würde, auf der Couch.

»Ist dir auch wirklich niemand gefolgt?«, fragt Mike viel zu laut. Die Wut und die Angst nehmen überhand, und seine Stimme überschlägt sich fast.

»Nein, sicher nicht. Alle sind Tante Ines hinterher, und diejenigen, die vielleicht noch da waren, haben mich für Olga gehalten. Olga ist glücklicherweise zum Putzen gekommen und hat im Tausch gegen mein Gucci-Kostüm gern ihr Kopftuch und ihre Schürze geopfert.«

Ich schleiche mich näher. Schon stehen Sepp und ich in der Runde der Seminarteilnehmer.

»Du hättest dennoch zu Hause bleiben sollen. Das Risiko

für uns alle ist zu hoch. Wenn dir jemand gefolgt ist …«, mahnt Mike.

Beates Kehlkopf hüpft. Ich sehe, dass sie um die richtigen Worte kämpft, doch ihre Gefühle sind zu stark. Schon glänzen ihre Augen verräterisch. Sie nimmt das Kopftuch ab. Ihr blondes Haar hängt formlos und lasch unter dem Verband hervor. Ich dränge mich zu ihr und setze mich neben sie. Sanft lege ich meinen Arm um die junge Frau. Ein Beben fährt durch ihren Körper. Sie braucht offensichtlich alle Kraft, um nicht vor allen Anwesenden loszuheulen.

»Schon gut, Herzchen«, sage ich und halte sie. Wie ein Kind schmiegt sie sich an mich und weint. Ich deute den anderen, zu gehen, aber sie machen keinerlei Anstalten, meinem Kopfnicken zu folgen. »Ihr seht doch, dass Beate am Ende ihrer Kräfte ist. Ich schlage vor, ein Teil von euch sorgt für das Abendessen, und der Rest schaut draußen nach, ob auch wirklich keiner von der Presse im Gebüsch lauert. Wenn doch, informier ich nämlich Kurt. Der kümmert sich dann darum, dass hier Ruhe herrscht«, sage ich streng.

Mike verschränkt die Arme vor der Brust. Dann hält er meine Idee doch für ganz brauchbar und kommandiert seine Teilnehmer zurück in die Küche. »Ich und Sepp sondieren draußen die Lage«, meint er bestimmt. Sein Befehlston duldet keine Widerrede, und ich gebe Sepp ein unsichtbares Zeichen, dass er mit Mike ins Freie gehen soll.

Endlich Ruhe. Beate hat sich aus meiner Umarmung gelöst und schluchzt stattdessen in ihre Handflächen. Ich ziehe ein Taschentuch aus meiner Hosentasche und reiche es ihr.

»Du hast es nicht mehr länger daheim ausgehalten, hab ich recht?«, frage ich.

Beate nickt. »Es ist schrecklich, wenn man derart belagert wird. Ich konnte doch nicht mal mehr das Fenster öffnen, geschweige denn vor die Tür gehen. Diese Journalisten … und dann Mama. Die ganze Zeit über hat sie mich nicht aus den Augen gelassen und hundertmal gefragt, was ich brauche, ob es mir gut geht, ob ich mich an etwas erinnere … Dann hat diese Polizistin angerufen. Ich hab ihr gesagt, dass ich weg will. Weg von dem Rummel, zurück zu Mike. Er ist doch der Einzige, der mich versteht. Der Einzige, der vielleicht wirklich mich liebt und nicht Cindy Glimmer.« Laut stößt Beate den Atem aus und schluckt schwer.

»Ich kann gut nachvollziehen, dass du bei dem Mann sein wolltest, den du liebst«, sage ich ernst.

Beate sieht mir tief in die Augen. »Ja, ich liebe ihn wirklich. Darum tut es mir umso mehr weh, dass auch er von mir erwartet, mich fernzuhalten und diese Geschichte allein durchzustehen.« Sie greift nach meiner Hand und drückt sie fest. »Ich will einen Schlussstrich unter meine Karriere als Cindy Glimmer ziehen. Endgültig. Das alles bin ich nicht wirklich. Ich bin Beate, nicht Cindy.«

»Hast du denn gar keinen Spaß am Singen?«, frage ich nach.

Beate lächelt. Es scheint, als würde sie in eine ferne Zeit zurückgleiten. »Ich liebte es. Früher wollte ich immer zum Musical gehen und Cats singen. Oder das Phantom der Oper. Dann, mit fünfzehn, hab ich zum Spaß bei einem Talentwettbewerb mitgemacht und gewonnen. Meine Mum und Tante Ines haben dort die richtigen Leute kennengelernt und Verbindungen geknüpft. Ab diesem Zeitpunkt war mein Aufstieg vorprogrammiert. Ich kam in die wichtigen Radio- und TV-Shows, hatte die passenden Lieder von bekannten Schlagerkomponisten und meine Familie im Hintergrund, die mich bei all dem unterstützte. Ich hab Erfolg und Geld gefunden, doch mich dabei verloren. Erst hier, bei Mike, ist Beate wieder zum Leben erwacht. Vorher hatte Cindy sie im Würgegriff. Ich war nur noch der Star, die Stimme, das Schlagersternchen und leider Gottes auch der wahrgewordene Männertraum.«

Beate schweigt einen Moment lang. »Weißt du, Rosi, dieser Stalker und die Entführung haben mir gezeigt, dass ich mich gleich zurückziehen muss. Ich will nicht, dass so etwas Schlimmes noch einmal passiert. Solange ich auf der Bühne stehe und meine Fans glauben, mit mir und in mir ihre große Liebe zu finden, die sie besitzen müssen, bin ich in Gefahr.«

»Aber Mike und deine Mutter wollen, dass du weitermachst«,

füge ich hinzu. Beate dreht den Kopf zur Seite. Eine gefühlte Ewigkeit sagt sie nichts, doch auch ich halte mich zurück. Wenn ich die Wahrheit von einem Menschen erfahren will, muss ich meine eigene Meinung für mich behalten und die Ruhe ertragen, die zwischen den Worten entsteht.

Beate lässt die Schultern sinken. »Meine Mama und Tante Ines träumen von einer kleinen Finca auf Mallorca und einem Leben ohne Geldsorgen. Mama hatte es nie leicht mit mir. Alleinerziehend, keine richtige Ausbildung, Gelegenheitsjobs … Das ist ihre große Chance auf ein freies Leben. Und Mike denkt in riesigen Bahnen. Er möchte möglichst viele Menschen mit seinen Kursen erreichen und den Ashram groß aufziehen. Ich teile diesen Traum ja auch mit ihm. Nur im kleineren Rahmen, sonst stehen er und ich ja wieder im Brennpunkt des öffentlichen Interesses. Eigentlich könnten wir auch so schon ein beschauliches und schönes Dasein führen. Mikes Seminare sind meistens ausgebucht, und seine Bücher verkaufen sich innerhalb der Szene prächtig. Ich will den Rummel nicht mehr.«

»Verstehe«, sage ich leise.

»Jetzt bin ich ja wenigstens hier. Vielleicht kann ich Mike noch umstimmen.«

»Wie hast du es eigentlich unbemerkt ins Apartmenthaus geschafft?«

Beate grinst. »Ich hatte Glück. Mama hat ihre Schwester angerufen. Ich sehe Tante Ines sehr ähnlich. Wir haben die gleiche Figur, gleiche Gesichtszüge. Wenn man uns nebeneinander sieht, könnte man meinen, Tante Ines ist meine ältere Schwester. Ich hatte ja schon meine Sachen gepackt und wollte auf Biegen und Brechen weg. Auf jeden Fall hatte Tante Ines dann die Idee, dass sie zumindest einen Großteil der Presse vom Haus weglenken könnte, wenn sie sich verkleidet. Und als auch noch meine Putzfrau Olga gekommen ist, weil sie gestern mit den Fenstern nicht fertig geworden ist, habe ich ihr die Arbeitskleidung abgeschwatzt und ihr im Gegenzug erlaubt, sich bei meinem Kasten frei zu bedienen.«

Ein komisches Gefühl regt sich in mir. Beate hat gerade etwas

Wichtiges gesagt, aber ich kann es nicht entschlüsseln. Mir fehlt die Zeit, nach dem losen Ende dieses Fadens zu greifen. Beate zuckt mit den Schultern. Wie ein junges Mädchen sieht sie mit einem Mal aus. Richtig verschmitzt und spitzbübisch grinst sie übers ganze Gesicht. »Tante Ines ist in voller Kostümierung, mit Sonnenbrille und Hut, nach draußen abgerauscht, in den BMW gestiegen und losgebraust. Ines kann jeden überzeugen, wenn sie will. Die Journalisten sind ihr blind gefolgt. Sie bringen es bestimmt schon im Fernsehen«, sagt Beate und zeichnet ein großes Rechteck in die Luft. »Neueste Schlagzeile: Schlagerstar Cindy Glimmer nach schrecklicher Entführung auf dem Weg zum Flughafen. Wohin flüchtet die Sängerin?«

Ich blicke mich um. Von einem TV-Gerät fehlt jede Spur. Schade. Als ich mich wieder Beate zuwende, ist die Leichtigkeit aus ihrem Gesicht verschwunden. »Na ja, der Rest erklärt sich von selbst. Ich bin dann als Olga verkleidet aus dem Haus gehuscht und hab mein Inkognito-Auto genommen. Ich parke drei Seitenstraßen neben meiner Wohnung immer den alten roten Mazda, falls ich mal unerkannt wohin möchte.«

»Ob den Reportern schon klar geworden ist, dass sie einer falschen Cindy gefolgt sind?«, will ich von Beate wissen und habe, während ich es sage, plötzlich die fehlende Eingebung. Pfeiffer, das Foto … Was, wenn …?

»Keine Ahnung. Wenn ja, dann hoffe ich nur, dass Mama und Olga die Wohnung schon verlassen haben. Die Typen kehren bestimmt zurück. Ein Glück, dass ich nicht mehr dort bin.«

Wie bestellt fliegt die Haustür auf. Sepp und Mike treten ein. »Alles sauber. Niemand in Sicht«, sagt Sepp.

Die Erleichterung im Raum ist schier greifbar, und doch liegt in Mikes Blick noch immer der leise Vorwurf. Beate tut mir leid. Die Diskussion mit ihrem Mike wird nicht einfach werden. Auch wenn Mike nach außen hin den erleuchteten und liberalen Lehrer gibt, ist er ebenso ein Hardliner. Ich befürchte, dass seine Lehre über seiner Liebe steht. Aber ob er auch hinter der Entführung stecken kann? Er ist doch so darauf bedacht, dass niemand ein schlechtes Licht auf seinen Ashram wirft.

Fürs Erste scheint er aber mit der Situation zufrieden zu sein. Er streckt Beate die Hand entgegen. »Hoffen wir, dass die Ruhe anhält und wir mehr Glück als Verstand hatten. Komm, es riecht schon nach Jonnys berühmtem Soja-Chunk-Curry«, gibt er sich versöhnlich.

Beate strahlt ihn an. Ihr steht die Liebe ins Gesicht geschrieben. Auch Sepp und ich folgen in die Küche. Mein Magen knurrt, und der Duft verspricht eine süßliche Curry-Variante.

Am Tisch herrscht freundliche, aber reservierte Stimmung. Einerseits sind die Bollmeiers mir gegenüber etwas skeptisch, andererseits wollen sie offen wirken. Hubert und Herta haben sich gänzlich beruhigt, und Hubert gibt eine seiner Schulanekdoten zum Besten. Beate schweigt das ganze Essen über und nimmt auch nur ein paar Brocken zu sich, obwohl das Curry wirklich ausgezeichnet schmeckt. Erfreulicherweise hat sich Herta durchgesetzt, und das Gericht ist zwar würzig, aber keineswegs scharf. Ich mag auch die dezente Ananasnote in der Soße. Sepp nimmt sich sogar einen Schöpflöffel Nachschlag, während ich mit Bedacht esse. Auch wenn mir das Curry mundet, kann ich nicht mit Sicherheit sagen, dass mein Magen es gut verträgt. Glücklicherweise gibt es Ingwerwasser zu trinken. Das tut immer gut und vertreibt im Bedarfsfall sogar leichte Übelkeit.

»Ich denke, wir gehen heute alle früh zu Bett und erholen uns von den Strapazen. Ich möchte ehrlich gesagt gern den Abend mit Beate verbringen, da ich so unendlich dankbar bin, sie gesund wiederzuhaben«, sagt Mike plötzlich. Ich schüttle schnell den Kopf. Sepp nickt. Mike seufzt.

»Das verstehen wir doch, nicht wahr, Herta?«, meint Wimmer kauend. »Wenn du sie uns dann die nächsten Tage wieder ein wenig überlässt. Das mit der Bauchatmung bekomme ich während den Übungen noch nicht immer hin.«

»Natürlich. Wir werden die versäumten Einheiten auch nachholen. Wenn demnach alle einverstanden sind, dann ziehen wir uns zurück.«

Alle nicken, ich vor Erleichterung. Auch wenn Mike verspricht, die Übungsstunde nachzuholen, muss dies meinetwegen nicht so schnell vonstattengehen. Beate und Mike verabschieden sich und huschen nach oben. Wir bleiben noch eine Weile sitzen. Hubert schnappt sich zuletzt den Topf und tunkt die Reste des Currys mit Weißbrot zusammen. Als es aber um den Abwasch geht, sind er und Herta plötzlich verschwunden.

Sepp beginnt sich angeregt mit Öko-Jonny zu unterhalten, und es stellt sich heraus, dass die beiden die gleiche Vorliebe für Innenarchitektur hegen. Ehe ich es mich versehe, hat Jonny meinen Sepp zu sich aufs Zimmer eingeladen, um Zeitschriften durchzuforsten und bei einem Glas Rotwein und einer Zigarre über Möbel zu tratschen. Ich stöhne. Bleibt das ganze Geschirr etwa an mir und Sophie hängen?

Zu allem Überfluss entschuldigt sich nun auch die Öko-Sophie, verspricht aber, gleich wieder hier zu sein, um den Abwasch zu erledigen. Ich habe einen siebten Sinn, wenn es um Lügen geht. Und Sophie lügt. So wie sie sich nervös durchs Haar streicht, hat sie nicht vor, das stille Örtchen aufzusuchen. Doch ich lasse mir nichts anmerken. »Keine Sorge, das Geschirr läuft schon nicht davon. Ich warte auf dich, dann können wir die Arbeit gemeinsam erledigen«, sage ich scheinbar gelassen.

Sophie lacht kreischend wie eine Hyäne. Dann winkt sie hektisch ab. »Geh ruhig ins Bett. Ich mach das gern allein«, sagt sie.

Nun schrillen endgültig meine Alarmglocken. Sophie will mich loswerden. So viel ist klar. Aber nicht mit mir. Eiskalt lächle ich sie an und nicke. »Gut, dann bis morgen«, sage ich und mache Anstalten, die Küche zu verlassen und ebenfalls nach oben zu gehen. Öko-Sophies Erleichterung ist schier greifbar.

Doch schon, als ich oben auf der letzten Stufe angelangt bin, höre ich ihre leisen Schritte. Sie schleicht sich zum Seminarraum. Ich husche nach unten und folge ihr zum ehemaligen Stall. Als ich mich durch den schmalen Spalt der Schiebetür dränge, sehe ich noch aus den Augenwinkeln, wie Sophie ins Klo huscht. Der Hinterausgang und Geheimweg. Ich warte ein paar Sekunden, dann tapse ich auf Zehenspitzen zur Klotür und lege mein Ohr dagegen. Kein Pieps zu hören. Ich drücke die Klinke. Versperrt. Mist. Doch ich habe Glück im Unglück. Es handelt sich um einen einfachen Drehverschluss, und ich habe immer paar Münzen in meiner Hosentasche. Schnell nehme ich eine heraus und schiebe sie in den Schlitz des Verschlusses. Als zweifache Mutter kenne ich die Tricks, alle möglichen Türen zu öffnen. Wie oft hat sich Raphael unabsichtlich eingeschlossen. Einmal musste ich sogar eine Tür aus den Angeln nehmen, um meinen Knirps zu befreien. Jetzt kommt mir die Erfahrung zugute. Ein kleiner Dreh, und der Verschluss ist geöffnet. Ich trete ein und halte die Luft an. Die Toilette ist größer als meine Stube. Wahrscheinlich war hier früher das Futter der Tiere gelagert. Jetzt blitzen eine moderne Kloschüssel und ein stylishes Waschbecken auf kunstvollen Motivfliesen. Doch nicht die Einrichtung weckt mein Interesse, sondern die glänzend weiß lackierte Tür auf der anderen Seite des Raumes. Der Hausbesitzer hat Haken mit Bildern darauf angebracht. Ich eile die paar Schritte hinüber und drücke die Klinke. Sie geht auf.

Stockdunkle Nacht springt mir entgegen. Meine Augen wollen nichts erkennen angesichts der verschlingenden Düsternis. Ich schließe die Tür und atme dabei tief durch. Ganz langsam öffne ich die Lider. Stück für Stück setzt sich die Umgebung zusammen. Zwischen dem Gebüsch zeichnet sich der Trampelpfad ab, von dem Hubert gesprochen hat. Ich sauge die klirrend kalte Luft in meine Lungen. Dann stapfe ich los. Matsch, Schotter und angetaute Eisplatten machen den Weg zum Überlebenstraining. Doch ich setze mutig einen Fuß vor den anderen. Endlich sehe ich die Zufahrt – und Sophie. Sie blickt sich hektisch um, als wolle sie sich vergewissern, dass ihr niemand folgt. Ich gehe hinter einem Strauch in Deckung. Trotz der Kälte beginne ich zu schwitzen. Was macht sie mitten in der Nacht auf dem Parkplatz?

Ein Auto blinkt. Sophie huscht zum Wagen und steigt ein. Ich erkenne, wie sie blitzschnell die Lampe im Inneren des Autos ausstellt. Hat sie etwas mit der Entführung zu tun? Will sie Beweismittel vernichten? Zig Gedanken schwirren gleichzeitig durch meinen Kopf. Beate hat nie gesagt, ob der Entführer ein Mann oder eine Frau gewesen ist. So viele Dinge würden passen.

Sophie kannte den Weg hinaus aus dem Seminarhaus. Sie konnte sich rausschleichen. Auch die Zeitung mit den ausgeschnittenen Buchstaben hätte sie mit Leichtigkeit Hubert unterjubeln können. Aber was wäre ihr Motiv? Eifersucht vielleicht? Hatte Beate eventuell auch Übungsstunden mit ihrem Jonny? Ich überlege hin und her. Wertvolle Sekunden verstreichen, in denen Sophie weiß Gott was im Auto anstellt.

Ich balle die Hände zu Fäusten. Die Stimme meines verstorbenen Mannes regt sich in mir. Rosi, seit wann bist du ein feiges Huhn?, fragt er. Ich schlucke. Er hat recht. Sophie Bollmeier ist zwar keine schmächtige Frau, aber ich kann es im Notfall allemal mit ihr aufnehmen.

Fest entschlossen stürme ich los. Ich reiße die Autotür auf und schreie: »Ertappt! Was verbirgst du?«

Sophies Gesichtsausdruck ist der eines gestellten Rehs. Erschrocken, verstört, ängstlich. Sie reißt die Hände in Panik hoch und den Mund auf. Ein Fehler. Der fetttriefende Leberknödel fällt auf ihren Teppichmantel.

»Scheiße!«, quietscht sie.

Ich stehe wie angewurzelt da und starre auf die geöffnete Tupperbox auf Sophies Schoß. »Himmelherrgott«, entfährt es mir, und ich entschuldige mich sofort gedanklich dafür.

Sophie aber wimmert. »Bitte, bitte verrate mich nicht!«

»Was soll ich denn weitererzählen? Dass du eine Fressattacke hattest und im Auto eine halbe Metzgerei bunkerst?«, frage ich.

Sophie nickt und senkt endlich die Hände. Zitternd verschließt sie die Plastikbox, in der Frankfurter, Leberknödel und fertig gebackene Schnitzel liegen. »Ich kann nichts dagegen machen. Wenn mich der Gusto überkommt, dann muss ich einfach …«, plappert sie.

Ein Schaudern fährt mir den Rücken hinab, und zu allem Überfluss beginnt es auch wieder zu regnen. Ich seufze. »Komm mit, lass uns drinnen über alles reden. Hier friere ich mir den Hintern ab. Außerdem sehen diese Leberknödel wirklich zum Anbeißen aus, und ich würd nach all der Aufregung auch einen vertragen.«

Sophie stimmt mir lächelnd zu.

Wir trotten hinein, setzen uns an den Tisch und fallen schweigend über die Köstlichkeiten in der Box her.

Dann verschränkt Sophie die Arme vor der Brust. Sie beäugt mich, als würde ich eine ansteckende Krankheit haben. Mit einem Mal fallen ihre Schultern nach unten. »Woher wusstest du, dass ich mich rausschleichen werde? Der Hubert hat mich verpetzt, oder?«

»Wie bitte?«, frage ich erstaunt.

»Na, dass ich mich immer wieder einmal abseile, wenn ich vermeintlich im Zimmer bin.«

»Ja. Er hat angedeutet, dass du dich am Abend der Entführung vielleicht durch denselben Ausgang hinter dem Klo geschlichen hast wie er und Herta.«

Sophie beißt die Zähne zusammen, als wollte sie Nüsse mit ihrem Kiefer knacken. Ich höre das unangenehme Geräusch von knirschendem Zahnschmelz.

»So ein Schuft. Ich wusste es. Der Schweinehund will nur von sich ablenken, dabei weiß er genau, dass ich das falsche Getue hier nicht auf Dauer aushalte und raus muss, um nicht durchzudrehen«, sagt sie und haut vor Wut mit der flachen Hand auf den Tisch, dass das Geschirr nur so scheppert.

Ach herrje, es ist schlimmer, als ich befürchtet habe. In der heilen Welt des Kurses herrschen die gleichen Bedingungen wie überall auf der Erde.

Von fleischlichen Genüssen

Rosis stärkende Fleischsuppe nach Hildegard von Bingen: hilft bei Erkältung und Erschöpfung
Zutaten: 1 Suppenhuhn oder alternativ Hühnerteile, 2 l Wasser, Salz, 2 Karotten, ½ Sellerieknolle, 1 kl. Fenchelknolle, 1 Petersilwurzel, Petersilgrün, etwas Bertram, Quendel, Kerbel, Liebstöckel, Galgant und Muskat. · Zubereitung: Das Huhn und das Gemüse in einen Topf mit kaltem Wasser geben, zum Kochen bringen, die Kräuter und Gewürze hinzufügen, mindestens 1,5 Stunden leicht köcheln, ziehen lassen. Suppe abgießen, abkühlen lassen und Fett abschöpfen.

»Du warst also tatsächlich an diesem Abend draußen?«, frage ich zögernd.

»Ja, verdammt noch mal«, gibt Sophie zu.

»Um aus deiner Fleischbox zu naschen?«

»Nein, ich bin fortgefahren.«

Mehr um mich und meine plötzlich nervös zitternden Hände zu beruhigen, stehe ich auf und räume den Tisch ab. Sophie schließt sich mir an. Eine ungewollte Pause entsteht, die aber guttut. Ich merke, wie sich Sophie langsam etwas entspannt. Ich lasse heißes Wasser ins Spülbecken. Die Küche hat zwar einen Geschirrspüler, aber anscheinend liegt das Geheimnis von Jonnys Soße auch darin, dass er alle Zutaten extrascharf anbrät. Die Töpfe sind am Boden braun und verkrustet.

»Willst du mir nicht einfach erzählen, was du an dem Abend gemacht hast?«

Sophie seufzt und gibt mir wortlos einen klebrigen Kochlöffel ins Abwaschwasser. Dann räumt sie die Teller in die Maschine.

»Im schlimmsten Fall bist du eine Mittäterin und hast Beates Entführung geplant«, sage ich frei heraus.

Sophie lacht heiser. »Ich glaub, das wär meinem Jonny sogar lieber. Er verachtet Mörder. Und ich bin leider eine Mörderin.«

»Du?«, frage ich und hab Mühe dabei, mich nicht an dem Wort zu verschlucken.

»Du kannst ruhig lachen, aber für Jonny und auch für Mike

sind alle Menschen blutrünstige Killer, die einem saftigen Steak oder einer Leberkassemmel nicht widerstehen können.«

Jetzt muss ich tatsächlich lachen, und anscheinend ist es derart ansteckend, dass auch Sophie darin einstimmt.

Nun schlägt Sophies Lachen in Weinen um. Sie wirft die Arme in die Luft. »Gott im Himmel, ja. Es ist leider so. Ich bin zu schwach, um den fleischlichen Genüssen zu entsagen, und Jonny ist der festen Überzeugung, dass er mit einem Fleischfresser keine Beziehung führen kann, ohne sein blütenweißes Karma zu belasten.« Erschöpft von dem Geständnis lässt sich Sophie auf den Stuhl fallen.

Ich nehme neben ihr Platz. Sie sieht mich an. »An dem Abend hab ich es nicht mehr ausgehalten. Wenn ich unter Stress stehe oder Angst habe, dann gelüstet es mich noch stärker nach Fleisch als sonst. Ich hab mir echt große Sorgen um Beate gemacht, und dann haben die Bullen vor meinen Augen ihre Schinkenweckerl und Leberkassemmeln gegessen, und ich bin fast ausgeflippt vor Hunger. Meinen Geheimvorrat aus dem Auto hatte ich schon verputzt. Also hab ich einen Migräneanfall vorgetäuscht und so getan, als würd ich eine meiner starken Tabletten schlucken. Jonny weiß, dass er dann mindestens vier Stunden nicht in meine Nähe kommen darf und ich in absoluter Dunkelheit schlafen muss.«

»Genug Zeit für den Metzger«, schlussfolgere ich.

»Schlimmer. Ich war in dem Haubenrestaurant neben der Therme und hab mir volle drei Gänge gegönnt, während die arme Beate gelitten hat, und du in Gefahr warst. Ich fühl mich seither so schlecht vor Schuldgefühlen, dass ich echt überlegt hab, so wie früher klassisch beichten zu gehen.«

»War das Essen gut? Ich halte nämlich dauerhaft vegetarisches Curry auch nicht aus«, sage ich und ignoriere geflissentlich ihre Schuldgefühle. Meine Erfahrung zeigt, dass es oft besser ist, das Gespräch in eine andere Richtung zu lenken und nicht auf dem schlechten Gewissen anderer herumzureiten. Auch hier zeigt meine Taktik Wirkung.

Sophie wischt sich den Rest der Tränenflüssigkeit von den Wangen. Ihr Blick gleitet ins Leere, dort wo die Erinnerung an das leckere Essen sicher verwahrt ist. »Die gebeizte Lachsforelle als Vorspeise ist köstlich, aber so richtig himmlisch ist das Steak. Zweihundert Gramm feinstes Black Angus, so weich und saftig, da möchtest du vor Glück nur noch weinen.«

Sie schwärmt, wie ich noch nie jemanden über Essen habe schwärmen hören. »Danke. Ich merk mir deinen Tipp. Das heißt aber auch, dass du ein Alibi hast und zumindest nicht direkt in Simbach gewesen sein kannst.«

»Natürlich nicht. Ich würde Beate niemals etwas antun. Dafür mag ich sie viel zu sehr. Ich habe ja auch niemandem verraten, wer sie in Wirklichkeit ist.«

»Du wusstest es?«, frage ich.

Sophie zuckt die Schultern. »Ich bin gelernte Frisörin und Kosmetikerin. Da erkennt man Menschen auch ohne Spachtelmasse im Gesicht und mit Naturhaaren.«

Ich nicke nachdenklich und überlege, wie weit ich mich noch vorwagen soll. Mutig steht dir besser als feige, höre ich meinen verstorbenen Mann flüstern. Ich straffe den Rücken und sage: »Was aber auch heißt, du wusstest, dass Beate Geld hat, und du hättest zumindest die Planung des Verbrechens vornehmen können.« Sophie schüttelt entsetzt den Kopf. Ich fahre fort: »Mit den Mobiltelefonen heutzutage und der ganzen Technik hättest du an dem Abend auch die Gespräche führen und mich mit dem Fahrrad durch halb Simbach schicken können.«

Genauestens beobachte ich Sophie. Doch sie schreckt kein bisschen bei meiner Lüge zusammen. Ich kenne mich aus mit Menschen und den kleinen Anzeichen, wenn sie eine offensichtliche Unwahrheit hören. Mal ist es ein schneller Blick nach oben, mal ein winziges Zucken der Augenbraue oder der Lippe, aber nichts dergleichen geht in Sophies Gesicht vor. »Ehrlich. Ich wollte nur Fleisch essen. Frag ruhig den Kellner, ich hab nicht einmal telefoniert. Das wäre nämlich dann eine echte Sünde. Bei diesem herrlichen Mahl vom Tisch zu gehen und das Fleisch kalt werden zu lassen.«

»Ich glaube dir«, sage ich schließlich.

»Verpfeifst du mich jetzt?«, fragt Sophie bang.

»Nein«, verspreche ich und streiche vorerst Sophie von meiner gedanklichen Liste der höchst Tatverdächtigen.

»Gute Nacht, Rosi«, sagt sie und schwirrt ab.

Ich bleibe allein in der Küche sitzen und hänge meinen Gedanken nach. Meine Menschenkenntnis trügt mich im Normalfall nicht, und bei Sophie haben sich die Verdächtigungen quasi in Luft zerschlagen. Sie ist einfach eine Frau, die nicht von Gott dazu erschaffen wurde, Erleuchtung durch Fasten und Selbstentsagung zu finden. Insofern sind wir uns ja nicht unähnlich. Ich lege den Kopf in den Nacken und schließe die Augen. Wenn ich nun den Hinweisen der Wimmers mit dem Hinterausgang weiter folge, dann bleibt eigentlich nur Mike als möglicher Verdächtiger übrig. Kurzerhand beschließe ich, ihn aufzusuchen und mit ihm zu reden. Vielleicht kann ich ja gleich am ersten Abend klar Schiff machen und brauch nicht tagelang in diesem Seminar verweilen. Ich will gerade los, als Sepp zur Küchentür hereinstürmt. Er riecht nach Rauch und Rotwein.

Anklagend hält er mir sein Handy entgegen. »Jetzt, wo es so richtig gemütlich mit dem Jonny wurde, musste das Ding scheppern«, meint er bedauernd. »Der Kurt war dran. Du sollst ihn zurückrufen.«

»Ach, Mist! Das hab ich wegen des Gesprächs mit Sophie ganz vergessen. Mein Handy hat keinen Strom mehr.«

»Hab ich bemerkt. Meines dafür leider schon. Der Jonny ist seiner Sophie ins Schlafzimmer gefolgt, und allein trinken und rauchen macht keinen Spaß. Ich geh nach oben und schlafe. Sei bitte leise, wenn du nachkommst, ja?«

Ich nicke. Es tut mir leid, dass ich Sepp den Abend versaut habe. Vielleicht kann ich es ja später auf andere Art und Weise wiedergutmachen und ihm wenigstens die Nacht versüßen. Ich warte, bis Sepp draußen ist und die Tür hinter sich zugezogen hat, dann wähle ich Kurts Nummer.

Daniela nimmt ab. Bevor ich auch nur ein »Hallo« über die Lippen bringe, fängt sie schon an zu reden. »Kurt bringt Dalia gerade zum Wirtshaus. Ich bin ja so erleichtert.«

»Das freut mich.«

»Ja, Mama. Gott sei Dank. Unserem Kleinen geht es prächtig. Ich hab ihn durch Dalias Bauchdecke strampeln gespürt. Diese Woche sehen wir das Krankenhaus an und regeln alles Finanzielle und Rechtliche. Dalia ist ganz davon überzeugt, dass sie den Kleinen in unsere Hände geben will. Ihr gefällt es, dass er hier aufwächst.«

»Siehst du, mein Herz, alles wird gut.«

»Ich kann es nur noch nicht glauben.« Daniela seufzt laut.

Ich möchte durchs Telefon durchschlüpfen und sie in den Arm nehmen oder ihr wenigstens sagen, dass sie die größten Schwierigkeiten bereits überstanden hat, aber zu dieser Lüge bin ich nicht fähig. Es werden noch Herausforderungen auf meine Tochter zukommen, die sie sich nicht ausmalen kann. Doch fürs Erste müssen sie und Kurt dafür sorgen, dass der Kleine auch wirklich ihr Kind wird – rechtlich und gefühlsmäßig. Ich höre, wie es in der Leitung knackt und kurz darauf Kurts tiefe Stimme. Daniela hält anscheinend den Hörer zu, denn ich verstehe kein Wort.

»Mama, ich geb dir Kurt, ja. Danke für alles. Hab dich lieb«, sagt sie, und es folgt ein Rascheln und Knistern.

»Rosi, Rosi. Was du wieder alles machst ohne mein Wissen«, sagt Kurt statt einer Begrüßung.

»Ich und Sepp bringen nur unser Liebesleben auf Vordermann. Der Wimmer hat uns mit seinen Ausführungen einfach scharfgemacht, und jetzt wollen wir es selbst ausprobieren«, antworte ich gespielt kühl.

Sein Lachen kann ich nur erahnen, aber als er weiterspricht, klingt seine Stimme heiter. »Nun gut. Lass hören, was du schon herausgefunden hast.«

Ich erzähle ihm von Beate und ihrer geglückten Flucht zu uns ins Apartmenthaus, von den Wimmers und dem Verdacht, dass sich jemand hinausgeschlichen haben könnte, während ich das Geld übergeben habe. Auch von Sophie berichte ich, deren Fleischeslust sie in die kalte Nacht hinaustreibt.

Kurt sagt kein Wort. Als ich bereits fertig bin mit meiner Schilderung, schweigt er noch endlos lange. Dann atmet er lautstark aus. »Gut. Der Kreis der Verdächtigen wird wieder kleiner.

Das mit dem Pfeiffer hat sich übrigens auch zerschlagen. Wir haben nichts gefunden, was auf eine Mittäterschaft hinweisen würde. In der Woche, in der die Katze vergiftet und die Schildkröte geköpft wurde, war Pfeiffer nachweislich auf Dienstreise. Er hat uns sein Bahnticket gezeigt, ein personenbezogenes.«

Ich schlucke schwer. »Er hat mir aber gestanden, Beate Briefe geschickt zu haben«, platze ich heraus.

»Rosi! Du sollst doch keine Verdächtigen befragen«, schimpft Kurt.

»Ich hab ihn nicht befragt. Wir sind ins Quatschen geraten!«

»Dein Pauschen kenn ich nur zu gut. Es ist in etwa so wie das zufällige Auffinden von Fotos.«

»Erwischt«, gestehe ich. »Angeblich soll das Bild Pfeiffers aktuelle Freundin zeigen, und Beate hat mir erzählt, dass –«

»So ist es laut unseren Technikern auch«, unterbricht Kurt mich barsch. Ich klappe den Mund auf und will weiterreden, doch Kurt lässt mich nicht aussprechen. »Zurück zum Thema. Als Tatverdächtige bleiben uns momentan nur die Wimmers und Mike.«

»Die Wimmers?«, frage ich erstaunt, weil ich der Meinung war, dass Hubert als Täter vom Tisch wäre, da er sich ja in Polizeigewahrsam befunden hatte.

»Ja, der Techniker ist mit der Auswertung der Stimme nun ganz fertig, und es war mit über neunundneunzig Prozent Wahrscheinlichkeit eine Frau, die angerufen hat. Es könnte – rein theoretisch zumindest – der Hubert geplant und die Herta sich rausgeschlichen haben. Die Kollegen können nicht beschwören, sie die ganze Zeit durchgehend im Aufenthaltsraum gesehen zu haben. Die Herta und der Hubert könnten sich gegenseitig ein falsches Alibi geben.«

»Aber Kurt, wie soll sie es denn in den paar Minuten geschafft haben, nach Simbach zu kommen, zu telefonieren und das Geld zu holen? Das klingt mehr als unlogisch.«

»Was weiß ich? Vielleicht gab es noch eine dritte Person, die beteiligt war? Die Kaspar hat sich in den Wimmer verbissen und will, dass ich ihn nochmals unter die Lupe nehme. Also wirf auch ein Auge auf ihn und die Herta. Du sagtest doch, dass sie nicht erfreut reagiert hat, wie sie dich im Seminar gesehen hat.«

»Das ist ausgekochter Blödsinn, Kurt. Und das weißt du auch.«

Kurt brummt. »Die Presse steht vor der Tür. Der Cindy-Glimmer-Fall ist in aller Munde, und die Kaspar hat Stress. Sie muss Fakten liefern, und bisher haben wir eine Frauenstimme und eine zerschnittene Zeitung aus Wimmers Spind.«

Ich überlege kurz, dann fasse ich für Kurt zusammen, dass sie mehr in petto haben als das. Alle Überlegungen, die Andrea, Sepp und ich hatten, erzähle ich ihm.

»Das weiß ich alles, und das Team arbeitet daran. Doch diese Details müssen wir für uns behalten, Rosi. Wir brauchen nur einen Verdächtigen, mit dem die Presse abgespeist werden kann. Wir müssen für Ruhe in den Medien sorgen, sodass wir ungehindert weiterermitteln können. Sonst herrscht zu viel Tumult und Lärm. Cindy ist eine Berühmtheit. Jeder verdammte Kuhstallsender berichtet über sie.«

»Ich verstehe«, sage ich leise und kann mir bildlich vorstellen, wie Kurt gerade angespannt durch sein Haar und über seine Bartstoppeln streicht.

»Ich muss mich um Daniela kümmern. Sie wird ausflippen, wenn ich ihr gestehe, dass ich morgen in die Direktion muss. Ist es zu viel verlangt, wenn ich sie dazu auffordere, mit Dalia allein die Arztgeschichten zu erledigen?«

»Oh, Kurt. Ich möchte echt nicht in deiner Haut stecken. Als Mutter kann ich dir keine Antwort darauf geben.«

»Klar. Da muss ich allein durch.«

»Gute Nacht, mein Lieber«, wünsche ich ihm. Er nuschelt wohl die entsprechende Antwort, aber es ist nicht zu verstehen. Ich lege auf. Ein Blick auf die Uhr verrät mir, dass es zu spät ist, um Mike noch in seinen Privaträumen zu stören. Doch ein schneller Kaffee geht auch zu fortgeschrittener Stunde. Zum Glück scheint die köstliche Brühe weder die Veganer noch die Fleischesser in der Truppe zu stören. Auf der Arbeitsplatte thront silbern und schwarz eine nagelneue Kaffeemaschine.

Streit und Liebe

Gewürze und ihre Wirkung nach Hildegard von Bingen
· *Ingwer: entzündungshemmend, verdauungsanregend, fördert Stoffwechsel*
· *Galgant: gegen Fieber, herzstärkend, gegen Schnupfen*
· *Muskat: herzöffnend, für den klaren Verstand*

»Es ist mir egal! Ich höre auf!« Beates Stimme dringt durch die geschlossenen Schiebetüren.

Zwei Tassen Kaffee hab ich mir noch gegönnt und mir alles Geschehene dabei durch den Kopf gehen lassen. Jetzt stehe ich, bereit, Sepp aufzuwecken und für den gescheiterten Zigarrenabend zu entschädigen, vor dem Durchgang zum Stall. Will denn dieser Abend einfach kein Ende nehmen? Ich bin einen Moment unschlüssig, was ich tun soll. Sepp schläft wahrscheinlich schon. Beate und noch eine weitere Person befinden sich hinter der Tür im Seminarraum. Ich lausche. Eine tiefe Stimme erklingt. Ich verstehe sie nicht. Meine Finger greifen nach dem Griff der Schiebetür. Sie zittern vor Anspannung. Mein ganzer Körper ist in Alarmbereitschaft. Es ist, als wären meine Sinne geschärft. Die Ruhe in dem Gebäude ist erdrückend. Alle schlafen. Alle, bis auf mich und die Menschen jenseits der Tür. Ich beiße die Zähne fest aufeinander und presse ganz leicht gegen den Schieber. Die Tür gleitet auf. Leise, nicht zu hören. Zuerst nur ein paar Millimeter, dann fünf Zentimeter. Ich lege meine Stirn an den Spalt und luge hindurch.

Nur eine kleine Kerze erhellt den Raum. Ich erkenne Beate, die am Boden kniet, nach vorn gebeugt wie ein schluchzendes Kind, das Gesicht in den Händen vergraben. Den zweiten Menschen im Raum sehe ich nicht, doch ich höre ihn und seine Schritte. Schwere, drohende Schritte. Sie kommen näher. Jemand geht direkt an der Tür vorbei. Ich schrecke zurück und halte den Atem an. Die Schritte entfernen sich wieder. Ich atme weiter und beuge mich wieder nach vorn. Den roten Mantel mit den Schriftzeichen erkenne ich sofort. Mike. Doch seine Haltung ist anders. Es ist, als wäre er in ein Kostüm geschlüpft.

In die Verkleidung eines starken und stolzen Kriegers, der mit nur einem Schlag auch einen übermächtigen Gegner zu Boden bringen könnte.

»Du hörst nicht auf mich, auf deinen Meister.«

»Doch, aber ich kann nicht mehr, Mike! Versteh doch.«

Er schlägt zu. Unvermittelt, fest. Ich will hineinstürmen und Beate helfen. Sie ist verletzt, verdammt noch mal, und jeder Schlag könnte ihre Wunde erneut aufreißen.

Beate springt auf. Sie nimmt Mike bei den Schultern. »In allem will ich auf dich hören, Mike. Aber ich kann nicht mehr auf der Bühne stehen. Es bedeutet meinen Tod.«

»Ich hätt dich fester knebeln sollen, dass du an deinen Worten erstickst. Das wäre besser gewesen, für dich, für mich, für unseren Ashram. Du verlogenes Miststück. Du bist es nicht wert, dass ich mich weiter um dich kümmere. Geh mir aus den Augen.« Mike dreht sich um und will zur Tür gehen.

Ich balle die Hände zu Fäusten. Bin bereit zum Angriff. Ich bete, dass er mir noch einmal den Rücken zukehrt, dann schlage ich ihm die Pseudo-Ming-Vase über den Kopf. Das Adrenalin rauscht in meinen Adern. Ich höre meinen Puls im Ohr poltern, laut, wild. Ich schlucke, spanne meine Muskeln an. All die Warnungen und Beschwörungen von Kurt und meinen Kindern fallen mir ein. Ich darf mich nicht in Gefahr begeben, flüstern sie.

»Bitte. Ich mach es wieder gut. Ich tue alles. Verlass mich nicht. Du bist mein Leben, meine Liebe«, höre ich Beate schluchzen.

Mike bleibt stehen. »Dann arbeite für deine Vergebung, und du bist wieder mein braves Mädchen«, sagt er streng.

»Ja, ja, bitte«, jammert Beate.

Der Tonfall der beiden hat sich verändert. Nun klingen sie wie Verliebte, und Mikes Stimme ist geradezu sanft. »So ist es gut. Knie nieder«, sagt er und geht auf Beate zu.

Ich sehe, wie sie vor ihm auf den Boden fällt, wie er sie streichelt. »Mein Meister«, haucht sie und öffnet geschickt den Gurt seines Bademantels. Er legt den Kopf in den Nacken und stöhnt.

Schnell wende ich den Blick ab und sondiere die Lage. In dieser Position besteht gerade keine akute Gefahr. Mike ist zu abgelenkt. Kein Mann kann handeln, wenn gerade eine Frau seinen Penis im Mund hat. Ich schüttle den Kopf und versuche zu verdrängen, was ich gerade gesehen habe. Logik, Rosi, Logik, mahne ich mich selbst. Ich muss Kurt verständigen und ihm von dem Streit erzählen. Ja, das ist die richtige Vorgehensweise. Die Vernunft in mir muss diesmal siegen. Auf Zehenspitzen schleiche ich zurück in die Küche. Ich wähle erneut Kurts Nummer.

Das Erstaunen über meinen nächtlichen Anruf überwiegt und vertreibt kurzerhand die Schläfrigkeit aus Kurt. »Ich schicke die Kollegen. Bleib, wo du bist, und mach keinen Lärm, Rosi. Um Himmels willen, bleib, wo du bist!«, beschwört er mich.

Ich verspreche es und lege auf. Nur das Ticken der Uhr und eindeutiges Gestöhne aus dem Seminarraum ertönen. Ich hoffe nur, dass Beate und Mike ihren Streit gerade zugunsten der Lust weiter vertagen und die Polizei schnell genug da ist, bevor die Stimmung wieder umschlägt.

»Nein! Nein!«, schreit Beate.

Ich sitze auf Nadeln. Bleib, wo du bist, ruft Kurt in meinem Inneren. Schau, was passiert, schreit mein laut schlagendes Herz. »Verdammt«, zische ich leise und stehe auf. Ich muss nachsehen.

Da erklingt lautes Getrampel auf der Treppe. Ich spähe hinaus und sehe nur noch den roten Bademantel. Was auch immer Mike getan hat, er ist anscheinend damit fertig. Ich husche zur Schiebetür, die nun ganz offen steht. Nackt liegt Beate mit geschlossenen Augen und entspanntem Gesicht auf einem Handtuch. Ihre Haut glänzt. Eine umgekippte leere Massageölflasche liegt neben ihr.

»Beate, alles okay?«, ruf ich, ohne weiter über die Konsequenzen nachzudenken.

Beate schnellt erschrocken hoch. Zeitgleich stürmt die Polizei herein. Zwei Beamte hetzen die Treppe hoch, zwei bleiben im Raum stehen, und zwei weitere laufen an mir vorbei auf Beate zu. Diese schreit wie am Spieß und schlingt das Handtuch um sich. Blankes Entsetzen spiegelt sich in ihren Augen. Die Ereignisse überschlagen sich. Plötzlich schreien und kreischen in jedem Zimmer Menschen. Und dann wird Mike, nur im roten Samtbademantel und in Handschellen, heruntergeführt.

»Ich kenne meine Rechte! Lasst mich in Frieden. Das ist unbefugtes Eindringen!«, plärrt er.

Beate schaukelt wie ein traumatisiertes Kleinkind apathisch hin und her und kreischt jedes Mal schrill, wenn einer der Beamten auch nur einen Schritt näher an sie herantritt oder sie gar berührt. Es herrscht das absolute Chaos. Ich presse mich an die Wand und warte, was geschieht. Die Polizei tut nur ihren Job, sage ich mir immer wieder und denke zeitgleich, dass es vielleicht klüger gewesen wäre, wenn ich Mike ganz einfach eine der großen Bodenvasen über den Kopf gezogen und dann erst Kurt alarmiert hätte. So aber habe ich die Hölle losgetreten. Hoffentlich zu Recht, bete ich still.

»Beate!«, schreit Mike und versucht sich dabei loszureißen. »Wenn ihr mein Mädchen auch nur anfasst, dann –«

»Mund zu!«, schnauzt einer der Beamten und zwingt Mike zur Tür hinaus. Weg ist er.

»Ich glaube, wir brauchen einen Arzt oder jemanden vom KIT«, höre ich die Polizistin neben Beate sagen.

Diese springt auf und stößt dabei die Polizistin um. »Ich hab kein Kriseninterventionsteam nötig, zum Teufel. Ich brauch nur meinen Mike, sonst gar nichts!«, kreischt sie hysterisch und will ebenfalls nach draußen stürmen.

Doch ich halte sie auf. Breit und mit geöffneten Armen stehe ich im Türrahmen. Beate dreht sich um, doch sie zögert. Augenscheinlich überlegt sie, ob sie es schnell genug zum Ausgang hinter der Toilette schafft. »Lass es lieber, Beate«, rate ich ihr mit ruhiger Stimme. Sie funkelt mich mit wütendem Blick an. Ich seufze. »Ich habe gehört, wie er mit dir gesprochen hat. Er ist deine Liebe nicht wert. Er nutzt dich nur aus«, erkläre ich ihr weiter.

Die Erkenntnis in ihrem Gesicht tut mir im Herzen weh. Voller Verachtung und Zorn zischt sie: »Du hast uns belauscht und die Bullen gerufen, du dumme Kuh!«, ruft sie und stürzt sich auf mich. Dann trommelt sie zuerst mit Kraft, aber gleich nur noch wie ein wütendes, schwaches Kindergartenkind mit Fäusten auf meine Brust. Die Polizistin will eingreifen, aber ich deute ihr, wegzubleiben. Ich lege meine Arme um Beate, und sie bricht zusammen. Das Schluchzen erinnert mich an ein kleines Kätzchen.

»Ich will dich nur beschützen. Vor Mike. Er steckt hinter allem, oder?«

Beate schaut hoch. »Was meinst du?«

»Die Entführung. Er hat das wegen des Geldes getan, und du hast mitgespielt, hab ich recht?«

»Wie kommst du denn auf diesen Blödsinn?«, fragt Beate, und die Art und Weise, wie sie es tut, lässt mir den Atem stocken.

Dann aber verengt sie die Augen zu Schlitzen, und ich kenne mich gar nicht mehr aus. Kopfschüttelnd weicht sie vor mir zurück. Ist sie nun involviert, wie ich es vermute, oder hat Mike sie an der Nase herumgeführt? Dass er irgendwie hinter der Erpressung und Entführung steckt oder zumindest mitmischt, ist doch nach seiner brutalen Aussage mehr als deutlich. Oder täusche ich mich etwa? Ich habe doch laut und unmissverständlich Mikes Drohung vernommen. Er hätte Beate besser knebeln sollen. Sie wäre besser tot. Mike hat ihr quasi seine Tat gestanden, er wusste nur nicht, dass er und Beate nicht die einzigen Zuhörer seines Geständnisses waren. Ich war da. Leise und unsichtbar.

Beate kommt drohend näher. Sie will meine Antwort. Aber ich komm nicht dazu. Schon wird sie an der Schulter gepackt und einen Schritt zurückgezogen.

»Frau Sommerfeld, wir haben noch einige Fragen an Sie. Da Sie sich wieder beruhigt haben und reden können, bitte ich Sie, mir aufs Wachzimmer zu folgen«, sagt die Polizistin hinter uns.

»Und Sie, Rosi, kommen bitte auch mit meinem Kollegen mit. Wir müssen Ihre Aussage aufnehmen.«

Ich nicke. Getrennt voneinander werden wir zu den Polizeiautos gebracht. Mike ist längst nicht mehr hier. Ich schaue ein letztes Mal zu Beate hinüber. Die Wagentür wird zugeworfen. Wir fahren los. Ich konnte nicht einmal Sepp Bescheid geben. In dem ganzen Tumult war er nur einer der Zuschauer, die von den Beamten weggehalten wurden. Bestimmt macht er sich Sorgen um mich, und wenn weder Kurt noch Andrea da sind, dann sagt ihm auch niemand, was vorgefallen ist. Ich ärgere mich, über mich selbst – weil ich besser eingegriffen hätte, anstatt Kurt zu informieren –, über Mike – weil er ein falscher Prophet und nichts anderes als ein geldgieriger Geschäftemacher ist, der die Liebe einer Frau ausnutzt, um sich zu bereichern –, und über Beate – weil sie so dumm ist, bei dem Spiel mitzuspielen.

»Gott, es tut mir so leid, Kurt. Ich wollte dich und Daniela nicht stören«, sage ich.

Kurt verzieht den Mund. Müde, ungewaschen und unrasiert steht er vor mir. »Ist schon recht so«, brummt er. »Jetzt haben wir wenigstens den Täter.«

»Also hat er gestanden?«, frage ich. Kurt fordert mich mit einem Kinnzucken auf, mich hinzusetzen. Ich befolge seinen Wunsch.

»Natürlich nicht. Er ist ja nicht dumm.« Mit einer Hand stopft Kurt sich das Hemd in die Hose. Er wirkt, als wäre er aus dem Bett gefallen und irgendwie in seine Uniform hineingerollt. Alles ist zwar am richtigen Körperteil angekommen, aber schief und zerknittert.

»Er ist selbst Anwalt und hat gleich sein Recht eingefordert und einen ehemaligen Kollegen von sich hinzugerufen. Jetzt schweigt er. Juristenfuzzi halt«, meint Kurt voller Verachtung. Er gähnt, rückt sich die Hose zurecht und setzt sich mir gegenüber auf den bequemen breiten Lehnstuhl. »Ich muss deine Aussage aufnehmen, Rosi. Du kennst das ja. Ich schalte das Aufnahmegerät an, und du schilderst so genau wie möglich deine Beobachtung. Versuch bitte, dabei zu bleiben und nicht deine eigene Meinung dazuzumischen.« Kurt zieht die Augenbraue hoch. Ich nicke stumm. »Also los«, sagt er und drückt auf den Knopf. Zuerst nennt er meine Personalien und erzählt kurz, um welchen Fall es geht. »Sie haben heute kurz nach Mitternacht die Polizei verständigt. Wieso?«, fragt er.

Ich schlucke und versuche die Dinge in meinem Kopf so zu ordnen, dass sie eine sinnvolle Abfolge ergeben. »Ich hatte noch in der Küche zu tun und wollte dann ins Bett gehen. Alle anderen schliefen schon. Auf jeden Fall hatte ich das angenommen, aber dann Geräusche aus dem Seminarraum gehört.«

»Welche Art von Geräuschen?«

»Laute Stimmen, wie bei einem Streit«, antworte ich und erzähle dann, wie ich gelauscht und gespäht habe. Bei Mikes Aussage bemühe ich mich besonders, sie wortwörtlich wiederzugeben.

»Und was hat dich daran so beunruhigt?«, will Kurt wissen.

Wie immer, wenn er sich zu sehr auf meine Worte bei einer Aussage konzentriert, verliert er die Distanz und wechselt ins Du. Ich verdränge das Lächeln, das in meinen Mundwinkeln kitzelt. Egal, wie sehr sich Kurt auch bemüht, im Grunde seiner Person wird er stets ein Gefühlsmensch bleiben. Ich erkläre ihm, warum ich ihn rufen musste, und natürlich schweife auch ich ab. »Ich habe mir alles durch den Kopf gehen lassen. Mike hatte am Abend der Entführung die Gelegenheit, durch die Hintertür abzuhauen und zu telefonieren. Er braucht Geld für seinen Ashram. Eine halbe Million hilft ihm sicher weiter. Er hat jetzt auch vermeintliche Argumente dafür, dass Beate weiter auf der Bühne stehen soll. Dann diese Aussage mit dem Knebeln ... da hab ich geschlussfolgert, dass Mike zumindest die Planung der Entführung vorgenommen haben könnte. Das könnte er doch, oder?«, frage ich bang.

Kurt nickt. Er beendet die Aufnahme und spricht dazu noch die genaue Uhrzeit aufs Band, dann drückt er den Aus-Knopf. Nachdenklich lehnt er sich zurück und krault sich das stoppelige Kinn. »Du hast richtig gehandelt. Ich bin froh, dass du mich angerufen und nicht selbst die Heldin gespielt hast. Sogar Dani ist deswegen erleichtert und mir nur halb so böse, dass ich schon wieder hier sitze und nicht bei ihr und Dalia.« Er unterdrückt ein Gähnen und verzieht dabei seltsam sein Gesicht.

Ich falte die Hände im Schoß und betrachte sie. Auch mich übermannt eine riesige Welle Müdigkeit, und ich habe Mühe, gerade am Stuhl sitzen zu bleiben. »Weißt du, Kurt, mein Gefühl täuscht mich nur selten, und dass Mike aus niederen Beweggründen und nicht aus wahrer Liebe mit Beate zusammen ist, steht fest. Auch, dass er jeden Groschen aus ihr herauspressen möchte, ist sonnenklar … aber trotzdem und obwohl ich gehört habe, was er gesagt hat, fehlt etwas. Ich kann nicht genau benennen, was es ist.« Ich richte mich auf und schaue ihm fest in die Augen. »Mike ist nicht der, für den er sich ausgibt.«

»Ich verstehe, was du meinst. Mir geht es ähnlich. Aber wir müssen nun den Ermittlungen ihren Lauf lassen.« Langsam und ächzend erhebt er sich vom Stuhl. Ich tue es ihm gleich. Mein Kreuz schmerzt, und meine Muskeln schreien nach einer weichen Matratze, auf der sie sich endlich etwas entspannen können. Ich strecke mich und dehne meinen Körper so gut es geht.

»Wohin soll dich Benni bringen? Nach Hause, zu Dani oder ins Apartment?«, fragt Kurt.

Ich überlege, und nachdem Kurt mir versichert, dass es meiner Tochter gut geht und sie mit Dalia den Weg ins Krankenhaus auch allein schafft, beschließe ich, zurück ins Apartment zu fahren. Immerhin bin ich Sepp eine Erklärung schuldig.

Die Müdigkeit

Mittel gegen Müdigkeit
Vitamin D steckt in Lachs, Ei, Butter, Käse und Avocado, gemeinsam mit Sonnenlicht sorgen diese Lebensmittel für Frische.

Ich schlafe. Ich träume. Und diesmal weiß ich die ganze Zeit über, dass es nur ein Traum ist. Wir schwimmen, lassen uns treiben. Alle sind hier. Meine ganze Familie. Mit den Zehenspitzen zueinander schweben wir im Kreis im warmen Wasser und halten uns an den Händen, Sepp hält meine rechte, doch auch Horst liegt im Wasser und hält meine linke. Meine Kinder und Enkelkinder schließen den Kreis. Ich bin glücklich. So muss es im Himmel sein.

»Siehst du, Rosi, alles ist gut, solange wir zusammen sind«, sagt Sepp neben mir.

Ich blicke zu Horst. Er nickt und lächelt. Ich muss ebenfalls schmunzeln. Entspannt schließe ich die Augen und genieße das wohlige Gefühl. Pffffft. Ich versuche Sepps und Horsts Hände festzuhalten, doch der Druck ist zu mächtig. Ich reiße die Augen auf. Genau da, wo unsere Zehen sich sacht berührten, schießt eine gewaltige Wasserfontäne heraus. Ich strample mit den Füßen, erreiche den Boden und stelle mich hin. Doch meine Liebsten finden keinen Halt, sie treiben von mir weg. Kochend vor Wut blicke ich mich nach dem Schuldigen um und entdecke Beate, die neben einem großen roten Hebel steht und fies grinst. »Warum?«, rufe ich ihr zu.

Sie verschränkt die Arme vor der Brust. Wie ein trotziges Kind klingt sie. »Ich mag nicht, wenn andere glücklich sind. Ich bin es auch nicht. Mir geht es sooo schlecht!« Sie heult los.

Ist es Mitleid oder Wut, die mich vorantreibt? Auf jeden Fall geh ich auf sie zu und breite meine Arme aus. »Niemand will, dass es dir schlecht geht, Beate.«

»Ich muss immer singen und springen. Bin der Hampelmann, der nur hampeln kann. Aber ich will mehr. Alle Bösen müssen weg. Löst ein für eure Gier den Scheck!«, brüllt sie und lacht hysterisch. Ihre Lippen sind auf einmal blutrot und ihr Mund so groß wie das Maul eines Nussknackers.

»Was machst du? Was hast du vor?«

»Weil ich nicht mehr kann, werfe ich den Fleischwolf an!«, ruft sie und hängt sich an den Hebel.

»Nein. Tu das nicht«, schreie ich und beginne zu laufen. Ich will sie aufhalten, sie vom Hebel wegreißen, doch die Strömung ist zu stark. Die Füße werden mir vom Boden weggerissen. Ich taumle zurück, sehe mit verschwommenen Augen, wie Beate den Hebel nach unten drückt. Blutrot färbt sich das Wasser. Die Fontäne in der Mitte des Beckens verwandelt sich in einen Springbrunnen des Grauens. Menschen werden zerfetzt herausgeschleudert. Ich erkenne Mike, Hubert, Valerie, Herta, Sophie … alle aus dem Seminar. Entsetzt schaue ich zu Beate hinüber. Sie singt. Ein Totenlied. Laut, schaurig, düster, in einer fremden Sprache. Langsam schaukelt sie sich im Takt.

Dann plötzlich verstummt sie. »Ich kann nicht mehr«, ächzt sie heiser, nimmt Anlauf und springt – direkt in den Strahl der Todesfontäne.

»Nein«, schreie ich und wache auf.

Mein Puls rast. Unfähig, mich zu bewegen, liege ich im Bett. Ich starre an die Holzdecke über mir. Seltsam schwer lastet der Traum auf meiner Brust und hält mich gefangen. Obwohl mir komischerweise die ganze Zeit über bewusst war, dass ich träume, hatte ich dennoch Angst. Ich atme tief ein. Nur langsam lösen sich die Nachwehen auf. Endlich kann ich meinen Kopf drehen. Sepp schnarcht leise neben mir. Auch er ist erschöpft und war mir nicht böse, dass ich meine Schilderung der letzten Vorfälle nur aufs Wesentliche beschränkt habe. An eine Nachhausefahrt war nicht mehr zu denken. Gemeinsam sind wir ins Bett gefallen und haben die Augen geschlossen. Und eigentlich bin ich noch immer viel zu müde, um aufzustehen. Einzig der Nachtmahr hat mich aus dem Schlaf gerissen, und nun fühle ich mich einsam und allein. Vorsichtig lasse ich meinen Arm zu ihm hinübergleiten und streiche ihm eine Haarsträhne aus dem Gesicht. Die Strapazen zollen ihren Tribut. Selbst im Schlaf wirkt Sepp um Jahre gealtert. Es stimmt, wir beide sind weit entfernt von unserer Jugendzeit. Aber dennoch haben wir uns eigentlich ganz gut gehalten. Nur jetzt im Moment sieht man uns jeden einzelnen Tag an.

Sepp öffnet die Augen einen Spaltbreit. Er blinzelt. »Schlecht geträumt?«, fragt er heiser. Ich nicke. »Komm her«, sagt er und schließt schon wieder seine Lider.

Ich rücke unter seine Decke, lasse mich von seinen starken Armen einfangen, spüre seinen Herzschlag, rieche seinen warmen Atem. Zu müde. Er und ich sind einfach zu müde. Ich schließe erneut die Augen und sinke in einen traumlosen Schlaf.

»Verschwindet von hier!« Erneut ist es Beates Stimme, die mich wachrüttelt. Aber diesmal ist es kein nächtliches Hirngespinst. Verdattert blicke ich hoch. Auch Sepp richtet sich auf und reibt sich verschlafen übers Gesicht. Ich schlucke schwer. Da stehen sie und ihre Mutter vor unserem Bett.

Beate will gerade wieder etwas sagen, da mischt sich Valerie ein. »Reg dich nicht so auf, Liebes. Denk an deine Stimme. Du musst heute noch vor der Presse eine Kundgebung machen. Da kannst du nicht heiser krächzen, sondern musst dich von deiner besten Seite zeigen«, sagt sie und legt die Hand auf die Schulter ihrer Tochter.

»Hau endlich ab, Mama! Oder du und Tante Ines könnt euch die Pressekonferenz sonst wo hinstecken.«

»Aber Bea-Spätzchen!«

»Nix da mit Bea-Spätzchen, Bea-Vögelchen, Bea-Schnuckel. Es hat sich ausgeschnuckelt, verstanden? Wenn Mike erst da ist, dann mach ich dem Spuk ein Ende. Alles hier ist nur noch ein einziges Tohuwabohu. Und schuld ist meine verdammte Gesangskarriere. Ich hab die Schnauze voll! Und bei der Pressekonferenz werdet ihr alle euer blaues Wunder erleben. Ich werde die Wahrheit sagen. Die ganze Wahrheit! Und jetzt hau ab. Geh runter zu Tante Ines und packt euren Kram. Ich will niemanden mehr sehen. Nur noch Mike. Kapiert?« Sie schiebt ihre Mutter rücklings zur Tür hinaus. Dann dreht sie sich wieder um.

Ich habe mich so weit gefasst, dass ich endlich etwas sagen kann. »Was ist denn los, um Himmels willen?«

»Ich will, dass ihr nach Hause geht. Alle sollen heimfahren. Das Seminar ist beendet. Mike und ich brauchen Zeit für uns, um über alles nachzudenken. Außerdem kann ich mir nicht vorstellen, dass Mike dich gern hier sieht, Rosi. Auch ich bin stockwütend auf dich. Einfach die Bullen rufen, wo Mike und ich uns doch gerade geliebt haben?«

»Geliebt?«, frage ich ungläubig und stehe auf. Langsam gehe ich auf Beate zu und fasse sanft ihre Schultern. Nun liegt kein Zorn mehr in ihrem Gesicht begraben, sondern nur noch Scham. Sie wendet ihren Kopf zur Seite, aber ich komme ihr so nah, dass sie mir in die Augen sehen muss. Sie soll sehen, wie groß meine Sorge um sie war. »Er hat gesagt, er hätte dich besser knebeln sollen, damit du tot wärst. Das klingt für mich nach einer Drohung und nicht nach Liebe. Er ist der Erpresser. Er will nur dein Geld, darum sollst du auch weitersingen. Nur mit deiner Kohle kann er seinen Traum verwirklichen.«

Mit einem Ruck reißt sie sich los. »Ach, das verstehst du nicht. Das war nur ein Spiel. Mike würde mir niemals etwas antun. Und der Erpresser ist er auf gar keinen Fall. Er liebt mich, nur auf andere Art und Weise, wie du es kennst, Rosi. Mike und ich – wir sind nicht wie der Rest der Menschen. Tantra ist der eine Teil, den wir auch gern miteinander ausleben, aber der wirkliche …« Sie stockt. »Ach, Mist! Wie soll ich es nur erklären?«

»Ihr steht auf die härtere Nummer, mit Würgespielen, Peitschen, Fesseln, nehm ich an«, sagt Sepp mit einer derart gelangweilten Stimme, dass ich mich verwundert nach ihm umdrehe. Auch Beate steht nun steif da und fixiert Sepp, der noch immer entspannt im Bett liegt. Er zuckt die Schultern. »Der Gedanke ist mir gestern, als du mir die ganze Geschichte erzählt hast, schon gekommen, Rosi. Aber ich war einfach zu erschöpft, um dieses Thema zur Diskussion zu stellen.«

»Maria und Josef, und ich habe den gesamten Polizeiapparat in Gang gesetzt. Kurt wird mir den Hals umdrehen.«

Beate lässt die Schultern sinken. »Es tut mir leid. Jetzt geht alles den Bach hinunter. Meine Karriere, das Tantraseminar-Haus, wahrscheinlich auch meine Beziehung.« Nun kullern Tränen über ihre geröteten Wangen.

Ich lege meinen Arm um ihre Schulter. »Es muss doch gar nicht so weit kommen.«

»Doch. Ich kann diese Scharade nicht länger aufrechterhalten. Egal, wo ich bin, ich kann nie echt sein. Niemand außer Mike kennt die wirkliche Beate. Und ihn verliere ich nun durch den ganzen Schlamassel. Meine Fans werden nie akzeptieren, dass ich Tantra-Lehrerin bin, und wenn sie erst erfahren, dass ich auch noch SM praktiziere, dann kann ich mir mein eigenes Grab schaufeln.«

Ich denke nach. Beate weint leise vor sich hin. Sachte ziehe ich sie zum Bett und drücke sie hinunter. Im Sitzen heult es sich leichter. Da hocken wir nun nebeneinander und schweigen. Sepp reicht Beate ein Taschentuch.

»Der Erpresser wusste aber nichts von eurem Fetisch, oder? Er hat nur das Tantra in seinen Briefen erwähnt?«, frage ich schließlich.

Beate nickt. »Weswegen?«, will sie wissen.

»Ich denke nur laut nach. Wenn der Wimmer es nicht war und der Mike auch nicht, dann frage ich mich, wer noch als Verdächtiger übrig bleibt. Doch die Bollmeiers? Der Pfeiffer? Oder ein uns noch unbekannter Stalker?«

Beate schluckt. »Keine Ahnung. Mir brummt nur der Kopf. Ich kann nicht mehr. Ich möchte, dass diese Hölle endlich ein Ende nimmt.«

»Ich will, dass man den Erpresser findet. Solange er nicht hinter Schloss und Riegel sitzt, wirst du nicht frei sein.«

»Aber ich werde bei der Pressekundgebung die Wahrheit sagen. Dann hat er nichts mehr in der Hand gegen mich. Außerdem hat er die Kohle ja schon«, kontert Beate.

Ich nicke langsam, obwohl ich nicht glaube, dass mit einem öffentlichen Geständnis Frieden herrscht. Da ich aber auch kein passendes Argument gegen Beates Sichtweise finde, wechsle ich das Thema. »Mike kommt also frei, und du willst hier mit ihm allein sein?«, frage ich nach.

»Ja, die anderen packen schon ihre Sachen, und ihr sollt auch gehen.«

»Wenn das wirklich dein Wunsch ist …«, antworte ich.

»Ja, das ist es. Ich weiß, was du für mich getan hast, Rosi. Du hast mich gerettet und das Risiko bei der Geldübergabe getragen. Mir ist auch klar, dass du gestern nur aus Sorge gehandelt hast. Du konntest nicht wissen, dass Mike und ich eine spezielle Beziehung miteinander führen. Er würde mir nie etwas Ernsthaftes antun. Er ist doch für mich verantwortlich. Er ist mein Meister, ich bin seine Dienerin. Er und ich, wir gehören wirklich zusammen. Bei ihm kann ich mich fallen lassen und muss nicht stark sein.«

»Trotzdem finde ich, dass du etwas Besseres verdient hast als ihn«, gebe ich zu bedenken.

Beate lächelt. »Wer nicht so gestrickt ist, wie wir es sind, der kann diese Liebe nicht begreifen. Mike ist der beste Mann für mich, und ich bin die beste Frau für ihn. Ich brauch jemanden, der mir sagt, was ich tun soll. Jemanden, bei dem ich mir sicher bin, dass er nur mein Bestes will. Anders kann ich weder eine glückliche Liebes- noch Sexualbeziehung führen. Bei jedem anderen Mann würde eine Leere bleiben, die er nicht füllen kann.«

»In Ordnung, dann werden Rosi und ich das Ferienhaus verlassen. Aber du kannst dich jederzeit bei uns melden«, sagt Sepp.

»Danke, das mach ich. Ihr habt es nur gut gemeint.« Sie beugt sich vor und drückt mir einen Kuss auf die Wange. Dann verlässt sie das Zimmer.

Ich drehe mich zu Sepp um. Offensichtlich versteht er Menschen wie Beate besser, als ich es tue. »Wollen wir sie wirklich im Stich lassen?«, frage ich ihn bang. Er presst die Lippen aufeinander und zieht die Mundwinkel nach unten. »Ich hab kein gutes Gefühl dabei, Sepp. Auch wenn Mike offensichtlich so gute Argumente hat, dass ihn Kurt wieder laufen lässt, trau ich ihm nicht über den Weg. Er mag vielleicht eine SM-Beziehung mit Beate führen, aber er ist auch hinter ihrem Geld her.«

»Wie du sagtest: Die Polizei lässt ihn frei. Sie haben nicht genug gegen ihn in der Hand. Beate will uns nicht hier haben, und ohne Kurts Auftrag haben wir hier nichts mehr verloren.«

Ich schlucke. Der Gedanke, ohne Ergebnis von dannen zu ziehen, sagt mir nicht zu. Vielmehr wird mir sogar schlecht davon.

Unten im Aufenthaltsraum bekomme ich nur noch am Rande mit, wie die Wimmers sich von Beate verabschieden. Ich stehe gerade mit meinem Koffer am oberen Rand der Stiege, als sie gehen. Hubert ruft mir zu: »Wir sehen uns ja im Dorf.« Ich nicke.

Leer wirkt das Ferienhaus. Die Bollmeiers sind anscheinend auch schon gegangen, und so befindet sich nur noch Beate inmitten des großen Raums. Ich gehe nach unten. Dort angekommen, will ich mich auch gerade verabschieden, als die Küchentür auffliegt und eine dünne, gestylte und viel ältere Ausgabe von Cindy Glimmer in den Raum poltert. Hinter ihr kommt nun auch Valerie zum Vorschein.

»Ines Sommerfeld, Beates Tante«, stellt sich die End-Vierzigerin kaugummikauend vor. Breitbeinig steht sie in für meinen Geschmack längst aus der Mode gekommenen und viel zu hohen Krokodilleder-Stiefeletten vor mir. Die Haare trägt sie leicht wellig.

Sie muss es sein, schießt es mir durch den Kopf. Nun bin ich mir fast hundertprozentig sicher. Ihre Haltung, die schwindelerregenden Hacken an den Schuhen. Sie habe ich mit Pfeiffer vor dem Hoteleingang gesehen. Ines muss auch die Frau auf dem Foto sein. Das ändert alles. Pfeiffer rückt mit einem Male wieder ganz nach oben in meiner Verdächtigenliste. Durch Ines hatte er bestimmt Zugang zu Beates Wohnung. Er ist so falsch wie eine Schlange. Obwohl er mir vermeintlich ehrlich gestanden hat, dass er seine Freundin wegen des Aussehens gewählt hat, war er dennoch so gescheit, mir zu verschweigen, dass es sich um Beates Tante handelt. Wahrscheinlich hat er die arme Frau ausgenutzt, um an Beate heranzukommen. Ich muss Kurt davon erzählen. Im Moment aber werde ich die Fassung wahren und meine Rolle spielen.

Ich reiche Ines die Hand. Es ist erstaunlich, wie viel Stimme und Mimik bei einem Menschen ausmachen. Rein äußerlich gleicht Ines Beate bis auf Kleinigkeiten, aber der Gesichtsausdruck, die ganze Gestik und vor allem die tiefe Frauenstimme machen jede Verwechslung undenkbar. Anscheinend hat die gute Tante zeit ihres Lebens Zigaretten geraucht. Selbst die lackierten Kunstnägel weisen einen leichten Gelbstich auf, und ihre Haut ist so rissig und trocken wie die eines Bauarbeiters.

Nur allzu gern löse ich den Händedruck wieder. »Rosi«, sag ich nur kurz.

»Hab ich mir schon gedacht, und wo steckt der Pimp-my-Puff- Sepp?«, fragt sie und dreht sich suchend um.

»Sepp kommt gleich. Er muss seinen Koffer noch fertigpacken. Da straft ihn seine Tugend, immer gleich alles in die Kästen zu verstauen. Ich lebe im Urlaub aus dem Koffer, aber mein Sepp hat da einen Ordnungsfimmel«, erkläre ich.

Ines grinst und legt ebenso gelbe Zähne frei, wie es ihre Nägel sind. Dann beugt sie sich zu Beate vor und verpasst ihr einen saftigen Schmatz auf die Stirn. »Ich bin dann auch gleich weg, Mäuschen. Die Pressefuzzis lenk ich wieder ab, dass du in Ruhe alles regeln kannst. Wir sehen uns bei der Pressekonferenz. Bussi.« Noch beim Hinausgehen fischt sie einen Glimmstängel aus der Jackentasche.

»Danke, Tante Ines«, ruft Beate ihr nach. Als Antwort bekommt sie nur einen Wink mit der glühenden Zigarette.

Beate lächelt mich zaghaft an. »Mike wird in einer halben Stunde hier sein«, sagt sie.

Dann drückt sie mir unerwartet ein Buch in die Hand. »Tantra für Anfänger von Krishna Mike« steht darauf.

»Hier, für euch. Vielleicht habt ihr zu Hause einmal Gelegenheit, dem Tantra etwas näherzukommen. Fangt mit der Partnermassage an. Seite fünfzehn.« Ich nehme wortlos das Geschenk an mich. »Danke fürs Lebenretten, Rosi.« Ich nicke stumm. Im Inneren sitze ich auf Nadeln.

Wie gerufen kommt nun endlich Sepp. »Auf Wiedersehen«, sage ich.

Beate lächelt. »Könntet ihr meine Mutter vielleicht mitnehmen und beim Bahnhof abladen?«

»Aber Bea!«, ruft Valerie entsetzt.

Beate strafft den Rücken. »Ich weiß, du willst mir helfen und glaubst, es wäre gut, wenn du bei meinem Gespräch mit Mike dabei bist, aber ich muss das allein klären.«

»Aber …«, versucht es Valerie erneut.

Beate zerschneidet mit einer schnellen Handbewegung die Luft. »Hör auf, Mama. Es ist vorbei. Ich werde meine Karriere heute beenden.«

»Liebling, du hast noch so viel Zeit vor dir. Überleg es dir noch mal.«

»Nein. Mein Entschluss steht fest, und ich habe keine Lust, zwei Menschen vor mir sitzen zu haben, die mich von meiner Entscheidung abbringen wollen. Es reicht, wenn ich Mike davon überzeugen muss, dass es besser ist, aufzuhören.«

Valeries Gesicht verhärtet zu einer Maske. »Du kennst meine Meinung. Dein Talent sollst du nicht wegwerfen, sondern nutzen, so lange du kannst. Aber wie du willst, ich gehe.«

»Danke, Mama«, sagt Beate.

Es erstaunt mich, wie fest sie klingen kann, und die Hoffnung keimt in meiner Brust auf, dass Beate es schaffen kann. Ich wünsche es ihr.

Während der Heimfahrt rufe ich Kurt an und erzähle ihm von Ines und der frappierenden Ähnlichkeit zu der Frau auf Pfeiffers Foto.

Kurt klingt genervt. »Ich hab dir doch gesagt, dass wir Pfeiffer bereits überprüft haben. Und wenn Ines tatsächlich seine Geliebte ist, dann sei's drum.«

»Das meinst du bestimmt nicht ernst, Kurt! Wenn die beiden ein Paar sind, dann nutzt Pfeiffer sie vielleicht aus, um an Beate heranzukommen. Er gibt zu, eifersüchtig auf diesen Magento gewesen zu sein und Beate Briefe geschrieben zu haben. Nur weil er behauptet, damit aufgehört zu haben, muss das nicht stimmen. Er kann seine Bekanntschaft zu Ines dazu verwendet haben, sich in Beates Wohnung zu schleichen und ihre Katze zu vergiften. Du bist doch Polizist, Kurt. Es ist deine Pflicht, meinen Hinweisen nachzugehen.«

»So wie deinem Verdacht, dass Mike Beates Entführer ist? Ich hab den gesamten Polizeiapparat losgeschickt, wegen dir! Die Kaspar ist drauf und dran, mich durch den Fleischwolf zu drehen. Weißt du, welche Probleme du mir mit deinen voreiligen Schlüssen gemacht hast? Ich schwitz hier Blut und Wasser in der Direktion. Dann sitzt mir Dani noch im Nacken. Verdammte Scheiße. Alles ist verdreht und vermurkst genug, und du kommst mir zu allem Überfluss mit der nächsten Theorie? Ich glaub, es ist besser, du lässt uns Profis die Arbeit machen und hältst dich aus dem Fall raus.«

»Aber Kurt!«, wende ich empört ein. »Bei der Szene, die ich zwischen Beate und Mike beobachtet habe, wäre jeder vernünftige Mensch zur Polizei gegangen. Du sagst doch immer, ich soll dich umfassend informieren und zu Hilfe holen, wenn ich es für nötig halte. Und ich finde, es wäre unverantwortlich, wenn du dir den Pfeiffer nicht noch mal ansiehst.«

Kurt seufzt. Ich kann förmlich vor mir sehen, wie er sich über den Stoppelbart fährt und dabei die Stirn in tiefe Falten legt. »Ich stimme dir zu. Teilweise zumindest. Ich schau mir Pfeiffers Alibi noch mal an und seinen Drucker im Büro auch. Vielleicht finde ich etwas.«

»Sein Drucker ist nagelneu, Kurt. Das hab ich eindeutig erkannt, als ich in seinem Büro nach … ähm, meinem Armband gesucht habe.«

»Hmmm«, brummt Kurt. »Ich kümmere mich darum. Bis später, Rosi.« Er legt auf.

In meinem Bauch rumort es. Der Fall geht den Bach hinunter, und ich kann nichts dagegen tun. Sowohl Mike als auch Pfeiffer könnten Beate entführt haben. Beide Kerle sind mir hochgradig suspekt und haben garantiert mehr Dreck am Stecken als ein Wanderer im Ibmer Moor nach einem Regentag.

Danielas Glück

Kräuter und ihre Wirkung nach Hildegard von Bingen
· *Schafgarbe: entzündungshemmend, Frauenkraut*
· *Arnika: bei Verletzungen, als Salbe, Globuli, Tinktur*
· *Hirtentäschel: bei Hämorriden, 1 l Tee ins Badewasser geben*

Immer wieder schweifen meine Gedanken ab. Die Wirren des Falles lassen mich einfach nicht los. Doch ich bemühe mich, aufmerksam zu sein. Daniela hat den Tisch schön gedeckt und einen feinen Braten gekocht. Sepp und ich sitzen auf der einen Seite des Tisches, die hochschwangere Dalia auf der anderen. Kurt hängt noch immer in der Direktion fest. Eine Sondersitzung wurde anberaumt. Zum Glück hält er Daniela wenigstens per SMS und WhatsApp auf dem Laufenden. Ansonsten wäre meine Tochter wahrscheinlich schon vor Aufregung an die Decke gegangen. Als sie erfahren hat, dass Sepp und ich vorzeitig nach Hause kommen, hat sie sich gleich nach dem Krankenhaustermin an den Herd gestellt. Dalia hat ihr geholfen, und nun warten die beiden Frauen vergeblich auf Kurt.

»Kurt nicht kommen?«, fragt Dalia erneut. Sie sieht auf die Uhr. Ihre Augen wirken müde, und immer wieder hält sie sich die Hand vor den Mund, um zu gähnen. Eine Schwangerschaft schlaucht jede werdende Mutter, und auch eine kerngesunde, sportliche, agile Frau wie Dalia kann nichts gegen die oft anhaltende bleierne Schwere in den Knochen machen.

Ich lächle ihr zu. Sie hat in den vergangenen Monaten ziemlich gut Deutsch gelernt, und einfache Unterhaltungen funktionieren prima. »Du bist sicher von der Besichtigung der Kreißsäle erschöpft. Vielleicht sollten wir einfach mit dem Essen beginnen, und dann kannst du dich ausruhen«, schlage ich vor.

Dalia nickt. »Ich müde. Ich froh, wenn Baby da und ich wieder zu Hause bei Kindern.«

»Spürst du denn schon etwas? Kommt er bald?«, frage ich.

»Ziehen im Bauch schon da. Alle Kinder immer kommen bald«, sagt Dalia.

»Vielleicht hast du schon leichte Vorwehen. Du solltest dich wirklich nicht mehr überanstrengen. Daniela, weißt du etwas Neues von Kurt?«, frage ich streng meine Tochter.

Ich kann zwar verstehen, dass sie ihren Mann gern beim Abendessen dabei haben und über den Krankenhausbesuch reden möchte, aber die Gesundheit von Dalia und dem Ungeborenen geht vor.

Daniela holt ihr Handy aus der Hosentasche und blickt darauf. »Ach, man hat die Pressekonferenz erfolgreich verschieben können. Kurt ist endlich auf dem Weg zu uns, aber wir fangen trotzdem lieber mit dem Essen an, bevor die Knödel zusammenfallen und fest werden«, sagt sie erleichtert.

Ich atme mit ihr auf. Nicht nur, weil ich mich für sie freue, dass Kurt bald hier ist, sondern auch wegen der Neuigkeiten. Nur am Rande hab ich mitbekommen, dass die Polizei alles daransetzte, die Pressekonferenz zu vertagen. Das ist meines Erachtens nach klug. Wenn die Öffentlichkeit erst einmal Beates Version der letzten Tage kennt, dann gibt es keinerlei exklusive Information mehr, mit der man den Täter vielleicht überführen könnte.

Erneut gehe ich im Kopf die Geschehnisse durch. Doch egal, wie ich es auch drehe und wende, ich komme auf keinen grünen Zweig. Es ist gerade so, als hätte jemand zig unterschiedliche Fäden zu einem verworrenen Knäuel geschnürt, und der echte rote Faden bleibt unter den anderen verborgen. Doch er ist da. Vielleicht habe ich auch schon leicht an ihm gezogen, aber vorzeitig wieder losgelassen, weil ich mich habe täuschen lassen. Täuschen von den anderen, den falschen, den absichtlich hinzugefügten.

Ich bin derart in meine Überlegungen versunken, dass ich hochschrecke, als vor mir ein Knödel auf den Teller platscht. Sepp hat mir ungefragt einen gereicht.

Jetzt grinst er mich verschmitzt an und deutet in Dalias und Danielas Richtung. »Tu wenigstens so, als wärst du mit ganzem Herzen bei der Sache. Dani freut sich so«, tuschelt er kaum hörbar.

Ich sehe zu meiner Tochter, und sofort überkommt mich das schlechte Gewissen. Immer wieder lasse ich mich von meiner Familie weglenken und verfange mich in den Problemen anderer. Dalia deutet gerade wild in der Luft und erzählt etwas von der Geburtswanne.

»Meinst du wirklich? Das wäre natürlich wunderbar für mich«, sagt Daniela dann sichtlich gerührt. Sie schnappt Dalias Hände, und ihre unbändige Freude treibt auch mir fast die Tränen in die Augen.

»Natürlich. Ist dritte Geburt. Geht sicher schnell. Du dabei, gleich nehmen kleinen Mann, auch gut für ihn«, sagt Dalia.

Langsam dämmert mir, worüber die beiden gesprochen haben. Daniela darf bei der Geburt im Kreißsaal sein. »Das ist sehr nett von dir, Dalia«, sage ich.

So viel Aufmerksamkeit und Dank lassen Dalia erröten. Beschämt blickt sie einen Moment zur Seite. Dann richtet sie sich auf und meint in voller Lautstärke: »Jetzt aber essen, ja?«

»Natürlich. Mahlzeit!«, sagen Sepp und ich gleichzeitig.

Daniela macht eine ausladende Handbewegung. »Bitte, lasst es euch schmecken.«

Und ja, es schmeckt. Es schmeckt besser als erwartet. Meistens brät meine Tochter das Fleisch so lange, bis es staubtrocken ist, aber diesmal hat sie diese Niedriggarweise versucht. Saftig und weich zergeht der Braten auf meiner Zunge. Auch die Knödel sind gerade noch so weich, dass sie den Saft schön aufsaugen. Dalia berichtet beim Essen von ihrem Zuhause und wie es mit ihren Hausplänen vorangeht.

Daniela lässt sich von der Begeisterung der Georgierin anstecken. »Ach ja, da möchte ich am liebsten auch gleich mit unserem Bau beginnen. Wir wollen nämlich neben meiner Mama ein Häuschen aufstellen.«

»Ach herrje, da schneie ich ja genau zum rechten Zeitpunkt herein!«, höre ich Kurt. Wir alle schauen auf. Wie ein Indianer muss er sich in die Küche geschlichen haben. »Lasst uns bitte ein Projekt nach dem anderen in Angriff nehmen, ja? Mir wächst gerade alles etwas über den Kopf«, keucht er.

»Oje, Liebling«, sagt Dani und steht auf. Sie geht zu ihm hin und umarmt ihn.

»Schön. Liebe«, sagt Dalia und tätschelt sehnsüchtig ihren Bauch.

Ich sehe es in ihrem Gesicht. Auch wenn sie sich Daniela gegenüber so gibt, als würde sie die Leihmutterschaft leicht verkraften, stimmt es nicht. Ich strecke mich und fasse zu ihr hinüber.

Sie nimmt meine Hand und lächelt traurig. »Geht schon, geht schon«, sagt sie leise. »Ich kein Mann. Keine Liebe. Baby hier guthaben«, flüstert sie, sodass Daniela nicht hören kann, wie schwer ihr alles wirklich fällt.

»Du bist eine Frau mit einem riesengroßen Herzen. Ich würde dir gern helfen und es dir erleichtern, aber ich weiß nicht, wie ich das tun kann«, sage ich ebenso leise.

»Alles gut. Wirklich. Pssst!«, zischt sie und blinzelt in Danielas Richtung. Sie und Kurt kommen gerade zum Tisch und setzen sich.

»Danke«, raune ich Dalia noch schnell zu, bevor meine Tochter und Kurt endgültig sitzen.

»Was tuschelt ihr hinter meinen Rücken?«, fragt Daniela.

»Nichts«, sage ich und fordere Kurt auf, zuzugreifen. Ohne viele Worte schnappt er sich zwei der tennisballgroßen Semmelknödel und drei Schnitten Fleisch. Auf dem Teller häuft sich das Essen. Kurt schlingt so schnell den ersten Knödel samt zwei Stück Braten hinunter, dass die Soße gar nicht die Zeit hat, über den Tellerrand zu laufen.

Dann lehnt er sich etwas entspannter zurück und lächelt. »Erzählt mal, ihr Lieben: Was sagt der Arzt? Wie war's im Spital?«

Daniela und Dalia berichten abwechselnd, und diesmal höre ich wirklich konzentriert zu. Kurt versucht es ebenfalls, aber immer wieder vibriert sein Handy, und er muss auf das Display gucken. Ich spüre seine Unruhe, und auch Daniela merkt, dass Kurts Arbeit über ihnen schwebt, drohend und furchteinflößend wie ein Damoklesschwert.

»Ich gehen ins Bett, okay? Du mich fahren?«, fragt Dalia schließlich Dani.

»Kann ich das nicht machen?«, fragt Sepp schnell.

Er ist in solchen Belangen wirklich viel feinfühliger als manch anderer Mann und hat, noch bevor ich etwas sagen musste, erkannt, wie wichtig es für Dani ist, wenigstens etwas Zeit mit Kurt zu verbringen. Sepp hilft Dalia in den Mantel, und die beiden gehen hinaus in die Dunkelheit. Wir drei bleiben sitzen.

Daniela nickt zufrieden. »Langsam kann ich es glauben. Alles wird gut, Kurt. Hörst du? Bald halten wir unseren Schatz in den Armen. Ich weiß gar nicht, wie wir uns bei Dalia dafür bedanken sollen.« Sie starrt ins Leere.

Auch wenn Dalia alles Menschenmögliche versucht, um ihre Gefühle vor Dani zu verbergen, so überträgt sich dennoch etwas davon.

Kurt brummt nachdenklich. »Wir bezahlen sie«, sagt er dann und kassiert für diese Bemerkung umgehend einen Boxer in die Seite.

Daniela funkelt ihn wütend an. »Hier geht es um mehr als ums Geld, das weißt du doch.«

Kurt bläht seine Lungen auf und lässt langsam die Luft wieder entweichen. Seine Stirn ist ganz kraus vor Falten. »Ich habe mich falsch ausgedrückt. Wir finden bestimmt noch etwas, das Dalia Freude macht. Außerdem sind wir ihr zeit unseres Lebens dankbar dafür.« Wieder plingt sein Handy. Er wirft einen erneuten Blick darauf. Sein Gesicht verfinstert sich, und er mahlt mit den Zähnen, dass sie nur so knirschen.

»Was ist los?«, frage ich.

»Es entwickelt sich gerade etwas. Eine Wendung in dem Fall. Andrea ruft mich gleich an.«

»Pfeiffer? Mike?«, frage ich aufgeregt. Kurt hebt ahnungslos die Hände.

»Du musst aber nicht wieder weg, oder?«, will Daniela wissen.

Er seufzt. »Glaub mir, Schatz, es wäre besser für uns, wenn ich den Fall in den nächsten ein, zwei Tagen zum Abschluss bringe. Die Kaspar hat schon gedroht, mir den Urlaub zu streichen.«

»Aber das kann sie doch nicht machen! Du wirst Vater!«

Kurt zieht hilflos die Schultern hoch. »Ich kann den Papamonat erst in Anspruch nehmen, wenn das Baby da ist und am Jugendamt aufliegt, dass ich der leibliche Vater bin.«

»Aber … heißt das, du bist bei der Geburt vielleicht nicht da?«

»So ist das Gesetz. Wir müssen es auf jeden Fall noch vor dem Geburtstermin aufs Jugendamt schaffen, dass Dalia mich als Vater angibt und ich die Vaterschaft anerkenne. Aber das bekommen wir hin. Bestimmt.«

Daniela schluckt schwer. Am liebsten würde ich mich in das Gespräch einmischen, aber in gewissen Momenten ist Zurückhaltung zwar eine Qual, doch dringend notwendig. Schließlich kommt Daniela auch zu dem Schluss, dass ein Streit über das Thema zwecklos ist. »Gut. Wir dürfen der Kaspar nicht den Gefallen tun und ihr ermöglichen, dich ganz und gar in der Direktion zu behalten. Wenn du also wegmusst, um diese Entführung zu klären, dann mach das. Aber versprich mir, dass du zur Geburt und danach da sein wirst. Versprich mir, dass wir die Vaterschaftsanerkennung über die Bühne bekommen.«

Kurt lässt den Kopf sinken. »Ich schwöre, alles in meiner Macht Stehende dafür zu tun.«

»Danke. Und jetzt erzähl du. Was tut sich denn bei eurer berühmten Cindy? Mama hat mir ja schon einiges berichtet. Das wird einen Medienrummel geben, wenn Cindy erzählt, dass sie auf Peitschenspielchen steht und Tantra-Guru werden will.«

Ich lasse meine angespannten Schultern sinken und trinke einen Schluck Bier aus meinem noch fast vollen Glas. Zum Schweinsbraten passt am besten Bier, aber heute schaffe ich es nicht mal, einen Pfiff auszutrinken. Vielleicht hätt ich wie mein Sepp beim Limo bleiben sollen.

Kurt greift ebenfalls zum Glas und kippt einen halben Liter Cola in einem Zug in die Kehle. Dann setzt er sein Glas lautstark ab. »Es ist zum Verzweifeln. Dieser Mike hat es gemeinsam mit seinem Anwalt geschafft, Rosis Beobachtung zu zerschlagen. Er konnte nachweisen, dass er und Cindy eine dominante Beziehung miteinander führen und er im normalen Sexspiel schon oft von Knebeln und Würgen gesprochen hat.«

Ich lehne mich vor. »Das hat Beate mir auch erzählt. Aber wie in Gottes Namen hat er das bewiesen?«

Kurt schnalzt mit der Zunge. »Videomaterial. Und zwar umfassendes. Der Kerl und Beate haben sich regelmäßig selbst dabei gefilmt.«

»Nein!«, keuche ich erstaunt.

»Doch«, seufzt Kurt. »Er hat alle Dateien auf seinem Laptop gespeichert. Wir mussten ihn laufen lassen, obwohl ich es im kleinen Zeh spür, dass er doch irgendwie in der Sache drinhängt.«

Ich schließe die Augen. Genau so etwas habe ich befürchtet. »Gibt es Anhaltspunkte dafür?«, frage ich und öffne die Augen wieder.

Kurts Blick durchdringt mich. »Alles, was wir in der Hand haben, sind deine Aussage und das Laptop. Den durften wir beschlagnahmen. Wir untersuchen ihn gerade, und Andrea –«

Genau in diesem Moment klingelt Kurts Telefon. Mist. Er wollte gerade etwas Ausschlaggebendes sagen, aber nun legt er nur den Finger auf den Mund und zischt: »Das ist sie. Ich muss rangehen.«

Schon vernehme ich einen nicht enden wollenden Wortschwall. Manchmal spürt und versteht man, dass etwas Schreckliches geschehen ist, ohne die Worte zu hören. Jetzt ist so ein Moment. Wir alle sind versteinert vor Anspannung.

Kurts Augen weiten sich. »Heilige Scheiße! Ich bin unterwegs!«, flucht er dann und drückt voller Wut auf das Display.

Er springt auf, will zur Tür hinaus, aber ich hetze ihm nach und halte ihn zurück. »Was ist geschehen?«, frage ich nach Luft ringend. Er schüttelt den Kopf. »Sag schon!«

»Wir haben auf Mikes Computer eine seltsame Datei gefunden. Jetzt konnten wir sie entschlüsseln. Es sind Zugangsdaten zu einem Konto in der Schweiz.«

»Und?«, presse ich hervor.

»Es ist kürzlich eine Zahlung über eine halbe Million eingegangen.«

»Nein«, sage ich nur.

»Ich muss jetzt los. Hoffentlich hat er Beate nicht schon …« Kurt bricht ab. Zu abscheulich ist die Vermutung.

»Ich komme mit! Dani, sag bitte Sepp Bescheid.«

»Auf keinen Fall, Rosi. Du hast schon für genug Wirbel in dem Fall gesorgt. Die Kaspar suspendiert mich noch.« Kurt schlüpft in seine Jacke.

»Doch. Ihr habt bestimmt niemanden, der sich auf die Schnelle um Beate kümmern kann. Oder gibt es neuerdings einen Überschuss an Kriseninterventions-Psychologen bei der Polizei, die nachts parat stehen? Beate ist sicher mit den Nerven am Ende, wenn ihr ihren geliebten Mike festnehmt.«

Kurts Kiefer mahlen. »In Ordnung, aber du hältst dich an die Regeln. Mach schnell!«

Ich mache schnell.

Dani nickt mir und Kurt zum Abschied zu, ich greife nach meinem Mantel, und schon bin ich bereit.

Wir fahren. Der Regen hat wieder eingesetzt, dicke Tropfen prasseln gegen die Autoscheiben. Kurt redet über Funk mit Andrea. Sie besprechen die Vorgehensweise. Ohne einen Mucks von mir zu geben, sitze ich neben Kurt und höre gebannt zu.

»Wir sind vor Ort. Im Haus brennt Licht. Anscheinend haben wir Glück, und sie sind noch nicht abgereist und in irgendeinem Ashram untergetaucht«, informiert Andrea sachlich.

Da kommt mir eine Idee, so plötzlich und unerwartet, dass ich sie zuerst selbst nicht wahrhaben will. Ich möchte Kurt fragen, was er dazu sagt, aber lass es dann doch. Vielleicht ist es nur ein dummes Hirngespinst.

»Wartet, bis ich vor Ort bin. Wir stürmen gemeinsam das Haus. Noch zehn Minuten«, sagt Kurt. Jede Silbe aus seinem Mund strotzt nur so vor Zorn. Er drückt aufs Gaspedal. Der Wagen kommt ins Schlittern. Kurt reißt das Lenkrad herum.

Ich kralle mich an dem Haltebügel über mir fest und schließe die Augen, darauf gefasst, gleich mit dem Auto gegen einen der Bäume am Wegesrand zu prallen. Doch nichts geschieht. Ich spüre, wie der Wagen sich dreht und dann wieder in die Spur zurückfindet. Langsam öffne ich die Augen. Ich kann es kaum glauben, dass wir keinen Unfall hatten. Einen Atemzug geb ich mir Zeit, um mich zu fassen, dann blicke ich zu Kurt. Verbissen hält er das Lenkrad umklammert. Schweiß steht ihm auf der Stirn. Kurt braust erneut in Wahnsinnsgeschwindigkeit los.

»Du hast nichts falsch gemacht. Es ist niemandem geholfen, wenn du uns jetzt zu Tode fährst. Du wirst bald Vater und ich Großmutter«, sage ich leise.

Kurt bleibt weiter konzentriert auf seiner Mörderfahrt, aber ich merke an einem leichten Wangenzucken, dass er mich gehört hat.

»Ich hätte ihn nicht laufen lassen dürfen. Er ist es. Er steckt hinter allem. Er und irgendwelche Komplizen. Jetzt hat er Beate in seiner Gewalt. Das dumme Ding versucht ihn gerade davon zu überzeugen, dass sie ihr Geld nicht brauchen … dass sie ruhig aufhören kann mit dem Singen. Wenn er es in den falschen Hals bekommt, bringt er sie vielleicht noch um.«

»Das glaub ich nicht. Bitte fahr langsamer«, keuche ich und greife erneut nach dem Bügel. Doch zum Glück brechen die Reifen diesmal nicht aus.

»Ich muss rechtzeitig dort sein. Der Fall bringt mich noch um meinen Job. Die Kaspar ist ohnehin der Auffassung, dass du lieber weiter Knochen richten solltest. Sie ist sauer, dass ich dich ins Team geholt habe. Außerdem sagt sie, dass ich mich von unserem Baby zu sehr ablenken lasse.«

»Die Kaspar ist eine verbitterte alte Jungfer, die nie Kinder hatte und mit ihrer Arbeit verheiratet ist. Sie ist nur so streng zu dir, weil ihre Tage gezählt sind. Du sollst ihren Platz einnehmen, und deshalb nimmt sie dich so hart ran.«

»Wer behauptet das?«, fragt Kurt.

»Alle in der Direktion. Also entspann dich und bring dich nicht ums Leben.«

Kurt lässt das Gaspedal etwas los. Ich atme auf, mit dem Gefühl in der Brust, dem Tod von der Schippe gesprungen zu sein.

»Alles wird gut. Ich werde mich um Beate kümmern, und ihr nehmt Mike fest«, sage ich und verschweige, welcher Gedanke mir seit unserem Aufbrechen durch den Kopf geht. Doch egal, wie beschäftigt Kurt auch ist, er merkt, dass ich ihm etwas verheimliche.

Nur einen Wimpernschlag lang lugt er zu mir herüber. Wir passieren gerade die Ortseinfahrt von Geinberg. »Spuck es aus, bevor wir da sind«, sagt Kurt und bremst ab.

»Es ist nur so ein Hirngespinst. Am besten, wir nehmen es gar nicht ernst und warten ab, was passiert.«

»Nichts da. Ich will es wissen. Das ist ein Befehl«, kommandiert Kurt und biegt in die Straße zum Ferienhaus ab.

»Ist es völlig ausgeschlossen, dass Beate ohnehin Bescheid weiß und mit Mike unter einer Decke steckt?«

»Wie meinst du das?«, fragt Kurt, noch bevor er überhaupt darüber nachdenken konnte, was ich ihm gerade gesagt habe.

»Sie war nicht wirklich schwer verletzt, hat jetzt jede Menge Publicity, die CD-Verkaufszahlen sind ins Überirdische hochgeschnellt, alle Konzerte sind restlos ausverkauft. Der Rubel rollt wie verrückt. Innerhalb weniger Monate wird die Kleine so viel verdienen, dass sie ausgesorgt hat und in Ruhe das Zentrum mit Mike betreiben kann. Und ehrlich gesagt glaub ich, dass es bei dem Medienrummel fast egal ist, ob sie noch weiter singt oder einfach nur abkassiert.«

»Du meinst, das alles ist nur fingiert?«

Ich trau mich weder zu bejahen noch zu widersprechen. »Ich weiß es nicht. Cindy Glimmer ist berühmt, aber kein Weltstar. Es könnte also alles nur Show sein, und das vermeintliche Opfer ist gleichzeitig auch die Komplizin.«

Noch während ich spreche, läuft ein Film vor meinem inneren Auge ab. Ich sehe, wie Beate zum Kühlraum des Lokals hechtet und das Sofa in Brand setzt. Dann wirft sie die Nebelmaschinen an. Als Künstlerin, die permanent auf der Bühne steht, hat sie oft genug beobachtet, wie die Dinger funktionieren. Der Feueralarm schrillt los. Sie hastet zurück zum Klo, wartet, bis ich draußen bin, und holt das Geld. Irgendwo muss sie die Tasche dann deponiert haben. Aber wo? Mir fällt auf Anhieb kein geeigneter Platz ein. Verbissen versuche ich, eine Lösung für das Problem zu finden. Ist sie vielleicht mit der Tasche nach draußen und hat sie in ein Auto geworfen? Ich habe keine Ahnung, also muss ich diesen Punkt gedanklich offen lassen. Wenn sie aber auf dem Parkplatz war, dann ist sie wahrscheinlich durch den Bühneneingang wieder nach drinnen gelaufen. Schließlich wird sie sich noch irgendwo den Kopf blutig schlagen. Ein Gestänge, ein an der Wand hängender Feuerlöscher vielleicht? Haben die Beamten nach solchen Beweisen überhaupt Ausschau gehalten? Vielleicht hat auch das Wasser der Löschanlage alle Blutspuren vernichtet, sodass sie nichts gefunden hätten. Ich grüble weiter. Beate könnte sich dann selbst gefesselt haben. Mit den Zähnen die Kabelbinder zugezurrt. Ist das überhaupt möglich? Ich versuche mich zu erinnern, ob ihre Hände vorn oder am Rücken gefesselt waren. Doch ich kann es nicht. Auf jeden Fall weiß ich aber, dass gelenkige Menschen ohne Weiteres auch mit den Beinen durch gefesselte Arme durchsteigen können. Und dann? Was war dann? Der Film reißt ab. Ich wünschte nur, ich hätte eine bessere Erinnerung daran, wie ich Beate aufgefunden habe. War sie völlig bewusstlos, oder hat sie mir etwas vorgespielt? Ich balle die Hände zu Fäusten. Egal, welche Details noch ungeklärt sind, es kann sehr wohl sein, dass Beate und Mike gemeinsames Spiel treiben. Ich schlucke und versuche, auf mein Gefühl zu hören. Doch es schweigt. Es ist gerade so, als hätte meine Menschenkenntnis beschlossen, auf Urlaub zu fahren.

»Vielleicht hast du recht, Rosi. Es könnte sein. Andererseits wirfst du in letzter Zeit inflationär mit diversen Theorien um dich«, unterbricht Kurt meine Grübeleien.

Ich blinzle. Wir stehen unweit des Apartmenthauses. Es sind weitere Fahrzeuge abgestellt. Andrea kommt hektisch winkend auf uns zu. Gleich wird sich zeigen, ob mein Verdacht sich bewahrheitet. Kurt springt aus dem Auto. Es geht los.

Eine Theorie säuft ab

Rosis Stresstee
1 TL getrocknetes Lindenblütenkraut / 1 TL getrocknete Passionsblume
5 Minuten in ½ l heißem Wasser ziehen lassen. Abseihen, trinken.

»Zugriff«, plärrt Kurt.

Alle stürmen los. Ich bleibe im Hintergrund, folge der Truppe im Sicherheitsabstand. Als der Eingang und der Aufenthaltsraum ergebnislos durchsucht sind, stelle ich mich hinein und spähe den Beamten hinterher. Sie durchkämmen Raum für Raum, aber nichts. Ich höre nur dauernd, wie die Polizisten »Zimmer gesichert, niemand da!« rufen.

»Verdammte Scheiße«, flucht Kurt und kommt die Treppe hinunter. »Ausgeflogen«, brüllt er weiter. »Wahrscheinlich hattest du recht mit deiner Überlegung, und die beiden sind miteinander abgedampft. Wir müssen das verdammte Konto einfrieren. Andrea, ruf den Richter an. Das eilt.«

Andrea glotzt im ersten Moment Kurt nur stumpfsinnig an. Sie weiß nichts von unserem Gespräch im Auto. Doch nun ist keine Zeit für Erklärungen.

»Ich mach es selbst. Kümmere dich um die Fahndung. Mike und Beate. Beide werden gesucht! Und schickt eine Mannschaft zu Beates Wohnung. Vielleicht haben wir dort Glück«, mault Kurt und holt sein Handy hervor.

Andrea tut, was ihr befohlen ist. Auch die anderen Polizisten werden aktiv. Telefonate werden geführt, es wird herumgebrüllt, und von Sekunde zu Sekunde sinkt die Stimmung weiter in den Keller. Schon wieder stößt Kurt einen Schwall gotteslästerliche Flüche aus. Der Aufenthaltsraum gleicht einem Minenfeld. Alle sind bis in die Fingerspitzen angespannt.

Ich wage es kaum, mich zu bewegen. Die Polizeiaktion hätte anders verlaufen sollen. Kurts Nerven liegen derart blank, dass ich mich lieber aus dem Schussfeld begebe. Auf Zehenspitzen schleiche ich mich nach oben. Selbst das Knarren der Holztreppe klingt anklagend und wütend. Oben angekommen hole ich tief

Luft. »Beate, Mike, wo steckt ihr?«, frage ich in die Leere. Die Zimmertüren stehen teils offen, teils sind sie verschlossen. Ich muss mich einfach selbst überzeugen, dass wirklich niemand mehr hier ist. Auch wenn die Polizisten jeden Winkel durchforstet haben, kribbelt vor jeder Tür meine Nase.

Ergebnislos. Die Räume liegen verlassen vor mir. Sind Beate und Mike wirklich spurlos verschwunden? Wo sind sie hin? Das alles ergibt doch keinen Sinn. Die beiden hatten keinen Grund, einfach so abzuhauen, es sei denn … Vielleicht ist Mike eingefallen, dass er seine Bankdaten auf dem Computer gespeichert hatte.

Ich schließe die Tür des vorletzten Zimmers und seufze. Von unten schallt Kurts Stimme im Befehlston hoch. Bei dem Gedanken, dass er nun von der Kaspar noch mehr in Arbeit eingespannt wird, dreht sich mir der Magen um. Ich muss diesen Fall zu einem Abschluss bringen. Mike und Beate dürfen nicht mit ihrer Tat davonkommen.

Entschlossen wende ich mich dem letzten Zimmer zu. Wenigstens ein kleiner Anhaltspunkt, ein winziger Hinweis muss irgendwo versteckt sein. Das Teichblickzimmer ist eines der schöneren im Haus, aber es ist kalt im Inneren. Geradezu eisig. Ein Windhauch, so kalt wie Frau Holles Atem, streift meinen Nacken. Die feinen Haare stellen sich auf, und ich spüre, wie mir am gesamten Körper eine Gänsehaut aufzieht. Das Fenster ist gekippt. Ich gehe hinüber und will es schließen.

Meine Augen streifen es nur, doch meine Lippen reagieren schneller, als mein Gehirn das Gesehene überhaupt erfassen kann. »Aaaaah!«, rufe ich.

Kurt ist als Erster bei mir. Genervt starrt er mich an. Doch sein Blick kann mich nicht strafen, denn ich habe den Tod entdeckt.

»Mike. Ich habe ihn gefunden«, sage ich monoton und deute aufs Fenster.

Zuerst schüttelt Kurt den Kopf, tritt dann aber näher. Die Sekunden, bis er im hellen Vollmondlicht erkennt, was ich schon weiß, ziehen sich ins Endlose. Es ist grabesstill im Raum. Nur die Uhr zählt weiter die Sekunden. Ich höre ihr anklagendes Ticken. Tick, tack, die Zeit, der Tod, die Zeit, der Tod, tick, tack.

Eine Welle der Veränderung strömt durch Kurts Körper. Jede Faser scheint auf einmal elektrisch aufgeladen zu sein. »Zum Teich. Alle Mann zum Teich«, schreit er. »Ein Mensch treibt im Wasser!«

Er könnte auch Mike sagen. Die langen Haare, der rote Mantel mit der im Mondlicht glänzenden Goldstickerei. Es ist auch nicht irgendein Mensch, es ist eine Leiche. Mikes Leiche. Das weiß ich so gewiss, wie ich Rosi heiße und seit Jahrzehnten den Leuten mit ihren Wehwehchen helfe.

Die Bergung dauert viel zu lange. Wäre Mike noch am Leben, dann würden nun wertvolle Minuten verstreichen. Aber im Winter ist die Chance, einen Sturz ins Wasser zu überleben, gering. Mike treibt mit dem Gesicht nach unten. Das Wasser ist eiskalt. Auch wenn der Schnee geschmolzen ist und stattdessen heftige Regengüsse übers Land ziehen, ist der Teich eine frostige Todesfalle.

Kurt sieht sich hektisch um. Mike befindet sich in der Mitte des Tümpels. Keiner der Anwesenden hat einen Neoprenanzug dabei. »Holt einen Stock, eine Leiter, irgendetwas!«, brüllt Kurt. Die Beamten schwärmen aus, doch niemand kehrt mit einem geeigneten Werkzeug zurück.

»Scheiß drauf. Ich werde sowieso nur krank, wenn ich Urlaub hab«, sagt Andrea schließlich und zieht sich Jacke und Stiefel aus.

»Tu das nicht«, sage ich, doch es ist schon zu spät.

Sie hechtet los, mitten ins Wasser. Kein Zögern, kein Zucken. Steinhart. Sie ist härter als jeder der umstehenden Männer. Schon hat sie die zweieinhalb Meter zurückgelegt. Das Wasser steht ihr bis knapp über die Brust. Der Teich scheint also nicht allzu tief zu sein. Beherzt schnappt sie Mike und zerrt ihn an Land. Dort bricht sie keuchend zusammen. »Mann, ist das eisig«, sagt sie bibbernd. Ihr ganzer Körper zittert wie Espenlaub.

Nur einen Wimpernschlag lang brauche ich für meine Entscheidung. Ich blicke auf Mike. Sein Gesicht ist blau und wirkt wie eine absurde Maske. Man könnte meinen, er schliefe friedlich, doch der Schein trügt. Ich bin kein Profi, und ich bin sicher kein Rechtsmediziner, aber wenn ich mir Mikes Hals ansehe, dann ist mir eines klar. Dieser Mann ist nicht in den Teich gefallen und durch den Kälteschock hilflos ertrunken – es war Mord.

»Wann kommt die Rechtsmedizinerin? Spuren sichern, Kollegen, dalli, dalli«, brüllt Kurt.

Ich reiche Andrea ihre Jacke. »Komm mit. Wir gehen hinein, hier können wir nichts tun«, sage ich zu ihr, sehe dabei aber Kurt an.

»Danke, Andrea«, sagt er und nickt.

Ich helfe ihr auf. Sie kann vor Kälte kaum gehen, doch mit meiner Unterstützung schafft sie es ins Warme. Drinnen hole ich schnell Decken von oben. Andrea zieht sich bis auf die Unterwäsche aus, setzt sich auf die Couch und dreht sich in die Tuchent. Noch immer bebt sie am ganzen Leib. Die nasse Uniform hänge ich über die warmen Heizkörper.

Langsam kehrt die Farbe in Andreas Gesicht zurück, und ich wage meine Vermutung zu äußern. »Sieht für mich nach Mord aus, oder? Die Flecken am Hals. Sind das Würgemale?«

»Wahrscheinlich. Mir war zu kalt, um richtig hinzuschauen. Ich hab meine ganze Kraft gebraucht, um den Kerl aus dem Wasser zu ziehen. Aber erzähl mir, was Kurt und du im Auto besprochen habt.«

Ich setze mich neben sie und schildere ihr meine letzte Theorie.

»Dann müssen wir uns schleunigst auf die Suche nach Beate machen. Aber Kurt ist ja schon dabei«, sagt sie.

Ich nicke. Wie auf Abruf springt die Tür auf, und Kurt tritt ein. »Wie sieht es aus?«, frage ich erwartungsvoll.

Kurt verzieht genervt die Mundwinkel. »In ihrer Wohnung ist sie nicht. Ihre Mutter geht nicht ans Handy. Wer weiß schon, wo Beate steckt. So ein reiches Popsternchen hat gewiss hundert Möglichkeiten, unterzutauchen.«

»Das glaub ich nicht. Sie ist berühmt, und seit der Entführung kursiert genug Bildmaterial von ihr im ungeschminkten Zustand. Beate kann nur schwer untertauchen. Die Menschen würden sie erkennen und ihr nachstellen. Sie hat weniger Möglichkeiten als unsereins. Entweder sie ist bei einem Bekannten oder … Warte mal kurz.«

Ich hole mein Handy heraus und ignoriere Kurts gereiztes Brummen. Seit Sepp mich an die technischen Möglichkeiten erinnert hat, bin ich mir bewusst, welchen Schatz ich permanent dabeihabe.

»Beates Plattenfirma und Aufnahmestudio befindet sich in Salzburg. Da würde ich mich verkriechen, wenn ich sie wäre.«

Andrea reißt die Augen auf. »Natürlich. Das ist eine Spitzenidee. War schon jemand von uns vor Ort?« Kurt schüttelt den Kopf. »Dann lass uns fahren!«, ruft Andrea und springt auf. In Windeseile steckt sie wieder in ihren feuchten Klamotten.

Die Erkältung ist vorprogrammiert.

Auch ich schlüpfe in den Mantel. Andrea zittert wieder, mahnt aber erneut zur Eile. Nur Kurt will nicht recht in die Gänge kommen. »Mach schnell, Kurt. Eine bessere Idee gibt es im Moment nicht, außer du verschweigst etwas«, sage ich.

Er hebt die Schultern. »Gut, einen Versuch ist es wert. Wir sind mindestens so schnell vor Ort wie die Kollegen aus der Direktion. Ich informiere sie trotzdem. Wer weiß schon, ob Rosi nicht diesmal recht hat«, sagt er halb im Scherz.

Ich hebe unschuldig die Schultern. Jeder liegt manchmal daneben, und bislang war ich Kurt öfter eine Hilfe, als dass ich ihn auf eine falsche Spur gebracht hätte. Kurt ignoriert mein Händezucken und wirft Andrea einen mitleidsvollen Blick zu. Die Arme hat bereits wieder dunkelblaue Lippen.

»Ich heiz den Wagen auf Höllentemperatur«, verspricht Kurt fast väterlich. Wir hetzen nach draußen.

Der Weg bis zum Wagen kommt mir doppelt so lang vor wie vorhin. Nur am Rande bekomme ich mit, wie der Leichenwagen an uns vorbeibraust. Jeder Schritt an der kalten Luft tut mir in den Knochen weh, und ich kann mir nur im Ansatz vorstellen, wie heftig Andreas Lungenflügel in der Kälte brennen müssen.

Sie keucht. Diesmal ist die junge Frau langsamer zu Fuß, als ich es bin. Nur Kurt rennt wie ein Irrer. Ich greife nach hinten und biete Andrea meine Hand an. Sie nimmt sie. Wie Eisklauen fühlen sich ihre Finger an. Endlich gelangen wir zum Auto. Andrea und ich setzen uns auf die Rückbank. Kurt lässt den Motor an und braust los, bevor ich den Gurt umlegen kann. Wie versprochen stellt er die Lüftung an und drückt auch den Knopf für die Sitzheizung.

Wir sitzen noch nicht einmal richtig, schon bimmelt Kurts Handy. »Gespräch annehmen.« Die Freisprechanlage knistert. »Ja, was gibt's?«, fragt Kurt.

»Hier Smilo. Ich bin zwar gerade erst am Anfang meiner Untersuchung, aber Sie sagten ja, dass es sehr dringend ist und ich auf meine Nachtruhe verzichten soll, weil ich auch noch schlafen kann, wenn ich tot bin.« Die Ärztin klingt schnippisch und beleidigt gleichzeitig.

Kurt ist ihr anscheinend mit seiner undiplomatischen Wesensart gehörig auf den Schlips getreten. Er seufzt. »Ach Gott, Simone. Es tut mir leid. Ich arbeite seit Cindy Glimmers Entführung permanent unter Stress. Der Fall steht im Zentrum medialen Interesses. In fünf Minuten bin ich beim möglichen Versteck von Beate. Wenn du also eine Information hast, die mir weiterhilft, dann spuck es bitte aus. Ich lade dich auch später auf eine große Schachtel Marillenkrapfen ein.«

»Mit Kaffee und laktosefreier Milch?«, fragt die Rechtsmedizinerin wesentlich milder gestimmt.

»Und mit feinen Servietten. Bitte.«

»Gut, Entschuldigung angenommen. Hör zu, Kurt«, sagt sie nun und klingt aufgeregt. »Der erste Schein trügt. Euer Toter ist weder ertrunken noch stranguliert worden.«

»Aber die blauen Flecken um den Hals?«

»Die Luftröhre ist intakt, keine inneren Verletzungen. Ich würd auf Würgespielchen tippen.«

»Das gibt's doch nicht. Wie ist er dann gestorben, zum Teufel noch mal?«

»Er ist dennoch erstickt. Aber an einem Knebel.«

Stille. »Ich habe gar keinen gesehen«, flüstere ich Andrea zu. Sie legt den Finger an die Lippen. Ich verstumme.

»Sprich weiter«, sagt Kurt und rollt mit den Augen.

»Er hatte so einen schwarzen Gummiball weit hinten in der Kehle stecken. Du kennst die Dinger bestimmt aus einschlägigen Pornos oder aus deinem Schlafzimmer.«

»Simone!«, entgegnet Kurt entrüstet.

Heiseres Lachen tönt aus dem Lautsprecher. Die Ärztin hat anscheinend einen besonderen Sinn für Humor. Ich habe es mir schon öfter von Kurt und Andrea bestätigen lassen: Je mehr man mit Tod und Verbrechen zu tun hat, desto schwärzer wird der Humor. Frau Dr. Smilo ist eine Anhängerin der derben Sorte.

»Lassen wir dein Privatleben weiter gut unter der Bettdecke versteckt und wenden wir uns wieder der Leiche zu. Ich muss sie zwar noch genau untersuchen, den Brustkorb öffnen und ins Innere schauen, aber ich kann mit ziemlicher Sicherheit sagen, dass der Kerl an einem Sex-Spielzeug-Knebel erstickt ist. Das Bällchen hat sich gelöst, und der dumme Junge hat versucht zu schlucken statt zu spucken.« Wieder bricht sie in Gelächter aus.

Andrea verdreht die Augen und schüttelt den Kopf. Ich muss mich zusammennehmen, um nicht loszuschimpfen und zu sagen, was ich von derart tiefen Witzen halte.

»Danke dir, Simone. Das hilft uns vielleicht weiter. Ich bin dir was schuldig.«

»Gern. Denk an die Krapfen und den Kaffee.« Es klickt. Sie ist aus der Leitung.

»Knebel, Beate und Mike«, sag ich laut und weiß, dass wir alle etwas Ähnliches denken. Beate und Mike hatten eine Leidenschaft für Sex der härteren Gangart. Kann es sein, dass Mike genau das zum Verhängnis wurde? Ist er an dem Geheimnis, das die beiden so lange zu wahren versucht haben, wortwörtlich erstickt? Hat Beate ihn im Liebesspiel …? Sie ist doch so zart und mager. Könnte sie im Fall des Falles einen ausgewachsenen Mann bis zum Teich schleifen und dort hineinwerfen? Ich schlucke und sinne weiter darüber nach.

Kurt biegt grad auf die Hauptstraße hinaus, als uns ein

schwarzer Kastenwagen böse schneidet und Kurt zur Vollbremsung zwingt. Der Motor stirbt gurgelnd ab. Wütend springt Kurt aus dem Wagen. Doch auch die Türen des Transporters öffnen sich, und der Pressefuzzi aus dem Internet samt Kamerafrau steigt aus.

»Halt drauf, halt drauf«, plärrt der Journalist.

Ich folge Kurt, der sich angesichts der laufenden Kamera gewaltig zusammenreißt. »Aus dem Weg! Sie behindern die Polizei!«

»Schau an, der Kommissar und hinter ihm die Mörderrosi. Gibt es neue Erkenntnisse im Cindy-Glimmer-Fall? Ist es wahr, dass sie von einem perversen Kamasutra-Entführer gekidnappt wurde? Seit wann ist Cindy Glimmer alias Beate Sommerfeld denn genau in schmutzige Sexpraktiken verwickelt?«

»Woher haben Sie diese Informationen? Gehen Sie aus dem Weg und fahren Sie Ihre Karre zur Seite!«

Doch der Journalist lässt sich nicht von Kurts forschem Auftreten einschüchtern. Mit dem Selbstbewusstsein eines tollwütigen Terriers stellt er sich direkt vor Kurt und grinst in die Linse. »Ein Siggi Freidenker schützt seine Quellen. Vielmehr interessiert die Zuschauer, warum die Polizei derart wichtige Informationen der Öffentlichkeit vorenthält. Der Star der Jugend, das Idol Hunderter Mädchen, Poster hängen in Kinderzimmern mit Cindy Glimmer darauf ... Schämen sollten Sie sich und Cindy alias Beate auch. Ich frage mich, ob die Fans weiterhin Mitleid mit ihr haben, wenn sie alle wissen, welchem Hobby sie und dieser Sex-Guru frönen.«

»Jetzt machen Sie sich vom Acker, oder ich nehme Sie fest!«, warnt Kurt ein letztes Mal.

»Polizeigewalt? Mehr fällt Ihnen nicht dazu ein? So steht es in unserem Land mit der Pressefreiheit«, sagt Siggi theatralisch.

Kurt platzt der Kragen. Er zieht seine Waffe und die Handschellen.

»Babsi, nimm das auf. Die Menschen müssen sehen, wie unsere Exekutive arbeitet! Dabei wollten wir gerade gehen«, schreit Siggi.

Ich hechte nach vorn und geh dazwischen. Beherzt stelle ich mich vor Kurt. »Denk nach, ob du das wirklich willst«, sag ich ruhig. Kurts Kehlkopf bebt, aber seine Stirn entspannt sich.

Er steckt die Waffe und die Handschellen zurück. »Verschwindet!«

Endlich kommt auch Siggi in die Gänge. Er macht drei Schritte auf sein Auto zu. Dann dreht er sich aber erneut zu uns um. »Frau Rosi, wissen Sie, wo Cindy steckt? Die Fans haben ein Recht auf –«

»Cindy hat ebenfalls Rechte, und Kerle wie Sie, die keinen Anstand besitzen, missachten diese ohne Rücksicht. Das ist kein Journalismus. Das ist eine Hexenjagd!«, erwidere ich.

Siggi lacht. »Sagt die Kräuterhexe, die einen Puffvater schnackselt.«

Jetzt kocht die Wut in mir, und Kurt hält mich zurück. »Nein«, zischt er und fasst meinen Ellenbogen. Er schiebt mich zum Wagen. »Bleiben Sie uns fern!«, befiehlt Kurt, bevor er einsteigt und erneut den Zündschlüssel dreht. Der Transporter fährt zur Seite.

»So ein Arsch!«, sagt Andrea, und ich werfe ihr einen vorwurfsvollen Blick zu. Sie zuckt nicht einmal mit dem Mundwinkel. »Ist doch wahr. Woher hat der Idiot überhaupt die Info von Beates Tantrakurs?«

»Wetten, das Internet weiß es bereits?«, antworte ich und bediene mich erneut des Smartphones. Tatsächlich. Auf der Homepage des UBF sind neue Berichte zu sehen, die pikante Fakten zum Cindy-Glimmer-Fall versprechen. Mehr als zwölftausend Klicks hat der Bericht bereits, und auch ich spiele ihn ab.

»Hier Siggi Freidenker. Meine lieben Zuschauer, ich scheue keine Müh und habe neue, brisante Enthüllungen für euch.« Siggi grinst breit in die Kamera. »Während die werten Kollegen noch immer auf eine offizielle Stellungnahme seitens der Pressesprecher und Cindy Glimmers Managerin warten, haben wir vom UBF selbst recherchiert und sind dank eines Informanten, der hier lieber nicht gezeigt werden möchte, auf Cindys Spur gekommen.«

Der Informant wird von hinten gezeigt, doch ich erkenne ihn anhand seiner Haltung und der langen verfilzten Haarsträhnen, die unter dem Hut hervorlugen. Nicht einmal die verzerrte Stimme lässt Zweifel aufkommen, dass es sich um den Öko-Jonny handelt, der eingehüllt in einen fleckerlteppichähnlichen Mantel, Cindys Geheimnisse herausposaunt.

»Ich bin ja selbst ein Freidenker und ein Kämpfer für die Umwelt und die Souveränität eines jeden Lebewesens, und deshalb war es für mich ein arger Schock, als ich erfahren hab, dass unsere Beate die Cindy sein soll. Doch sie hat uns hinters Licht geführt. Ich dachte, Beate verkörpert Tantra und Yoga, lebt vegan und in der universellen Liebe. Doch das war alles nur Lug und Trug. Sie hat mich betrogen, sie hat alle betrogen. Die Presse wird nur davon sprechen, dass ihre Schlagerfans enttäuscht sind, aber niemand sieht, welchen Schaden sie bei uns angerichtet hat. Wir sind nicht hinter einer seichten Popnummer her, sondern suchen Erleuchtung. Wir vom Tantrakurs sind die echten Geschädigten. Diese Enttäuschung hat mich so verletzt, dass ich mich sogar schwertue, Mitleid für sie zu empfinden, obwohl sie entführt und erpresst wurde.«

»Wissen Sie mehr darüber?«, fragt der Reporter.

»Ich finde es gut, dass die Wahrheit ans Licht kommt. So ein Doppelleben sollte niemand führen. Jeder, der es trotzdem tut, muss sich im Klaren sein, damit eine Angriffsfläche zu bieten. So eine Lüge lässt sich auf Dauer nicht geheim halten. Man soll zu dem stehen, was man lebt und tut. Das hat Beate alias Cindy nicht gemacht, und der Erpresser hat ihre Schwäche ausgenutzt. Eine halbe Million Euro, habe ich gehört, hat er durch die Entführung abgesahnt. Und wer weiß, ob er nicht schon vorher für sein Schweigen Geld kassiert hat? Die Polizei sagt dazu kein Wort. Alle tuscheln nur. Doch am schlimmsten ist, dass einige Bescheid wussten. Mike, unser Lehrer und Meister, zum Beispiel. Und … und …« Jonny stockt, holt ein Taschentuch hervor und schnäuzt sich die Nase. Durch die Stimmverzerrung klingt es absurd und unnatürlich. »Und sogar meine eigene Frau war eingeweiht. Ich bin so enttäuscht von allen. Ich werde mich erst einmal nach Indien zurückziehen und eine Zeit in mich gehen. Das alles muss ich erst verkraften. Beate und ihr anderen – schämt euch!«

Ich halte das Video kurz an. In meinem Kopf rattern die Räder. Wieso in Gottes Namen tut Jonny so etwas? Ist ihm nicht klar, welch schlechtes Licht er sowohl auf Beate als auch auf das ganze Seminar wirft? Außerdem gefährdet er akut die Ermittlungen.

»Kurt, hast du das mitbekommen? Der Bollmeier Johann ist der Informant«, sagt Andrea und niest dreimal hintereinander kräftig. Diese Erkältung lässt sich wohl nicht mehr stoppen.

»So ein Idiot.« Kurt trifft es damit auf den Punkt.

Ich lasse den Bericht wieder laufen. »Liebe Zuschauer, ihr habt es eben selbst gehört. Unser Informant wurde von Cindy Glimmer ebenso getäuscht wie Tausende Fans. Cindy Glimmer führt ein Doppelleben. Ihre zweite Identität Beate Sommerfeld leitet gemeinsam mit Tantra-Guru Michael Bogenhofer alias Krishna Mike einen Tantraclub und bietet dort Seminare für Sinn- und Liebessuchende an. Laut unserem Informanten sollen sich beide noch am letzten Kursort aufhalten. Außerdem befindet sich dort auch jene Oma namens Rosa Beingruber, die Cindy im Lokal verletzt und gefesselt gefunden hat. Auch diese Frau ist mehr als dubios. Sie lebt mit einem aus einer Fernsehserie bekannten Puffvater zusammen und arbeitet als Beraterin für die Polizei. Das alles wirft Fragen über Fragen auf, nicht wahr? Wenn die Polizei eine Undercover-Beraterin in den Tantrakurs einschleust, kann man wohl davon ausgehen, dass sich in den Reihen dieser Sexfreaks auch der Täter aufhält. Wir vom UBF machen uns nun auf den Weg in dieses Seminarhaus. Mal sehen, wen wir antreffen. Ich, Siggi Freidenker von UBF, werde höchstpersönlich dafür sorgen, dass sich der beliebte Schlagerstar nicht länger hinter seinen Pressesprechern und der Polizei versteckt.«

»So ein …« Den Kraftausdruck spart sich Andrea, aber anhand ihres zornigen Gesichtsausdrucks kann ich erkennen, dass es ein gehöriger gewesen wäre.

»Und jetzt folgt uns der Mistkerl auch noch«, schimpft Kurt.

Ich drehe mich um und schaue aus dem Rückfenster. Tatsächlich. Hinter uns fährt der Transporter. Siggi macht sich nicht einmal die Mühe, Abstand zu halten. »Häng ihn ab«, fordert Andrea, worauf mein Magen eine Kehrtwendung macht und mir die Säure hochschießt. Ich schlucke sie verbissen hinunter und versuche mit aller Kraft, mich nicht zu übergeben. Kurt rast wie wahnsinnig, schneidet Kurven und biegt ohne zu blinken ab. Ich kralle mich am Sitzpolster fest. »Geht's noch?«, fragt Andrea besorgt. Ich nicke, obwohl es kein bisschen mehr geht.

Endlich erreichen wir das Ortschild von Salzburg. Kurt bremst und fährt mit normalem Tempo weiter. Immer wieder wirft er einen Blick in den Rückspiegel. Auch Andrea sieht nach hinten. »Abgehängt«, stellt sie fest.

Ich atme erleichtert ein und schließe die Augen. Ein Fehler. Sogleich ist mir wieder speiübel. Und Kurts plötzliche Flucherei macht das Ganze nicht besser. »Dieser Presseheini ist anhänglicher als eine Klette. Andrea, ruf Verstärkung, wir nehmen den Kerl jetzt wegen Behinderung der polizeilichen Ermittlungen fest!«, sagt er und legt eine Vollbremsung hin, dass uns der schwarze Lieferwagen beinahe rammt.

»Und Beate? Wer fährt jetzt zu ihr? Wir müssen schnell hin!«, mahne ich, während Kurt aus dem Auto springt.

Andrea beendet gerade ihr Gespräch mit der Direktion. »Verstärkung ist gleich da. Dann können wir den Siggi übergeben und weiter«, sagt sie.

Ich schüttle den Kopf. »Andrea, es eilt. Ich spür das.«

Einen Moment lang schaut Andrea unschlüssig zu Kurt raus, der gerade Siggi aus dem Wagen zerrt. »Gut, ich halte meinen Kopf für dich hin. Fahr vor und schau, ob sie da ist. Aber halt dich zurück. Nur klingeln, in Deckung gehen und den Ausgang bewachen, sollte sie im Studio sein. Versprochen?« Ich nicke eifrig. »Gut, dann fahr. Ich erklär es Kurt. Wir sind bald bei dir.«

In Windeseile wechsle ich nach vorn, während Andrea Kurt bei der Festnahme unterstützt. Diese Höllenfahrten sind eine wahre Herausforderung für meinen Verdauungstrakt, und mir ist noch immer flau im Magen. Ich starre verbissen aus dem

Fenster, während ich konzentriert den Wagen lenke. Navigationssystem sei Dank erreiche ich bald den Stadtteil, in dem das Studio ist.

Die Umgebung verändert sich. Wir sind mitten in Salzburg, aber nicht in dem noblen Vorort, in dem Beate wohnt, sondern irgendwo im Gewerbegebiet. »Da, der rote Mazda!«, sage ich zu mir selbst. Dort, wo die meisten von uns nur zum Einkaufen oder zum Flughafen hinkommen, befindet sich auch das kleine Plattenlabel Sommerfield-Music, das erst mit und durch Beates beziehungsweise Cindys Erfolg aufgeblüht ist.

Ich stelle mich direkt neben den Mazda und stürme zum Eingang. Schon klebt mein Finger auf dem richtigen Klingelknopf. Die Gegensprechanlage knackt.

»Meeeiiik? Biiis du das? Sin wir wieda guat? Iii liebe dich doch … Komm zuuuurüüück«-Schluchzen. Sie ist da, und sie ist verzweifelt. Ich soll in Deckung gehen, hat Andrea gesagt, aber ich schaffe es nicht. Beate heult dort oben Rotz und Wasser, und ich soll mich zurückhalten?

»Nein, Beate, ich bin es, die Rosi. Mach die Tür auf. Wir müssen über Mike reden … Ich bin für dich da.«

»Verschwinde! Ich brauch net nu wen!« Es knackt.

Ich läute erneut. Die Gegensprechanlage rauscht wieder.

»Hau ab. I will net mit dir reden! I will mein Meik zruck«, lallt Beate.

»Beate, bitte mach auf. Die Presse ist hinter dir her, und Mike steckt in Problemen«, umschreibe ich Mikes Zustand.

»Geh weg. Meeeik, ich will meinen Meeeik! Hiiilfeee!«

»Ich will dir nur helfen Beate«, sage ich ganz ruhig.

»Neeeeiiiin.« Wieder Rauschen, dann ein Klicken.

Ich drücke wieder auf die Klingel. Oben im dritten Stock öffnet sich ein Fenster. Beate schaut zerzaust und wild wie ein Zombie heraus. »Geh weg!«, brüllt sie. Ihre Stimme überschlägt sich.

»Bitte, Beate, ich bringe dich zu Mike! Wir können in Ruhe über alles reden, bevor die Polizei da ist«, rufe ich nach oben.

»Weeeeeeeggg. Alle lügen nur«, kreischt Beate. Sie fuchtelt

mit den Armen, und ich habe schon Angst, dass sie gleich herunterfällt. Doch dann verschwindet sie, und plötzlich fliegen Gegenstände aus dem Fenster. Polster, Vasen, Kaffeetassen. Dann lässt sie mit Schwung das Rollo hinunter.

Ein Licht im zweiten Stock geht an, und ein Fenster wird geöffnet. Ein dicker Mann mit Schnauzbart und gestreiftem Pyjama guckt heraus. »Wenn net glei a Ruh is, hol i die Bullen, ihr depparten Gfrasta!«, schreit er und erhebt drohend die Faust.

»Ich arbeite für die Polizei, lassen Sie mich ins Haus. Ich muss rauf in den Dritten!«, antworte ich, worauf der Dicke nur lacht und hurtig das Fenster schließt. Ich versuche erneut mein Glück bei Beate, doch nichts.

Was soll ich denn nur machen? Verzweifelt sehe ich mich um. Ob es einen Hintereingang gibt?

Die Zeit zerrinnt mir zwischen den Fingern, und von Kurt und Andrea ist noch nichts zu sehen. Wie sehr wünsche ich mir gerade, eine echte Polizistin zu sein. Ich fasse einen Entschluss und eile einmal um das Haus. Es gibt tatsächlich einen Hintereingang, doch dieser ist genauso verschlossen wie die Kellerfenster.

Ich hole mein Handy hervor und wähle Kurts Nummer. Andrea hebt ab. »Sie ist da, aber voll wie eine Schnapsflasche«, sage ich zu Andrea. »Es hat sogar kurz so ausgesehen, als würde sie gleich aus dem Fenster taumeln. Ich muss da jetzt rauf und weiß nicht, wie.«

»Wir sind gleich da«, ruft Andrea, und tatsächlich, ich sehe schon das Blaulicht flattern. Benni fährt das Auto.

Kurt und Andrea springen heraus. Wortlos drängt Kurt mich zur Seite. Er drückt mit der flachen Hand auf alle Knöpfe gleichzeitig. Doch nichts. Der Wohnblock scheint in narkotischen Schlaf versunken zu sein. Nur im zweiten Stock flackert wieder die Beleuchtung. Der fette Mann guckt erneut zum Fenster raus.

»Machen Sie die Haustür auf, Polizei!«

»Zeigts ma an Durchsuchungsbeschluss. I moch sicha net auf! Wer weiß, obs ihr echte Bullen seids …«, plärrt der Mann und schließt das Fenster.

»Scheiße«, sagt Kurt und tritt zurück. Prüfend nimmt er die Haustür unter die Lupe. »Die kann ich auch nicht einfach eintreten. Da brauch ich Profis«, stellt er fest und nimmt das Telefon zur Hand.

Ich trete von einem Bein aufs andere. Die Zeit ist unser Feind, das spüre ich. Wertvolle Minuten verstreichen, in denen Kurt am Apparat hängt. Mir reißt der Geduldsfaden, und ich läute erneut bei dem Dicken. Keine Regung. Entschlossen drücke ich abermals den Daumen auf die Klingel und lasse nicht mehr los. Mal sehen, wie nervenstark der Mann ist.

Endlich reißt er erneut das Fenster auf. Puterrot und aufgedunsen ist sein Gesicht. »Was soll das? Hör auf damit!«

»Lass uns rein, oder willst du, dass wir die Tür sprengen lassen? Siehst du denn nicht, dass wir wirklich von der Polizei sind?«, rufe ich unhöflich nach oben.

Der Mann überlegt. »I wü erst an Ausweis sehen. In letzta Zeit ziehen so verkleidete Spaßvögel imma wieda Autofahrer ab.« Kurt greift genervt nach seinem Ausweis und hält ihn hoch. »I siag nix. I kum obi!«, sagt der Mann.

»Nein«, brüllt Kurt, doch das Fenster ist schon wieder zu.

Langsam, aber sicher hege ich ernsthafte Zweifel an der geistigen Gesundheit der Menschen. Wie um Himmels willen sollte Kurt den Bewohner in dieser Situation um Geld betrügen? Ja, auch mir sind die Meldungen im Radio nicht entgangen, dass sich einige gefinkelte Gauner als Polizisten verkleiden und mit falschen Radarpistolen Raser abstrafen. Doch das ist etwas ganz anderes.

»Kurt, das dauert zu lange! Wir stehen hier schon fünf Minuten, und seit sich Beate aus dem Fenster gelehnt und mit Kissen nach mir geworfen hat, ist mehr als eine halbe Stunde vergangen«, sage ich nervös. Mein Gefühl schlägt Alarm. Beate ist nicht bei Sinnen. Wer weiß, was die junge Frau alles anstellt, während wir darauf warten, dass ein übergewichtiger Sechzigjähriger sich zwei Stockwerke nach unten quält.

Kurt zuckt die Schultern. Ich seufze.

Endlich geht die Beleuchtung im Flur an, und der Dicke öffnet die Tür einen Spalt. Ich möchte ihn am liebsten zur Seite drängen und einfach hinauflaufen, aber Kurt steht im Weg. Er hält dem Mann den Ausweis hin. »Schaut echt aus!«, sagt dieser und tritt zur Seite.

Ich laufe los. Es grenzt an ein Wunder, welche Kräfte in meinem Körper stecken, wenn es drauf ankommt. Noch vor Kurt und Andrea erreiche ich das Tonstudio. Doch die Tür ist verschlossen.

Erlösung

Kleine Blutungen stoppen
Zur Desinfektion kann notfalls auch Schnaps (mind. 40%) verwendet werden. Druckverband machen. Kleine Schnitte kann man unter kaltes Leitungswasser halten. Johanniskrautöl verschönert Narben.

Kurt steht neben mir. »Geh zur Seite, Rosi«, fordert er und tritt mit aller Kraft gegen das Schloss. Die Tür springt auf.

Jetzt hält mich nichts mehr. Ich hetze hinein, geradewegs an einer Art Küche und dem Aufnahmeraum vorbei zu einem Büro am Ende der Wohnung.

Und dann sehe ich sie. »Mist, zu spät«, keuche ich in die gespenstische Stille, die plötzlich herrscht. Dort, auf einem einst blütenweißen Sofa, liegt Beate. Blut läuft über die Lehnen der Couch, tropft zäh und rot auf den Parkettboden. Ich renne zu ihr und nehme ihre Handgelenke.

»Fest drücken! Sie verblutet!«, plärrt Andrea, während sie schon das Telefon in der Hand hält und die Rettung alarmiert.

Ich knie vor Beate und versuche die Blutungen zu stoppen. »Kurt, ich brauch dich«, keuche ich. Es ist einfach zu viel, zu tief, zu schlimm, als dass ich beide Handgelenke abdrücken könnte. Kurt schnappt sich das zweite. Beate hat sich die Pulsadern aufgeschnitten. Neben dem Sofa liegen wild durcheinander Tablettenschachteln und eine Flasche Wodka.

»Meine Güte«, stammle ich.

Kurt schüttelt den Kopf. »Verstärkung ist gleich da und Rettungskräfte auch«, versucht Andrea so etwas wie Hoffnung zu verbreiten.

»Ich hab es gewusst, dass sie in Gefahr ist«, murmle ich verzweifelt.

Das Blut quillt warm und nass zwischen meinen Fingern hervor. Beate hat es ernst gemeint mit ihrem Selbstmordplan. Sie hat nicht quer über das Handgelenk geschnitten, sondern längs, und auch die Anzahl der herumliegenden Schachteln lässt keinen Zweifel offen. Sie will sterben. Flach und zitternd hebt und senkt sich ihr Brustkorb. Sie lebt noch. Aber wie lange? Wenn nicht bald ein Arzt kommt, verblutet sie direkt unter meinen Händen.

»Du dummes Mädchen. Was hast du nur gemacht?«, frage ich die bewusstlose Beate leise und presse mit aller Kraft meine Finger um ihr nasses Fleisch. Das Blut. Ich muss es zurückdrängen, muss verhindern, dass es die weiße Couch gänzlich rot färbt, muss das Leben in den Körper zurückpressen. Beate, denke ich stumm, Beate, halt durch. Du bist jung. Du hast noch dein Leben vor dir. Egal, was du getan oder nicht getan hast, lebe!

Ich schließe die Augen und versinke in einem stillen Gebet, schließe die Hektik aus, die um mich herum brodelt wie in einem Suppentopf. Nichts ist mehr wichtig. Nun zählt nur, dass ich das Leben in Beate festhalten kann. Weiter sickert rot und nass das Blut aus den Armen heraus. Aber ich lasse nicht los. Wenn ich loslasse, stirbt sie.

Plötzlich füllt sich der Raum. Polizisten drängen herein. Alle reden hektisch miteinander, doch ich verstehe kein Wort. Ich drücke und halte fest. Weitere Schritte poltern die Treppen hoch, so laut, dass sie in meinen Ohren dröhnen wie der Trommelschlag einer Pauke. Endlich kommen die Rettungskräfte.

»Bleib am Leben, Beate. Ich will von dir hören, was wirklich geschehen ist«, flüstere ich ihr zu und lasse los. Die Profis übernehmen. Ich trete zurück.

Nun zittere ich, und Andrea ist es, die mir besorgt eine Decke umlegt. Ihre Kleider sind bereits getrocknet, und auch die Niesattacken sind wegen des Stresses verstummt. Sie bemerkt, wie nahe mir die Situation geht. »Komm, setz dich raus in diese Küche. Du kannst nichts tun.« Sie schiebt mich vor sich her.

»Du hast recht. Ich kann kaum hinsehen.« Ich blicke erneut zu Beate. Ihr Körper biegt sich unter den Elektroschocks des Defibrillators. Zwei Mal in so kurzer Zeit muss ich miterleben, wie Sanitäter um das Leben eines Menschen kämpfen. Während ich bei Herrn Pfeiffer zuversichtlich war, zweifle ich nun. Viel zu blass, zu leblos wirkt Beate. Sie hat Blut verloren, Unmengen an Blut, wenn ich das Sofa und die Lache darunter betrachte, und dazu noch der Medikamentencocktail. Ich schüttle den Kopf und lasse mich von Andrea nach draußen führen. Die Küche ist klein und billig, aber ich kann mir wenigstens die Hände waschen. Außerdem sind die Hocker gemütlicher, als sie scheinen.

Andrea stellt mir ein Glas Wasser auf den Tisch. »Ich muss leider …«, sagt sie und zeigt zum Gang.

»Schon gut. Ich schrei um Hilfe, bevor ich umkippe«, verspreche ich ihr. Dann sitze ich allein in dem kleinen Raum. Die Tür bleibt offen, aber auch wenn sie geschlossen wäre, würde ich wohl jedes Wort verstehen, das drüben gesprochen wird. Ich höre, wie der Notarzt nach Adrenalin ruft und die Polizisten miteinander reden. Doch jetzt fehlt wenigstens das Bild zum Ton. Ich kann nicht genau sagen, warum es mir so unter die Haut geht, dass Beate dort im Büro am Boden liegt und dabei ist, zu sterben, aber es ist nun einmal so. Ich trinke einen Schluck.

»Wir haben eine Sinuskurve. Abtransportieren. Flott«, höre ich den Arzt nun, und die Erleichterung auf meinen Schultern fühlt sich so unwirklich und doch herrlich an, dass ich am liebsten losheulen möchte.

Ihr Herz schlägt wieder, denke ich und schicke ein Dankeschön gen Himmel.

Es dauert noch fast eine Stunde, bis Kurt endlich neben mir steht und mit mir sprechen kann. Er lächelt dabei schief, und ich meine, in seinen Augen jene Erlösung zu entdecken, die ich noch nicht verspüren kann. »Der Fall ist im Nu geklärt. Wir haben ein Geständnis«, sagt er.

»Wie, ein Geständnis?«, frage ich nur.

»Einen Abschiedsbrief. Aber das hat Zeit, Rosi. Du hast uns sehr geholfen. Ich ruf Benni, dass er dich nach Hause bringt. Alles Weitere ist Ermittlungsarbeit. Sag meiner Dani, dass ich bestimmt für sie und das Baby Zeit haben werde. Der Urlaub ist gerettet.«

Ich schaffe es nicht, noch einmal nachzufragen, welchen Brief es denn gibt. Kurt macht am Stand kehrt und eilt die Küche hinaus. Ich will ihn nicht aufhalten. Viel zu müde und ausgelaugt bin ich.

Benni erscheint zehn Minuten darauf. Er begleitet mich zum Auto und öffnet mir die Hintertür. Erschöpft lasse ich mich ins Wageninnere plumpsen.

»Alles okay?«, fragt Benni. Ich nicke nur. Er steigt ein und fährt los. Er sieht ebenfalls erschöpft aus, wenn auch auf andere Art und Weise. Junge überarbeitete Menschen strahlen noch immer eine Restkraft aus, und man weiß, dass im Fall des Falles noch eine Reserve da ist, von der sie zehren können. Mein Tank aber ist leer. Er ist so leer, dass ich erst wieder aufwache, als wir schon am Parkplatz vor meinem Haus stehen.

»Rosi, aufwachen. Wir sind da! Kurt hat mich angewiesen, gleich weiterzufahren. Ich kann dich nicht reinbringen, sonst bekomme ich Ärger. Die Arbeit ruft«, sagt er.

Ich brumme und öffne die Autotür. Sie ist noch nicht einmal richtig ins Schloss gefallen, schon braust Benni davon. Ich strecke mich. Es ist kalt. Dampf steigt von meinem Mund auf wie eine kleine Wolke. Dieser Tag wird der erste schöne seit Langem werden. Die Wolken haben sich verzogen, und die Sonne steigt gerade am Firmament empor, als würde sie das neue Leben verkünden. Langsam und blassorange wie eine unreife Grapefruit kriecht sie über die Hügel. Beate lebt, denke ich und weiß in diesem Moment, dass es die Wahrheit ist. Ich ziehe die eisige Luft in meine Lungen und halte sie an. Erst als ich sie nicht länger in mir ertragen kann und das Brennen so stark wird, dass es mir die Tränen in die Augen treibt, lasse ich sie wieder herausströmen.

»Rosi! Komm ins Warme, mein Herz. Du erkältest dich ja!«

Ich drehe mich um. Sepp steht an der Haustür. Die dicke Winterjacke verdeckt nur zur Hälfte den blau karierten Schlafanzug. Seine Füße stecken in meinen roten Plüschpantoffeln, und er bibbert. Im Gegensatz zu mir spürt er die Kälte. Bei mir prallt sie ab.

Ich will miterleben, wie die Sonne aufgeht. »Gleich. Brüh mir einen Kaffee. Ich brauche noch ein paar Minuten für mich«, antworte ich ihm.

Sepp will mir etwas entgegnen, überlegt es sich dann aber offensichtlich anders. Er schlurft hinein, schließt die Tür und lässt mich allein mit der Stille des Morgens. Ich schließe die Augen. Auch wenn es nur ein zarter Hauch ist, so spüre ich doch, wie das Licht der Sonnenstrahlen warm auf meinen Wangen tanzt. Dann straffe ich die Schultern und marschiere zum Hühnerstall. Ich lasse sie frei, meine Pipperl. Sie sollen das Morgenrot ebenso feiern, wie ich es tue. Tief und lange atme ich ein, blähe meinen Brustkorb und höre dabei meinem eigenen Herzschlag zu. Dann atme ich aus. Erlösung, denke ich still. Vielleicht ist jetzt der Zeitpunkt gekommen, an dem sie wie ein Geschenk über uns kommt. Der Fall ist geklärt. All meine Verdächtigungen und Vermutungen haben schlussendlich doch noch zu einer Lösung geführt.

Gackernd und scharrend laufen die Hühner zwischen meinen Beinen durch. Heute hätte ich ausnahmsweise gern einen Hahn in der Schar, der den Neuanfang mit seinem Kikeriki einläutet.

Noch ein paar Minuten beobachte ich das Federvieh, dann fühle ich mich dazu bereit, nach drinnen zu gehen und Sepp von meinen letzten Stunden zu berichten.

Schnell wie die Feuerwehr

Kopfschmerzen natürlich behandeln
· *Wärme im Nacken hilft bei Spannungskopfschmerz.*
· *Kälte auf der Stirn hilft bei Überarbeitungsschmerz.*
· *Mädesüßtee enthält Acetylsalicylsäure, bekannt als Aspirin.*

»Unglaublich. Jetzt ist es ein Mordfall. Cindy Glimmer eine Mörderin und Selbstmörderin.« Gitti schüttelt bestimmt zum dreißigsten Mal innerhalb von zehn Minuten den Kopf.

Es hat nicht lange gedauert, schon ist sie gemeinsam mit den Wimmersleuten vor der Tür gestanden. Die stille Post im Dorf funktioniert über geheimnisvolle Kanäle. Ich war mir sicher, dass niemand bemerkt hat, wie ich frühmorgens von Benni zu Hause abgeliefert worden war. Aber ich habe mich getäuscht.

Es gibt anscheinend Menschen, die brauchen keinen Schlaf. Zumindest nicht, wenn sich etwas Aufregendes tut. Die alte Krämer Christl und ihre Schwester, die Kathi, gehören zu jener ominösen Kategorie Mensch, die ohne Nachtruhe auskommen. Auf jeden Fall haben die beiden so ziemlich jeden im Ort angerufen und gefragt, warum ich denn schon wieder mit dem Polizeiauto durchs Örtchen brause. Natürlich hatten die beiden Krämerinnen bereits lang vor allen anderen erfolgreich geschlussfolgert, dass ich die unbekannte Alte sein musste, von der im Fernsehbericht über den Brand im Simbacher In-Lokal die Rede war. Ich kann ja nur froh sein, dass die beiden ihren Laden aufsperren mussten, um den Leuten Brot, Milch und die anderen lebensnotwendigen Kleinigkeiten zu verkaufen. Dafür ist nun die Gitti samt Anhang bei mir. Meine treue Freundin war natürlich unter den Ersten, die auf diese besondere Art und Weise der Dorfpost verständigt wurden. Also stand sie gleich nach Sonnenaufgang bei mir auf der Matte und hat praktischerweise auch den Hubert und die Herta mitgenommen.

Und nun sitzen wir alle um den Tisch in meiner warmen Stube und trinken Kaffee miteinander. Erstaunlicherweise bin ich kein bisschen müde. Wenn der Mensch den Punkt erst einmal überschritten hat, an dem sich die Erschöpfung berghoch vor ihm auftürmt, dann setzt jenes seltsame Euphorie-Gefühl ein, bei dem man meint, Bäume ausreißen zu können. Leider macht dieser Zustand auch sehr gesprächig. Meine Zunge ist gelöst wie nach zwei Gläsern Rotwein, und so hab ich nicht nur ausführlich darüber berichtet, welch schreckliche Wendung der Fall genommen hat, sondern auch meine gesamte Gefühlslage samt meiner Theorien ausgebreitet.

»Ja, ja«, sage ich zu Gitti. »Wobei das mit der Selbstmörderin nicht stimmt. Ich hoffe zumindest, dass Beate durchkommt und uns dann erzählen kann, ob sie Mike umgebracht hat. Und wenn ja, weswegen.« Noch während ich es sage, legt sich eine trockene Enge um meine Brust. Es ist gerade so, als würde mir jemand die Luft abdrücken und mich daran hindern wollen, den Gedanken zu Ende zu denken. Aber ich rede gegen den Widerstand an. »Ich kann es nicht wirklich glauben, aber wer sollte es sonst gewesen sein? Und weshalb sollte Beate sonst versuchen, sich das Leben zu nehmen? Kommt das nicht einem Schuldgeständnis gleich?«

Hoffnungsvoll blicke ich in die Runde und suche in den Gesichtern meiner Freunde nach Bestätigung. Doch ich suche vergeblich. Niemand zeigt auch nur den Hauch eines Nickens. Vielmehr starren mich alle an und warten, was ich noch zu sagen habe. Ich stöhne innerlich, setze dabei aber ein Lächeln auf.

»Fest steht, dass die beiden ein gemeinsames Konto haben, auf dem das Geld liegt. Also haben sie den ganzen Entführungs- und Erpressungsfall nur fingiert, um an die Kohle zu kommen. Wieso Mike sterben musste und Beate … Ach, dabei war ich mir eine Zeit lang sicher, dass zumindest Beate ein echtes Opfer war. Wenn ich ehrlich bin, verstehe ich das Ganze auch nicht.«

Hubert schlägt mit der flachen Hand auf den Tisch. Er zieht die Augenbrauen wütend zusammen, sodass seine ohnehin faltenverzierte Stirn nur noch aus tiefen Furchen besteht. Er erinnert mich an diesen alten Mann bei der Muppet-Show, der sich auch immer gern groß und laut in Szene setzt. »Also für mich ist klar, warum du es nicht verstehst. Weil es nämlich null Sinn ergibt!«

Sprachlos sehe ich ihn an. Er seufzt und lässt die Hand wieder unter den Tisch gleiten. »Die Beate hätte keinen Vorteil bei der ganzen Sache. Ihre Karriere ist jetzt durch die Berichterstattung vielleicht am Höchstpunkt angelangt, aber danach ruiniert. Und vor allem kann sie nun auch nicht mehr als Tantra-Meisterin Fuß fassen. Wer will sich schon von einer erleuchten lassen, die selbst jahrelang ein falsches Spiel getrieben hat? Das ist absolut unauthentisch, und diese Szene verzeiht das nicht.«

Daran hatte ich noch gar nicht gedacht. Nicht die kaputte Gesangslaufbahn ist Beates echtes Problem, sondern das Misstrauen unter den Sinnsuchenden. Das hätte mir bereits bei Öko-Jonnys Interview bewusst werden müssen. Aber anscheinend arbeitet mein Gehirn derzeit nur mit halber Leistung, und ich brauche jemanden wie Hubert, der mir die Augen öffnet. Er hat recht. Hundertprozentig recht. Bestätigend brumme ich ihm zu.

Er lächelt und fährt fort. »Dann kommen wir zu Mike. Er hat Profit aus der Entführungsgeschichte gezogen. Er hatte auch Zugang zu meinem Spind, meinen Sachen und der ausgeschnittenen Zeitung gehabt. Fünfhunderttausend Euro sind es wert, einen Unschuldigen wie mich zum Täter zu machen. Aber er hat nicht mit der guten Polizeiarbeit gerechnet. Mir etwas anzuhängen, das hat nicht geklappt. Und du bist ihm auch noch auf die Schliche gekommen. Die Story mit dem Sadomaso-Sex war nur Vertuschung, um aus der U-Haft zu entkommen. In Freiheit hat ihn Beate beim wilden Sexspiel dann zur Rede gestellt, und als er gestanden hat, dass er sie erpresst und entführt hat, sind die Nerven mit ihr durchgegangen. Sie hat das Knebeln übertrieben, und er ist dran erstickt. Ein typischer Sex-Unfall eben. Das kennt man ja. Da gab's doch in Wien einen Fall von einer Domina, die ihren Kunden –«

»Hubert!«, greift Sepp ein. »Das tut doch wirklich nichts zur Sache.«

»Na ja, schon irgendwie. Ich wollte damit auch nur sagen, dass unsere Bea bestimmt unschuldig ist und es ein blöder Unfall war. Und weil sie Angst hatte und todtraurig darüber war, dass ihr Liebster nun durch ihre Hand gestoben ist, hat sie sich die Pulsadern aufgeschnitten.«

»Und alles nur wegen des Geldes«, fügt Herta kopfschüttelnd hinzu.

»Wobei die Geschichte noch immer nicht wirklich passt«, meint Hubert. »So wie Mike die Beate im Griff hatte, hätte sie ihm die halbe Million ohnehin gegeben. Mir fällt als Erklärung nur ein, dass er sich seiner Wirkung auf Beate doch nicht ganz sicher war. Deshalb wollte er vielleicht auf diese Weise zumindest einen Teil ihres Geldes ins Trockene bringen. Das könnte erklären, warum er die Briefe verfasst und sie entführt hat.«

»Ja, er könnte vielleicht Angst gehabt haben, dass Beate den ganzen Ashram auf ihren Namen laufen lässt, weil es ja ihr Geld ist. Ein Mann wie Mike will aber gewiss nicht unter einer Frau arbeiten, die zudem mal seine Schülerin war«, überlege ich laut und lasse mir dabei Huberts Worte durch den Kopf gehen.

»Genau. Darum steht für mich fest, dass Beate zumindest ein echtes Entführungs- und Erpressungsopfer ist. Und von dieser Meinung geh ich auch nicht runter. So!« Beim »So« haut Hubert wieder mit der Hand auf den Tisch.

»Ich geb es nicht gern zu, aber deine Ausführungen klingen plausibel, Hubert«, gestehe ich leise.

Ich lasse mich zurücksinken und lehne mich gegen die Rückenlehne der Eckbank. Sepp legt seinen Arm um meine Schultern. »Ich glaube, dass es zwecklos ist, wenn wir weiter Spekulationen zum Besten geben. Die Antworten auf unsere Fragen kann, wenn überhaupt, nur Kurt liefern. Und der ist noch in der Arbeit. Ich schlage also vor, dass du dich aufs Ohr legst, Rosi, und wir einfach warten, bis wir von offizieller Stelle Bescheid bekommen. Ich bin auf jeden Fall heilfroh, dass du wohlauf bist, mein Herzchen«, sagt Sepp und küsst meine Wange

»Aber«, wirft Gitti ein und fuchtelt aufgeregt mit den Armen, »ich möchte schon mehr wissen. Das ist alles so aufregend.« Sie klimpert mit den Wimpern wie ein sechzehnjähriges Mädchen.

Ich muss lachen. Auch Sepp schmunzelt. »Wenn du mehr wissen willst als die Wahrheit hergibt, dann mach dich am besten auf in den Laden. Die Christl weiß bestimmt eine viel spannendere Geschichte zu erzählen, als ich es mir überhaupt träumen ließe.«

Beleidigt verschränkt Gitti nun ihre Hände vor der Brust und bläst sich eine ihrer widerspenstigen Locken aus der Stirn. »Du bist gemein, Rosi. Immer erlebst du die spannenden Dinge, kommst sogar mit echten Stars in Berührung und gönnst mir dann nicht einmal ein bisschen Sensationslust.«

»Also Kontakt zur Beate hatte ich wesentlich mehr als die Rosi. Immerhin hat sie mit mir die Tiefenatmung und den verzögerten Orgasmus geübt«, sagt Hubert stolz, bevor ich überhaupt antworten kann.

»Ja, genau«, japst Gitti blitzerleuchtet von der Erkenntnis, dass der Wimmer mit einem waschechten Schlagersternchen im Bett war. Wie ein Gockel bläht dieser nun die Brust auf, und auch Herta lächelt zufrieden. Gleich wird auch sie mit lustig-frivolen Anekdoten die Atmosphäre in meiner Stube verpesten.

»Ich geh jetzt wirklich ins Bett. Mir wird nämlich gerade etwas übel, aber ihr könnt euch ja ruhig noch weiter über das Liebesleben eines armen halb toten Mädchens unterhalten«, sag ich spitz.

»Danke, das ist nett. Ich lass mir gleich noch einen Kaffee runter«, sagt Gitti.

Ich schlucke verdutzt. Manchmal hege ich die Befürchtung, dass die vielen Haarfärbe- und Dauerwellenmittel Gittis Gehirn schneller verdampfen als ein Bunsenbrenner Wasser in einem Kolben.

»Ich begleite dich«, sagt Sepp und nickt den anderen noch zu.

Manche Dinge sind anderswo als mitten in der ländlichen Pampa völlig undenkbar. Das hier gehört eindeutig dazu. Niemand in Salzburg, Linz oder einer anderen Stadt würde auf die Idee kommen, seine Gäste allein im Esszimmer oder der Küche sitzen zu lassen, während man selbst in die weichen Daunen fällt. Hier aber fühlt es sich nur im ersten Moment ungewöhnlich an. Wahrscheinlich ist nach dem verlängerten Kaffeekränzchen der

Wimmers und Gitti meine Küche sogar in Topzustand. Meine liebste Freundin und Schwägerin hat nämlich nicht nur die Angewohnheit, sich einen Regenbogen aufs Haupt zu zaubern, sondern auch einen ausgeprägten Sauberkeitswahn. Während ich in schmutziger Kleidung und mit ungewaschenem Gesicht in die Matratze versinke, sehe ich im Halbschlaf vor meinem geistigen Auge, wie Gitti das Essbesteck poliert, die Kaffeehäferl abwäscht und alles fein säuberlich an seinen Platz stellt. Sepp sagt irgendetwas zu mir, aber ich höre ihn schon nicht mehr. Der Schlaf hat mich mit seinem warmen, festen Händegriff gepackt und in sein Reich gezerrt.

»Aufwachen!« Sanft und gleichzeitig unerhört rau werde ich geweckt. Sepps Stimme ist samten, doch sein unrasiertes Kinn streift dabei stoppelig meinen Hals entlang.

»Ich will nicht«, murmle ich und versuche mich seiner Umarmung zu entwinden.

»Ich weiß, aber du hast bereits acht Stunden geschlafen. Der ganze Tag ist weg. Es ist Zeit, aufzustehen, mein Herz.«

»Keine Chance«, sage ich und drücke die Augen nur noch fester zusammen.

»Gut, dann geh ich runter und schick Kurt wieder weg.«

»Was?« So schnell wie ein Kind, das nach dem Aufwachen bemerkt, dass heute sein Geburtstag ist, stehe ich auf den Beinen. »Wie spät ist es? Seit wann ist er da? Wartet er auf mich?«

Jetzt lacht Sepp. Er ist frisch angezogen und dem Geruch nach auch geduscht. »Keine Sorge. Er wartet. Im Moment isst er gerade Pizza aus einem Karton. Er hat keinen Stress, wegzukommen. Du hast also sogar Zeit, kurz unter die Brause zu springen oder dir zumindest etwas Frisches anzuziehen.«

Unauffällig schnuppere ich an meinem Gewand. Ich stinke. Sogar Blutspritzer sind noch auf meiner verdreckten Hose. Am besten werfe ich die Sachen weg. Ich bin zwar kein Freund der heutigen Alles-neu-kauf-Gesellschaft, aber sowohl die Hose als auch der Pulli haben weit länger auf dieser Erde geweilt, als es für sie vorgesehen war. Schon ein paarmal hatte ich die Sachen in der Hand und wollte sie in den Altkleidersack stecken. Aber wie es eben so bei Menschen im fortgeschrittenen Alter ist … man trennt sich nur ungern von Dingen, die vielleicht noch einmal nützlich sein können. Manchmal aber muss man von altgeliebten Sachen Abschied nehmen, und so ein Moment ist nun gekommen. Kurz schaue ich auch auf das Bett. Es ist Sepps Lieblingsbettwäsche, die ich mit meiner Kleidung beschmutzt habe. Sie ist zwar auch schon etwas älter, aber noch immer farbenfroh wie am ersten Tag. Ich muss sie waschen und das Bett neu beziehen. Das muss aber warten.

»Gut, dann halt ihn bitte auf. Ich bin gleich unten«, sag ich Sepp. Er nickt. Schnell streife ich die Hose und den Pulli ab und stopfe die beiden Sachen direkt in den Mülleimer. Dann husche ich ins Bad. Eher kühl lasse ich das Wasser auf meinen Rücken prasseln. Ich muss frisch werden und mein Gehirn wieder auf hundert Prozent Leistung hochfahren.

Tief über den riesigen Pizzakarton gebeugt sitzt Kurt an unserem Esstisch. Anscheinend hat er sich eine Familienpizza für sich allein bestellt und lässt es sich nun schmecken. Bei meiner Tochter würde er eine ganze Ladung stiller Vorwürfe plus einen extralangen Vortrag über die Ernährungspyramide serviert bekommen. Schon allein deshalb ist es klug von ihm, mit dem Gigantenteil nicht bei Daniela aufzukreuzen. Auch wenn ich es prima finde, was Dani bei ihm an körperlichen Veränderungen bewirkt hat, bin ich ein Anhänger von Ausnahmen. Und in einer stressigen Zeit, wie es diese momentan ist, finde ich jede Ausnahme gerechtfertigt. Sepp ist gerade nicht in der Küche. Ich kann mir vorstellen, dass er die Hühner in den Stall sperrt. Im Winter wird es derart schnell dunkel, dass bereits am späten Nachmittag Gefahr durch einen Mader oder Fuchs droht.

»Hallo, Kurt«, sage ich beim Hereingehen. Er sieht nur kurz auf und zuckt mit der Augenbraue, als er mich hört. Ich rücke mir einen Stuhl zurecht, setze mich und nicke in Richtung Pizza. Auch mein Magen verlangt nach einer Stärkung.

»Bedien dich ruhig«, sagt Kurt.

Ich greife zu. Normalerweise mag ich eine gut zubereitete Calzone mit ihrem dicken gefüllten Bauch am liebsten, aber der Hunger lässt die scharfe Salamipizza zu einem Hochgenuss werden. Ich nehme mir doch glatt ein zweites Eck. Das letzte Stück gehört aber wieder Kurt, obwohl es bei mir auch noch Platz gefunden hätte. Kurt greift nach seiner Colaflasche, die er auf dem Tisch abgestellt hat. Mit großen Schlucken spült er die Reste der Pizza hinunter.

Zufrieden lehnt er sich zurück und streckt sich. »Viel besser«, murmelt er und grinst. »Ich hab echt schon gedacht, dass ich gleich verhungere. Die Kaspar, der Drachen, hat uns Akkord schuften lassen.«

»Du Armer«, sag ich und lasse mich auch zurücksinken.

»Es hat sich wenigstens ausgezahlt. Wir haben eine schlüssige Theorie und auch schon etliche Beweise gefunden. Ich behaupte sogar, dass der Fall gelöst ist. Beate hat in ihrem Abschiedsbrief geschrieben, dass es ihr leidtut. Sie könne mit dem Wissen, Mike getötet zu haben, nicht länger leben.«

Wie bei einer wirren Diashow blitzt das Gesicht der jungen Sängerin vor meinen Augen auf. Dann sehe ich das Blut, die Tablettenschachteln, die aufgeschlitzten Handgelenke. Ich presse die Lippen so fest aufeinander, dass sie zu kribbeln beginnen. »Wie geht es ihr?«, frage ich zaghaft.

Kurt schüttelt den Kopf. »Nicht gut. Gar nicht gut. Die Ärzte meinen, ihr Gehirn hätte großen Schaden davongetragen. Der Blutverlust war immens und der Medikamentencocktail eine wahre Todesmischung. Es ist ein Wunder, dass sie überhaupt noch lebt.«

»Aber sie kommt durch?«, frage ich weiter.

Kurt hebt ahnungslos die Schultern. »Wer weiß. Sie ist jung und eigentlich gesund. Andererseits hat sie wirklich alles darangesetzt, zu sterben. Man hat ihr Bluttransfusionen verpasst, den Magen ausgepumpt und sie in künstlichen Tiefschlaf versetzt. Der Arzt meinte, wenn keine Organe versagen, dann wird sie überleben. Ob sie aber jemals aufwacht, ist eine andere Sache.«

»Wie schrecklich«, flüstere ich und merke, wie es mir dabei die Kehle zuschnürt.

»Wenn sie aber wieder zu sich kommt, dann wartet eine langjährige Gefängnisstrafe auf sie.«

Ich halte den Atem an. Noch immer will der Gedanke, dass diese zarte und im Grunde ihrer Seele verzweifelte Frau eine Verbrecherin ist, nicht wirklich bei mir ankommen.

Kurt lässt aber keine Zweifel offen. »Es gibt einige tiefe Kratzspuren an Beates Rücken. Wir haben die dazu passenden Hautpartikel unter den Fingernägeln von Mike gefunden. Außerdem auch ein Haar von ihr in seiner Kehle. Sie hat ihn offensichtlich erstickt, und er hat sich dagegen gewehrt.«

Langsam lasse ich die Worte in mich hineinsickern. Beate hat Mike getötet. Huberts Theorie bricht in sich zusammen. Es war kein Unfall. War es denn Notwehr? Der Gedanke, dass Beate Mike völlig bewusst und absichtlich getötet hat, fällt mir schwer. Immer wieder taucht ihr unscheinbares Gesicht, ihre fast kindliche Mimik vor meinem inneren Auge auf. Ich schlucke. War sie auch an der Erpressung und ihrer Entführung beteiligt? Habe ich mich für eine ausgefuchste Verbrecherin in Gefahr gebracht, bin bei Wind und Wetter auf einem wackeligen Moped gefahren und habe vor Angst Blut geschwitzt? Langsam, ganz langsam kocht der Zorn in mir hoch.

»Und die Entführung?«, frage ich.

Kurt verzieht den Mund. »Inwieweit sie unter einer Decke steckten, kann ich nicht beurteilen. Aber der Schluss liegt nahe, dass sie gemeinsam alles geplant haben. Beate hatte, wie du weißt, ebenfalls Zugriff auf das Geld. Das Konto war wohl für dieses Schulzentrum in den Bergen gedacht.«

»Aber Mike war doch bestimmt der planende Kopf der Entführung.«

Kurt nickt. »Die Kollegen haben seine Privatwohnung durchsucht und ein Wertkartentelefon wie auch einen Stimmverzerrer gefunden. Außerdem wurden die ersten Erpresserbriefe auf einem Drucker ausgedruckt, und wir haben einen gefunden. Mike hat zwar alle belastenden Gegenstände in Müllsäcke gestopft und in die Tonnen des Mietshauses gesteckt, aber die Müllabfuhr war zum Glück noch nicht da. Wir haben unsere Täter. Der Fall ist geklärt.«

Ich schweige. Dann stehe ich auf und drücke eine Kaffeekapsel in die Maschine. Gurgelnd und pfeifend presst sie heißes Wasser durch die Aluversiegelung. Ich muss die Maschine endlich einmal entkalken, sonst landet sie zwangsläufig auf dem Sperrmüll. Seufzend stelle ich die Tasse heißen George Clooney auf den Tisch. Kaffeeduft steigt auf. Kurt sitzt noch immer breit und entspannt auf der Eckbank. Ich nippe an der Tasse. Warm und köstlich läuft mir der Kaffee die Kehle hinunter. Ich schließe kurz die Augen, stelle die Tasse zurück und lehne mich nach vorn. »Es tut mir leid, Kurt, aber wirklich glücklich macht mich deine Ermittlung nicht.«

Kurt rückt zu mir und nimmt meine Hände. »Es ist gut, Rosi. Finde dich damit ab, dass diesmal wir den Fall gelöst haben. Die ganzen Details werden sich in den nächsten Tagen und Wochen noch von ganz alleine zusammenfügen, und dann wird sich auch ein komplettes Bild zeigen. Und wer weiß, vielleicht können wir Beate ja demnächst verhören, dann wissen wir auch mit Gewissheit, ob nur sie und Mike in die Sache involviert waren, oder ob wir nach einem weiteren Komplizen suchen müssen.«

»Der Pfeiffer?«, frage ich. Kurt schweigt. »Oder die Bollmeiers vielleicht? Jonny hat im Interview mit diesem Freigeist nicht besonders nett über Beate gesprochen, und seine Frau wusste von Anfang an, dass Beate auch Cindy ist. Die beiden könnten doch mit Mike –«

Kurt lächelt mich an, als wäre ich ein kleines Mädchen, dem man sagt, dass die beste Freundin nicht zur Geburtstagsparty kommt. »Du kannst einfach nicht lockerlassen. Jeder ist verdächtig. Aber keine Sorge, wir nehmen sie erneut unter die Lupe. Wobei sie allem Anschein nach wirklich das sind, was sie vorgeben zu sein. Er ist ein esoterischer Vollpfosten, der einfach in seiner fundamentalistischen Weltvorstellung verletzt wurde, und sie ist eine Metzgertochter, die der Fleischeslust nicht entsagen kann. Die beiden haben auch keinen Zugriff auf das Geld, Rosi.«

Ich seufze und ziehe meine Hände unter Kurts Pranken weg. »Wenn du meinst. Dann ist es eben so«, sage ich und verschränke die Arme vor der Brust.

»Du warst uns eine große Hilfe, Rosi. Ich bin froh, dass du mit uns arbeitest.«

Ich spüre, wie die Wahrheit schmerzlich nach oben rückt und mir die Tränen in die Augen treibt. »Es tut weh. Beate hat mich hinters Licht geführt. Sie hat mich getäuscht. Ich wollte ihr helfen.«

»Das hast du«, bestätigt Kurt milde. Dann lacht er. »Außerdem bin ich heilfroh, dass der Fall gelöst ist. Sonst gäbe es morgen eine neue Leiche. Nämlich mich. Oder was glaubst du, was deine Tochter mit mir macht, wenn ich nicht pünktlich und gestriegelt beim Jugendamt auf der Matte stehe? Dalia gibt mich morgen als Vater bekannt, und ich akzeptiere.«

Nun muss auch ich grinsen. »Sehr gut. Das freut mich.«

»Und dann bin ich offiziell freigestellt. Die Kaspar hat mir erlaubt, meine vielen Überstunden endlich abzubauen.«

»Nachdem sie dich heut fast hat verhungern lassen, ist das nur angebracht«, antworte ich lachend.

In diesem Moment kommt Sepp zur Tür herein. »Das hör ich gern. Meine Lebensabschnittspartnerin lacht wieder einmal aus voller Kehle. Da hab ich Hoffnung, dass sie auch bald wieder Lust auf Zweisamkeit hat.«

»Deine Lebensabschnittspartnerin nimmt das Angebot mit Kusshand an, sobald wir unter uns sind«, sage ich.

Kurt klopft sich auf die Oberschenkel und steht auf. »Und ich komme meinen ehelichen Pflichten auch besser nach, bevor Daniela ausflippt.« Er geht.

Sepp setzt sich zu mir und küsst meine Stirn. Ich lege den Kopf auf seine Schultern. »Lust auf eine Massage?«, fragt er.

»Wenn es weder was mit Tantra zu tun hat, noch so eine Hamam-Geschichte ist, dann schon.«

»Was hast du gegen Hamam?«, fragt Sepp erstaunt.

Ich stupse ihn an. »Diesen Gutschein vom Pfeiffer löse ich gewiss nicht ein. Erstens bleibt Pfeiffer für mich suspekt.«

Sepp lacht. »Und zweitens?«, will er wissen.
»Weißt du, was die dort mit einem machen?« Sepp schüttelt den Kopf. Ich muss kichern. »Na gut, dann müssen wir das doch probieren. Du zumindest. Ich hab mir von Gitti nämlich genau erzählen lassen, was der Masseur beim Sultanritual so mit einem anstellt. Und ganz ehrlich ... das ist nichts für mich. Aber zusehen, wie er dich etwas quält, das könnte ganz amüsant werden.«
Sepp lacht. »Abgemacht. Wenn ich schrei, dann hilfst du mir.«
»Selbstverständlich«, verspreche ich.

Ruhe, Zeit und kleine Babys

Kopfschmerztipps, Teil 2
· *Laut Hildegard von Bingen wirkt Veilchensalbe auf den Schläfen.*
· *Ein warmes Baumwollsäckchen gefüllt mit Heublumen in den Nacken legen.*

Ich hatte mich auf Ruhe eingestellt, auf Zeit mit meiner Familie, mit Sepp, ich wollte für mein bald das Licht der Welt erblickendes Enkelkind einkaufen gehen, vielleicht sogar kleine Schuhe häkeln. Doch dann hat mich die Medienwelle überrollt. Seit Tagen begräbt mich eine Flut an Anfragen unter sich und raubt mir die Luft zum Atmen.

»Entschuldige, Hias. Ich bin gleich wieder da. Du kannst die Hose wieder hochziehen«, sag ich dem Schweindlbauern des Dorfes, weil zum siebten Mal heute Morgen das Telefon läutet.

»Passt scho«, murrt Hias.

Ich wasche mir die Hände und geh zum Apparat. »Hallo!«, plärre ich schlecht gelaunt hinein.

»Oberwart von der Regionalrundschau. Ich wollt anfragen, ob Sie uns ein Interview zu Ihrer Rolle im Glimmer-Fall geben wollen?«

»Himmelherrgott noch mal«, entfährt es mir, und ich bitte sogleich den lieben Gott um Verzeihung.

»Also nicht?«, fragt die Dame am anderen Ende mit einer derart säuselnden Stimme, dass es mir kalt den Rücken hinabläuft.

»Nein, natürlich nicht. Ich sage Ihnen das, was ich schon den Kollegen vom ORF, den Oberösterreichischen und den Salzburger Nachrichten, der Antenne und den anderen, die mich seit Tagen belästigen, gesagt hab: Ich gebe keine Stellungnahme zum Fall Sommerfeld ab!«

»Nun gut. Ich wollt mich nur versichern, dass Sie dann nicht im Nachhinein sagen, wir würden nur einseitig berichten.«

»Wie bitte?«

»Wir haben zwei sehr aufschlussreiche Interviewpartnerinnen aus Ihrer unmittelbaren Nachbarschaft befragt und werden den Bericht so drucken. Die beiden älteren Damen haben uns eh ein recht umfangreiches Bild Ihrer Geschichte vermittelt. Sie sind ja in der Verbrechensaufklärung kein unbeschriebenes Blatt. Das wird die Leserinnen interessieren. Schade, dass Sie nicht darüber reden möchten. Außer Sie wollen doch noch –«

»Nein, danke. Und rufen Sie nicht mehr an«, maule ich und schlage den Hörer auf die Gabel.

Mir schwant Böses. Es gibt nur wenige Personen im Dorf, die sensationssüchtig genug wären, um mein Leben und Arbeiten in der Öffentlichkeit breitzutreten. Und eine davon humpelt mit ihrem ewigen Hexenschuss gerade zur Tür herein.

»Kramerin, du kannst gleich wieder umkehren und dir beim Doktor eine Spritze für dein Kreuz holen. Ich richte deine Wirbel nicht grad.«

Christl blinzelt mich verdutzt an. »Aber Rosi, mich hat's echt schlimm erwischt. Ich kann mich nicht mal mehr bücken. Du musst mir helfen. Die Spritze vom Doktor wirkt wieder nur ein paar Stunden. Hab ein Herz und tu was. Es ist schon mitten in der Nacht, und ich will nicht ins Spital deswegen.«

Ich geh auf sie zu und leg ihr den Zeigefinger auf die Brust. »Du hast dieser Oberdings von der Rundschau ein Interview gegeben, stimmt's?«

Christl wird rot im Gesicht. So rot, dass ich schon Angst bekomme, sie fällt gleich um. Aber dann schluckt sie und legt mit einem breiten Grinsen ihre schlecht sitzenden Dritten frei.

»Ich hab nur Gutes von dir erzählt. Wie du uns allen hilfst und jetzt, wo du doch einen Polizisten zum Schwiegersohn hast, auch bei der Polizei arbeitest.«

»Den Kurt hast du auch in die Geschichte mit hineingezogen?«, frag ich schockiert. »Hast du den Reportern dann vielleicht auch gleich noch die Liebesgeschichte zwischen dem Sepp und mir erzählt?«

Christl nickt, als hätte sie den Unterton in meiner Stimme nicht vernommen. »Ja, freilich. Wir im Dorf sind ja so stolz drauf, dass du und deine ganze Familie …« Ich stemme vor Wut die Hände in die Brust. Die Krämerin schweigt. Aber nur kurz. »Schau, so was wie dich gibt's sonst nirgendwo. Die Leut sollen wissen, dass du bei einer echten Entführung ermittelt hast, dass du so herzensgut bist und sogar einen Bordellbetreiber liebst und dass –«

»Hör auf. Ich les es mir morgen in der Zeitung durch. Mir reicht es. Ich geh wieder zum Hias. Er braucht meine Hilfe dringender als du.«

Ohne ein weiteres Wort mache ich auf dem Absatz kehrt und eile zur Stube hin. Das Gejammer der Krämerin ignoriere ich ebenso wie das erneute Telefonklingeln.

Drinnen lehne ich mich gegen die Tür und atme erst einmal tief ein.

»Sekkiern s' di nu imma?«, fragt Hias. Er streift sich gerade die Hosenträger über. Seit ich ihm vor drei Jahren aus der Patsche geholfen habe, weil alle im Dorf glaubten, er hätte seinen Nachbarn im Streit im Moor versenkt, ist er einer meiner treuesten Klienten. Diesmal hat ihn eine Warze direkt unterhalb der linken Pobacke zu mir getrieben.

»Ist es ein Wunder? Die Zeitungen zerreißen sich förmlich im Übereifer der Berichterstattung. ›Schlagerstar Cindy Glimmer – Opfer oder Täter?‹, ›Cindy Glimmer nach Mord und Selbstmordversuch im Wachkoma. Ist sie nur eine Mörderin oder auch ihre eigene Entführerin?‹«, zitiere ich die Schlagzeilen der letzten Tage. Ich schüttle den Kopf. »Und nun, da die Polizei den Fall tatsächlich zu den Akten legt, weil feststeht, dass Mike und Beate gemeinsam die Entführung geplant haben, suchen die Medien die nächste Sensation.«

»Und des bist du! Die Kräuterrosi als Polizeitante«, lacht Hias.

»Leider. Die beiden Krämerinnen haben nun zu allem Überfluss auch noch ein Interview gegeben«, sage ich seufzend.

Hias kommt auf mich zu und legt mir freundschaftlich die Hand auf die Schulter. »Mach dir nix draus. Wir san zu alt, dass wir uns nu um die andern was schern, oder? Wennst magst, gib i a so a Interview. I erzähl denen, dass du Warzen vom Arsch runtermachen kannst, nur mit a paar Kräutln.«

Als würde es seine Aussage untermauern, wackelt er mit seinem frisch warzenbehandelten Hintern.

Ich muss nun auch lachen. »Lieber nicht. Sonst verklagt mich noch der Hautarzt, weil er in Konkurs gehen muss.«

Hias grinst. Er gehört zu jenen Patienten, die nur auf der Bahre in eine Arztpraxis oder ins Krankenhaus kommen. Aber manchmal geht sein Vertrauen in meine Fähigkeiten auch eindeutig zu weit. Vor einigen Monaten ist er beim Streichen der Hauswand mit der Hand abgerutscht und durchs Fenster gebrochen. Aber anstatt schnell ins Spital zu eilen, ist er zuerst zu mir gekommen. Blutüberströmt, mit zerschnittenem Unterarm. Nur unter lautstarkem Protest und weil ich ihn selbst mit meiner alten Ente nach Braunau gefahren hab, ist er dann doch zum Nähen der Schnitte ins Spital. Ich mag mir gar nicht ausmalen, was geschehen wäre, wenn ich nicht zu Hause gewesen wäre.

Hias zieht sich den Mantel an und setzt sich den Hut auf. »Dank da schen. An neuen Speck bring i dir beim nächsten Mal mit.«

»Ist gut«, sag ich und blicke dem Ferkelbauern schmunzelnd hinterher. Schon als er das erste Mal meine Stube betreten hat, habe ich stillschweigend seine makabre Zahlungsmethode akzeptiert. Oftmals steht er nicht mit seinen eigenen Leiden vor mir, sondern mit einem kranken Ferkel am Arm. Ich hab schnell aufgehört, mich über Hias zu wundern. Einerseits setzt er Gott und die Welt in Bewegung, wenn eines seiner Tierchen krank ist, andererseits verspürt er keinerlei Skrupel, meine Behandlungen mit Schinken oder Speck zu bezahlen.

Ich blicke auf die Uhr. Es ist kurz nach neun. Normalerweise mache ich spätestens um halb acht Schluss, aber der Menschenstrom wollte nicht enden.

Müde setze ich mich auf die Bank und mache das Radio an.

»Der neue Song ›Für immer‹ von Cindy Glimmer. Ein Jammer, dass die junge Frau wohl nie miterleben wird, wie sie sogar die US-Charts stürmt. Wie uns ihre Mutter, die gleichzeitig Cindys Managerin ist, mitteilte, wird die Sängerin wohl nie aus ihrem Wachkoma zurückkehren. Bedauernswerterweise liegen zu große Hirnschäden vor. Selbst wenn Cindy wider Erwarten doch aufwacht, wird sie sich an ihr früheres Leben wohl nicht erinnern. Traurig. Ah, wir haben einen Anrufer in der Leitung. Hallo?«

»Ja, hallo. Hier ist Irene. Ich wollte nur sagen, dass ich es so schade finde. Die Cindy war mein großes Idol. Mich hätt das nicht schockiert, dass sie so Sex-Sachen macht. Ich glaub auch, dass ihre echten Fans drüber hinweggeschaut haben. Ich mein, es gibt ja viele, die anders als der Durchschnitt sind. Die Conchita hat ja auch den Songcontest für uns gewonnen. Und dass die Cindy diesen Mike absichtlich umgebracht haben soll, das glaub ich nie im Leben.«

»Danke, Irene, für deine Rückmeldung und weiter viel Spaß mit unserer Sondersendung ›Cindy Glimmer – für immer‹. Es ist übrigens auch eine Verfilmung ihrer Geschichte geplant. Nächstes Jahr wird der Streifen, der denselben Namen trägt wie einer ihrer Hits, im Fernsehen als Dreiteiler ausgestrahlt. Hört jetzt passend dazu den Filmtitel ›Bis zu den Sternen‹. Viel Vergnügen.«

Cindys glockenhelle Stimme erklingt aus dem Lautsprecher. Ich seufze und mache das Radio aus. Obwohl es schon recht spät ist, hole ich mein Handy hervor und wähle Danielas Nummer.

»Hallo, Mama, wie geht's?«, fragt sie.

»Ganz gut. Und euch?«

»Ich glaube, es ist demnächst so weit. Dalia hat bereits Vorwehen. Soll ich dich anrufen, wenn wir losfahren?«

»Unbedingt«, sage ich und frage dann nach Kurt.

Er murrt tief und laut im Hintergrund, lässt sich aber dann doch von Daniela dazu breitschlagen, mit mir zu reden.

»Rosi, frag jetzt bitte nicht nach irgendwelchen neuen Erkenntnissen zum Fall. Er gilt als abgeschlossen und soll das auch bleiben. Der Rest liegt nun bei der Staatsanwaltschaft. Unser Job ist erledigt«, sagt er, noch bevor ich etwas fragen kann. Ich habe es wohl mit meinen Erkundigungen etwas übertrieben, und Kurt hat es satt, mir dauernd die gleichen Antworten zu geben.

»Nein, keine Sorge. Ich möchte eigentlich nur wissen, wie es um Beate steht. Im Radio reden sie von Wachkoma und wenig Chancen, dass sie wieder zurückkommt. Aber vielleicht ist das nur eine Übertreibung der Medien?«

»Das stimmt leider. Ich habe ebenfalls keine andere Information. Andrea und die Kollegen sind auch sehr enttäuscht. Wir alle haben gehofft, mit Beate reden und einige Details klären zu können. Doch die Ärzte sind sich einig. Sobald ihr Gesundheitszustand stabil ist, wird sie in ein Pflegeheim verlegt. Tut mir leid.«

Ich schlucke schwer. »Danke trotzdem. Gute Nacht und meldet euch, wenn mein Enkel sich auf den Weg macht.«

Kurt brummt zum Abschied. Ich lege auf. Ein weiterer Blick auf die Uhr verrät mir, dass es bereits nach zehn ist. Sepp ist noch nicht vom Herzkastl zurückgekehrt. Mein Sohn Raphael hat ihn in den Betrieb geordert, damit er ihm bei einem Einstellungsgespräch beratend zur Seite steht. Es mag sich für manche Menschen ungewöhnlich anhören, aber das Herzkastl hat einen derart guten Ruf, dass sich auf die ausgeschriebene Stelle gleich mehrere junge Damen beworben haben. Und an dieser Beliebtheit ist nicht nur Sepps Fernsehsendung »Pimp my Puff« schuld. Diesmal sind die Anstellungsvoraussetzungen sogar besonders hoch. Silvana, die langjährige Domina und geheime Hausherrin, will sich langsam zur Ruhe setzen. Nachwuchs muss angelernt werden, doch das Spiel mit der Peitsche ist nicht jederfraus Sache.

Ich strecke mich gähnend. Wahrscheinlich wird Sepp noch länger weg sein. Ziemlich geschafft von den vielen Hilfesuchenden mache ich mich auf den Weg nach oben. Mein Bett ruft. Es dauert auch nur Minuten, und schon bin ich im Traumland versunken.

Ich tanze, drehe mich im Takt der Musik. Leichtfüßig wie ein junges Mädchen. Die Töne tragen mich. Ich öffne die Augen, blicke an mir hinab. Ich bin jünger, schlanker, beweglicher. Ich lache. Daniela kommt auf mich zu, neben ihr die kleine Version ihrer selbst, nur in männlich. Sie streckt mir die Hände entgegen.

»Mein Enkelsohn!«, rufe ich lachend. Wir wirbeln uns herum.

Plötzlich sind wir auf einer Bühne. Beate singt. Auch sie dreht sich im Kreis mit zwei Menschen. Mike als Kind und ihre Mutter als junge Frau. Es sind noch mehr Menschen hier. Alle tanzen, halten sich an den Händen und drehen sich wie bei einem Kinderlied. Sie lachen. Plötzlich stoppt die Musik. Beate steht starr in der Mitte des Parketts. Sie sieht aus wie ein Zombie. Bleich. Unfrisiert. Ihre Arme sind geöffnet, doch es tropft kein Blut mehr aus dem grauen, leblosen Fleisch.

»Sing weiter! Sing für uns! Sing!«, schreit der kleine Mike.

»Ich kann nicht mehr!«, stöhnt Beate. Ihre Stimme ist brüchig, rau und so tot wie sie selbst.

»Du musst aber singen, mein Spätzchen. Alle lieben dich«, sagt ihre Mutter.

Mike plärrt mit weit aufgerissenem Maul: »Sing! Sing! Sing!« Beate schüttelt den Kopf. Alle schreien wild durcheinander.

Ich stehe da und kann nichts machen, bin nur eine tonlose, bewegungslose Zuseherin.

Mike, klein, sommersprossig und spitzbübisch, brüllt noch lauter: »Sing oder stirb!« Schon übernehmen die anderen den neuen Slogan. Beate erstarrt vollkommen. Plötzlich packen die Menschen kleine Hämmer aus, so klein, als wären sie aus einer Spielzeugkiste entnommen. Sie springen nach vorn, schwingen ihre Hämmer, holen aus und: KLING, KLING, KLING.

Verdattert und verschwitzt sitze ich kerzengerade im Bett. Im ersten Moment weiß ich gar nicht recht, wo ich bin. Das Nachtlicht brennt, und ich sehe Sepps Rücken. Er trägt einen Schlafanzug und redet mit irgendwem. »Gut, wir kommen.« Dann dreht er sich um und lächelt. »Sie sind auf den Weg ins Krankenhaus. Du wirst Oma, Rosi!«

Ich blinzle. Mein Herz hüpft. Der Traum verblasst. »Worauf warten wir dann noch?«, frage ich.

Sepp lacht und beugt sich zu mir. Er drückt mir einen Kuss auf die feuchte Stirn. »Nur auf dich und dass du dich von deinem Nachtmahr endlich losreißen kannst, meine verträumte Rosi.«

Doch das ist unnötig. Ich bin wach, hellwach sogar, und bereit, den beginnenden Morgen und das neue Leben zu begrüßen.

Verfolgt

Bei Herzrasen hilft:
- *Zimt. Das Gewürz gern großzügig in der Küche verwenden.*
- *Verzicht auf Cola, Kaffee und Co.*
- *Magnesiumreiche Ernährung oder ersatzweise auch Nahrungsergänzungsmittel*

Es ist der Geruch. Alles andere kann ich verdrängen, ausschalten, wegdrücken, aber der Geruch bleibt. Krankenhäuser riechen alle auf seltsame Art und Weise gleich. Und das hat sich seit Jahrzehnten nicht verändert. Es ist die Mischung aus Verbandsmaterial, Desinfektionsmittel, Krankheit, Leid und Leben, die mir schon bei der Eingangspforte in die Nase steigt. Am liebsten würde ich umkehren und davonlaufen. All die Erinnerungen strömen mit dem Duft auf mich zu. Immer wieder wurde das Spital zu einem Wendepunkt in meinem Leben. Meine Kinder haben hier das Licht der Welt erblickt. Mein Mann ist hier gestorben. Daniela hat ihre Zwillinge hinter den Türen des Kreißsaales verloren. Und nun bin ich also wieder in den Fängen dieses Hauses. Ich kenne den Weg bereits auswendig.

Sepp hakt sich bei mir ein, und gemeinsam marschieren wir zu den Aufzügen. »Alles wird gut«, sagt Sepp so unvermittelt, dass es mir beinahe die Tränen in die Augen drückt. Er spürt meinen Widerwillen und gleichzeitig meine freudige Erwartung. Wir fahren hoch. Doch wie jedes Mal, wenn ich mit diesem Lift fahre, stoppt er irgendwo, wo ich gar nicht hinmuss. Die Tür fliegt auf.

»Ich hätte doch fragen sollen. Jetzt muss ich wieder runter, und diese Tante an der Pforte wird mir keine Auskun… Oh, Rosi!« Er fällt beinahe auf mich drauf, greift dann aber an die Haltestange der Aufzugseitenwand und grinst mich dabei dämlich an. Der Wimmer.

»Was machst du denn im Spital?«, frag ich und ahne dabei Böses. Kurt und Dani werden doch nicht …?

»Die Beate«, sagt Hubert, und ich spüre, wie mir vor Erleichterung die Last von den Schultern fällt. »Sie wird ja demnächst in ein Heim irgendwo in Bayern verlegt, und ich wollte sie vorher noch mal besuchen. Aber ich hab die Zimmernummer vergessen, und jetzt wird mir die Empfangstussi sicher keine Auskunft erteilen.«

»Ich weiß von Kurt, wo sie liegt. Sie ist ganz oben. Erste Klasse. Das vorletzte Zimmer auf der rechten Seite.«

»Danke, Rosi. Du bist ein Schatz«, antwortet Hubert, und ich habe einen Moment lang Angst, dass er mich vor lauter Dankbarkeit gleich abschmust, so nahe kommt er mir. Dann aber drückt er einfach nur den Knopf des Aufzugs und lehnt sich gegen die verspiegelte Wand. Ganz langsam schließen sich die Türen. »Besucht ihr sie auch?«, fragt Hubert.

Ich schüttle den Kopf. »Dalia bekommt gerade Danielas Baby.«

Hubert nickt und klappt den Mund auf. Gerade rechtzeitig, bevor er irgendeinen dummen Scherz reißen kann, öffnen sich die Lifttüren wieder, und wir sind im richtigen Stockwerk. »Bis später!«, sagt er und winkt.

Sepp und ich steigen aus. Als der Lift weg ist, kann Sepp das Lachen nicht mehr halten. Auch ich muss grinsen. »Anscheinend ist Hubert mit unserem Schicksal derart verbunden, dass er uns dauernd über den Weg läuft«, bemerke ich.

»Genau das kam mir gerade auch in den Sinn. Ich würde sogar behaupten, er stalkt dich, Rosi.«

»Iiiih«, sag ich und schüttle mich wie eine nasse Katze. Der Gedanke gefällt mir überhaupt nicht.

»Hattest du nicht mal ein Gspusi mit ihm?«, setzt Sepp noch eins drauf und kassiert dafür einen Boxhieb gegen die Rippen von mir.

»Komm mit, bevor ich noch wirklich böse werde«, sag ich und ziehe ihn in Richtung Geburtenstation.

Kurt sitzt am Gang. Sechs leere Becher stehen auf dem kleinen Tisch neben ihm, und er selbst nippt gerade am siebten. Ich vertrage Unmengen Kaffee, wenn es sich um eine gute und hochwertige Mischung handelt, aber bei dem Automatengebräu, das Kurt gerade in sich hineinschüttet, bekomme ich beim bloßen Zusehen Bauchschmerzen.

Er blickt auf. »Sie sind seit eineinhalb Stunden drin«, sagt er und nimmt einen weiteren Schluck.

Ich verziehe den Mund. »Und in der kurzen Zeit hast du sieben Kaffee getrunken?«, frag ich entsetzt.

»Kurz? Es ist eine Ewigkeit!«, antwortet er.

Sepp setzt sich neben ihn und klopft ihm auf die Schulter. »Ich versteh dich. Du bist ganz schön nervös«, sagt er freundschaftlich und wirft mir dabei einen warnenden Blick zu.

Er merkt wohl, dass ich drauf und dran bin, über die Strapazen und den Ablauf einer Geburt zu referieren. Ich halte mich zurück, aber einen kleinen Kommentar muss ich dennoch abgeben. »Mach dir mal keine Sorgen und hör auf, diesen Mist in dich reinzuschütten. Wenn du so weitermachst, landest du bis zum Ende der Geburt mit Magendurchbruch auf dem OP-Tisch. Eine durchschnittliche Geburt dauert nämlich sieben Stunden. Bei Erstgebärenden sogar mehr. Rechne das mal in Pappbecher-Kaffee um.«

Jetzt verzieht Kurt den Mund. Ich kann aber nicht sagen, ob er es wegen der langen Zeitangabe oder doch wegen des Gebräus tut. Langsam setzt er den halb vollen Becher ab und sieht auf die Uhr. »Das überleb ich nicht«, sagt er.

Ich setze mich nun auch hin und schüttle mitleidig den Kopf. Die Ypsilon-Chromosomenträger unter den Menschen sind schon eine besondere Spezies. Vermeintlich stark und hart, werden sie im Angesicht von Mutter Natur so weich und schwach, dass man die kleinen Jungs in ihren Augen sehen kann. Bei einem Bär von einem Mann, wie Kurt es ist, wirkt das besonders abstrus. Ich glaube auch, dass es an der Hilflosigkeit liegt, die wir alle im Moment empfinden.

Aber auch ich komme mir klein vor. Warten lässt uns bis auf den Kern unseres Selbst zusammenschrumpfen. Das Gefühl, nichts tun zu können, ist so schwer zu ertragen, dass auch ich am liebsten zum Automaten wandern würde, um mir ebenfalls eine Portion Möchtegern-Kaffee zu holen. Aber ich reiße mich zusammen, falte die Hände am Schoß, lege den Kopf in den Nacken und schließe die Augen. Obwohl ich wirklich lange geschlafen habe, merke ich, wie meine Lider bleischwer werden.

Ich höre das Ticken der Uhr. Nein, es ist kein Ticken. Es sind Schritte. Schnelle Schritte und ein Schrei, der nur am Rande wie mein Name klingt. Blitzschnell bin ich wieder ganz im Hier und Jetzt und springe auf. Mein Blick ist zwar noch verschwommen, aber die mit Händen rudernde und mehr fallende als laufende Gestalt am Gang ist niemand anders als Hubert.

»Beate. Be...be...bee...!«, keucht er außer Atem. Paprikarot ist sein Gesicht, und die Schweißperlen hängen wie lose Erbsen auf seiner Stirn. Er stützt sich auf seine eigenen Knie und schnappt wie ein Goldfisch an Land nach Luft.

Auch Sepp und Kurt sind nun aufgestanden und stützen Hubert, der noch immer Anstalten macht, gleich aus den Latschen zu kippen. »Beruhig dich, Hubert. Langsam atmen und dann erzähl, was los ist!«, rede ich auf ihn ein.

Er nickt. Dann endlich holt er noch einmal tief Luft und richtet sich auf. »Die Beate. Das war kein Selbstmordversuch. Die beiden Krokodilstiefel wollten sie umbringen. Es hat aber nicht geklappt.«

»Hä?«, blafft Kurt und mustert Hubert dabei so skeptisch, als hätte dieser sich im Stockwerk getäuscht und müsste eigentlich unten in der psychiatrischen Abteilung sein.

Hubert schüttelt den Kopf, dass die Schweißtropfen spritzen wie der Sabber einer Dogge. »Jetzt hört doch zu! Die Beate hat nicht versucht, sich das Leben zu nehmen, und den Mike hat sie auch nicht getötet. Das war die Stiefeletten-Braut.«

»Jetzt spinnt er total!«, sagt Kurt und runzelt die Stirn.

»Ich hab es aber auf Video! Ich wollt für meine persönliche Erinnerung filmen, wie ich womöglich das allerletzte Mal in meinem Leben Beate sehe, und da hab ich es aufgenommen!«

Mit zitternden Händen hält er uns sein Smartphone entgegen. Der Film läuft los. Zuerst sieht man nur wackelige Bilder. Hubert flüstert. »Heute muss ich mich von meiner Beate verabschieden. Sie kommt in ein Pflegeheim rauf nach Bayern. Ich und die Herta haben sie geliebt. Wir sind ihr so dankbar, dass sie uns die

Liebesschaukel, das Feuerrad und die Orgasmusverzögerung beigebracht hat. Ich schleiche mich jetzt rein. Oh Mist!«

Ich kann nur ahnen, was gerade geschehen ist. Aber wie es aussieht, ist Hubert gestolpert und der Länge nach hingefallen. Es ist für einige Menschen ein recht sinnvoller Rat, nicht gleichzeitig zu laufen und aufs Handy zu gucken. Er lacht beschämt und holt das Handy wieder an sich ran, sodass man sein feistes Gesicht am Display sehen kann. »Dann komm ich eben auf Knien zur Lehrmeisterin der Liebe gekrochen«, sagt er gluckend und wendet die Kamera wieder, sodass man die Tür sieht. Sie steht nur angelehnt.

Man hört Stimmen. Weibliche Stimmen. Gelächter. Es kommt aus dem Zimmer. »Jemand ist drin«, flüstert Hubert. Er schleicht näher, hält irrsinnigerweise das Handy zum Türspalt hinein, ohne selbst ganz ins Zimmer zu treten.

»Tot hätte sie uns nicht mehr gebracht, und ehrlich gesagt ist es mir so lieber. Die Versicherung zahlt die ganze Summe aus. Ich bin so erleichtert. Es reicht, dass ich Mike, den Trottel, am Gewissen hab«, tönt eine tiefe Frauenstimme.

»Psst! Wenn dich jemand hört!«, antwortet eine hellere. »Was musste er sich auch so verdammt klug anstellen. Kommt der doch glatt aus dem Gefängnis frei. Nicht wahr, mein Singvögelchen? Dein Freund hätte ruhig dort bleiben können. Ich wär mit dem Geld von deiner Entführung auch zufrieden gewesen. Fürs Erste.«

Ich schlucke und starre wie gebannt auf das Bild. Leider ist der Winkel der Aufnahme derart unpassend, dass ich nur den Boden und die Füße des Pflegebettes sehen kann. Aber da kommen zwei schlanke Beine in Leopardenleggins á la achtziger Jahre ins Bild und dazu passend Krokodilleder-Stiefeletten.

»Wenn alles nach Plan gelaufen wäre, dann hätte niemand sterben müssen. Ich fühl mich so schuldig. Ich kann damit nicht leben. Beate ist doch –«, jammert die Frau mit der hellen Stimme.

»Halt's Maul, oder es gibt bald eine Tote mehr. Du hängst genauso mit drin in der Sache wie ich. Die Erpressung war dein Plan. Also kein Wort mehr.«

»Aber nicht die Entführung und erst recht nicht der Mord an Mike und meiner Beate. Schon als dir meine Briefe nicht mehr genug waren und du die Katze vergiftet hast, wollte ich aussteigen. Aber du hast nicht lockergelassen. Sogar Morla hast du geköpft! Du hast mich und auch deinen Pfeiffer nur benutzt, um reich zu werden. Dass er dir von der kaputten Videoüberwachung erzählt hat, kam dir gerade recht. Die ganze Entführung war deine Idee. Und jetzt liegt Beate hier im Wachkoma. Wenn der Phillip wüste, dass du hinter allem …«

»Der Pfeiffer ist eine feige Pfeife und nicht mehr. Er ist nur ein trotteliger Cindy-Fan. Im Bett nicht schlecht, aber sonst zu nicht viel nütze. Genau wie du. Am besten wäre, du ziehst dir eine Line, wie ich es mach. Dann vergisst du dein vermeintlich schlechtes Gewissen.«

»Oh nein. Niemals. Nur durch die Drogen bist du zu so einer herzlosen und geldgierigen Person geworden. Das ist Mallorca nicht wert. Das ist auch die Versicherungssumme nicht wert. Bitte, I–«

Ein zweites Paar Schuhe kommt ins Bild. Sie sind flach und unscheinbar.

»Klappe jetzt. Es ist zu spät. Sieh dir dein sabberndes Mädchen an. Unserem Vögelchen kann nur mehr der liebe Gott helfen, und alles andere ist Vergangenheit. Wir sind die Zukunft«, mault die tiefe Stimme.

Die Frau mit der hellen Stimme weint. »Aber, aber …«, setzt sie an. Eine klirrende Ohrfeige schallt durch die Tür.

Jetzt kommt auch Hubert wieder in die Gänge. Er steht auf. Ungeschickt und unbeweglich, wie er ist, streift er lautstark die Tür.

»Da draußen ist jemand! Und du dumme Nuss redest und redest. Ihm nach!«, brüllt von innen die raue Stimme.

Hubert rennt. Er rennt schneller, als ich es ihm je zugetraut hätte. Er nimmt die Treppen. Das Video bricht ab.

»Hier, seht ihr! Diese Stiefelmörderin war es. Ich hab alles auf Band«, sagt Hubert und wackelt demonstrativ mit seinem Mobiltelefon.

»Scheiße. Diese Stiefel und die Stimme. Das war doch mit Sicherheit Beates Tante. War die zweite Person Valerie? Hast du sie gesehen?«, fragt Kurt. Hubert schüttelt den Kopf. »Hättest du nicht etwas höher filmen können?«, setzt Kurt nach.

»Ich hab mir vor Angst in die Hose gemacht, Mann! Wirklich, die Valerie und die Ines?«, fragt Hubert entsetzt.

»Ja. Ich bin mir sehr sicher. Auch das mit Mallorca passt wie die Faust aufs Auge. Beate hat mir erzählt, dass die beiden von einer Finca dort träumen, während sie lieber einen Ashram in den Bergen gründen will«, sagt Kurt.

»Wir müssen die Polizei verständigen!«, sagt Hubert unsinnigerweise.

»Ich bin die verdammte Polizei. So ein Mist!« Kurt holt hektisch das Telefon hervor und wählt.

Ich höre Andrea am anderen Ende der Leitung. Er geht ein paar Schritte von uns weg und erklärt ihr die Situation. Es hört sich nicht weniger wirr an wie Huberts Gestammel, aber anscheinend ist es klar genug. »Ich lass die Eingänge verriegeln. Aber sie sind wahrscheinlich schon über alle Berge. Gebt sie zur Fahndung raus. Valerie und Ines Sommerfeld.«

Einen Moment lang hört er nur zu. Dann wirft er die freie Hand nach oben und streicht sich durch die lichten Haare.

»Ja, ich weiß. Aber Daniela bekommt … Okay, mach ich.« Er legt auf. »Ich muss auf den Parkplatz und versuchen, sie einzuholen«, sagt er und will gerade lossprinten, als eine Krankenschwester zur Tür herauskommt.

»Der Vater soll bitte mitkommen. Der kleine Joachim möchte ihn kennenlernen«, sagt sie lächelnd.

»Aber …«, sagt Kurt.

»Ich lauf nach unten und schau, ob sie noch da sind«, sage ich zu ihm.

»Ich muss doch. Die Kaspar wirft mich in hohem Bogen hinaus.«

»Du bist offiziell im Urlaub. Geh und besuch deinen Sohn, bevor Daniela sich scheiden lässt, ohne jemals mit dir verheiratet gewesen zu sein«, sage ich so streng, dass Kurt nur noch nickt.

Er streckt mir seine Polizeimarke entgegen. »Nimm die und sag unten, sie sollen niemanden mehr rauslassen.«

Ich schnappe die Marke und schiebe sie in meine Hosentasche. Nun bedeutet die Krankenschwester Kurt, ihr zu folgen. Widerwillig tut er, was sie ihm befiehlt.

»Wir kommen mit dir«, meinen Sepp und Hubert wie aus einem Mund.

Ich nicke und fühle mich plötzlich wie in einem Film. Drei Superhelden auf dem Weg, sich dem Verbrechen entgegenzustellen. Beates Engel im Einsatz für Gerechtigkeit.

Nach ein paar Schritten beginne ich zu laufen. Erstaunlich, wie schnell meine alten Beine flitzen können, wenn es wirklich drauf ankommt. Wir hetzen zum Lift. Eine Schwester mit Schlüssel steht auch davor.

»Ganz nach unten!«, sag ich und ziehe Kurts Marke. Sie blinzelt.

»Los! Es ist ein Notfall!«, sagt Sepp zu ihr.

»Okay. Ich dachte nur ... Aber bei dem Personalmangel holt man wohl auch Bullen zurück aus der Rente. Wie bei den Ärzten.«

Ich widerspreche ihr nicht. Sie steckt ihren Schlüssel in das dafür vorgesehene Loch im Aufzug. Nun kann uns keiner auf dem Weg nach unten stoppen. Der Lift hat Vorrang. Pling. Wir sind im Erdgeschoss.

Die Türen sind noch nicht einmal halb offen, schon hab ich mich durchgedrängt. Nur noch wie aus weiter Entfernung vernehme ich Sepps »Danke«, das er sicher an die Krankenschwester gerichtet hat. Ich eile weiter.

Die Dame an der Pforte telefoniert gerade. »Das ist ein schlechter Scherz. Schämen Sie sich!«, sagt sie und knallt den Hörer auf die Gabel. »Leute gibt's«, meint sie schulterzuckend, erstarrt aber, als sie die Polizeimarke sieht, die ich ihr entgegenstrecke. »Sie sehen aber nicht aus wie der Leiter der Mordkommission.«

»Ich bin seine Schwiegermutter. Er bekommt gerade ein Baby und kann nicht kommen. Sie verriegeln jetzt bitte sofort alle

Türen. Niemand darf rein oder raus, außer uns. Verstanden?«, sage ich.

»Dann ist das alles kein Scherz?«, stammelt die rundliche Frau und guckt mich dabei an, als würde sie gerade einen Schlaganfall erleiden.

»Nein. Tun Sie, was ich Ihnen sage.«

»Okay.« Sie drückt Knöpfe und legt Schalter um. Ich atme erleichtert ein und aus. »Es wird aber nichts helfen, wenn Sie die beiden Frauen suchen, die mir die Polizistin am Telefon beschrieben hat.«

»Ines und Valerie Sommerfeld?«

Die Pförtnerin nickt. »Genau. Ich kenn sie nämlich. Sie sind sehr nett ... haben mir bereits signierte Autogrammkarten von Cindy besorgt. Die werden immens im Wert steigen«, plappert sie vor sich hin und ist drauf und dran, doch tatsächlich diese Karte unter ihrem Pult hervorzukramen.

Jetzt kommt Sepp nach vorn und brüllt: »Das ist jetzt unwichtig! Wo sind sie?« Die Pförtnerin sieht ihn an, als würde sie kein Wort verstehen. »Die beiden Frauen, wo sind die hin?«

Sie deutet nach draußen. »Da fahren sie gerade weg!«

Ich sehe ein silbernes Cabrio mit geschlossenem Dach, und tatsächlich sitzen darin eindeutig Ines, die wieder aussieht wie eine alternde Kopie von Cindy, und Valerie.

»Ihnen nach!«, rufe ich nur und stürme zur Tür. Sie ist verschlossen. »Aufmachen!«, kreische ich die Frau am Empfang an.

»Aber Sie sagten doch gerade ...«, meint sie, entsperrt aber schnell die Tür, als sie meinen wütenden Gesichtsausdruck sieht.

Ich laufe los. Vor mir blockiert ein Junge mit seinem Moped den Parkplatz direkt vor dem Eingang. »Polizei. Ich brauch dein Mofa!«, sag ich und reiß ihm den Lenker aus der Hand. Mit Schwung setze ich mich auf, drücke den Starter und brause los. Was ich bereits einmal konnte, das kann ich auch wieder.

»Rosi!«, plärrt Sepp hinter mir.

»Mein Mofa!«, schreit der Junge.

Die Stimmen überschlagen sich. Egal, ich habe keine Zeit. Ich bin auf Verfolgungsjagd.

Mofas haben einen gewaltigen Vorteil. Sie passen überall durch, wenn man nur wagemutig genug ist. Das Adrenalin verpasst mir einen Mut-Schub, der mich um fünfzig Jahre jünger macht. Ich fühle mich wie eine Jugendliche, die das erste Mal auf einem Hühnerstauber sitzt, weil sie endlich einer der Jungs auf seine geheiligte Maschine lässt. Ich drücke das Gaspedal durch und lege mich in die Kurve. Nur Millimeter trennen mich vom Blech der Autos. Sie müssen an der Ampel warten. Ich halte mich nicht an Warteschlangen. Der Raum zwischen den Autos ist gerade breit genug für mich.

Vorne an der Kreuzung steht das Cabrio. Aus der Ferne höre ich Sirenengeheul. Ich muss schneller sein. Verbissen starre ich nach vorn und gebe noch mehr Gas. Die Hand krampft vor Anspannung, aber ich will sie einholen – um jeden Preis.

Nur noch zwei Autos trennen mich von Valerie und Ines. Ich halte die Luft an. Die Sirenen werden lauter. Die verdammte Ampel springt auf Grün. Doch ich bin schneller. Ich zische durch. Ines will losfahren. Ich lege mich in die Kurve, schneide ihr den Weg ab. Sie rollt los. Ich mache eine Vollbremsung, direkt vor ihr. Die beiden dürfen nicht davonkommen. Die Polizei ist ganz nah. Ich meine, hinter mir schon das Blaulicht flackern zu sehen. Ich komme ins Trudeln. Die Bremsung ist zu stark. Das Moped gerät außer Kontrolle. Ich lasse den Lenker los. Falle vom Gefährt. Der Aufprall muss hart sein, denn es knallt laut in meinen Ohren. Doch ich spüre nichts. Weder den Asphalt noch meinen Körper. Es ist, als würde ich fünf Schritte neben mir stehen und alles beobachten. Ich sehe das Cabrio näherkommen. Ines will mich überfahren. Das Mofa schlittert ihr entgegen. Ohne mich. Noch ein Knall. Das Mofa rutscht unters Cabrio. Sie können nicht weiter. Die Türen werden aufgerissen.

Die beiden stürmen heraus. »Du blöde Schlampe!«, schreit Ines. Jede Ähnlichkeit mit der zarten Beate ist verschwunden. Sie sieht aus wie eine wütende alte Walküre. Sie packt ihre Schwester Valerie am Arm und macht kehrt.

Wumm. Ich bin zurück in meinem Körper. Der Schmerz überrollt mich. »Bleibt stehen«, schreie ich trotz der Qualen.

Sie laufen. Die Polizei ist da. Sie wollen an uns vorbei. Zum Krankenhaus. »Aus dem Weg!«, brüllt einer.

»Da sind sie. Haltet sie! Valerie. Ines!«, schreie ich und deute in Richtung der türmenden Frauen.

»Das ist Rosi!«, hör ich Andrea rufen.

Ich versuche, auf die Beine zu kommen, doch sie knicken weg, als wären sie aus Pudding. Höllischer Schmerz durchfährt mich. »Haltet sie!«, rufe ich noch einmal, aber diesmal klinge ich wie eine verzweifelte krächzende Gans.

»Los! Verfolgung aufnehmen!«

Andrea! Welch ein Glück. Sie hat endlich die Lage erkannt. Polizisten drängen sich an mir vorbei. Doch ich sehe nur noch verschwommen. »Zur Parkgarage!«, höre ich jemanden aus dem Team rufen. Dann ist plötzlich eine seltsame Stille über mir. Ich höre das Blut in meinen Ohren rauschen, alle anderen Laute werden dadurch verschluckt. Aber ich sehe jemanden über mir. Eine Frau. Sie sagt etwas. Ich verstehe sie nicht. Bubumm. Bubumm. Bubumm. Mein Herz schlägt. Ich lebe. Und doch fühlt es sich unwahr an. Ich versuche zu schlucken, aber stattdessen kommt mir der Mageninhalt hoch. Die Frau breitet eine Decke über mir aus. Sie hält meinen Kopf. Erneut übergebe ich mich.

»Ruhig. Ruhig. Sie haben einen Schock. Die Rettungskräfte sind gleich da. Alles wird gut.«

Jetzt höre ich die Frau, doch sie klingt in meinen Ohren wie mein verstorbener Mann. Ich ringe nach Luft, suche nach einer Erklärung. Alles ist so wirr. Es wird dunkel. Ich blinzle. Mit einem Mal steht Andrea vor mir.

Sie nickt eifrig. »Wir haben die beiden, Rosi. Das hast du gut gemacht, du wahnsinnige alte Frau.« Ihre Augen glänzen seltsam. Weint sie etwa? Warum? Es ist mir doch nichts passiert. Ich bin nur gestürzt. »Sie bringen dich jetzt ins Krankenhaus. Alles wird gut. Du wirst schon wieder.«

Ich versuche mich zu bewegen, doch es klappt nicht. Da erkenne ich, dass ich bereits auf einer Trage angeschnallt bin. Eine Infusion tropft in meinen Arm. Und mein Kopf ist seltsam fixiert. Ich kann nur die Augen bewegen. Hektisch suche ich die

Umgebung ab. Zwei Sanitäter rollen mich weg. Ich schaue mich um, blicke nach unten. Mein Bein. Dieser Knochen, er müsste doch hinter der Haut sein. Panik. Ich bekomme keine Luft.

»Ruhig. Bleiben Sie ruhig. Wir sind gleich im Spital. Die richten das wieder. Keine Sorge.« Wie aus dem Nichts schwebt der Notarzt über mir. »Sie hyperventilieren. Ich gebe Ihnen ein Beruhigungsmittel. Wenn Sie aufwachen, ist alles wieder in Ordnung.«

Nein!, will ich schreien. Aber ich kann nicht. Wärme. Brennende, mich einlullende Wärme. Ich bin weg.

Eine kranke Ehe

> Knochenbrüche behandeln
> *Sie heilen schneller mit Beinwell, entweder in Globuliform oder als Umschlag: Tonerde mit Beinwelltee anrühren und warm auf das bereits gipsfreie Bein geben. Es gibt auch Beinwellsalben.*

Als Erstes spüre ich meine Hand und dass sie gedrückt wird. Ich öffne die Augen. Dicker Schleim versperrt mir die Sicht. Ich huste. Der Druck auf meiner Hand lässt nach

»Rosi. Bist du jetzt wirklich wach?«

Sepp. »Ich sehe nichts!«, krächze ich.

»Warte. Das beseitige ich gleich«, sagt eine Frauenstimme.

Ist es Dani? Ein feuchter Waschlappen fährt über mein Gesicht. Ich will mich dagegen wehren, doch die Kraft fehlt mir dazu. Ich blinzle. Der Schleim ist weg, meine Sicht wird klarer. Langsam drehe ich den Kopf und schaue mich um. Überall sind Blumen. Viel mehr als Menschen. Und zwischen den Blumen stehen Sepp, Daniela und Raphael und betrachten mich, als wäre ich in der Leichenhalle aufgebahrt.

»Bin ich tot?«, frage ich unsicher. Meine Stimme versagt. Viel zu trocken ist mein Hals.

»Nein, bist du nicht. Hier, trinkt einen Schluck«, sagt Sepp und hält mir ein Glas mit Strohhalm entgegen. Ich versuche mich aufzurichten, aber es klappt nicht. »Du musst liegen bleiben. Zumindest so lange, bis die Aufhängung passend gemacht wurde.« Sepp nickt in Richtung meines Beines.

»Oh Gott, nein. Was ist denn das?«, schreie ich trotz heiserer Kehle. Mein Bein hängt in Schlaufen über mir. Binden, Schrauben und Drähte hüllen es ein.

»Du hattest einen offenen Unterschenkelbruch. Aber die Operation ist gut verlaufen. Wenn du dich schonst, wirst du wieder gehen können.«

»Mist. So ein Mist. Was ist denn nur passiert?«, frage ich und spüre, wie mir die Tränen über die Wangen laufen.

Dani kommt näher, sie streicht mir über die Schulter. »Alles wird gut, Mama. Du musst nur eine Weile im Krankenhaus bleiben. Du bist eine Heldin, weißt du das?«

Ich schlucke, doch es fehlt mir die Spucke. Nicht einmal antworten kann ich ihr.

Sepp erkennt meine Not und hält mir erneut das Glas hin. »Trink einen Schluck.« Ich mache es.

Die Tür wird aufgerissen, und eine Krankenschwester kommt herein. Im Arm trägt sie drei weitere Sträuße Blumen. »Wir brauchen bald ein zweites Zimmer. Die Fans geben einen Strauß nach dem anderen ab. Oh, Sie sind wieder wach? Und wie es aussieht, bleibt das nun auch so«, sagt sie erfreut und stellt die drei Vasen ab. »Ich werde dann gleich dem Doktor Bescheid geben. Er sieht nach Ihnen.«

»Wieder wach? Fans?«, frage ich.

Raphael nickt. »Du warst schon dreimal kurz bei Bewusstsein. Aber die Narkose und die Gehirnerschütterung waren zu stark. Du bist gleich wieder eingeschlafen.«

»Aha«, sage ich und versuche zwanghaft, mich zu erinnern.

Daniela rückt einen Stuhl neben das Bett und setzt sich. »Und die Fans, das waren mal welche von Beate, aber jetzt sind sie deine. Weil du die wahren Täter geschnappt hast und Beate jetzt als unschuldig gilt.«

»Hab ich das?« Mir wird klar, dass ich einen totalen Filmriss habe. Angestrengt versuche ich mir zusammenzureimen, was geschehen ist. Aber es klappt nicht. Das Letzte, an das ich mich erinnere, ist der Anruf am frühen Morgen. »Das Baby!«, fällt mir ein.

Daniela lacht. »Joachim geht es gut. Er ist auf der Neugeborenenstation. Heute Nachmittag darf ich ihn mit nach Hause nehmen. Aber vorher besuchen wir dich. Er soll seine Heldenoma kennenlernen.«

»Genau. Und als Erstes lernen wir ihm ein besonderes Kinderlied«, sagt Sepp und lacht dabei. Ahnungslos seh ich ihn an. Er singt: »Meine Oma verfolgt Mörder am Motorrad, Motorrad, Motorrad. Meine Oma verfolgt Mörder am Motorrad, meine Oma ist ’ne ganz famose Frau.«

Ich schüttle den Kopf, bereue es aber sogleich, weil sich der Raum rund um mich zu drehen beginnt.

Der Arzt kommt gemeinsam mit der Krankenschwester herein. Es ist derselbe, der auch Beate nach der Entführung behandelt hat. »So sehen wir uns wieder«, sagt er und lächelt dabei.

»Andere Umstände wären mir lieber gewesen«, antworte ich ihm.

»Haben Sie Schmerzen? Sollen wir die Mittel nachjustieren?«

»Nein, ehrlich gesagt fühle ich nichts. Alles ist dumpf und seltsam unecht.«

»Dann ist es gut. Die Schmerzinfusionen wirken ausreichend.«

Er gibt der Krankenschwester ein Zeichen. Sie misst meinen Blutdruck und steckt mir eine Thermometerpistole ins Ohr. »Hundertfünfundzwanzig zu fünfundachtzig Blutdruck, siebenunddreißig Komma zwei Grad Temperatur, Dr. Brankovic.«

»Sehr gut«, sagt er in ihre Richtung und wendet sich dann mir zu. »Sie haben Glück gehabt, Frau Rosi. Das Bein wird wieder, und bei Ihrer Konstitution und genügend Ruhe wird es auch keine Ewigkeiten dauern. Sie kommen bald wieder auf die Beine.« Er kontrolliert noch die Verbände und die Schlaufen, stellt etwas nach und sagt dann: »Sie können sich nun vorsichtig aufrichten. Dann haben Sie auch einen besseren Blick auf das Blumenmeer. Wir Fans sind Ihnen wirklich dankbar. Beate wird zwar nie mehr auf der Bühne stehen, aber ihr Ruf ist zumindest wiederhergestellt. Sie haben die wahren Täterinnen gefasst.«

Ich brumme nur leise. Leider fehlen mir sowohl Bild als auch Ton von meiner angeblichen Heldentat.

»Zu Mittag bekommen Sie eine leichte Suppe. Auf Wiedersehen«, sagt er und neigt den Kopf dabei ein bisschen.

Als er und die Schwester wieder draußen sind, hieve ich mich etwas hoch. Es geht nur sehr schwer, aber mit Sepps Hilfe schaffe ich es.

»So«, sage ich streng. »Jetzt möchte ich aber gern wissen, was ich denn getan haben soll. Ich hab nämlich keine Ahnung. Da ist nur ein großes schwarzes Loch in meinem Kopf.«

»Ich erzähl es dir«, sagt Sepp.

»Und Raphael und ich schauen mal nach Joachim und Kurt. Nicht dass mein Göttergatte Babypanik bekommt«, meint Daniela.

Die beiden gehen, und Sepp erzählt mir, was vorgefallen ist. Ungläubig lausche ich seinem Bericht. »Der Wimmer schon wieder«, sage ich.

»Ja, er hat auch schon etliche Interviews gegeben. Dabei hat er sich aber ausnahmsweise richtig gut angestellt. Du kannst sie später ansehen. Ich habe sie aufgezeichnet.«

»Und ich bin freiwillig Mofa gefahren?«, frage ich erstaunt.

»Wie eine Wilde. Augenzeugen haben berichtet, du wärst einem Hells Angel gleich durch die engen Ritzen gebraust und hättest beim Ausbremsen von Valerie und Ines einen richtigen Stunt hingelegt.«

»Ich kann es kaum glauben«, gebe ich zu.

»Doch. Sie feiern dich. Die Medien nennen dich die ›Harley-Polizisten-Oma‹. Sie wollen dich sogar in den geplanten Cindy-Glimmer-Streifen mit einbauen. Alle warten darauf, dich vor die Linse zu bekommen. Das Spital wird von der Meute seit der Festnahme belagert. Ich sag's dir, du wirst noch ein Fernsehstar. Die Schauspielerinnen werden sich um die Rolle der Kräuterrosi reißen.«

»Na, halleluja! Wer soll denn bitte mich freiwillig mimen?«

»Also wenn sie Szenen unter der Dusche filmen oder vielleicht auch irgendwelche Tantra-Massagen, dann wär die Iris Berben nicht schlecht.«

»Sepp!«, sage ich empört.

Er grinst. »Wobei, eigentlich gefällt mir Marianne Sägebrecht noch besser. Sie hat die richtige Haarfarbe … und wie du weißt, ich mag's gern etwas runder«, sagt Sepp und schaut dabei spitzbübisch auf meinen im Krankenhaushemd unvorteilhaft eingehüllten Busen.

»Hör auf, du machst mich ganz verlegen. Ich lieg schwer verletzt im Krankenhaus, und du starrst auf meine Brüste.«

»Ich bin eben zu lange Chef einer Bumshütte gewesen. Ich kann meine Gedanken nicht einfach abstellen.«

Ich seufze und versuche die Decke hochzuziehen, doch sie ist zu schwer. Erschöpft lasse ich meinen Kopf zurück ins Kissen sinken. »Und der Fall?«, frage ich dann.

»Das erzählt dir lieber der Kurt. Es ist sehr verworren und noch viel trauriger, als ich es je geahnt hätte.«

»Er ist aber gelöst, oder?«, hake ich nach.

»Hundertprozentig«, beruhigt mich Sepp.

Erstaunlicherweise habe ich sofort das Gefühl, dass es diesmal auch stimmt. Ich schließe die Augen.

»Mama, bist du wach?«

Verdattert brumme ich ein »Mhm«. Daniela steht vor mir. Neben ihr ist Kurt, und er trägt eine braune Babyschale. Mein Enkel. Mein Herz macht einen Satz, und ich bin hellwach. Leider will mein Körper nicht mit meinem Verstand mithalten. Und so plötzlich wie ein Blitzschlag im Sommer ist der Schmerz da und durchfährt mein Bein. Es treibt mir die Tränen in die Augen.

Daniela versteht es falsch. »Oh, ich hab auch vor Freude weinen müssen.«

Ich beiße die Zähne zusammen und nicke bestätigend. Dann recke ich den Hals erneut, um den Kleinen endlich sehen zu können. Kurt kippt die Babyschale. Joachim gefällt das offenbar nicht besonders. Er brüllt wie am Spieß. Puterrot läuft sein Gesicht an.

»Komm zur Oma«, sag ich und strecke trotz meiner Schmerzen die Hände aus. Daniela murmelt leise und öffnet die Gurte des Kleinen. Einen Augenblick später halte ich Joachim im Arm. »Oh, er brüllt genauso laut wie du damals, Dani«, sag ich und stopfe ihm den Schnuller, der an einer Kette befestigt ist, in den Mund. Auch die Haare sind wie die meiner Tochter früher. Kraus wie ein Pudel und elendslang für ein Baby. Der Rest kommt nach Kurt. Joachim ist riesig für ein Neugeborenes und ziemlich schwer. Schon jetzt zeichnen sich ein markantes Kinn und eine breite Stirn ab. Wenn er sich so entwickelt, wie ich es bei seinem Anblick erwarte, dann wird Joachim auch einmal ein richtiger Bär.

»Eine perfekte Mischung von euch beiden. Gratuliere«, sag ich, und jetzt werden meine Wangen tatsächlich vor Freude feucht. »Wie geht es Dalia?«, erkundige ich mich vorsichtig.

»Sehr gut. Sie wäre am liebsten gleich zwei Stunden nach der Geburt aus dem Krankenhaus getürmt und zum Bahnhof gefahren. Aber wir haben darauf bestanden, dass sie zumindest die üblichen zwei Tage bleibt. Heute darf sie zurück ins Hotel. Morgen sind wir alle beim Notar und lassen die Schriftstücke fürs Jugendamt aufsetzen. Dann kann ich ihn adoptieren, und Dalia kann nach der Nachsorgeuntersuchung zu ihren Kindern nach Hause.«

Ich nicke schweigend. Umständlich und so schmerzhaft fühlt sich das ganze Prozedere für mich an. Ich kann mir vorstellen, wie schwer es Dalia fallen muss, sich von dem süßen Knirps, der in ihr herangewachsen, aber genetisch nie ihr eigenes Kind war, zu trennen. Ich verstehe auch, dass sie so schnell als möglich in ihre Heimat zurückwill. Dort wartet ihre Familie auf sie. Dort kann sie am schnellsten über den Schmerz hinwegkommen.

»Es freut mich so sehr für euch«, sage ich.

Joachim hat sich beruhigt. Zufrieden nuckelt er am Schnuller und schließt die kleinen Äuglein. Daniela nimmt ihn vorsichtig an sich und legt ihn zurück in die Babyschale. Sie deutet Sepp heimlich zu.

»Ich fahre Daniela und den kleinen Mann heim. Kurt bleibt noch bei dir. Dann hast du Gelegenheit, deine Neugierde zu befriedigen«, sagt Sepp.

»Ist gut«, antworte ich.

Er wirft mir ein Bussi zu. Sie verabschieden sich und marschieren zur Tür hinaus. Kurt aber nimmt auf dem Stuhl neben meinem Bett Platz und verzieht die Mundwinkel, als würde er nachdenken. Die Neugierde nagt an mir wie ein gieriger Biber. Normalerweise kann ich mich beherrschen, sodass ich nicht gleich mit der Tür ins Haus falle und die Leute mit Fragen bombardiere. Aber ich merke, dass Kurt ein Spiel spielt. Belustigt zieht er die Augenbraue hoch.

Ich gebe mich geschlagen. »Spann mich nicht auf die Folter. Klär mich auf. Wieso bitte haben Valerie und Ines das getan, und vor allem: Was haben sie alles verbrochen?«

Kurt grinst. »Alles. Fast zumindest. Ines hatte einige Mitspieler, die aber ihrerseits ahnungslose Komparsen waren.«

Ich stöhne. Pfeiffer, denke ich, und das schlechte Gewissen übermannt mich. Ich hätte meinem Gefühl trauen und darauf bestehen müssen, dass Kurt ihn genauer unter die Lupe nimmt.

Da wird Kurt ernst. Das Spiel ist beendet, und der seriöse und besorgte Kurt kommt zum Vorschein. »Die treibende Kraft war Ines. Sie wird als Hauptangeklagte vor Gericht stehen und Valerie als Mittäterin. Wobei, den Anfang bei der ganzen Geschichte hat Valerie gemacht. Sie war so verzweifelt, weil die Karriere ihrer Tochter auf der Kippe stand. Lang hätte Beate nicht mehr singen können, aber durch das Tantra wollte sie die Singerei gleich an den Nagel hängen. Das wollte Valerie verhindern und hat begonnen, ihr Angst zu machen. Da kamen ihr die Liebesbriefe vom Pfeiffer gerade recht. Sie hat dann eigene Erpresserbriefe geschrieben. Ines hat sie in Pfeiffers Büro ausgedruckt und Beate untergejubelt. Damit konnten sie Beate in Schach halten und dazu bringen, wenigstens noch so lange auf der Bühne zu stehen, wie es ihre Stimmbänder zugelassen hätten.«

»War sie denn krank?«

»Sie hatte seit der Kindheit Knötchen auf den Stimmbändern. Ihre Karriere war also mit einem Ablaufdatum versehen, und dieses rückte immer näher.«

Dumpf meine ich mich daran erinnern zu können, dass wegen Heiserkeit sogar einmal ein Cindy-Glimmer-Gala-TV-Abend verschoben werden musste.

»Aber wieso ist Valerie dann nicht einfach bei den Briefen geblieben? Und wie hat Ines dann plötzlich die Hauptrolle übernommen?«

»Ines war als Tourmanagerin und technische Expertin für Beates Auftritte zuständig. Sie und Valerie haben Hand in Hand gearbeitet und sowohl Profit als auch Verlust geteilt. Da nämlich Beates Vorerkrankung bekannt war, ist ihnen auch jede Versicherung ausgestiegen, wenn sie deswegen nicht auftreten konnte. Dann hat sich auch noch herausgestellt, dass Beate vorzeitig mit der Karriere aufhören will. Valerie hat daraufhin mit den Briefen begonnen. Dadurch wurde Ines' kriminelles Gehirn aktiviert. Sie hat eine beachtliche Karriere als Drogensüchtige und Dealerin hinter sich und schreckt vor nichts zurück. Ines hat ihre Schwester schlussendlich dazu gedrängt, eine Entführung mit zu inszenieren.«

»Aber Beate war doch ihre Tochter!«, rufe ich empört.

»Genau deshalb war Valerie leicht zu erpressen. Oder glaubst du, dass Beate noch ein Wort mit ihrer Mutter gewechselt hätte, wenn sie gewusst hätte, dass sie diese Briefe geschrieben hat?«

Ich schüttle den Kopf.

»Nun gut. Ines hat dann mit Hilfe von Valerie Beate aus der Therme entführt. Sie wusste von den defekten Kameras, und es war ein Leichtes für sie, Beate mit K.-o.-Tropfen zu betäuben, sie unbemerkt hinauszuschleifen und in die Disko zu bringen. Ines hatte auch Ortskenntnis von dem Lokal. Sie war schon oft dort, hat Veranstaltungen geplant und betreut. Vor allem aber hatte sie vor einem Jahr mal eine Affäre mit dem Besitzer. Die beiden haben sich anscheinend die eine oder andere Line gemeinsam durch die Nase gezogen. Der Clubchef hat immer einen kleinen Drogenvorrat in seinem Büro und ist selbst derart durch den Wind, dass ihm der Überblick fehlt, wie viel er gerade bunkert. Ines hat das großzügig ausgenutzt. Doch dann ist ihre Beziehung in die Brüche gegangen. Ines wurde durch ein jüngeres, strafferes Modell ersetzt.«

Kurt verzieht bei diesen Worten den Mund, als wolle er damit ausdrücken, wie abscheulich er solch ein Vorgehen findet. Ich brumme nur leise. »Nach dem Ende der Affäre wollte Ines nicht auf die Gratisdrogen verzichten und hat sich einen Zweitschlüssel von der Disko herstellen lassen. Damit hat sie dann alles vorbereitet.« Kurt lehnt sich zurück und gibt mir etwas Zeit, um alles zu verarbeiten.

»Im Lokal haben sich dann Valerie und Ines um Beate gekümmert. Und damit sie nicht merkt, wer eigentlich die maskierten Entführer sind, haben sie sie unter Drogen gesetzt. Deshalb auch die ungewöhnlich gute Behandlung. Kein normaler Entführer besorgt das Lieblingsgericht, schaltet den Fernseher auf bevorzugte Filme oder wäscht die Decken und Kleider des Opfers mit dem gewohnten Waschpulver«, schlussfolgere ich.

Kurt nickt. »Dann kam die falsche Fährte mit dem Wimmer. Valerie hat beobachtet, dass er sich immer die Zeitungen aus dem Ständer des Ferienhauses mitnimmt. Sie musste also nur die Krone dort deponieren, und der Wimmer hat sie sich geschnappt. Damit waren wir gut abgelenkt. Danach hat Valerie die nervlich angeschlagene Mutter gemimt.«

»Und wir haben uns in diesem falschen Spiel verfangen und sind gar nicht auf die Idee gekommen, die Mutter oder die hilfsbereite Tante unter die Lupe zu nehmen.«

»Genau. Die beiden haben fast alles richtig gemacht. Sogar Pfeiffers alten Drucker haben sie in Mikes Müllkeller deponiert. Doch dann ist ihnen ausgerechnet Mike als Erster auf die Schliche gekommen, deshalb musste er sterben.«

Mit pochendem Herzen richte ich mich ein Stück auf, obwohl jede Bewegung wie ein heißes Eisen in mein Bein sticht.

»Valerie und Ines dachten wohl, es sei eine gute Idee, die halbe Million auf seinem und Beates Konto zu deponieren. Im Zweifelsfall wäre Mike der Hauptverdächtige. Und genau darauf sind wir auch hereingefallen.«

Ich nicke. Kurt fährt fort: »Die beiden wollten warten, bis sich die Wogen geglättet haben, dann nach Mallorca abdüsen und sich ein schönes Leben damit machen. Mike wusste nichts von dem Geld, genauso wie Beate. Wahrscheinlich hätten wir alle es nie erfahren, wenn Mike nicht durch dich verhaftet worden wäre. Erst durch ihr Sexspiel und deine falschen Schlüsse daraus sind wir überhaupt erst dahintergekommen.«

»Dann war mein Rufen nach dem vollen Polizeiaufgebot doch

nicht ganz umsonst. Aber ich verstehe nicht ganz … Wie ist dann Mike …?«

»Geduld, Rosi. Geduld. Den Rest der Geschichte mussten wir mit Indizien zusammenreimen, also hör zu! Mike wurde aus der Untersuchungshaft entlassen und ist zurück zu Beate. Die beiden haben sich versöhnt, und Mike hat zugestimmt, dass sie zusammen doch schnellstmöglich den Ashram gründen und sie nicht weiter auf der Bühne stehen muss. In diesem Zusammenhang hat er auch seinen Kontostand gecheckt und das Geld gesehen. Ihm ist sofort klar gewesen, wer dahintersteckt, und er wollte mit Beate darüber reden. Diese ist aber ausgeflippt und hat ihm nicht zugehört. Sie dachte wohl, er hat sie doch entführt und ausgetrickst. Auf jeden Fall sind sie im Streit auseinander, und sie ist heulend davongebraust.«

»Okay. Und dann?«

»Dann hat Mike Beate aufs Band gesprochen und seinen Verdacht geäußert. Diese Nachricht haben wir inzwischen auf ihrer Mobilbox gefunden. Anschließend hat er Valerie angerufen und ihr gesagt, dass er zur Polizei geht und sie anzeigt. Sie ist per Vollmacht nämlich in allen Belangen, auch in Bankangelegenheiten, für ihre Tochter zeichnungsberechtigt.«

»Wie das?«, frage ich.

Kurt zuckt die Schultern. »Angeblich wollte Beate nicht in der Öffentlichkeit erkannt werden. Sie hat alle Bankgeschäfte, Einkäufe und Erledigungen gemieden und ihrer Mutter übertragen.«

»Und Valerie hat dann Mike getötet?«, frage ich weiter.

Kurt verneint. »Das war Ines. Valerie hat in ihrer Verzweiflung ihre Schwester um Hilfe gebeten. Diese ist nicht nur technisch bewandert, sondern auch Trägerin des schwarzen Gürtels. Laut Valeries Aussage wollten sie zuerst Mike überreden, das Geld zu teilen, aber dieser war nicht dazu bereit. Er wollte Gerechtigkeit für die Frau, die er liebt. Da hat ihn Ines bewusstlos geschlagen und schließlich getötet. Der Plan, mit der Knebelkugel den Verdacht auf Beate zu lenken und diese auch umzubringen, ist wohl während der Tat entstanden. Wir haben nämlich einen Anruf von Beate auf Ines' Handy entdeckt. Beate hat Mikes Nachricht wohl abgehört, und ihr ist klar geworden, welch perfides Spiel ihre Mutter und ihre Tante mit ihr getrieben haben. Sie hat ihre Tante zur Rede gestellt. Die ist dann zu ihr in die Wohnung gefahren. Während du mit Beate am Fenster gesprochen hast, war Ines die ganze Zeit schon in der Wohnung. Da Beate, wie wir vermuten, schon vorher eine große Menge an Tabletten geschluckt hat, konnte sie sich nicht mehr gegen ihre Tante wehren, als diese ihr die Pulsadern aufgeschnitten hat. Ines ist nach ihrer Wahnsinnstat unbemerkt durch den Hinterausgang verschwunden.«

Ich lasse mich zurücksinken und atme laut pfeifend die Luft aus, die sich während Kurts langer Erklärung in meinen Lungen gestaut hat. »Und das ist alles in der kurzen Zeit passiert, als ich auf euch gewartet habe und nicht ins Haus konnte?«, frage ich entsetzt.

Kurt nickt. Mir laufen die Tränen über die Wangen. »Ich hätte sie retten können, Kurt!«, flüstere ich.

»Nein, Rosi, das hättest du nicht. Ines ist verrückt. Die Drogen und ihre Vergangenheit haben sie zu einem Monster werden lassen. Wärst du schneller in der Wohnung gewesen, hätte sie dich auch noch umgebracht.«

»Aber –«, wende ich ein.

Kurt hebt die Hand. »Nicht du trägst die Schuld, sondern Ines und auch Valerie. Wir haben Ines' medizinische Akten durchforstet und ihr Leben beleuchtet. Ines ist seit ihren Jugendjahren kein unbeschriebenes Blatt. Sie war und ist schwer drogenabhängig, ist in einem Substitutionsprogramm, saß schon zweimal hinter Gittern. Beschaffungskriminalität, Erpressung, Straßenraub, schwere Drohung, Körperverletzung. Tante Ines ist ein böses Mädchen. Doch durch Beates Erfolg hatte sich ihr Dasein stark verbessert. Das Geld war nicht länger knapp, Heroin und Koks ist im Showgeschäft leichter beschafft als auf der Straße. Sie hatte diverse Affären und Liebschaften mit Clubbesitzern oder reichen Schnöseln wie dem Pfeiffer, um ihre Sucht zu stillen. Der Gedanke, dass ihr Goldkehlchen nicht länger singt und sie vielleicht wieder in der Gosse anschaffen gehen muss, hat sie wohl dazu getrieben, derart bestialisch vorzugehen.«

»Die arme Beate«, sag ich leise. »Das hat das Mädchen nicht verdient.«

Kurt lässt die Schultern sinken. »Wann bekommt man schon, was man verdient«, seufzt er.

»Was ist los? Der Fall ist doch geklärt«, frage ich nach.

Kurt lächelt traurig. »Die Kaspar macht mich offiziell zu ihrem Stellvertreter, wenn ich vom Papamonat zurück bin.«

»Herzlichen Glückwunsch!«, sag ich laut, doch Kurt lässt nur traurig die Schultern sacken.

Dann steht er auf und geht wie ein gestresster Panther im Käfig vor meinem Bett auf und ab. »Gratulier mir nicht. Ich weiß nämlich nicht, ob ich das will. Diese Bürokratie, dann die Politik, den ganzen Tag Büroluft, Staatsanwälten und Presseheinis die Hand schütteln …« Er bleibt stehen und legt den Kopf in den Nacken. Müde streift er sich die Haare aus dem Gesicht.

»Niemand kann dich zwingen«, sage ich sanft.

»Du hast recht. Aber wie erkläre ich meiner Frau und meinem Sohn, dass ich lieber Gefahr laufe, mich auf offener Straße erschießen zu lassen, als eine scheinbar ruhige Nummer hinter dem Schreibtisch zu schieben?«

Ich schweige einen Moment. Kurt sieht mich fragend an. »Weiß Daniela denn von der Beförderung?« Kurt schüttelt den Kopf. »Muss sie es denn wissen?«, hake ich weiter nach.

»Soll ich sie etwa anlügen?«

Ich lächle mild. »Nein, aber du kannst es ihr einfach verschweigen. Wenn sie nicht danach fragt, dann musst du sie nicht anlügen.«

»Danke, Rosi. Du sprichst, als hättest du Erfahrung mit diesen Dingen«, sagt Kurt.

Ich zucke nur die Schultern. Wenn ein Geheimnis erst lang genug ungesagt geblieben ist, dann sollte man es auch nicht mehr ausgraben. Zumindest nicht, wenn sich kein Nutzen daraus ergibt. In Gedanken aber zieht es mich zurück an jenen Tag, als Horst mich um meine Hand gebeten hat. Damals hab ich mich für ihn entschieden. Für ihn und gegen meine Zukunft als erste Gendarmin in der Gegend. Ja, meine Leidenschaft, zu schnüffeln und für Gerechtigkeit zu sorgen, ist schon älter. Älter als mein erster Fall im Ibmer Moor. Damals, mit achtzehn, habe ich mich allein und auf mich gestellt zur Aufnahmeprüfung begeben, und ich habe bestanden. Ich hätte in die Stadt ziehen müssen, wäre wenig zu Hause gewesen. Horst wollte Kinder. Er wollte eine Familie. Ein ruhiges, gemütliches Leben. Und ich wollte Horst. Also habe ich geschwiegen, bin Ehefrau und Mutter von zwei wunderbaren Kindern geworden und glücklich. Ja, und nun im Alter hat mich meine Bestimmung eingeholt. Ich bin nicht nur die Kräuterrosi, sondern auch die Mörderrosi. Horst hätte mit dem Gedanken, dass ich solch eine gefährliche Arbeit mache, nicht leben können. Aber Sepp kann es. Er hat sich damit abgefunden und steht hinter mir.

Ich bin nun an der Reihe, mich zu entscheiden. Will ich tatsächlich weiter eine so fadenscheinige Beziehung führen? Kann ich nicht einfach über meinen Schatten springen und sagen: Ja, ich heirate diesen alten Puffvater, denn ich liebe ihn. Ich liebe ihn, so wie ich die knackenden Wirbel, Polizeifälle, meine Familie und vielleicht sogar Tantra liebe.

Mit einem Mal fühle ich mich leicht. Trotz der Schlaufe um mein Bein und der Schmerzen. Ich habe mich entschieden. Rosi wird noch einmal vor dem Altar stehen. Jetzt muss ich es nur noch Sepp sagen, und ich weiß auch schon, wann und wo.

Drei Monate später …

Kaltes Wasser hilft bei Kopfschmerzen, Verstauchungen, kleinen Schnitten, Prellungen.
Warmes Wasser hilft bei Verspannungskopfschmerz, Muskelverspannungen, Bauch (Regel-)Schmerzen.

Da liegt er. Eingeschäumt bis unter die Ohren. Der Saunameister und Masseur reibt Sepp zum dritten Mal mit dem orientalischen Schaum ein. Welch ein Glück, dass mir die Ärzte verboten haben, mit meinem Bein an diesem wundervollen Sultanritual teilzunehmen. Nicht dass ich etwas gegen ein Hamam hätte, nein, aber bis auf den dünnen Stoffstreifen zwischen den Pobacken völlig nackt auf einem Stein zu liegen und mich von einem behaarten, muskelbepackten Kerl einseifen zu lassen – das ist nicht meine Vorstellung von Wellness. Doch ich sehe gern zu, und ich freu mich. Ich freue mich darauf, was jetzt gleich kommt. Noch liegt Sepp entspannt, mit rosiger Haut und Schaum am ganzen Körper auf dem warmen Stein. Doch das wird sich gleich ändern. Ich verstecke das Grinsen hinter dem Cocktailglas, in dem die Piña Colada langsam warm wird.

Schon greift der Masseur zu dem Bottich. Eiskalt und glasklar. So ist es, dieses Geinberger Wasser. Denn die Therme kann nicht nur wohlig warm. Sie kann auch sehr erfrischend sein. Ich recke mein Kinn hoch.

Der Bademeister kippt schwungvoll das kalte Nass über Sepp. Dieser springt auf. Schreit. Kreischt. Darauf war er nicht gefasst. Der Baumwollstreifen landet auf den Fliesen. So wie Gott ihn schuf steht Sepp vor mir. Er trägt nichts, nicht einmal seine blaue Badehose mit dem kleinen versteckten Geldfach. Diese liegt mitsamt dem Ring gut eingeschlossen im Hotelzimmer. Und dieses befindet sich nicht im Nacktbereich.

Ich lache. Er guckt böse. Ich lache noch lauter. Dann sag ich in voller Lautstärke die Worte, auf die er seit Monaten wartet: »Ja, ich will!«

»Was hast du gesagt?«, fragt Sepp ungläubig.

»Ich heirate dich! Wo bleibt mein Ring? Du hast fünf Minuten, oder ich überleg es mir anders.«

Sepp zieht die Luft in seine Lungen. Er bläht seinen Brustkorb und schüttelt den Kopf. Entrüstet stemmt er die Hände in die nackten Hüften. »Das machst du absichtlich! Wo ist mein Bademantel?«

Ich zucke die Schultern. Dann hebt er die Hände und lacht. »Du kleines Biest. Aber warte, mir ist nichts zu blöd für dich. Nicht einmal ein Hausverbot. Es gibt viele Thermen in Oberösterreich.« Und er läuft los. Nackt. Mit vorgehaltener Hand und Schaum am Hintern.

Ich möchte ihn noch aufhalten, sagen, es ist nur ein Scherz, aber schon ist er weg.

Der Masseur lehnt sich kopfschüttelnd an die Steinliege des Rasulbades. »Also so was hab ich auch noch nie erlebt. Zum Glück sind immer nur wenige Kinder hier.«

Ich ducke mich. Nun tut mir Sepp fast ein wenig leid. Wobei, welche Frau in meinem Alter kann behaupten, dass sich ihr Liebster barfuß und nackt auf einen Wettlauf gegen die Zeit begibt?

Die Minuten sind um. Sepp stürzt zur Tür hinein. Er hält mir seine Badehose entgegen. »Eine originellere Verpackung hatten sie leider nicht«, keucht er.

Ich muss vor Rührung weinen. Dann küsse ich ihn. Lang, innig. »Es ist mir eine Ehre, dich zum Mann zu haben«, sage ich.

»Ich liebe dich, mein Röslein«, säuselt er und legt den Kopf schief. »Ach ja. Wundere dich nicht, wenn gleich die Polizei kommt und mich wegen Erregung öffentlichen Ärgernisses festnimmt.«

»Wieso?«, frag ich verdutzt.

»Ich musste eine kleine Abkürzung nehmen.«

»Ja?«

»Durch den Seminarbereich. Anscheinend findet da gerade ein Selbstverteidigungskurs für Damen statt.«

»Oje«, stöhne ich.

»Sagen wir es einmal so: Die Damen haben noch Nachschulungsbedarf. Ein einziger nackter alter Mann, der durch den Gang huscht, und sie vergessen doch alle Tritte und Kniffe.«

Nun lacht sogar der Masseur mit uns. Ich beuge mich erneut zu Sepp und küsse ihn. »Keine Sorge, mein Schatz. Deine Frau arbeitet als nicht bezahlte Beraterin für den besten Mordermittler im ganzen Land. Einen Flitzer wie dich box ich allemal aus der Bredouille heraus.«

Liebe Rosi-Fans,

wie bei jeder Rosi-Geschichte gibt es die Schauplätze wirklich, ausgenommen die meiner Phantasie entsprungene Apartment-Anlage. Wer also Lust hat, die Seele im wohlig-warmen Salzwasser baumeln zu lassen, und in einem wirklich exklusiven, wunderschönen Hotel seinen Kurzurlaub verbringen möchte, ist in der Therme Geinberg genau richtig. Ortskundige können sich bestimmt auch denken, in welchem Simbacher Lokal Cindy Glimmer aufgefunden wird. Der angesprochene Brunch wie auch die Ü30-Partys sind einen Besuch wert.

Die Personen und Begebenheiten sind alle frei erfunden. Besonders knifflig war es, eine mögliche Herangehensweise zur Lösung des Leihmutterschafts-Problems zu finden. In Foren und bei meiner Recherche bin ich darauf aufmerksam geworden, dass in Regenbogen-Familien die sogenannte Stiefkind-Adoption gang und gäbe ist. Ebenfalls wird immer wieder die auch im Roman vorkommende Praxis genutzt, dass der Mann des adoptierenden Pärchens als Vater angeben wird und die Leihmutter ihr Sorgerecht auf ihn überträgt. Der jeweilige Partner adoptiert dann im Nachhinein.

Ich hoffe, »Endstation Innviertel« hat euch beim Lesen genauso viel Freude bereitet wie mir beim Schreiben.

Alles Liebe! Und ich freue mich, wenn wir uns vielleicht bei einer meiner Lesungen persönlich begegnen.

Eure Doris Fürk-Hochradl

Doris Fürk-Hochradl
KRÄUTERROSI UND IHR BUMSHÜTTENSEPP
Broschur, 256 Seiten
ISBN 978-3-95451-986-6

Als im Wallfahrtsort Maria Schmolln eine junge Frau ermordet wird, ist wieder einmal Kräuterrosis Spürsinn gefragt. Die detektivische Kräuterhexe legt Pflanzenbüschel und Schmalzsalbe zur Seite und macht sich mit Klosterschwester Klara auf die Suche nach der Wahrheit. Doch während die Dorfbewohner und Kirchenleute mauern, geschieht ein Unglück nach dem anderen – und Rosi ahnt nicht, wie sehr ihr eigenes Leben in Gefahr ist.